JENNIFER SAINT

Atalanta

JENNIFER SAINT

Atalanta

Roman

Aus dem Englischen
von Simone Jakob und Anne-Marie Wachs

List

Wir verpflichten uns zu Nachhaltigkeit
- Papiere aus nachhaltiger Waldwirtschaft und anderen kontrollierten Quellen
- Druckfarben auf pflanzlicher Basis
- ullstein.de/nachhaltigkeit

Die Originalausgabe erschien 2023
unter dem Titel *Atalanta*
bei Wildfire, Headline Publishing Group Ltd., London

Das übersetzte Zitat auf S. 6 ist aus: Ailianos, *Vermischte Forschung*, Buch XIII, herausgegeben und übersetzt von Kai Brodersen (De Gruyter: Göttingen, 2018)

MIX
Papier | Fördert
gute Waldnutzung
FSC® C014496

ISBN: 978-3-471-36075-0

Gesetzt aus Sabon LT Std
Satz: LVD GmbH, Berlin
Druck und Bindearbeiten: GGP Media GmbH, Pößneck

*Für Bee und Steph, meine Northern Writers Group,
die den Roman von der ersten Inkarnation an geliebt
und mich bei jedem Schritt ermutigt haben.*

Atalanta: Vom griechischen Ἀταλάντη (*Atalante)*, was »gleich an Kraft« bedeutet.

Zitat »Sie konnte sehr schnell laufen … so leicht bekam sie keiner zu Gesicht. Unvermutet und unvorhergesehen erschien sie, wenn sie ein Tier jagte oder jemanden abwehrte. Wie ein Stern vorüberhuschend, leuchtete sie auf wie ein Blitz.«

Ailianos, *Vermischte Forschung*, Buch XIII

Prolog

Nach meiner Geburt setzte man mich auf einem Berghang aus. Der König hatte sein Urteil gesprochen – *Wenn es ein Mädchen wird, lasst es auf einem Berg zurück –*, und so wurde irgendeine bedauernswerte Seele mit dem unerwünschten Bündel Menschheit aus dem Palast entsandt; es war nur ein kleines Mädchen statt des glorreichen Erben, den der König sich ersehnt hatte.

Auf dem nackten Erdboden zurückgelassen, schrie ich vermutlich, solange es meine kleine Lunge hergab. Oder ich lag nur ängstlich wimmernd da und sah zu, wie sie sich näherte – die Bärin. Die Augen ihrer Jungen waren noch geschlossen, das Fell noch feucht. Ihr Mutterinstinkt war auf dem Höhepunkt, und so kam sie, angelockt von den Klagelauten eines verlassenen Neugeborenen, auf mich zu.

Ich stelle mir gern vor, dass ich zu der Bärenmutter aufsah, ihren Blick erwiderte. Dass ich nicht vor ihrem heißen Atem, der rauen Liebkosung ihrer Pranke zurückschreckte. In ihrer mütterlichen Sorge mochte sie mich nicht zurücklassen, konnte das Wimmern eines hungrigen Säuglings nicht ertragen, und so hob sie mich auf und nahm mich mit.

Die Bärenmilch machte mich stark. Ich lernte, mit meinen

Bärengeschwistern zu kämpfen, ein grobes Raufen und Toben, bei dem keine Rücksicht genommen wurde. Ich weinte nie, wenn ihre Klauen oder Zähne über meine Haut schrammten oder wenn sie sich knurrend auf mich stürzten. Stattdessen grub ich die gekrümmten Finger in ihr Fell, zerrte sie zu Boden, grub meine eigenen Zähne in ihre Flanken und biss zu, so fest ich konnte. Nachts schmiegten wir uns in einem warmen Nest aus Blättern und Erde aneinander, ein Gewirr aus tierischen und menschlichen Gliedmaßen, und ihre weichen Tatzen ruhten auf meiner sonnengebräunten Haut, ihre rauen Zungen fuhren über mein Gesicht.

Die Jahreszeiten vergingen, und von der Muttermilch entwöhnt, lernten meine Bärengeschwister, selbst auf die Jagd zu gehen. Anfangs noch zaghaft, lauerten sie auf glitschigen Felsen in dem rasch dahinströmenden Fluss, der durch unseren Wald rauschte. Ich dagegen saß mit überkreuzten Beinen am grasbewachsenen Ufer, suchte wie sie das Wasser nach aufblitzenden Fischschuppen ab und lachte über ihre missglückten Prankenhiebe und tropfnassen Schnauzen. Anfangs blieb die Bärin in der Nähe, ließ sie nicht aus den Augen, aber je mehr ihr Selbstvertrauen wuchs, desto weiter entfernte sich ihre Mutter. Eines Tages weckte etwas anderes ihre Aufmerksamkeit; sie hob die Schnauze, schnupperte und blickte zu den Bergen hinüber.

Die Jungen wussten noch vor mir Bescheid. Sie machten sich rar, noch ehe sich das riesige Männchen zeigte, das auf der Suche nach einer Gefährtin war. Sie suchten auf den Bäumen Schutz, als er, angelockt vom Geruch der Bärin, von den Bergen heruntergetrottet kam. Unwiderstehlich für dieses Ungetüm, das mir, als es sich aufrichtete, so hoch wie die Bäume selbst vorkam. Sein Brüllen erinnerte mich an das Donnergrollen, das im Winter die Zweige erzittern ließ, auf denen ich sicher zwischen meinen schlafenden Bärengeschwistern geruht hatte.

Die Bärin spürte es ebenfalls. Ihre liebevollen Liebkosungen wichen Knurren und Prankenhieben, und als ihre Jungen sie sehnsüchtig anblickten, jagte sie sie davon. Die Bärenjungen flüchteten in die Sicherheit der höchsten Zweige, ich dagegen hockte zitternd hinter einem riesigen Felsen, spürte den heißen Luftzug, als sie warnend brüllte. Die einzige Mutter, die ich in meinem kurzen Leben gekannt hatte, war unvermittelt wie der sich drehende Wind zu etwas Schrecklichem geworden.

Sie ließ zu, dass er ihr folgte. Von meinem Versteck aus sah ich, wie er den riesigen Kopf an ihrem Hals rieb und wie sie ihn ihrerseits beschnupperte.

Die Bärenjungen waren anfangs völlig aufgewühlt, doch nach einer Weile beruhigten sie sich und kletterten, eines nach dem anderen, nach unten. Ich sah zu, wie meine Geschwister sich nacheinander einen Weg durch die hohen Bäume bahnten und nach kurzer Zeit von dem Dickicht aus grünen Zweigen verschluckt wurden.

Verstört zog auch ich los, wanderte ziellos zwischen den Bäumen umher, und mit der Zeit trockneten meine Tränen, mein keuchender Atem beruhigte sich. Ich wusste, wo ich war, und die Vertrautheit der Umgebung wirkte tröstlich. Goldgrünes Licht fiel durch das Blätterdach, es roch nach Pinien, Zypressen und weicher schwarzer Erde. Eine dicke Spinne hockte in der Mitte ihres zwischen zwei Ästen aufgespannten Netzes, ihr haariger brauner Körper und die gestreiften Beine waren vor der Rinde fast nicht zu erkennen. Eine Schlange huschte über den Weg, rollte sich rasch zu einem schützenden Kreis zusammen, und ihre rautenförmigen Schuppen glänzten, sobald das Sonnenlicht darauf fiel. In den höheren Bergzügen, wo der Baumbewuchs dünner wurde, streiften lautlos und geschmeidig Löwen zwischen Büschen und Felsen umher. Ein Wald voller scharfer Fangzähne, Klauen, Gift, pulsierend vor Leben und Schönheit. Alles war durch Tausende verwobene Fäden miteinander verbunden: von den uralten Wurzeln, die das Wasser unter der Erde aufsaugten, damit die Bäume ihre gewaltigen Kronen der Sonne entgegenrecken konnten, über die Insekten, die tiefe Gänge in ihre Rinde bohrten, die Vögel, die in den Zweigen nisteten, die Hirsche, die leicht dahinschritten, bis hin zu den lauernden Raubtieren, die bereit waren zuzuschlagen.

Und im Herzen all dessen: ich.

Teil 1

I

Sie kam zu mir, nachdem die Bären verschwunden waren. Sie war ein imposanter Anblick, größer und stärker als jede Sterbliche – obwohl mir das damals nicht bewusst war –, einen glänzenden Bogen in der Hand, ein wildes Funkeln in den Augen, mit einem Rudel Hunde, das ihr auf den Fersen folgte. Schon als ich noch klein war, überwog meine Neugier meine Furcht. Als sie mir die Hand hinhielt, ergriff ich sie.

Ich erinnere mich, wie ich zum ersten Mal den Hain sah, zu dem sie mich führte. Geblendet von dem goldenen Licht, das sich auf der schimmernden Oberfläche des Gewässers vor uns spiegelte, schloss ich kurz die Augen, blinzelnd öffnete ich sie wieder.

Auf der anderen Seite des Teichs klaffte eine große Höhle im Berghang, vor deren Eingang hier und dort große Felsen lagen. Auf den flachen Steinen saßen Frauen – Nymphen, wie ich später erfahren sollte. Die Luft war von ihrem leisen Geplauder und sanften Gelächter erfüllt. Ich sah zu der Frau auf, die mich hierhergebracht hatte, und sie lächelte mich an.

Sie gaben mir reife, süße Beeren zu essen. Ich erinnere mich an den Geschmack des kalten Wassers, das sie mir reichten, und wie ungeschickt ich mit dem Becher umging, den sie an der Quelle für mich gefüllt hatten. In jener Nacht schlief ich nicht an die zottigen, warmen Bärenkörper geschmiegt, deren schwerer Herzschlag mir noch in den Ohren klang, sondern auf einem Bett aus Tierhäuten, und ich wurde vom Gesang einer Frau geweckt.

Es war Artemis, die mich gerettet hatte, und ihr heiliger Hain, in den sie mich gebracht hatte. Artemis, die Göttin der Jagd, der der Wald mitsamt allen Bewohnern gehörte. Wir alle lebten unter dem Bann ihres silbernen Blickes, wir alle beugten uns ihrem Willen, von den wimmelnden Würmern unter der Erde bis hin zu den heulenden Wölfen. Schimmernd lag ihre Macht über dem Wald von Arkadien.

Sie hatte mich zu den Nymphen gebracht, die mich aufziehen sollten. Ihnen fiel die Pflicht zu, mir beizubringen, was Artemis zu mühsam war; sie unterrichteten mich in ihrer Sprache, sie zeigten mir, wie man den Stoff webte, aus dem die schlichten Tuniken bestanden, die alle trugen, und wie man die anderen Götter und Göttinnen verehrte, deren Namen sie mir beibrachten, obwohl sie sich nie in unseren Wald verirrten. Sie lehrten mich, welche Beeren ich pflücken durfte und von welchen man krank wurde, und warnten mich vor harmlos aussehenden Pilzen, die mein Tod sein konnten. Ich sah, wie sie ihr Leben Artemis widmeten; sie kümmerten sich um den Wald, um die Quellen, die Flüsse, die Pflanzen und alles Leben darin. Im Gegenzug wohnten sie darin, von ihr geliebt und beschützt.

Anfangs erschienen mir Artemis' Besuche sporadisch, nicht vorhersehbar. Von der Höhle aus, in der ich neben den Nymphen schlief, beobachtete ich die Bahn des Mondes am Himmel, seine Verwandlung von der dünnen Sichel zur leuchtenden Kugel. Ich lernte, dass sie, noch ehe er erneut zur Sichel geworden war, wieder zu uns kommen würde. Wenn ich durch den Wald streifte, hielt ich wachsam Ausschau. Die

Hunde, die an ihrer Seite waren, als sie mich gefunden hatte, folgten mir, als suchten auch sie nach ihrer Herrin. Es waren insgesamt sieben, und anfangs fiel es mir leichter, mit ihnen zusammen zu sein als mit den Nymphen. Ihr weiches Fell erinnerte mich an das der Bären, ihre scharfen Zähne machten mir keine Angst. Jedes Rascheln im Laub, jeder knackende Zweig fesselte meine Aufmerksamkeit, sodass ich wie angewurzelt stehen blieb und zwischen den knorrigen Bäumen nach Anzeichen für ihr Erscheinen suchte. Ich wartete ungeduldig auf ihre Rückkehr, damit ich ihr zeigen konnte, was ich in ihrer Abwesenheit gelernt hatte. Wenn sie dann in Erscheinung trat, aus heiterem Himmel wie ein plötzlicher Regenschauer im Frühling, spürte ich, wie mein Herz schneller schlug.

Sie befahl den Nymphen, ihr zu folgen, und sie ließen mich zurück, eilten leichtfüßig durch den Wald und kehrten bei Sonnenuntergang wieder, ihre Beute auf der Schulter. An solchen Abenden verbreitete sich der köstliche Geruch von gebratenem Fleisch im Hain. Ich sehnte mich danach, sie zu begleiten, fieberte dem Tag entgegen, an dem sie mich für nützlich genug hielt, um mich mit auf die Jagd zu nehmen.

Fünf Winter vergingen, bis sie an einem Frühlingsmorgen bei Sonnenaufgang zum Höhleneingang kam und »Atalanta?« flüsterte; hastig sprang ich auf. Ihre Wangen waren gerötet, ihre Augen blitzten, ihre Tunika war locker um ihre Hüften gegürtet, und ihr gewölbter Bogen lag in ihrer Hand. Sie begrüßte die Hunde, dann gab sie mir mit einem Nicken zu verstehen, ich solle ihr in den Wald folgen. Sie bedeutete mir, mich ebenso geräuschlos zu bewegen wie sie, häufig stehen zu bleiben und den Blick schweifen zu lassen. Ich spürte, wie meine Anspannung wuchs, und meine überschäumende Freude über diesen neuen Zeitvertreib drohte sich in einem ausgelassenen Lachen zu entladen, doch ich schluckte es hinunter, reckte das Kinn ebenso entschlossen vor wie sie und setzte meine Füße genau dorthin, wo auch sie gegangen war. Die Hunde eilten uns voran, die Ohren gespitzt und eifrig schnuppernd. Als sie witterten, was sie suchten, zog sie mich rasch zu sich, duckte sich hinter einen umgestürzten Baumstamm, spähte mit zusammengekniffenen Augen über das samtige Moos und nahm ihr Ziel mit Pfeil und Bogen ins Visier.

Der Hirsch brach in panischer Angst vor den Hunden aus dem Unterholz. Ein majestätisches Geschöpf mit dem prachtvollsten Geweih, das ich bis dahin gesehen hatte. Der Pfeil durchbohrte die Kehle des Tiers, noch ehe die schimmernden braunen Augen die Gefahr wahrgenommen hatten, und es sackte zusammen; ein rotes Rinnsal sickerte unter dem schmalen Pfeilschaft hervor.

Sie fing meinen bewundernden Blick auf und lächelte. Beim nächsten Mal zeigte sie mir, wie man den Bogen halten musste, der schwer in meiner Hand lag und zu vibrieren schien.

Von da an lebte ich für die Tage, an denen Artemis den Hain besuchte und mir mit dem Bogen in der Hand bedeutete, ihr in die stille Morgendämmerung zu folgen. Ihre Stimme, die mir, leise und eindringlich, Anweisungen ins Ohr hauchte, wie man nach den Hirschen Ausschau hielt, wie man völlig reglos blieb, sich unsichtbar machte, den Blick fest auf das Ziel gerichtet, den Bogen straff gespannt in der Hand, bis es nichts anderes mehr gab als die Beute und mich. Ich atmete auf, wenn der Pfeil direkt in die Kehle traf, so wie sie es mir gezeigt hatte. Es gab für mich nichts Schöneres auf der Welt als ihr entzücktes Lachen, wenn ich ins Ziel traf.

Neben dem Stolz auf meine Erfolge und der Befriedigung des Jagens wollte ich ihr auch gefallen. Wie die Nymphen mir erzählt hatten, konnte ich unter dem Schutz der Artemis in Freude und Freiheit leben. Sie war nicht so wie die anderen

Götter, und auch mein Leben glich dem keines anderen Menschen. Artemis mied die goldenen Hallen des Olymps, den prächtigen, von Wolken umgebenen Palast, in dem die Unsterblichen weilten. Sie verbrachte ihre Zeit lieber im Wald, badete im mondbeschienenen Teich oder lief bei Tag anmutig zwischen den Bäumen hindurch, den Köcher auf dem Rücken, den Bogen stets griffbereit. Es gefiel ihr sichtlich, dass eine Sterbliche nach ihrem Vorbild heranwuchs, und ich war ebenfalls froh darüber, obwohl ich nicht ganz begriff, wie viel Dank ich ihr tatsächlich schuldete.

Ich hatte nie eine menschliche Behausung gekannt; hatte keine Vorstellung davon, wie selten Menschen zum Schützling einer Göttin werden, was es bedeutete, meine Kindheit in der wilden Einfachheit und dem rauen Zauber des Waldes verbringen zu können.

Artemis mochte die anderen Olympier meiden, doch sie hatte ihre Gefährtinnen im arkadischen Wald. Die Nymphen, die sich um mich kümmerten, hatten sich ganz dem Ziel verschrieben, ihr nachzufolgen: Dutzende alterslose Töchter von Flüssen, Quellen, Ozeanen und Winden, junge Frauen, die an der Seite der Göttin rannten, jagten und badeten.

Sie erzählten mir Geschichten. Anfangs gefiel mir die über mich selbst am besten – wie man mich auf einem Berg ausgesetzt hatte, wie die Bärin und später Artemis mich gerettet hatten. Sie hielt die Erinnerung an meine ersten Lebensjahre frisch und lebendig. Ich wollte nicht vergessen, wer ich war, bevor ich zu diesen sanften, heiteren Frauen gekommen war. Wollte nicht, dass mir die Eindrücke und Gefühle von früher verloren gingen wie das Hochgefühl, als ich mich an das Fell der Bärin klammerte, während sie durch den Wald rannte, wie ihre mächtigen Muskeln dicht an meinem Körper arbeiteten, die Bäume an mir vorbeiflogen.

Doch ich war auch voller Neugier, beobachtete von meinem Aussichtspunkt auf einem Felsen am Teich, der von den zierlichen Zweigen einer Weide vor der Sonne geschützt wurde, meine neuen Gefährtinnen. Da war Phiale, die in den Sommermonaten, wenn es wenig Wasser gab, der Quelle mehr entlocken konnte, selbst wenn nur noch ein Rinnsal herausfloss. Oder Krokale, die anmutig über die Erde schritt und dort, wo sie entlanggegangen war, Blumen erblühen ließ. Wenn die sengende Sonne den Boden hart und trocken werden ließ, konnte Psekas einen feinen Sprühregen heraufbeschwören, der die durstige Erde nährte. Ich fragte mich, wo sie all das gelernt hatten. »Seid ihr immer hier im Wald gewesen?«, fragte ich sie.

»Nicht immer«, erklärte mir Phiale. »Ein paar von uns sind die Töchter des Titanen Okeanos, jenes gewaltigen Flusses, der die Erde umfließt. Unser Vater hat uns schon als Kinder zu Artemis geschickt, und seitdem leben wir hier.«

Das warf eine weitere Frage auf: Ich wuchs die ganze Zeit und war schon fast so groß wie die Nymphen, wieso schienen sie sich nie zu verändern?

»Wie Artemis sind wir von klein auf zu dieser Gestalt herangewachsen, und so werden wir bleiben«, erklärte mir Phiale. »Während die Göttin nie sterben wird, können wir von wilden Tieren oder auf andere Art verletzt werden.« Sie schwieg kurz. »Nymphen können getötet werden, wie die Geschöpfe, die du im Wald erlegst. Aber die Leiden des Alters können uns nichts anhaben.«

»Und was ist mit mir?«, fragte ich.

Sie umfasste meine Wange mit einer Hand und strich die Haarsträhnen glatt, die sich aus meinem Zopf gelöst hatten. »Du bist eine Sterbliche, Atalanta. Anders als jede andere Sterbliche, die je gelebt hat, aber wie alle Menschen wirst auch du heranwachsen und altern.«

»Mach ihr keine Angst.« Von der anderen Seite des Hains näherte sich Kallisto, die gerade von der Jagd zurückkehrte; ihr Zopf hatte sich gelockert, ihr Gesicht war schmutzig. Sie warf ihren Speer beiseite, der scheppernd auf dem Felsboden landete, und ließ sich neben uns zu Boden sinken.

»Sie macht mir keine Angst«, widersprach ich, streckte die Hand aus und pflückte ein Blatt aus Kallistos wirren Locken.

»Natürlich nicht.« Sie legte den Kopf in den Nacken und schloss die Augen.

»Bist du erschöpft?«, fragte Phiale sie.

Kallisto streckte den Arm aus und nahm meine Hand in ihre. »Ich war mit Artemis auf der Jagd, aber sie ist so schnell vorausgerannt, dass ich nicht mit ihr Schritt halten konnte.« Sie verzog die Lippen zu einem schiefen Lächeln. »Anders als Atalanta, die den ganzen Tag mit ihr durch die Berge laufen kann und erfrischt und zu allem bereit zurückkommt.«

Phiale lachte. »Atalanta ist noch jung, deshalb ist sie so voller Energie.«

»Glaubst du nicht, dass sie noch beeindruckender sein wird, wenn sie erst erwachsen ist? Ich schon.« Kallisto drückte meine Finger, dann sah sie mich an. »Bald wirst du meinen Platz als vertrauteste Gefährtin einnehmen«, sagte sie. Ihr Ton verriet keine Verbitterung, keine Spur von Eifersucht. Sie sagte es schlicht und ehrlich, mit derselben Zuneigung, die sie mir immer entgegenbrachte. Meine Brust schwoll vor Stolz, und ich wandte den Blick ab, unsicher, wie ich reagieren sollte.

Wir spürten es gleichzeitig, ein plötzliches Prickeln in der Luft, als würde der Wald selbst erwartungsvoll aufhorchen. Das konnte nur eins bedeuten. Artemis war gekommen.

Sie betrat die Lichtung, und Nymphen sprangen auf, um sich um sie zu kümmern. Sie überragte alle und hielt einen blutbefleckten Speer in der Hand. Sie glühte förmlich von der Anstrengung und dem Kitzel der Jagd. Sie reichte den Speer, den Bogen und den Köcher zwei bereitstehenden Nymphen, die beides behutsam in einem Winkel der Höhle ablegten. Unterdessen streifte Krokale Artemis die Tunika von den Schultern und hielt ihre Haare hoch, als die Göttin nackt ins Wasser stieg.

Artemis seufzte zufrieden, während die Strahlen der Mittagssonne ihr Gesicht beschienen, die Rundung ihrer Schultern, ihrer Brüste hervorhoben. Es war ein harmonischer, wunderschöner Moment, die Zeit schien stillzustehen.

»Heute Morgen waren auch Männer auf der Jagd«, sagte Kallisto. Ihr Ton klang bedeutungsschwer, als wollte sie Phiale wortlos etwas mitteilen, und sie sahen sich an und schauten dann zu Artemis hinüber, die immer noch ihr Bad genoss.

Ich setzte mich aufrecht hin. »Wie nah sind sie euch gekommen?«

Kallisto lachte. »Nicht sehr nah.«

»Das tun sie nie«, sagte ich. Männer, Hunde und Pferde. Hin und wieder drangen sie in den Wald ein und verscheuchten mit schmetternden Hörnern und ihrem markerschütternden Geschrei die Vögel aus den Bäumen, aber bei all dem Lärm und dem Durcheinander ahnten sie nicht einen Moment, wie nah sie mir, einer Nymphe oder der Göttin selbst kamen.

Phiales Gesicht war ungewöhnlich streng. »Sei dir da nicht zu sicher«, sagte sie. »Sie sind schon einmal tief in den Wald gelangt.«

Ich zuckte die Schultern. »Sie sind nicht schnell genug, um mehr als einen flüchtigen Blick auf uns zu erhaschen.«

»Du darfst ihnen nicht einmal einen flüchtigen Blick auf dich gönnen.« Phiale schüttelte den Kopf, und ich verspürte angesichts ihrer übertriebenen Vorsicht einen Anflug von Gereiztheit.

»Nein, wahrlich nicht.« Kallisto stand auf, holte einen

breitrandigen Becher aus der Höhle und hielt ihn unter die Quelle, die den Teich speiste.

»Einmal hat ein Jäger den Weg in den heiligen Hain gefunden«, sagte Phiale. Kallisto stand halb im Schatten der Höhle, weshalb ich ihr Gesicht nicht sehen konnte, aber Phiales Blick war eindringlich auf mich gerichtet, als sie weitersprach. »Er hatte seine Gefährten aus den Augen verloren und war auf der Suche nach ihnen hierhergelangt.«

»Wirklich?« Ich wusste nicht genau, ob ich ihr glauben sollte. Vielleicht war es ein Scherz, oder sie erzählte mir die Geschichte nur, um zu sehen, wie gutgläubig ich war.

»Artemis nahm gerade ein Bad, genau wie heute«, fuhr Phiale fort. Das Gelächter und Geplätscher der Nymphen, die Artemis im Teich Gesellschaft leisteten, sorgte dafür, dass niemand ihre Geschichte hörte, trotzdem sprach sie so leise, dass ich mich anstrengen musste, um sie zu verstehen. »Die Nymphen warfen sich ins Wasser, scharten sich um die Göttin, um sie vor seinen Blicken zu schützen, aber er war wie gebannt, starrte sie unverwandt an.«

Unbehagen überkam mich. »Was hat sie getan?«

»Er hatte zwei Hunde bei sich«, sagte Kallisto. »Artemis war außer sich, zorniger, als ich sie je erlebt habe. Ich erinnere mich noch an ihr Gesicht, wie sie die Hunde ansah, dann wieder den Mann. Es war still, niemand rührte sich, dann plötzlich schlug Artemis auf die Wasseroberfläche, sodass die Tropfen ihm ins Gesicht spritzten. Ihre Stimme – sie klang gar nicht mehr wie Artemis' Stimme, sondern tiefer, schrecklich. Sie sagte ihm, er solle zu seinen Gefährten gehen und ihnen erzählen, dass er eine Göttin nackt gesehen habe.« Nach einer dramatischen Pause erzählte Phiale weiter. »Er wollte davonlaufen, eilte zurück in Richtung Wald, aber ich konnte sehen, dass sich unter seinen tropfenden Haaren etwas bewegte, dass auf seinem Kopf etwas wuchs, etwas Ungeheuerliches. Ich konnte nicht glauben, was ich sah, aber als er anfing zu schreien, sah ich, was da Gestalt annahm – ein Geweih spross aus seinem Schädel.«

»Ein Geweih?« Ich schnappte nach Luft. »Aber wie …?«

»Er stürzte, und auf einmal war sein ganzer Körper von Fell bedeckt. Er zuckte, wieder und wieder, seine Schreie gellten zum Himmel empor, dann wälzte er sich herum, stand auf vier Läufen – kein Mensch mehr, sondern ein Hirsch.«

»Die Hunde …«, sagte Kallisto und schluckte.

»Er versuchte zu fliehen, stolperte jedoch über seine eigenen Läufe. Die Hunde stürzten sich auf ihn, und ihr Gebell hallte im ganzen Wald wider.«

»Ich konnte nicht hinsehen«, sagte Kallisto.

Ich war fasziniert und abgestoßen zugleich. »Aber ist das den Männern nicht eine Warnung, sich fernzuhalten? Wieso soll ich ihnen dann aus dem Weg gehen? Wenn sie uns hierherfolgen, trifft sie die gleiche Strafe.«

»Stell dir vor, Artemis wäre an jenem Tag nicht hier gewesen.« Phiale strich sich ungeduldig die Haare aus dem Gesicht. »Stell dir vor, ein Mann hätte uns hier ohne sie vorgefunden, hätte eine Nymphe allein beim Bad angetroffen, ohne Kleidung, verwundbar? Wenn sie wüssten, dass wir hier sind, was glaubst du, würden sie tun?«

»Ich weiß es nicht.« An ihrem Tonfall erkannte ich, dass es etwas Schreckliches sein musste.

Kallisto trat nah an mich heran. »Natürlich weißt du es nicht, aber nur, weil wir so leben, wie wir es tun, nur wir Frauen und Artemis.«

»Artemis sorgt dafür, dass wir in Sicherheit sind«, sagte Phiale. »Im Gegenzug haben wir alle denselben Eid geschworen: dass wir uns nicht mit Männern abgeben.«

»Seine Hunde heulten den ganzen Abend und suchten nach ihrem Herrn«, sagte Kallisto. »Sie wollten dafür gelobt werden, dass sie Beute erlegt hatten. Wir hörten, wie seine Freunde in der Ferne seinen Namen, Aktäon, riefen, wieder und wieder. Erst nach Stunden gaben sie auf.«

Ich ließ mir alles durch den Kopf gehen. »Er ist hierhergekommen, um zu jagen. Und er hat etwas gefunden, was stärker war als er.« So war das Leben im Wald. Das hatte Artemis mir beigebracht, als wir mit dem Bogen in der Hand auf Beute gelauert hatten. Wir mussten es mit allem aufnehmen können, was uns über den Weg lief, stark genug sein, um aus allen Begegnungen siegreich hervorzugehen.

»Das stimmt«, sagte Phiale. »Aber Artemis ist nicht immer hier, und wir sind nicht alle so schnell wie du, Atalanta.« Ihre Stimmung hatte sich aufgehellt, sie sagte es lachend.

»Und wir haben auch nicht dein Talent im Bogenschießen«, sagte Kallisto und küsste mich auf die Stirn.

Aber ich würde hier sein, auch wenn Artemis es nicht war. Ich hatte die Jäger nur als Ärgernis betrachtet, jetzt fasste ich den Entschluss, dass ich, wenn einer uns so nahe kam wie Aktäon, dafür sorgen würde, dass es ihm ebenso schlecht erging. Manchmal war ich versucht, ihnen schnell über den Weg zu laufen, um zu sehen, ob sie einen flüchtigen Blick auf mich erhaschen konnten. Wenn sie von nun an mit ihren Pferden und Hunden durch den Wald donnerten, wandte ich mich von den lärmenden Eindringlingen ab und begab mich tiefer ins Herz des Waldes, wohin sie mir nicht folgen konnten.

Ich war fest entschlossen, stärker und schneller zu werden. Strengte mich noch mehr an, übte mich jeden Tag im Bogenschießen, um meine Zielsicherheit zu vervollkommnen. Wenn Artemis zu uns kam, prahlte ich mit meinem Können, erlegte Hirsche und Berglöwen. Ich lief mit ihr um die Wette durch das Gebirge mit fliegenden Beinen, sog scharf und hastig die Luft ein, immer ein winziges Stück hinter ihr. Ich war noch jung genug, um zu glauben, dass ich sie eines Tages einholen würde, dass ich schneller als eine Göttin sein könnte. Sie sollte darauf vertrauen können, dass ich uns alle beschützen würde, so wie sie: ich, die ich das wilde Leben der Bären geteilt hatte und mit Pfeil und Bogen durch die Wälder streifte. Sie war meine Schwester, Mutter, mein Vorbild und meine Lehrmeisterin in einer Person, und ich wünschte mir, nichts zu fürchten, genau wie sie.

2

Wir erreichten eine Wiese voller Blumen, deren zarte rote Blüten im üppigen Gras nickten. Ein schöner Ort, um zu rasten, wie ich fand, doch Artemis runzelte die Stirn, und das Missfallen in ihrem Gesicht wurde noch ausgeprägter, als der Wind einen süßlichen Geruch zu uns trug und wir eine Girlande inmitten des Grases sahen. Es war ein Kranz aus miteinander verflochtenen rosafarbenen Rosen, der zwischen die anderen Blumen gelegt worden war. Verwirrt sah ich, wie Artemis voller Abneigung das Gesicht verzog.

»Was ist das?«, fragte ich. »Wer hat das hier hinterlassen?« Ich verstand nicht, was sie so erzürnte. Bauschige weiße Wolken zogen über den Himmel, die Sonne schien mild und golden auf das wogende, von leuchtenden Blumen übersäte Gras, und die Zweige einer Pappel boten Schatten.

»Rosen«, sagte Artemis und stieß die Girlande mit dem Fuß an, sodass ihr schwerer Duft aufstieg. Dabei lösten sich ein paar Blütenblätter. »Irgendein närrischer Sterblicher muss sie hierhergelegt haben, vielleicht ein verliebter Jäger, als Opfergabe für Aphrodite, in der vergeblichen Hoffnung, dass sie die Stirn hat, je hierher zurückzukehren.«

Ich hielt den Atem an, wagte nicht, sie zu unterbrechen.

Artemis sprach selten über die anderen Götter oder Göttinnen. Bisher hatte sie mit keinem Wort erwähnt, dass einer von ihnen je einen Fuß in unseren Wald gesetzt hatte, in ihr Reich, in dem ihre Macht nie infrage gestellt wurde. Es waren die Nymphen gewesen, die mir beigebracht hatten, wie man die anderen Götter ehrte, damit ich sie nicht aus Versehen vernachlässigte oder erzürnte. Ich wusste von Dionysos, der die Sterblichen gelehrt hatte, wie man aus Trauben Wein kelterte; von Zeus, der Blitze schleuderte und den Himmel mit seinem stürmischen Zorn spalten konnte; Demeter, die die Erde segnete, damit sie Früchte trug und uns ernährte; Poseidon, der über Meere herrschte, die ich noch nie gesehen hatte. Gottheiten des Krieges, der Musik und Dichtkunst, der Strategie, der Weisheit, der Ehe, aller möglichen Dinge, von denen manche mein Leben berührten und andere nicht einmal annähernd. Aphrodite gehörte eindeutig in die letzte Kategorie.

Artemis wandte den Blick von dem Kranz ab und sah mich an. Sie lächelte, und ihr Ärger schien verflogen. »Es ist jetzt zehn Jahre her, dass ich dich im Wald umherirrend fand«, sagte sie. »Und schon jetzt bist du größer als alle Nymphen, obwohl du noch nicht einmal erwachsen bist. Du bist tapfer genug, um sie beschützen zu wollen, obwohl du nicht immer genau weißt, vor welcher Bedrohung.«

Ihr Blick huschte zurück zu den Rosen am Boden; sie schürzte die Lippen und schien zu einer Entscheidung zu kommen. »Dieser Wald stand früher unter der Herrschaft von Kybele, der Muttergöttin. Sie herrschte vor allen anderen, sie gebar die Götter und auch die Berge. Löwen schliefen bei ihrem Thron; sie zogen ihren Triumphwagen, wenn sie durch den Wald fuhr, und sie konnte selbst die stärksten, wildesten Bestien zähmen. Sie überließ diesen Wald mir, und kein anderer Olympier wagt es, in mein Herrschaftsgebiet einzudringen.«

Um uns herum zwitscherten die Vögel fröhlich in den Baumwipfeln. Der Duft der Rosen hing noch in der Luft, jetzt noch süßlicher und aufdringlicher.

»Aphrodite kam natürlich wegen ihres Liebhabers hierher. Ein Sterblicher namens Adonis, der die Jagd liebte. Eine Weile vertrieb sie sich ebenfalls die Zeit damit, stellte Hasen und Vögeln nach und hielt sich für mutig. Sie bat ihn, sich von Bären, Wölfen und Löwen fernzuhalten, flehte ihn an, nie einen wilden Eber zu verfolgen, um auch nicht den kleinsten Kratzer auf seinem gut aussehenden Gesicht zu riskieren.« Sie verzog den Mund. »Hier auf dieser Wiese haben sie beieinandergelegen.«

Ich machte große Augen.

»In meinem Hain, Atalanta, dem Ort, an den ich meine Nymphen brachte, um in Frieden zu leben.« Sie schüttelte den Kopf. »Und hierher kam er auch, als er tödlich verwundet wurde, nachdem er ein wildes Tier im Wald aufgeschreckt hatte – ein Geschöpf, das stärker war als er, die Art, vor der sie ihn gewarnt hatte. Er starb in ihren Armen, und sein Blut tropfte auf den Boden, wo es sich mit ihren Tränen mischte.«

Artemis trat vor und zertrat einige rote Blumen unter den Sohlen ihrer Sandale. »Sie sind an der Stelle gewachsen, an der er gestorben ist«, sagte sie. Als sie den Fuß hob, sah ich die geknickten Stiele und die verstreuten Blütenblätter. »Sie ist nie zurückgekehrt.«

Ich nickte, als wäre ich vollkommen im Bilde. Zwar war ich immer begierig darauf, mehr zu erfahren, aber wenn eine Unterhaltung Artemis langweilte oder sie das Gefühl hatte, genug gesagt zu haben, wurde ihr Gesichtsausdruck so abweisend, dass ich es nicht wagte, Fragen zu stellen. Erst später dachte ich über das nach, was sie mir erzählt hatte, und versuchte einen Sinn darin zu finden, der mir anfangs womöglich entgangen war.

Sie war stets unvorhersehbar, unberechenbar, im Handumdrehen verschwunden, nur um ohne Vorwarnung zurückzukehren. An jenem Abend, als sie wieder fort war, gesellte ich mich zu den Nymphen, die um ein Feuer herumsaßen; dünne Rauchkringel stiegen zum Sternenhimmel auf, und ihr Lachen und Geplauder mischte sich harmonisch in der Stille der Dämmerung. Psekas drehte einen Krug in den Händen, sodass die dunkle Flüssigkeit darin gluckerte. Der berauschende, süße Geruch des Weins erinnerte mich an die Rosen. Lächelnd nahm sie einen Krug Wasser und schüttete etwas davon in den anderen, vermischte den Inhalt damit. Als sie ihn herumreichte, war ich selbst überrascht, als ich danach griff.

Normalerweise trank ich lieber frisches Wasser aus den Quellen. Doch heute war ich fasziniert vom Duft des Weines. Ich atmete ihn ein, betrachtete seine tiefrote Färbung und probierte einen Schluck. Er schmeckte scharf nach Früchten und Gewürzen, sodass ich anfangs die Nase rümpfte. Aber dann spürte ich, wie er mich innerlich wärmte, trank einen weiteren Schluck, und die Wärme breitete sich in meinen ganzen Körper aus.

Krokale lehnte sich an einen knorrigen Eichenbaum, dessen Zweige sich über uns erstreckten. Sie strich müßig über die winzigen weißen Blumen, die um sie herum wuchsen. Der Abend hatte etwas Verträumtes, Entspanntes. Es war zwar nicht schöner, wenn Artemis nicht da war, aber anders. In ihrer Anwesenheit fühlte sich alles lebendiger, pulsierender an. Ich saß aufrechter, lauschte eindringlicher. Nun, da sie fort war, ließ ich die Unterhaltungen an mir vorbeirauschen, bis mir die Wiese wieder einfiel, auf die wir am Nachmittag gestoßen waren, und ich unterbrach das Gespräch mit einer Frage, die mir plötzlich überaus dringlich vorkam.

»Wie lange ist es her, seit Aphrodite hier im Wald war?«

Psekas sah mich misstrauisch an. »Was meinst du?«

»Artemis hat mir heute die Wiese gezeigt, wo ihre Blumen wachsen. Ich habe mich nur gefragt, wann das war.«

Psekas zuckte die Schultern. »Das weiß ich nicht.« Sie sah sich rasch im Kreis um und trank einen großen Schluck Wein. »Sie kam zum Schäferstündchen mit ihrem Liebhaber hierher. Artemis konnte es nicht leiden, wenn sie hier war, aber wir hätten nie davon erfahren, wenn sie es uns nicht selbst erzählt hätte – sie war natürlich wütend. Ich glaube, Aphrodite hat nach einem Versteck gesucht, einem Ort, der vor den Augen der Welt verborgen war.«

»Aber der Wald gehört Artemis«, warf Kallisto ein. Sie nahm den Krug und schüttete noch etwas Wasser in den Wein.

Krokale beugte sich vor und hielt ihr den Becher hin. »Das hat Aphrodite deutlich zu spüren bekommen, glaube ich.«

»Artemis hat gesagt, ein Tier habe Adonis getötet«, sagte ich. »Ein Jagdunfall.«

Krokale nickte, aber ich sah, wie sie einen flüchtigen Blick mit Psekas wechselte. »Artemis hatte Aphrodite nicht verziehen, dass sie Ränke gegen eine ihrer Favoritinnen geschmiedet hat. Sie konnte ihre Anwesenheit hier nicht ertragen. Ihr Zorn überschattete jeden Tag.«

»Zweifellos wollte sie uns alle auch beschützen«, sagte Kallisto. Ihr Tonfall war sanft, aber ich glaubte einen warnenden Unterton in ihren Worten zu hören.

»Warum, was ist denn mit ihrem Schützling passiert? War es eine Nymphe?«, fragte ich.

Krokale seufzte. »Ein Mädchen, dem Artemis ganz und gar ergeben war. Sie war ihre liebste Freundin. Ihr Name war Persephone.«

»Persephone, die Königin der Unterwelt?«, fragte ich.

Krokale nickte. »Sie verbrachten ihre Kindheit zusammen auf der Insel Sizilien, ihrem Lieblingsort, wo sie auf den Wiesen spielten und Veilchen pflückten. Sie hatten sich beide einem

Leben ohne Männer verpflichtet, wie wir es ebenfalls getan haben.«

»Aber Aphrodite hatte andere Pläne.« Das Mondlicht spiegelte sich schimmernd in dem Wein in Kallistos Becher, als sie ihn schwenkte, und ihre Augen blickten traurig, als sie weitersprach. »Sie wollte ihre Macht beweisen, zeigen, dass es keine Winkel und keine Höhle auf der Welt gab, in die ihr Einfluss sich nicht erstreckte. Einschließlich der Unterwelt.«

»Sie schickte ihren Sohn Eros zu Hades«, sagte Krokale. »Sie wollte, dass der eisige König der Toten vor Sehnsucht brannte. Und so schoss Eros seinen Pfeil ab, und Hades wurde von einem unwiderstehlichen Verlangen nach Persephone überwältigt.«

»Und so wurde Persephone mit Hades vermählt?«, fragte ich.

»Und Artemis verlor ihre geliebte Freundin«, beendete Kallisto die Geschichte.

»Es machte den Affront, dass Aphrodite Adonis hierherbrachte, noch schlimmer«, sagte Psekas. »Das war unerträglich für Artemis.«

Ich dachte daran, wie Artemis die Blumen zertreten hatte. »Verständlich.«

Krokale streckte die Arme und ließ sie mit einem leichten Schauder wieder sinken. »Aber so, wie Artemis nicht verzeihen konnte, was mit Persephone passiert ist, hat Aphrodite den Verlust von Adonis sicher auch nicht verwunden.«

»Woher weißt du das?«, fragte ich.

»Es gibt eine Welt außerhalb des Waldes«, sagte Krokale. »Wir sind mit Artemis hierhergekommen.« Wieder warf sie Psekas einen Blick zu. »Unsere Schwester Peitho dagegen hat sich in den Dienst von Aphrodite begeben.«

»Es gibt viele Nymphen auf Erden«, ergänzte Psekas. »Einige leben wie wir, manche auf völlig andere Art.«

Ich runzelte die Stirn und trank meinen Wein aus. »Hatte eure Schwester eine Wahl?«

Psekas lachte. »Ja, hatte sie.«

»Und jetzt ist sie eure Feindin wie Aphrodite die von Artemis?«

»Ganz und gar nicht. Sie ist und bleibt unsere Schwester; wir lieben sie genauso wie vorher.«

Ich öffnete den Mund, aber Kallisto erhob sich. »Ich glaube, es ist an der Zeit, schlafen zu gehen«, sagte sie.

Ich war müde, und eine angenehme Schwere hatte sich meines Körpers bemächtigt. Der leise Schrei einer Eule ertönte aus einem Baum, und die dunklen Schemen der Berge erhoben sich hinter den Bäumen wie vertraute Freunde. *Wie unbegreiflich,* dachte ich bei mir, als ich mich schlafen legte, *dass jemand sich ein anderes Zuhause als diesen Ort, eine andere Beschützerin als Artemis aussucht.*

Im Laufe der Jahre kamen noch andere Nymphen zu uns, von unsterblichen Vätern hierhergesandt, die ein Zuhause für ihre zahlreichen Töchter suchten. Nicht lange nach jenem Tag traf Arethusa bei uns ein. Ihr Vater war Nereus, ein Meeresgott aus alter Zeit; ich hörte, wie sie es den anderen erzählte, als ich mich mit Pfeil und Bogen aufmachte, um auf die Jagd zu gehen. Leichtfüßig und geräuschlos streifte ich durch den Wald, bis Helios' Bahn sich abwärtsneigte und die Sonne unterging. Ich erreichte ein Flussufer. Dankbar legte ich die Tunika ab und tauchte ins Wasser, wusch mir den Staub und den Schmutz vom Körper. Ich kam wieder an die Oberfläche, ließ mich dahintreiben, und die sanfte Strömung trug meine Müdigkeit davon und linderte den Schmerz in meinen Muskeln. Ich war nicht die Einzige hier; der Wind wehte das Geplauder einer kleinen Gruppe von Nymphen am Ufer zu mir, und ich hob die Hand, um sie zu grüßen. Kallisto stand auf, zog ebenfalls ihre Tunika aus und ließ sich in den Fluss gleiten. Wir schwammen oft zusammen und erzählten uns Geschichten von der Jagd des jeweiligen Tages. Während ich darauf wartete, dass sie mich erreichte, schloss ich in seliger Zufriedenheit die Augen, und meine Haare breiteten sich um mich herum aus. Doch noch während ich in Erinnerungen an den Tag schwelgte, spürte ich ein Ziehen am Kopf. Ich riss die Augen auf, und meine Kopfhaut prickelte, als ich die unverkennbare Berührung von Fingern spürte, die durch mein Haar glitten.

Als ich mich umdrehte, sah ich, dass Kallisto noch weit von mir entfernt war. Das, was mich gepackt hatte, war keine Nymphe. Es befand sich noch etwas anderes im Fluss.

Ich wand mich, befreite mich mit einem Ruck und strampelte panisch, um ins flache Wasser zu gelangen, packte das lange Gras, um mich an Land zu ziehen, zerrte mir hastig die Tunika über den Kopf und griff nach meinem Bogen. Keuchend stand ich am Ufer und suchte den Fluss nach dem ab, was mich festgehalten hatte. Auf der anderen Seite des Flusses war auch Kallisto aus dem Wasser gesprungen, nachdem sie meine panische Flucht bemerkt hatte, und unsere Blicke trafen sich. Die Nymphen am anderen Ufer setzten sich argwöhnisch auf, und der Friede der langsam fallenden Dämmerung war dahin.

Dann schrie Arethusa. Sie hatte sich zu weit über den Fluss gebeugt und schien plötzlich von einem Dutzend wässriger Hände bedeckt zu sein, die über ihr Fleisch krochen. Sie wand sich, schaffte es, sich zu befreien, floh vom schlammigen Ufer und schrie erneut, als wir eine Stimme aus der Tiefe gurgeln hörten; rauschendes Wasser, das die Worte sprach: »Ich bin Alpheios, Gott dieses Flusses.« Ein Schauer lief mir über den Rücken. Artemis mochte die Göttin unseres Waldes sein, aber aus jedem Gewässer, jeder Quelle entsprangen niedere Gottheiten. Die meisten wagten es allerdings nicht, Artemis' Zorn zu erregen, doch manche waren dreister, kühner.

Arethusa rannte davon, aber ich sah, wie Blasen an die Wasseroberfläche stiegen und eine schimmernde, tropfnasse Gestalt sich daraus erhob. Ohne nachzudenken, sprang ich zurück ins Wasser, schwamm ans andere Ufer, kletterte den schlammigen Abhang hinauf und rannte hinter Arethusa her. Doch er folgte ihr ebenfalls mit schmatzenden Schritten. Hätte ich Pfeile auf ihn abgeschossen, hätten sie seinen wässrigen Körper durchdrungen und Arethusa getroffen. Mein Atem ging stoßweise, aber ich rief Artemis an, als er sich über Arethusa aufbäumte wie eine Welle mit glitzerndem Wellenkamm.

Meine Fersen schlitterten über die Erde, als ich abrupt stehen blieb. Ich spürte, wie Artemis' Zorn in der Stille pulsierte. Sie musste nah genug sein, um meinen verzweifelten Schrei gehört zu haben, oder sie hatte die Anwesenheit von Alpheios selbst gespürt. Ehe Alpheios Arethusa erreichen konnte, verschwand die erschöpfte Nymphe, und an ihrer Stelle erhob sich eine Nebelwolke. Alpheios drehte das große Haupt, sah sich nach ihr um. Ein unaufhörliches Plätschern ertönte aus dem Zentrum des feuchten Dunsts, wo Arethusa zuvor gewesen war. Dann klaffte im Boden plötzlich ein Spalt auf, die Nebelwolke fiel in sich zusammen, und ein Schwall Wasser ergoss sich in die Erde.

Alpheios brüllte vor Enttäuschung, Schaum blubberte auf der Erde, als er ihr nachstürzte, aber ich hörte Artemis leise hinter mir lachen und fuhr herum. »Wird er sie einholen?«

Die Göttin schüttelte den Kopf. »Er wird es versuchen. Wird sie verfolgen, solange er kann, aber sie ist jetzt ein Strom, fließt den ganzen Weg unter der Erde bis tief in die Unterwelt. Dorthin kann er ihr nicht folgen, er muss in sein eigenes Gewässer zurückkehren.«

»Die Unterwelt?«, fragte ich. »Dann ist sie also tot?« Noch vor wenigen Augenblicken hatte sie am Ufer gelacht.

Hinter Artemis erblickte ich Kallisto mit tropfnassen Haaren und schreckgeweiteten Augen, die noch feuchte Tunika klebte ihr am Körper. Sie musste uns nachgeeilt sein und gesehen haben, was passiert war.

»Keineswegs«, sagte Artemis. »Sie wird auf einer Insel weit weg von hier wieder an die Oberfläche kommen. Als eine heilige Quelle, gesegnet von mir.«

Das Blitzen in ihren Augen hielt mich davon ab, weitere Fragen zu stellen. Als ich einen Blick zurückwarf, hatten sich noch andere Nymphen zu Kallisto gesellt. Ich sah, wie Kallisto die Arme hob, die Form der Wolke nachfuhr, die zuvor ein Mädchen gewesen war; sah die heraufdämmernde Erkenntnis in ihren Gesichtern, während sie zuhörten. Doch ich ging nicht zu ihnen, sondern folgte stattdessen Artemis, und mein rasender Herzschlag beruhigte sich allmählich. Anmutig schritt sie zwischen den Bäumen hindurch, trittsicher und selbstbewusst. Die Haare trug sie wie immer zu festen Zöpfen an ihrem Hinterkopf geflochten, die Beine unter der knielangen Tunika waren nackt, der Bogen auf ihrem Rücken glänzend und golden. Wir kamen an dem Fluss vorbei, aus dem ich geflüchtet war, und sein Wasser war jetzt so dunkel wie der Himmel. Das leise Rauschen des pechschwarzen Stromes klang friedlich. Die anderen Nymphen waren nicht zurückgekehrt. Vielleicht schmollte Alpheios irgendwo dort in der Tiefe, wagte jedoch nicht, Artemis herauszufordern. Erneut breitete sich Ruhe im Wald aus. Artemis blieb stehen, kniete auf einem Felsen nieder, um ihre Sandale zu schnüren, und ihr markanter Kiefer und ihre Wangenknochen glänzten silbern im Mondlicht.

Ich konnte es nicht auf sich beruhen lassen, hatte zu viele Fragen, und sosehr ich vor ihrem Zorn auf der Hut war, ich musste mehr erfahren. Um einen gleichmütigen Ton bemüht, sagte ich: »Arethusa ist also fort.«

Artemis wandte das Gesicht gen Himmel. »Ortygia ist eine wunderschöne Insel«, sagte sie.

»Es kann dort nicht so schön sein wie hier.«

»Nun ja, wenn sie bleiben wollte, hätte sie schneller laufen sollen.« Ihr Tonfall war sanft, trotz der kalten Endgültigkeit ihrer Worte. »Es war eine Gnade für sie, dass ich Alpheios nicht zu Ende bringen ließ, was er tun wollte.«

Ich konnte immer noch seine Finger in meinen Haaren spüren. Ein Schauder lief mir über den Rücken.

»Du warst heute auf der Jagd«, sagte Artemis. »Ich habe dir beigebracht, vorsichtig zu sein, habe dich vor den Berglöwen und den Wölfen gewarnt, die dich in Stücke reißen und bei lebendigem Leib auffressen würden. Aber wenn einer dieser Flussgötter dich in die Hände bekommt … ist das etwas anderes.«

»Also ist sie nun besser dran, als wenn er sie eingeholt hätte?«

Artemis seufzte. »Sie ist jetzt für immer von Männern befreit. Also geht es ihr besser als den meisten.« Sie stützte das Kinn auf die Hände und sah mir direkt in die Augen. Sie hätte irgendeine junge Frau sein können, einfach gekleidet, weder mit Edelmetallen noch mit übertriebenem Zierrat behängt. Doch ihre Furchtlosigkeit, die beständige Entschlossenheit ihres Blicks, ihre Unbekümmertheit und ihr unerschütterliches Selbstvertrauen hoben sie aus der Masse heraus. »Du weißt, dass ich den Hain nur aus einem Grund verlasse und mich in die Stadt begebe«, sagte sie.

Ich nickte. »Um die Gebete der Frauen dort zu erhören.«

»Die Gebete der Gebärenden«, sagte sie. »Es sind so viele, mehr als Eileithyia, die Göttin der Geburt, allein bewältigen kann. Ich gehe dorthin, wenn ich gerufen werde, wenn sie verzweifelt sind.« Sie schüttelte den Kopf, und ihre Augen wurden dunkel. »So eine Verzweiflung willst du nicht erleben.«

»Wie schlimm ist es?«

»Schrecklich. Das war das Erste, was ich in meinem Leben erblickt habe: meine Mutter Leto in den Wehen. Sie ist eine Titanin und wurde von Zeus vergewaltigt. Seine Frau Hera war zornig – das Letzte, was sie wollte, waren noch mehr von seinen Bastarden, die ihr im Weg standen –, und so verfluchte sie meine Mutter, sodass sie weder an Land noch im Wasser niederkommen konnte. Verzweifelt und erschöpft, weil sie ihre Kinder nicht gebären konnte, durchstreifte Leto jeden Winkel der Erde, bis sie eine schwimmende Insel fand, wo sie mich endlich zur Welt bringen konnte. Mein Zwillingsbruder Apollon dagegen machte Schwierigkeiten.« Sie lachte. »Was wenig überraschend ist. Es dauerte einen weiteren Tag, und sie keuchte, schwitzte und schrie, es werde sie entzweireißen. Zum Glück kam ich scharfsichtig und mit unerschütterlichem Gemüt zur Welt. Ich erkannte, was das Problem war, und half ihr, ihn zu entbinden. Er blieb natürlich nicht lange bei uns, war nicht daran interessiert, ihr zu helfen, sich zu erholen; er hatte noch eine ganze Welt zu erforschen und zu erobern. Ich kümmerte mich um sie und pflegte ihren geschundenen Körper, bis sie wieder gesund war. Ich beschaffte uns etwas zu essen – und so lernte ich zu jagen.«

»Hat Hera euch weiterhin verfolgt?« Davon hatte Artemis mir noch nie erzählt. Falls ich überhaupt darüber nachgedacht hatte, war ich davon ausgegangen, dass sie schon ausgewachsen auf die Welt gekommen war wie Athene, die – in Rüstung und kampfbereit – Zeus' Haupt entsprungen war.

»Nein, das wagte sie nicht. Zeus war erfreut, so begnadete Kinder zu haben, und setzte sich durch. Ich war ohnehin nie daran interessiert, viel Zeit mit den Göttern zu verbringen, und Hera verspürt keinerlei Neigung, in meinen Wald zu kommen. Ich schloss einen Handel mit Zeus: Wenn er mir die Berge und meine Mädchen überließ, würde ich mich von Hera fernhalten. Aber am wichtigsten war mir, ein Leben frei von Männern führen zu können. Ich wollte mich niemals in derselben Lage wiederfinden wie meine Mutter.«

»Was hat er dazu gesagt?« Es kam mir immer noch so vor, als würde Artemis mir nur eine abenteuerliche Geschichte erzählen. Sie war so sehr Teil des Waldes, dass ich mir nicht vorstellen konnte, wie sie in einem goldenen Thronsaal mit dem König der Unsterblichen verhandelte.

»Er fand es höchst erheiternd. Ein Leben in Keuschheit konnte er sich nicht einmal ansatzweise vorstellen, aber er war einverstanden und ließ mich tun, was ich wollte.« Sie lächelte zufrieden.

Am anderen Flussufer raschelten Blätter. Ich sah, wie sich das Blattwerk teilte, eine Bärin aus dem Schutz des Unterholzes trat und gemächlich zu den Felsen am Rand des Stroms trottete. Sie ließ sich darauf nieder, betrachtete uns kurz, dann senkte sie ihren zottigen Kopf, um zu trinken. Ich spürte den Frieden, der von Artemis ausging, einen Moment so reiner, vollkommener Harmonie, dass es sich anfühlte, als würde die ganze Welt uns gehören: uns, dem Fluss und der Bärin. »Ich wünschte, ich hätte sie retten können«, sagte ich. »Bevor Alpheios ihr zu nahe kam.«

»Sie ist gerettet.«

Ich versuchte mir Ortygia vorzustellen: eine weit entfernte Insel mit einer einsamen Quelle. Wie es wäre, wenn ich an ihrer Stelle gewesen wäre, wenn ich ein leichteres Opfer für den Flussgott gewesen wäre.

Artemis wirkte gelassen. Ich lehnte mich zurück, bemüht, ihre Haltung nachzuahmen in der Hoffnung, dieselbe mühelose Anmut auszustrahlen. Ihre Worte hallten in meinem Kopf nach – *Sie hätte schneller laufen sollen* –, und ich schwor mir, dass ich stets schnell genug sein würde. Ganz gleich, welche Gefahren im Wald lauern mochten, ich durfte nicht zulassen, dass sie mich einholten.

3

Ich sprach Artemis nie wieder auf Arethusa an, dachte aber oft über unsere Unterhaltung nach. Sie beschäftigte mich, wenn ich allein auf die Jagd ging, ähnlich wie die Erinnerung daran, was Phiale mir erzählt hatte – dass Nymphen sich nie veränderten, nie an Altersschwäche starben. Seit Arethusa für uns verloren war, verstand ich etwas besser, was ihnen sonst noch zustoßen konnte. Aber ich war eine Sterbliche, keine Nymphe, und ich würde altern. Während ich heranwuchs, begann ich, mich nach etwas anderem zu sehnen. Nicht danach, mein glückliches Leben aufzugeben und sie zu verlassen, sondern nach etwas, von dem ich nicht genau wusste, was es war, bis ich eine Höhle mitten im Wald entdeckte, verborgen in einem Tal, das von steilen Abhängen umgeben war, die kein anderer Sterblicher überwinden konnte. Die Höhle war ringsum von Lorbeerbäumen umgeben, deren Stämme mit samtigem Moos bewachsen waren. Weiches Gras, gesprenkelt mit feurig-orangeroten Krokussen und tiefblauen Hyazinthen, spross aus der Erde. Und ein klarer Bach strömte an ihrem Eingang vorbei.

Ich ging zurück zum Hain und erklärte den Nymphen, dass ich ein Zuhause für mich gefunden hätte. Meine Worte überraschten mich fast ebenso wie Kallisto.

»Willst du denn nicht mehr bei uns leben?«, fragte sie.

»Aber ich bleibe doch im Wald«, sagte ich. Ich wusste nicht, wie ich das Bedürfnis erklären sollte, mir diesen Teil des Waldes ganz zu eigen zu machen. Seit dem Tag, an dem sie mich angenommen hatten, hatte ich alles mit den Nymphen geteilt. Heute wollte ich jedoch, dass etwas mir allein gehörte.

Obwohl ich es nicht recht erklären konnte, schien Kallisto zu verstehen. »Bleib nicht zu lange fort«, sagte sie, und ich versprach es ihr.

Bald lernte ich, wo meine Füße am steilen Abhang Halt finden und wo ich mich leicht durch die Zweige fallen lassen konnte, wie ich mit meinem Gewicht jeden Ast daraufhin überprüfen konnte, ob er nachgeben würde, wie sich das Trillern und Zwitschern der einzelnen Vögel unterschied und wo sich die verschiedenen Wasserströmungen in einer tosenden Stromschnelle trafen und miteinander rangen, sodass sie ahnungslose Schwimmer in die Tiefe ziehen konnten. Ich hielt das Versprechen, das ich Kallisto gegeben hatte, und gesellte mich jeden Tag zu den Nymphen, wenn sie sich an den Ufern der Bäche versammelten, sich auf den Felsen ausstreckten, sich gegenseitig die Haare flochten und in der Sonne lachten. Manchmal erspähte ich den vorbeihuschenden Schatten einer der Dryaden, der Schutzgöttinnen des Waldes, die man selten zu Gesicht bekam, denn sie waren nicht kühn genug, um sich an dem Geplauder zu beteiligen, sondern sahen nur im Schutz der Bäume sehnsüchtig zu. Jeden Abend war ich froh, allein in meine Höhle zurückzukehren, und genoss die Stille.

Die Jahreszeiten vergingen in mehreren Zyklen, und ich wurde mit jedem Jahr stärker und geschickter.

Wir badeten nie wieder in Alpheios' Fluss. Doch die Erinnerung an das, was Arethusa zugestoßen war, verblasste mit der Zeit. Ich war ausgewachsen, immer noch ein gutes Stück kleiner als Artemis, aber größer als alle anderen, und ich bezweifelte, dass der Flussgott es noch wagen würde, mich an den Haaren zu packen. Die trägen, schwülen Sommertage zogen sich hin, gemächliche Nachmittage, an denen die Sonne vom Himmel brannte und die Teiche, an deren Ufern wir uns niederließen, glatt und glänzend dalagen wie Spiegel. Ich legte mich mit den Nymphen auf die Felsen und ließ mich ins Wasser gleiten, wenn die Hitze zu drückend wurde. Artemis schien ständig unter uns zu sein, lachte und sang, sorglos wie eine von uns. Nur gelegentlich beobachtete ich, wie sie den Blick plötzlich wachsam zum Horizont schweifen ließ, bevor das Leuchten in ihre Augen zurückkehrte und sie uns wieder anlächelte.

Ich versuchte, stets früh am Morgen auf die Jagd zu gehen, noch ehe die Sonne aufging. Wenn ich auf den Berghängen die Zeit aus den Augen verlor, wurde es so heiß, dass mir der Schweiß den Rücken hinunterlief, und gleichgültig, wie viele Wasserschläuche ich dabeihatte, es waren nie genug. An einem solchen Tag fand ich mich in einem dicht bewaldeten Teil des Hains wieder, und vor Durst bekam ich pulsierende Kopfschmerzen, die Sonnenstrahlen durchschnitten das Blätterdach über mir wie Messerklingen. Ich lauschte auf das Plätschern von Wasser, doch nichts war zu hören. Schließlich stieß ich auf eine Lichtung voller massiger Felsbrocken, aber statt der Quelle, die sich dort, wie ich mir sicher war, früher befunden hatte, fand ich nur ausgedörrte Erde vor.

Finster beäugte ich den schweren Speer, den ich selbst geschnitzt hatte und dessen Gewicht mich jetzt behinderte. Ich nahm den leeren Wasserschlauch von meinem Gürtel und hielt ihn mir über den Mund in der Hoffnung, ihm noch einen letzten Tropfen zu entlocken, doch vergebens. Ich stellte mir vor, ihn in dem Bach vor dem Eingang meiner Höhle mit frischem, kaltem Wasser zu füllen, ließ die trockene Luft zischend durch meine Zähne entweichen, und in einem Anfall von Frustration schleuderte ich den Speer gegen einen der Felsen.

Die scharfe Spitze traf den Stein mit einem geräuschvollen Klirren, was sehr befriedigend war. Mit zusammengekniffenen Augen versuchte ich mich zu erinnern, wo sich das nächste Gewässer befand. Ich drückte mir mit den Daumen gegen die Schläfen, spürte das hämmernde Pulsieren in meinem Schädel. Ein unaufhörliches *tropf, tropf, tropf* störte meine Konzentration.

Mein Speer lag noch dort, wo er vom Felsen abgeprallt war, und ich sah, wie ein Wasserrinnsal auf ihn und die Erde tropfte. Wo die Speerspitze den Felsen gespalten hatte, entsprang eine winzige Quelle. Wenig, aber genug.

Ich warf mich daneben auf die Knie, presste den leeren Schlauch dagegen. Das Rinnsal strömte kräftiger, floss über den Rand, benetzte die Erde ringsherum. Ich trank dankbar in tiefen Zügen, dann füllte ich den Schlauch erneut. Meine Umnebelung wich Klarheit, mit jedem Schluck wurde der pulsierende Schmerz in meinen Schläfen gelindert. Schließlich erhob ich mich auf die Knie, spürte die befriedigende Dehnung in meinen Oberschenkeln, die köstliche Erleichterung nach der Anspannung. Ich wischte mir mit dem Handrücken den Mund ab und schaute mich um. Die Sonnenstrahlen fielen schräg auf die Lichtung, es musste später Nachmittag sein. Ich verlagerte mein Gewicht wieder auf die Fersen, griff nach meinem Speer und erhob mich. Mit einem Anflug von Stolz blickte ich zu der Quelle zurück; dass ich in der Lage war, mit einem Speerwurf Wasser aus einem Felsen fließen zu lassen, war ein Beweis für meine Kraft.

Ich lief zu den Nymphen. Es war ohnehin zu heiß zum Jagen. Stattdessen pflückte ich unterwegs Wildblumen und bat meine Gefährtinnen, sie mir in die Haare zu flechten.

Die Hitze nahm im Laufe der nächsten Wochen noch zu, bis sie schier unerträglich war. Nicht einmal nachts gab es Abkühlung; in meiner Höhle war es stickig, und draußen im bewaldeten Tal wehte kein Lüftchen.

Als das Gewitter kam, war es eine Erleichterung. Gezackte Blitze zerrissen den Himmel, Donner grollte im Osten, und fette Regentropfen prasselten in den Teich, zerstörten das Spiegelbild der Sterne. Entzückt lachte ich laut auf, sprang impulsiv von meinem Lager auf, wollte unbedingt den Regen auf meiner Haut spüren. Allein in der Dunkelheit, doch ohne Furcht, drehte ich mich draußen mit nackten Füßen auf der feuchten Erde im Kreis, das Gesicht dem entfesselten Himmel zugewandt, und ließ mich vom Regen durchnässen. Er rann mir in Strömen aus den Haaren, durchweichte köstlich kühl meine dünne Tunika und riss meine Gliedmaßen aus ihrer Erstarrung.

Ich hörte nicht, wie sie sich näherte; der Wind musste ihr Schluchzen davongeweht haben. Die Wolken, die sich vor den Mond geschoben hatten, verhinderten, dass ich sah, wie sie den steilen Abhang zu mir hinunterkletterte. Erst als sie gegen mich stolperte, wurde ich mir ihrer Anwesenheit bewusst, und instinktiv packte ich sie an den Schultern und bohrte ihr die Finger ins Fleisch, als sie sich mir zu entwinden versuchte. Die dunklen Haare klebten ihr im Gesicht, ihr Atem ging hektisch und keuchend, und sie fühlte sich an wie ein zerbrechliches Vögelchen.

»Kallisto?«, sagte ich.

Sie brachte kein Wort heraus, gab nur einen wimmernden Laut von sich.

»Komm, wir gehen in die Höhle, heraus aus dem Regen.« Sie wand sich immer noch, versuchte, sich zu befreien, und ich fragte mich, ob sie mich überhaupt erkannte. Tagsüber waren wir noch zusammen im Fluss geschwommen, aber sie schien in einer blinden, verzweifelten Angst den Verstand verloren zu haben. »Ich bin es, Atalanta«, sagte ich und versuchte, sie in die Höhle zu lotsen, ohne ihr wehzutun, und so beruhigend auf sie einzureden wie möglich. Ich dachte an Artemis, wenn eine der Nymphen verletzt war, an das ruhige Mitgefühl in ihrer Stimme, wenn sie einer von ihnen den Fuß verband, den sie sich an den Felsen aufgerissen hatte, oder einer anderen den Knöchel, wenn sie von einer aufgescheuchten Schlange gebissen worden war, oder wieder einer anderen den Arm, der von der Tatze eines Bären zerschrammt worden war, der es auf dieselben Beeren abgesehen hatte wie sie. Ich bemühte mich, so zu klingen wie sie, sanft und bestimmt zugleich.

Kallisto hörte auf, sich zu wehren. Obwohl ihre Schultern immer noch steif vor Anspannung waren, ließ sie zu, dass ich sie in die Höhle führte. Ich hüllte sie in Felle ein und wrang ihr das Wasser aus den Haaren. Nach und nach hörte sie auf zu zittern, und das schreckliche Keuchen verstummte.

Ich saß in der Dunkelheit neben ihr und war unsicher, was ich als Nächstes tun sollte. »Was ist passiert?«, fragte ich.

Sie zögerte. Ich konnte ihren Gesichtsausdruck nicht deuten. »Der Sturm«, sagte sie. »Es war der Sturm.« Ihre Stimme klang rau und dünn.

»Bist du in den Sturm geraten? Konntest du den Heimweg nicht finden?«

Sie senkte den Kopf. Draußen verebbte der Regen zu einem leisen Plätschern. Der Wind legte sich, die Zweige rauschten nur noch leicht, und der Mond warf geisterhafte Strahlen in die dunklen Wellen des Teichs. »Ich habe mich verlaufen.« Sie schwieg lange Zeit. »Ich dachte, Artemis wäre dort, aber sie war es nicht. Nicht sie war dort.«

Die unausgesprochene Frage hing zwischen uns – *Wer war dort?* –, aber so, wie Kallisto die Arme um sich schlang und sich krümmte, das Gesicht halb von mir abgewandt, erstarben mir die Worte auf den Lippen. »Du bist hier in Sicherheit«, sagte ich stattdessen.

Sie umklammerte meine Hand. »Danke.«

»Schlaf heute Nacht hier«, sagte ich zu ihr.

Kallisto schwieg, während ich aus Fellen und Tierhäuten eine Lagerstatt für sie zurechtlegte; sie schmiegte sich hinein, und ein leises Schluchzen entfuhr ihr, als sie sich fest darin einhüllte. Ich strich ihr übers Haar und fragte mich, was ich sonst noch sagen könnte. Den aufsteigenden Verdacht, was ihr dort draußen in dem Gewitter widerfahren sein mochte, konnte ich nicht in Worte fassen und wusste auch nicht, ob ich es sollte.

Ich warf einen Blick auf meinen Bogen, der noch an der Höhlenwand lehnte. Der lange Speer daneben, das Messer, das ich täglich an einem Felsen schärfte. Dann blickte ich zum Höhleneingang. Dort draußen gab es nichts zu sehen; der Sturm war abgeflaut, und Ruhe und Frieden waren wieder eingekehrt.

Nie zuvor hatte ich mich davor gefürchtet, allein zu schlafen. Seit ich meine Höhle gefunden hatte, hatte ich sie mit niemandem geteilt. Ich war überrascht, wie tröstlich es war, Kallistos anfangs noch ungleichmäßigen, jedoch immer regelmäßiger werdenden Atem zu hören. Ich legte mich neben sie und sah zu, wie die Morgenröte durch die Dunkelheit kroch, bis meine Lider schwer wurden und ich einschlief.

Ich wurde von der Sonne geweckt. Desorientiert setzte ich mich im grellen Licht auf und kniff die Augen zusammen; sie stand viel höher am Himmel als sonst, wenn ich erwachte.

»Atalanta.«

Ich fuhr herum. »Kallisto, geht es dir besser?«

»Viel besser, danke.« Ihre Worte klangen gestelzt. Bei Tageslicht schienen die Ereignisse der Nacht zuvor unwirklich. Ich fragte mich, ob ihre Ängste der vergangenen Nacht ihr peinlich waren, die Torheit, sich im Gewitter zu verlaufen. Einen Moment lang beruhigte mich die Vorstellung, die in ihrer Schlichtheit tröstlich war.

Als meine Augen sich an das Licht gewöhnt hatten, betrachtete ich sie eingehender. Der kurze Moment der Hoffnung verflüchtigte sich mit dem letzten Überrest von Müdigkeit. »Deine Tunika«, sagte ich. »Sie ist ja ganz zerrissen.«

»Ich muss an den Zweigen hängen geblieben sein, als ich hierhergerannt bin«, sagte sie.

Ich nahm sie genauer in Augenschein, die langen Risse im Stoff, die Blutergüsse an ihren Oberarmen. »Artemis hat bestimmt Wickel dafür, irgendetwas Heilsames.«

Die Panik, die in ihren Augen aufflackerte, als sie entschieden den Kopf schüttelte, war nicht zu verkennen. »Ich brauche nichts. Es gibt keinen Grund, Artemis davon zu erzählen.«

Ich öffnete den Mund, aber der flehentliche Blick, den sie mir zuwarf, hielt mich davon ab, etwas zu sagen. Wir schwiegen einen Moment. »Hast du Hunger?«, fragte ich schließlich.

Sie schüttelte den Kopf. »Ich werde gehen. Danke, dass du mir Zuflucht gewährt hast.«

Etwas verbarg sich hinter ihren Worten, ihrem düsteren Blick, ihrer Haltung, die so anders waren als die des unbekümmerten Mädchens, das ich durch den Wald laufen sah. Aber ich wusste nicht, wie ich sie darauf ansprechen sollte, sondern sah ihr bloß nach, als sie ging, vorsichtig den Abhang hinaufkletterte, als schütze sie eine Wunde und müsse darauf achten, sich nicht noch mehr zu verletzen.

Ich hielt bei den Teichen, auf den Lichtungen und an den stillen Orten im Hain nach ihr Ausschau. Ein paar Tage lang zeigte sie sich nicht, aber als sie sich wieder zu den anderen Nymphen gesellte, hatte sie dasselbe Lächeln im Gesicht wie immer. Nur selten sah ich, wie sie innehielt, ihre Lippen kurz zitterten oder ihr Blick glasig wurde, als würde sie etwas Unsichtbares anstarren. Es war so flüchtig, dass ich mich manchmal fragte, ob ich es mir nur einbildete.

Es gab keine weiteren Unwetter mehr. Die Blätter färbten sich golden und bronzefarben, fielen von den Bäumen und sammelten sich in leuchtend bunten Laubhaufen. Kalte Winde pfiffen durch die kahler werdenden Zweige, und wenn ich morgens aufwachte, lösten sich die Nebelschwaden in den schwächer werdenden Sonnenstrahlen in Nieselregen auf. Nachmittags, ehe es dunkel wurde, nähte ich Hirschfelle zusammen, die ich mir über die Schultern warf, um mich zu wärmen. Im Wald wurde es ruhiger; der Chor der summenden Insekten und zirpenden Grillen, die die wärmeren Monate ausfüllten, wichen der Stille, die Bären zogen sich in ihre Berghöhlen zurück, und die höchsten Gipfel waren mit Schnee bestäubt. Wenn wir uns versammelten, kuschelten wir uns in Pelzmäntel, und die Kälte ließ Rosen auf unseren Wagen erblühen. Ich genoss die klirrend kalte Luft, den glitzernden Frost, die skelettartig kahlen Bäume, die sich schwarz vom mild-weißen Himmel abhoben.

Artemis war oft nachdenklich, wenn der Winter Einzug hielt. »Sie trauert um ihre Freundin«, erklärte Kallisto mir, als wir einmal zusammen spazieren gingen. »Ihre Kindheitsgefährtin, Persephone.«

»Ihr habt mir einmal von ihr erzählt«, sagte ich.

Kallisto nickte. »Artemis sehnt sich immer noch nach der gemeinsamen Zeit zurück, bevor Hades den Erdboden spaltete, Persephone packte und sie in seine Welt hinabzerrte.« Ihre Stimme brach, und ich sah sie überrascht an.

»Ich wusste nicht, dass sie geraubt wurde.« Sie hatten mir erklärt, Hades habe sich in sie verliebt. Ich verspürte einen Anflug von Mitgefühl für das lachende Mädchen, das mit seinen Freundinnen Wildblumen gepflückt hatte, bevor sich der Boden unter ihren Füßen auftat.

»Die Nymphen haben dir von Persephone erzählt«, sagte Kallisto. »Nicht Artemis. Sie spricht jetzt nicht mehr von ihr, aber würde sie es tun, würde sie die Geschichte anders erzählen.«

»Was würde sie sagen?«

Kallisto blickte nachdenklich in die Ferne. »Sie würde sagen, dass Persephone die Sonne liebte. Dass die Tage, die sie inmitten von Blumen verbrachten, die glücklichsten waren, die sie gekannt habe. Dass sie diese Tage der Freiheit habe entgleiten lassen wie die Glasperlen einer Kette, die sie achtlos auf den Boden fallen ließ, ohne zu ahnen, dass sie zerreißen würden.«

Ich wagte es nicht, sie zu unterbrechen. Es war das erste Mal seit dem nächtlichen Gewitter, dass sie so mit mir sprach.

»Demeter stürzte die Welt in ihren ersten, brutalsten Winter, als sie erfuhr, was ihrer Tochter zugestoßen war. Sie schwor, sie werde der Erde nicht erlauben, je wieder Korn, Früchte oder Blumen hervorzubringen, dass alles verdorren und absterben werde, damit jedes lebendige Wesen mit ihr zusammen trauern müsse. Die anderen Götter zwangen Hades, Persephone jedes Jahr eine Zeit lang gehen zu lassen, damit ihre Mutter die Welt in jedem Frühling wieder zum Leben erwachen ließ. Aber wenn Persephone wieder in die Unterwelt hinabsteigen muss, macht Demeter die Erde erneut unfruchtbar.«

»Dann ist Persephone ja nicht für immer verloren«, bemerkte ich.

»Die unschuldigen Tage auf Sizilien waren zu Ende.« Die Traurigkeit in Kallistos Stimme ließ keine Erwiderung zu. »Persephones Schwur war gebrochen. Alles hatte sich verändert.«

Ich begriff, was sie meinte, als die Krokusse vor meiner Höhle wieder aus dem Boden lugten, als Knospen an den Bäumen sprossen und anschwollen, als zwitschernde Vögel den Sonnenaufgang begrüßten und die Kargheit des Winters von der Fülle des Lebens verschlungen wurde, die Persephones jährliche Wiederkunft begleitete. Die Nymphen streiften die dicken Pelze ab und kehrten an die Badeteiche zurück. Nur Kallisto blieb zögernd stehen, immer noch in ihr schweres Gewand gehüllt, bis Artemis ungeduldig wurde und ihr befahl, ins Wasser zu kommen.

Ich sah Kallistos Gesicht, die Resignation, die Niedergeschlagenheit, als sie den drapierten Stoff abstreifte, der ihren Körper verbarg. Das verblüffte Schweigen, als sie vor uns stand und wir die Rundung ihres Bauches sahen. Ich schaute mich im Kreis der Nymphen um und dann zu Kallisto zurück, auf die alle entsetzt den Blick gerichtet hatten. Ich wagte es nicht, Artemis anzusehen.

Die Göttin schritt auf sie zu, an ihrer Seite den blitzenden Speer. »Was hat das zu bedeuten?«, fragte sie mit kalter Stimme.

Kallisto hob das Kinn. Ein Anflug von Mitgefühl stieg in mir auf, aber die Furcht davor, was passieren würde, vertrieb ihn. »Das Gewitter im letzten Sommer«, sagte sie, und das letzte Rätsel löste sich. »Zeus, der Blitzschleuderer. Du hast seine Ankunft nicht bemerkt, du wusstest nicht, dass er hierherkam, verborgen im Chaos.«

Artemis schnaubte. »Und du hast ihn also mit offenen Armen in unserem Hain willkommen geheißen?«

»Ich hielt ihn für dich. Er hatte deine Gestalt angenommen. Mit deiner Stimme sprach er zu mir, drängte mich, ihm zu folgen, Schutz vor dem Regen zu suchen. In dem Glauben, er wäre du, bin ich mit ihm gegangen, und als er mich packte und ich erkannte, wer er wirklich war, gab es keinen Weg mehr, ihm zu entkommen.«

Ich schluckte, dachte an das wie betäubt wirkende panische Mädchen, das den Abhang zu meiner Höhle hinuntergeklettert war. An die blauen Flecken an ihren Armen, das zerrissene Gewand, ihren leeren Blick.

»Alle, die mir nachfolgen, müssen sich an eine Bedingung halten«, sagte Artemis.

»Ich hatte keine Wahl.«

Aber wir alle wussten, dass Betteln nichts nützen würde. Kallisto war sich dessen ebenso bewusst wie wir. Tränen traten ihr in die Augen, und sie schlang die Arme um den angeschwollenen Leib, sank auf die Knie und weinte bitterlich.

Artemis legte die Hände auf den Kopf des Mädchens. Ihr Gesichtsausdruck war hart und unbewegt, als sie einen quälenden Moment lang dastand und dann beiseitetrat.

Vor unseren Augen schienen Kallistos bebende Schultern einzufallen, und sie wand sich. Sie hob die Hände zum Gesicht, doch ihre Fingernägel verwandelten sich in gekrümmte Krallen. Borstiges schwarzes Fell wuchs auf ihren Armen, ihr Schluchzen wurde zu einem Grollen, und alle Worte, mit denen sie sich hätte verteidigen können, waren für sie für immer verloren. Wo zuvor ein verzweifeltes Mädchen gestanden hatte, erhob sich jetzt ein Tier des Waldes, eine Bärin wie die, die Mitleid mit mir gehabt hatte, als ich ein Neugeborenes war, doch unsere Göttin hatte kein Mitleid für Kallisto übrig, sondern nur harte Entschlossenheit, als sie zusah, wie das verzweifelte Geschöpf seine Verwandlung zu begreifen schien, uns alle der Reihe nach ansah, bevor es sich umdrehte und aus dem Hain floh.

4

Alle trauerten um Kallisto, selbst Artemis. Mir fiel auf, dass sie manchmal in die Ferne blickte, einen Moment lang in sich versunken, und ich war mir sicher, dass sie an Kallisto dachte. Vielleicht auch an Persephone, an Arethusa und andere. Artemis mochte das Antlitz einer jungen Frau haben, aber wer konnte sagen, wie viele Gefährtinnen sie in all den Jahren ihrer Unsterblichkeit verloren hatte?

Wenn ich nachts den Ausschnitt des Himmels betrachtete, der durch den halbrunden Eingang meiner Höhle zu sehen war, versuchte ich, Kallistos Umrisse in den Sternen zu erkennen. Ich wünschte, ich wäre in der Gewitternacht dort draußen gewesen, bei ihr, dann hätte ich ihr helfen können zu fliehen.

Ich schien meine Traurigkeit nicht abschütteln zu können. Sie belastete mich den ganzen Frühling über, während um mich herum Blumen in allen Farben erblühten und der Wald zu prachtvollem Leben erwachte. Wenn ich jagen ging, ließ mich mein Zielvermögen im Stich, oder meine Beute lief mir davon, und was noch schlimmer war, es war mir gleichgültig. Die Tage erschienen mir eintönig, die Nachmittage lang und ermüdend, sie schienen mir durch die Finger zu rinnen, ohne dass ich etwas erreichte.

An einem dieser Nachmittage fand ich mich weit von meiner Höhle entfernt wieder, als die Dämmerung einsetzte. Fluchend versuchte ich, durch die Bäume etwas zu erkennen, und zwang mich, aufmerksam zu lauschen, zu spüren, aus welcher Richtung der Wind kam, auf die Markierungen zu achten, an denen ich mich orientierte: einen umgestürzten, moosbewachsenen Baumstamm, einen gewundenen Bachlauf, eine Ansammlung von Veilchen. Ich atmete tief durch und ließ die Instinkte walten, die Erinnerungen, die sich meinen Muskeln eingeprägt hatten und auf die ich mich verlassen konnte, weil sie mich noch nie im Stich gelassen hatten. Zuversichtlich brach ich auf in der Gewissheit, dass ich nach Hause finden würde. Ich blickte zum Himmel hoch, dessen indigoblaue Ränder sich rosig färbten, und ging schneller, und ein Gefühl der Vertrautheit durchströmte mich, der tröstliche Rhythmus dessen, was ich immer gewesen war.

Wie erwartet fand ich den Teich, der von Felsen und Farnen umgeben war. Die Oberfläche kräuselte sich, ein dunklerer Schatten beugte sich am anderen Ufer darüber, und ich spürte ihren Blick, noch ehe ich sie sah. Die Bärin hatte die Schnauze gesenkt, um zu trinken, doch ihre Aufmerksamkeit war auf mich gerichtet. Ein Junges schmiegte sich an ihre Seite. Ihre tiefgründigen Augen blickten mich unverwandt an.

Wie gebannt von ihrem Blick, blieb ich stehen. In den großen schwarzen Augen suchte ich nach etwas anderem, nach mehr. Verzweiflung stieg in mir auf, aber dann schüttelte sich die Bärin, wandte sich ab und trottete zurück ins Unterholz, ihr Junges sicher an ihrer Seite.

Ich rührte mich immer noch nicht, traute meinen Beinen nicht, dass sie mich tragen würden. Die Schatten wurden länger, die flammende Sonne versank hinter den Bäumen und wurde von der dunklen Wasseroberfläche verschluckt.

Die Nacht brach rasch an, und ich war immer noch so weit

von zu Hause entfernt. Ich schob meine Einsamkeit, meine Sehnsucht beiseite, rückte den Köcher mit den Pfeilen und den Bogen auf meinem Rücken zurecht und ließ den Teich hinter mir. Ich kannte diesen Wald in- und auswendig, selbst in der Dunkelheit.

Über mir, in den Lücken im Blätterdach, funkelten die Sterne. Ein schmaler perlmuttweißer Halbmond hing am Himmel, und ich vernahm den lang gezogenen Schrei einer Eule. Dunkle Schemen flatterten zwischen den Zweigen herum, Frösche quakten, und hier und da leuchteten Glühwürmchen auf.

Dann glaubte ich einen schrecklichen Moment lang, Donner zu vernehmen, aber das plötzliche Getöse, das ich hörte, kam aus dem Wald, nicht von oben. Ein Krachen, brechende Zweige, das Dröhnen tiefer Stimmen, Gelächter. Und Feuer, jäh aufflackernde, emporschießende Flammen; heißer, dicker, erstickender Rauch breitete sich aus. Ich wich zurück gegen den dicken Stamm einer Eiche und presste mir die Hand auf Nase und Mund, während ich nach der Quelle Ausschau hielt.

Ihre Körper ergaben anfangs für mich keinen Sinn. Ich hatte schon von Zentauren gehört, sie jedoch noch nie mit eigenen Augen gesehen. Zwei von ihnen brachen durch das Gehölz, und große Äste barsten, als sie sich daran vorbeischoben. Sie hielten Fackeln in den Händen, riesige Äste mächtiger Bäume, die sie abgerissen und in Brand gesteckt hatten. Einer von ihnen war mit einem Speer bewaffnet, der zwar grob geschnitzt, aber scharf war.

Ich roch den Wein, noch bevor ich die Schläuche sah, die sie dabeihatten; die dunkle Flüssigkeit schwappte aus der unverschlossenen Öffnung. Ich war erstaunt, dass sie sich noch nicht selbst in Brand gesteckt hatten, obwohl ich erkennen konnte, dass hinter ihnen Äste glommen, die die Fackeln berührt hatten.

Die beiden waren größer als alle Menschen, die ich gesehen hatte, so groß wie Artemis selbst. Ihre Oberkörper waren breit und muskulös, die auf ihre Brust herabhängenden Bärte verfilzt, und ab der Taille ging der menschliche Leib unerklärlicherweise in einen Pferdekörper über. Aber das, worüber ich bei Tag neugierig nachgegrübelt hätte, wirkte in der rauchgeschwängerten Dunkelheit ungleich gefährlicher.

Die betrunken-glasigen Augen des Zentauren, der mir am nächsten war, leuchteten auf, als er mich sah, und er schlug seinem Gefährten ungeschickt die Faust gegen die Brust. »Hylaios«, sagte er, und seine Stimme klang wie ein dumpfes Donnergrollen, »sieh nur.«

Hylaios beäugte mich, und ich sah, wie er ganz aufgeregt wurde. »Ein Mädchen, Rhoikos, ganz allein im Wald.« Er nahm einen tiefen Zug Wein und ließ den Blick über meinen Körper wandern.

Ich ballte die Hände zu Fäusten. Ich hatte schon brüllenden Löwen und hungrigen Wölfen Auge in Auge gegenübergestanden, und obwohl diese beiden Ungetüme dasselbe gierige Funkeln in ihrem Blick hatten, sah ich, dass der Wein sie torkeln ließ, als wären ihre Körper zu schwer für ihre Beine.

Obgleich er berauscht war, schien Rhoikos meine Verachtung zu spüren. »Sie sieht nicht sonderlich erfreut aus, uns zu sehen«, sagte er. Die beiden waren ein paar Schritte von mir entfernt stehen geblieben, doch jetzt trat Rhoikos näher an mich heran. Er bewegte sich geschmeidiger, als ich erwartet hatte, die Muskeln seiner Pferdeflanken zeichneten sich im Mondlicht ab, mächtig und faszinierend. Zum ersten Mal verspürte ich einen Anflug von Furcht, ein Aufflackern von Erkenntnis, als ich ihn von Kopf bis Fuß musterte. Es kribbelte mir in den Fingern, als ich daran dachte, nach den Pfeilen und dem Bogen auf meinem Rücken zu greifen. Doch er würde mich erreichen, ehe es mir gelang. Seine Fackel knisterte, ließ Schatten über sein zerfurchtes Gesicht huschen, und ich rührte mich nicht, verzog angesichts seines stinkenden Atems nicht einmal das Gesicht.

»Verlasst diesen Wald«, sagte ich leise und beherrscht. »Er gehört Artemis.«

Er grinste.

Es war Hylaios, der mich packte. Während ich mich auf Rhoikos konzentriert hatte, war Hylaios vorgesprungen, hatte seinen Weinschlauch und die Fackel beiseitegeworfen, die fleischigen Arme um mich geschlungen. Ich war atemlos vor Schreck; einen Moment lang konnte ich mich nicht bewegen, an die Hitze seiner Brust gedrückt, während beide lachten. Das Feuer der fortgeworfenen Fackel erfasste einen tief hängenden Zweig, und Flammen schossen hinter ihm in die Luft.

»Lasst sie los!«

Beim Klang der anderen Stimme fuhren sie herum. Es war eine Männerstimme. Ich nutzte ihre Ablenkung, befreite einen meiner Arme und rammte Hylaios den Ellbogen gegen die Brust. Er taumelte rückwärts, und ich erhaschte einen flüchtigen Blick auf das Gesicht des Mannes – das Entsetzen, mit dem er die Zentauren anstarrte –, als Rhoikos dem Mann die Faust ins Gesicht schlug, sodass dieser strauchelte und hinfiel. Dann wandte sich Rhoikos mit triumphierendem Gesichtsausdruck wieder mir zu, doch ich war gewappnet, duckte mich und schlüpfte unter seinem Arm hindurch. Ich rannte los, sprang über meinen am Boden liegenden Möchtegernretter hinweg und lief am Flussufer entlang. Meine Füße flogen nur so über den Boden, als ich Wurzeln und Felsen auswich, aber die Zentauren nahmen die Verfolgung auf, trampelten alles, was ihnen im Weg war, nieder, und Rhoikos' Fackel setzte sämtliche Bäume hinter ihm in Brand.

Der Gedanke, der Lärm und Aufruhr könnte die Aufmerksamkeit meiner unschuldigen Gefährtinnen wecken, ließ mich langsamer werden, als ich einen Berghang hinaufflüchtete. Es genügte nicht, meinen Verfolgern zu entkommen; sie würden sich dann nur ein langsameres Opfer suchen. Ich würde nicht zulassen, dass ihnen ein anderes Mädchen in die Hände fiel.

Ich fuhr herum, zog mit einer fließenden Bewegung einen Pfeil aus dem Köcher und nahm den Bogen vom Rücken. Ohne zu zögern, spannte ich ihn, schoss, und der Pfeil traf Rhoikos in die Kehle.

Er fiel Hylaios vor die Füße, der sich aufbäumte und neben seinem zusammengebrochenen Freund zu Boden ging. Ich keuchte heftig, aber meine Finger zitterten nicht, als ich nach dem zweiten Pfeil griff.

»Bitte«, sagte Hylaios, stützte sich auf einen Ellbogen und schaute von mir zu seinem Gefährten und dem Blut, das aus der tiefen Wunde an seiner Kehle strömte, in der immer noch der Pfeil steckte. Meine Augen wurden schmal, als ich zielte. »Bitte –«, brachte er noch heraus, aber mein Pfeil traf ihn, noch ehe er zu Ende gesprochen hatte. Er schaute an sich hinunter, als wäre er überrascht vom Anblick des Pfeils, der aus seiner Brust ragte, bevor er zu Boden sackte.

Ich behielt sie noch eine Weile im Auge, um mich zu vergewissern, dass sie nicht mehr lebten. Dann atmete ich auf, genoss die kühle Luft. Am Fuß des Berges stieg Rauch von dem Feuer auf, das sie gelegt hatten, und da und dort tanzten Flammen, markierten den Weg, den sie zurückgelegt hatten. Ich schäumte vor Wut über die sinnlose Zerstörung, die Achtlosigkeit und Rohheit.

Dann fiel mir der Mann wieder ein, der versucht hatte, mir zu helfen. Er lag vielleicht immer noch bewusstlos dort, wo wir ihn zurückgelassen hatten. Vielleicht hatte er schon zu viel Rauch eingeatmet, vielleicht hatte er sich nicht rechtzeitig in

Sicherheit bringen können. Am Ende war er bereits tot. Ich biss die Zähne zusammen.

Meine Pfeile nützten mir gegen das Feuer nichts, und wenn der Rauch mich überwältigte, würden meine Stärke und Geschwindigkeit ebenfalls nichts zählen. Es wäre nicht meine Schuld, wenn er starb, falls er nicht schon längst tot war; es wäre seine, weil er sich unnötigerweise eingemischt hatte. Doch meine Gewissensbisse verrieten mir, dass ich das selbst nicht glaubte. Er hatte versucht, mich zu retten; ich konnte ihn nicht zurücklassen.

Ich zerrte am Saum meiner Tunika, riss einen Streifen ab und tauchte ihn in den Fluss. Weiter unten glühte das Wasser orangefarben, spiegelte die Feuersbrunst wider. Ich presste mir den feuchten Stoff gegen Mund und Nase und rannte, ohne weiter darüber nachzudenken, auf dem Weg zurück, den ich gekommen war. Meine Augen tränten im dichten Rauch, glühende Zweige fielen auf mich, und ich wusste nicht, ob ich zur Lichtung zurückfinden würde. Panik drohte mich zu überwältigen, aber ich rang sie nieder. Ich folgte dem Fluss weiter den Abhang hinunter, ohne zu ahnen, dass ich fast da war. Als ich ihn erreichte, lag er noch an derselben Stelle wie zuvor, doch seine Brust hob und senkte sich, und seine Augen öffneten sich flatternd. Er sah mich verwirrt an und stöhnte.

»Steh auf!« Ich schüttelte ihn.

Er stützte sich auf und griff nach seiner Schulter, vor Schmerz verzog er das Gesicht.

»Sofort! Wir haben keine Zeit!« Ich betrachtete die blutige Seite seines Gesichts, wo ihn die Faust des Zentauren getroffen hatte. Das Blut war schon verkrustet. Ich hielt ihm die Hand hin, half ihm aufzustehen. Er stolperte leicht, stand jedoch aufrecht, und ich verspürte einen Anflug von Erleichterung. Verfrüht, denn plötzlich sackte er gegen mich.

»Meine Schulter ...«, sagte er, nach Luft schnappend.

Blut strömte ihm durch die Finger.

»Speer«, brachte er heraus.

Rhoikos' Speer. Er musste ihn damit verletzt haben, bevor er mir nachgelaufen war. Ich wappnete mich. »Du hattest Glück, dass er dein Herz und deine Kehle verfehlt hat«, sagte ich. »Stütz dich auf mich, ich helfe dir.«

Ich nahm seinen anderen Arm und legte ihn mir um die Schultern, um ihm Halt zu geben. Wir waren von Flammen umzingelt, und ich sah mich um, plötzlich unsicher. Die Hitze fühlte sich an wie eine feste Wand, die immer näher kam, und das unaufhörliche Knistern übertönte alles. Ich bekam nicht genug Luft, verspürte Beklemmung, und die Furcht meldete sich zurück, schleichend und verräterisch.

Ich suchte hektisch nach einer Lücke inmitten der brennenden Bäume.

»Dort entlang«, sagte ich zu ihm und marschierte los.

Das Feuer wütete rings um uns her. Bei jedem Schritt, den wir uns strauchelnd vorwärtskämpften, war ich sicher, dass wir gleich der erstickenden Hitze erliegen würden. Ich konnte nichts sehen, das Feuer löschte alles aus, doch ich schleppte ihn vorwärts. Ich würde hier nicht sterben, und ich würde auch ihn nicht zum Sterben hier zurücklassen.

Wir stolperten über eine Lichtung, und ich entdeckte, worauf ich gehofft hatte: einen breiten Bach, der über Felsgestein sprudelte. Unsere Rettung.

Wir wateten durch das Wasser auf die andere Seite. Der Rauch stieg immer noch in dicken Wolken auf, als wir das Feuer hinter uns ließen, aber der Bach würde es aufhalten. Ich schöpfte etwas Wasser und benetzte erst sein Gesicht, dann mein eigenes. Er hustete heftig und würgte, dann fiel er auf die Knie, schöpfte selbst Wasser und trank mit gierigen Schlucken. Schließlich richtete er sich auf und sah mich mit nicht mehr ganz so glasigem Blick an.

»Kannst du laufen?«, fragte ich.

Er nickte.

»Dann folge mir, so schnell du kannst.«

Ich führte ihn in die stille Dunkelheit, fort vom Lärm und dem alles verschlingenden Feuer, und suchte nach vertrauten Wegmarkierungen. Ich war ganz auf den Weg, den sich zerstreuenden Rauch, den frischen, sauberen Duft der Bäume konzentriert. Als es stiller wurde und der Pfad nicht mehr vom grellen Schein des Feuers, sondern vom Mond erhellt wurde, sah ich, dass wir nicht mehr weit von dem steilen Abhang entfernt waren, der zu meiner Höhle führte. Ich hielt inne, und er kam unbeholfen neben mir zum Stehen. »Ich kann dich nicht weiter begleiten«, sagte ich. »Kannst du allein gehen?«

»Wohin gehen?«, fragte er.

»Dorthin, wo auch immer du hergekommen bist.«

Er sah verwirrt und sehr jung aus. Ich fragte mich, was in aller Welt in ihn gefahren war, dass er es mit einem Zentauren hatte aufnehmen wollen.

Versuchsweise nahm er die Hand von seiner Schulter und verzog das Gesicht. Er schauderte, als er die klaffende Wunde, die aufgerissene Haut und den dunklen Fleck auf seiner zerrissenen Tunika sah. Aber er richtete sich auf und konnte ohne meine Unterstützung stehen.

Zum ersten Mal sah er mich an, musterte mich, meine kurze, rußverschmierte, zerrissene Tunika, meine zerkratzten, schmutzigen Gliedmaßen, den Bogen und den Köcher auf meinem Rücken.

»Was hat dich denn in diesen Wald geführt?«, fragte ich ihn.

»Ich wurde von meinen Gefährten getrennt«, sagte er. »Es wurde dunkel, ich bin im Kreis gelaufen, und dann sah ich die Fackeln. Als ich näher kam und erkannte, was sie waren, und dass einer von ihnen dich gepackt hatte ...« Reflexhaft berührte er die Wunde an seiner Schläfe und verzog das Gesicht.

»Ich brauchte keine Hilfe.«

»Offensichtlich nicht.«

»Kannst du gehen?«

Er nickte.

»Dann musst du weitergehen, dort hinauf zu dem Bergkamm. Du kannst dem Abhang bis ganz nach unten folgen. Dort gibt es eine Siedlung, in der Jäger leben.« Ich schaute mich um. Nun, da das Feuer keine unmittelbare Gefahr mehr darstellte, machte mir eine andere Sorge zu schaffen. Artemis würde das Feuer sicher bald bemerken; sie würde zurückkommen, und sie wäre mit Sicherheit erbost. Bis dahin musste dieser Mann verschwunden sein.

»Wohnst du dort?«, fragte er.

Ich schüttelte den Kopf.

Er nickte, als hätte ich eine Frage beantwortet, die er gar nicht gestellt hatte. »Darf ich dich nach deinem Namen fragen?«

»Atalanta.«

»Meiner lautet Hippomenes«, sagte er.

»Viel Glück, Hippomenes. Verlass diesen Wald, so schnell du kannst. Verweile nicht.«

Ich fragte mich, ob ihm am nächsten Morgen Zweifel kommen würden, ob all das hier tatsächlich passiert war. Nur seine Verletzungen wären der Beweis.

Er atmete tief ein. »Auf Wiedersehen, Atalanta. Und ... danke.«

Ich blieb stehen, kehrte noch nicht zu meiner Höhle zurück für den Fall, dass er sich umdrehte. Ich wollte nicht, dass er oder ein anderer wusste, wo sie sich befand. Das sagte ich mir zumindest. Deshalb beobachtete ich, wie er den Berghang hinaufkletterte, zwar immer noch nicht ganz sicher auf den Beinen, aber mit einer geschmeidigen Geschicklichkeit, die mich überraschte. Ich zog mich unter die Zweige einer Eiche zurück, hielt den Blick jedoch weiter auf ihn gerichtet, als er den Bergkamm erklomm; Mondlicht fiel auf ihn, als er sich nach allen Seiten umsah, bevor er den Weg einschlug, den ich ihm beschrieben hatte, und rasch vom Dickicht verschluckt wurde.

Ich blieb noch eine Weile sitzen, um mich zu vergewissern, dass er wirklich fort war.

»Atalanta.«

Die Knie wurden mir weich.

Ungebeugt, hoch aufgerichtet und gebieterisch stand sie da. Ihr makelloses Gesicht leuchtete heller als die Flammen, und ihr Zorn brannte heißer, als tausend Feuer es vermocht hätten.

Ich wollte etwas sagen, ihr erzählen, was passiert war, aber sie winkte ab.

»Ich habe die Leichen der Zentauren gesehen«, sagte sie. »Das hast du gut gemacht, Atalanta. Keinem anderen Sterblichen wäre es gelungen, gleich zwei von ihnen außer Gefecht zu setzen.«

»Das Feuer ...«, sagte ich.

Sie warf den Kopf in den Nacken. »Dieser Wald gehört mir«, sagte sie. »Ich lasse nicht zu, dass er in Flammen aufgeht.«

Ich sah, dass der Wald hinter ihr nicht mehr brannte, die Nacht war wieder still und dunkel. Hatte sie Hippomenes gesehen? Wusste sie, dass ich ihm geholfen hatte? Falls ja, verriet sie es mit keiner Regung.

»Du kannst nun gehen«, sagte sie. »Schlaf dich aus, du hast es dir verdient.«

Erleichterung und Dankbarkeit überkamen mich. »Danke«, sagte ich.

Sie lächelte. Dann verschwand sie in den Tiefen des Waldes.

Aber ich verließ den Schutz der Eiche nicht sofort.

Ich fragte mich, ob Hippomenes es sicher bis zu den Hütten

der Jäger schaffen würde. Ob sie ihn willkommen heißen würden, wenn er, mit schmerzenden Gliedern, müde und mit einer unglaublichen Geschichte, bei ihnen ankam. Ob sie ihn aufnehmen, ihm warme Suppe zu essen geben, ihn in Tierfelle hüllen, seine Wunden versorgen und seine Blutergüsse mit Salbe behandeln würden. Dort draußen am Waldrand, jenseits der Welt, die ich kannte, wo die Bäume zunächst einer Hügellandschaft, dann winzigen Ortschaften, Dörfern und Städten wichen, Orten, an denen ich nie gewesen war. Alles, was ich darüber wusste, stammte aus Artemis' Beschreibungen und den Bruchstücken von Geschichten, die sie uns darüber erzählte, wo sie gewesen war.

Ich pflückte ein Blatt von einem herabhängenden Zweig, zerrieb es zwischen den Fingern, roch den frischen, scharfen Geruch. Die Eiche neben mir war unerschütterlich, vertraut und zuverlässig. Vielleicht stand sie schon seit Anbeginn der Welt hier, eine unbeugsame Zeugin der Schlachten zwischen Titanen und Göttern, als alles seinen Anfang nahm. Ich verharrte dort unter ihrem Schutz, und erst lange nachdem Hippomenes und Artemis verschwunden waren, machte ich mich im dunstigen Licht der Morgendämmerung an den Abstieg zu meiner Höhle.

5

Meine Träume waren voller Rauch und Feuer, verwirrender, chaotischer Bilder, Schreie, spöttischen Gelächters und zischender Pfeile. Mit rauem Hals und rasendem Herzschlag schrak ich aus dem Schlaf hoch.

In meiner Höhle war es still und friedlich wie immer. Ich atmete tief durch und schüttelte die Überreste der Panik ab, die mich aus dem Schlaf gerissen hatte. Die Zentauren waren tot, und ich hatte sie getötet. Der Gedanke beruhigte mich. Die Gefahr war vorbei, und das dank mir.

Ich wollte Artemis sprechen und hoffte, dass sie immer noch in der Nähe war und nicht die verzweifelten Gebete werdender Mütter in den Städten erhörte. Ich ging, so schnell ich konnte. Einen Moment lang fragte ich mich erschrocken, ob ich auf die Leichen der Zentauren stoßen würde, aber dort, wo ich sie zurückgelassen hatte, war nur noch zerdrücktes Unterholz. Ich sah die Spur, wo Artemis sie entlanggeschleift haben musste, und konnte mir vorstellen, wie sie die schwere Last anhob, als wöge sie nichts. Ein Hügel aus frisch umgegrabener Erde deutete an, wo sie die Zentauren beerdigt hatte. Ich betrachtete ihn einen Moment lang, dann wandte ich mich ab.

Aufmerksam schlenderte ich dahin, froh, die verbrannten Teile des Waldes hinter mir zu lassen und zu den grünen Waldlichtungen zu gelangen. Das Erste, was ich hörte, war das aufgeregte Bellen der Hunde, dann kamen zwei von ihnen direkt vor mir aus dem Dickicht gepprescht. Ich lächelte, als ich sie sah, streichelte ihnen die großen Köpfe und kraulte ihnen die Ohren. »Wo ist eure Herrin?«, fragte ich, aber ihre Augen waren genießerisch geschlossen. Ich lachte, bis der erste sich mir entzog, davontrottete, den Kopf schief gelegt, um zu sehen, ob ich mich ihm anschließen würde. Der andere Hund und ich folgten ihm zu der Lichtung, wo ein unglücklicher junger Jäger sie einmal überrascht hatte. Heute badete sie allerdings nicht; still und wachsam saß sie auf einem Felsen am Ufer, umgeben von ihren Nymphen.

Ihr Blick war unverwandt auf mich gerichtet, während ich mich ihr näherte. Es fiel mir schwer, ihm standzuhalten, eine Art Schuldgefühl nagte an mir, hartnäckig und unerklärlich. Doch als sie sprach, lag kein Vorwurf in ihrer Stimme, sondern nur eine Wärme, die mich überraschte. »Atalanta, komm her. Setz dich«, drängte sie mich.

Meine Schultern entkrampften sich, und die Anspannung wich aus meinem Körper, als ich auf den flachen Felsen kletterte und mich neben ihr niederließ. »Letzte Nacht ...«, begann ich.

»Letzte Nacht hast du zwei Zentauren getötet«, sagte sie. »Du, ein sterbliches Mädchen, gegen zwei Kreaturen, die stärker sind als jeder Mensch.« Sie lachte. Ihre Wangen leuchteten rosig, und ihre Augen funkelten; ihre Haare waren zurückgebunden, und sie hatte die Arme um die Knie geschlungen. Sie war der Inbegriff strahlender Jugendlichkeit, hatte nichts mehr von dem schwelenden Zorn an sich, der mir am Vortag an ihr aufgefallen war, als sie den brennenden Wald betrachtet hatte; keine Spur von der uralten Macht und dem unsterblichen Groll, die sie an den Tag legen konnte. »Du hast sie aufgehalten, bevor sie dich angreifen und unserem Zuhause noch mehr Schaden zufügen konnten. Wenn sie weiter in den Wald eingedrungen wären und meine Nymphen gefunden hätten ...« Sie schwieg, sodass sich alle die Folgen ausmalen konnten. »Aber dir, Atalanta, waren sie nicht gewachsen.«

Ich senkte den Kopf, wusste nicht, was ich sagen sollte; ein Gefühl von Wärme breitete sich in meiner Brust aus.

Sie nickte zufrieden. »Du hast dich bewährt«, sagte sie. »Deine Tapferkeit ist ein Beleg für das, was du von mir gelernt hast, für alles, wozu du fähig bist, nachdem du hier, in meinem Hain, unter meiner Anleitung aufgewachsen bist.«

Ihre Anerkennung war wie Sonnenschein auf meiner Haut. Irgendwie hatte ich geglaubt, dass sie mir Vorhaltungen machen würde, weil ich etwas falsch gemacht hatte, als ich zuließ, dass die Zentauren so viel Schaden anrichteten, oder als ich Hippomenes gerettet hatte, falls sie davon wusste.

»Das war sehr eindrucksvoll«, stimmte Psekas zu, die am Flussufer saß, die Füße ins Wasser hielt und den Kopf drehte, um mich anzulächeln.

»Wir wussten zwar, dass du stark bist, aber –« Phiale setzte sich neben mich und reichte mir einen Becher Wasser.

»Aber das übertrifft all unsere Erwartungen«, schloss Krokale.

Ich schwieg. Mir wurde bewusst, dass alle Nymphen mich ansahen, aber da war noch etwas anderes in ihrer Miene, mehr als die warmherzige Freundlichkeit, an die ich gewöhnt war – eine neue Bewunderung. Etwas Feierliches lag in der Luft, ein stummes Bewusstsein dessen, was hätte passieren können, wenn ich es nicht verhindert hätte.

Ich setzte mich aufrechter hin, drückte den Rücken durch und hob den Kopf, als noch mehr Nymphen sich zu Wort meldeten und ein aufgeregter Strom von Glückwünschen für meine Tapferkeit, meine Zielsicherheit, meine furchtlosen Instinkte und selbstlosen Taten auf mich einprasselte.

Ich wünschte mir sehr, Kallisto hätte hier sein können. Nur ein Gedanke konnte die Traurigkeit mildern, die ich empfand, wenn ich an sie dachte: Ich hatte dafür gesorgt, dass keine andere Nymphe in der letzten Nacht dasselbe erleiden musste wie sie.

Ich ließ mir von den Nymphen die Geschichte entlocken und genoss ihr Staunen und wie ihnen der Atem stockte. Hippomenes dagegen erwähnte ich nicht. Ich spürte, wie das Ereignis sich in etwas anderes verwandelte, als ich dort in ihrer Mitte im Sonnenlicht saß, zu einer spannenden, aufregenden Geschichte wurde, die die Nymphen und selbst Artemis faszinierte. Als ich erzählte, wie ich den zweiten Zentauren mit einem Pfeil niedergestreckt hatte, spürte ich, wie sich die letzten Überreste des Entsetzens und der Abscheu bei der Erinnerung an die Berührung ihrer gierigen Hände auflösten. Dies war nun meine Geschichte, die in den Legenden des Waldes weiterleben und von den Nymphen wieder und wieder erzählt werden würde. Aber sie würden sie nicht im Flüsterton, mit bedeutungsvollen Blicken und ernsten Warnungen weitergeben. Es ging darin um einen Sieg, einen klaren, freudvollen Sieg, der mich definieren würde. *Das war Atalanta, die Zentaurenschlächterin*, würden sie in den folgenden Jahren sagen, und das Publikum würde ebenso gebannt zuhören wie das heutige.

Ich glaube, es war der schönste Moment meines bisherigen Lebens.

Ich war immer auf der Hut, wenn ich durch die Wälder streifte, suchte immer nach Spuren, lauschte auf das kleinste Rascheln, das mir verriet, ob Tiere in der Nähe waren oder ob ein hungriger Berglöwe auf der Lauer lag, der seinerseits auf Beute aus war. Aber in jenem Sommer war es anders. Immer wenn ich etwas flüchtig aus dem Augenwinkel erspähte und herumfuhr, hoffte ich etwas Bestimmtes zu sehen.

Ich suchte nach Bärinnen mit Jungen. Niemand in diesem Wald wusste besser, dass ich sie eigentlich in Ruhe lassen sollte. Im Frühjahr gab es in diesem Wald nichts Gefährlicheres als eine Bärenmutter, die ihre Jungen beschützte. Trotzdem verweilte ich an jedem Flussufer, suchte die Farne auf der gegenüberliegenden Seite mit Blicken ab, wartete darauf, dass sie sich erneut zeigte. Wenn ich ihr nur wieder in die Augen schauen und sicher sein könnte, dass – ja, dass was? Ich wusste nicht, was ich dann tun würde, hörte jedoch nie auf, nach ihr zu suchen.

Auch nach Hippomenes hielt ich Ausschau. Sicher hatte er seine Lektion gelernt und würde sich nicht mehr leichtsinnig hierherwagen. Er würde bei den Hütten der Jäger, in den weit verstreuten Dörfern und Siedlungen bleiben, die die Menschen am Rande unserer Welt errichtet hatten, würde nicht riskieren, hier einzudringen.

Die Streifzüge, die ich unternahm, wurden immer ausgedehnter. Früher war ich eher im wilden Herzen des Waldes geblieben, war nur an den Geheimnissen interessiert gewesen, die Artemis und uns, ihren Gefährtinnen, vorbehalten waren. Jetzt ertappte ich mich dabei, wie ich die unmarkierten Grenzen am äußersten Rand auslotete, die hohen Bergkämme, auf denen ich den Hals recken und in die Ferne spähen konnte; manchmal sah ich dünne Rauchschwaden oder hörte das gedämpfte Schmettern eines Jagdhorns. Vielleicht wollte ich unser Territorium nur bewachen, vielleicht war das das einzig Vernünftige nach dem gewaltsamen Eindringen der Zentauren.

Das erklärte ich zumindest Artemis, wenn sie fragte.

Der Sommer brach an, doch ich dachte schon wieder an den

Winter. Kallistos Stimme klang mir noch im Ohr; Persephone, die in die Höhlen der Schattenwelt hinabstieg. Die Welt darüber befand sich fest im Griff von Demeters kalter Trauer.

Als Kallisto mir die Geschichte erzählte, hatte ich Hoffnung herausgehört, eine Bestätigung dessen, was ich immer gewusst hatte. Der Wald unterlag einem Zyklus, erwachte frisch und gut genährt wieder zum Leben, stets verlässlich, immer gleich. Früher hatte ich nie gewollt, dass sich etwas änderte. Jetzt dachte ich an einen weiteren Frühling, einen weiteren Sommer. Ein winziger Hunger entstand in meinem Inneren, ein nagendes Gefühl der Unzufriedenheit.

Ich drängte vorwärts, jagte mit Inbrunst, brachte den Nymphen die Beute und zog erneut los. Ich häufte Feuerholz auf, schärfte mein Messer, spitzte Pfeile an, beobachtete den stillen Wald bei Sonnenuntergang, hielt nach lodernden Fackeln Ausschau, lauschte auf Donnergrollen.

Artemis entging meine Geschäftigkeit nicht. Hoch auf einem Berghang, im Revier der Berglöwen, forderte sie mich auf, mich zu setzen.

»Aber die Sonne steht noch hoch am Himmel«, sagte ich überrascht.

»Setz dich«, sagte sie erneut und schwang sich auf einen Felsen. »Sieh nur, Atalanta, sogar die Hunde sind erschöpft.«

Um uns herum hatten die Hunde sich hechelnd im Schatten des Felsens niedergelassen, und ihre Flanken hoben und senkten sich. Eine rastlose Ungeduld stieg in mir auf, aber ich tat, was Artemis verlangte. Von hier aus konnte ich den Wald sehen, der sich dicht, grün und scheinbar endlos unter uns erstreckte.

»Es tut sich etwas in der Welt jenseits von hier«, sagte sie mit einer Abruptheit, die mich erstaunte. »Selbst die Götter reden darüber – eine Reise wie keine zweite, ein unvergleichliches Abenteuer. Sie erregt selbst auf dem Olymp Aufmerksamkeit. Der König einer Stadt namens Iolkos hat seinem Neffen eine Mission aufgetragen: Er soll die größten Helden ganz Griechenlands um sich scharen und mit ihnen auf seinem Schiff, der *Argo*, vom Hafen in Pagasä lossegeln, um das Goldenes Vlies zu erringen.«

Ich hatte das Gefühl, die Welt würde stillstehen. Artemis hatte sich bisher weder um die Umtriebe der anderen Götter noch um das geschert, was sich in der Welt der Sterblichen tat. Gespannte Erwartung machte sich in mir breit.

»Du hast mehr Kraft, Mut, Schnelligkeit und Geschicklichkeit, als man in diesem Hain braucht«, sagte sie. »Und du bist schon jetzt besser als jeder der in Pagasä versammelten Krieger. Besser als jeder Mann, der einen Anspruch darauf erhebt, ein Held zu sein. Die Welt sollte den Namen Atalanta kennen. Alle sollten sehen, was du vermagst.«

Artemis legte die Hand auf meine und hob mit der anderen mein Kinn an, sodass ich ihr direkt in die Augen sehen musste. So leicht ihre Berührung war, es war mir unmöglich, das Gesicht zu drehen.

»Der Neffe des Königs, ein Mann namens Jason, soll ihm das Vlies bringen«, fuhr sie fort. »Er will sich als würdig erweisen, zur Legende werden. Er hat die Unterstützung Heras. Sie braucht einen Helden, der ihrem Namen Ehre macht, nicht noch einen, der der Sohn von Zeus oder Poseidon ist, sondern einen, der ihr Treue schuldet«, sagte sie. »Alle, die mit ihm segeln, werden auf dem Weg Ruhm und Ehre ernten.« Sie blickte mir in die Augen und lächelte. »Und ich will meinen Anteil daran.«

»Wie?«, hauchte ich.

»Du segelst mit, in meinem Namen. Du bist stärker als sie, du bist furchtlos, und es gibt nichts, was sie können, was du nicht auch vermagst. Ich will, dass du allen zeigst, wer du bist und was aus dir geworden ist.«

Ich zögerte. »Ich bin noch nie auf einem Schiff gereist, war noch nie außerhalb dieses Waldes. Ich weiß nicht mal, wo Iolkos liegt, von Pagasä ganz zu schweigen.« Es war angenehm, die unbekannten Ortsnamen auszusprechen.

»Das spielt keine Rolle«, sagte sie. »Niemand lernt schneller als du.«

Ich spürte, wie ich als Reaktion auf ihren Auftrag den Rücken durchdrückte und wie mich frische Energie durchströmte.

»Geh, Atalanta.« Ihr Blick war eindringlich. »Begib dich als meine Kämpferin an Bord der *Argo*. Sei die Beste von allen.«

Ich ließ das verführerische Versprechen auf mich wirken, das alle Zweifel und Unsicherheiten wegwischte. Sie hatte dem winzigen Funken der Sehnsucht, den ich verspürte, ein Ziel gegeben, und nun wurde der Funke zu einem so brennenden Wunsch, wie ich ihn nie zuvor verspürt hatte. »Ich werde tun, was du mir aufträgst«, erwiderte ich.

Ihre Augen leuchteten vor Befriedigung.

Hätte ich vom Felsen springen und auf direktem Weg zur *Argo* laufen können, hätte ich es getan. Es wäre mir lieber gewesen, dem ungestümen Impuls zu folgen und mich ohne Zögern ins Abenteuer zu stürzen. Aber Artemis wandte ein, es müssten zuerst Vorbereitungen getroffen werden. Sie blieb mehrere Tage fort, suchte Rat beim Orakel von Delphi, und meine Ungeduld wuchs. Ich konnte nicht verstehen, was es noch zu tun geben sollte, marschierte durch den Wald, übte meine Treffsicherheit, spannte den Bogen und schoss die Pfeile ab, und die instinktiven Bewegungen halfen mir, die quälenden Gedanken abzuschütteln: Wie würde ich mich auf unbekanntem Gebiet zurechtfinden, wie würde es sein, in Gesellschaft so vieler Männer zu reisen, welche Gefahren würden

uns auf dem Weg begegnen? Ohne Artemis, die mein Selbstvertrauen stärkte, musste ich mir selbst versichern, dass ich
bestehen würde, dass es nichts gab, womit ich nicht fertig
werden würde, keinen Feind, der schneller laufen oder besser
schießen konnte als ich.

Als sie endlich in mein Tal kam, war ich froh. Sie schritt so
sacht über die leuchtenden Blumen vor der Höhle, dass deren
Blüten kaum in Bewegung gerieten.

»Bist du bereit?«, fragte sie.

Halt suchend drückte ich eine Hand gegen den Fels am
Höhleneingang. »Sofort?«

»Du wirst bei Sonnenaufgang aufbrechen«, sagte sie.

Ich nickte. »Was muss ich noch tun, bevor ich gehe?«

Es roch nach Erde und frischen grünen Trieben; Spannung
lag in der Luft, wie in jenem Augenblick der Jagd, in dem die
Welt vor Energie zu pulsieren schien, in dem sie erwartungsvoll, lebendig und ganz auf das Ziel konzentriert war.

»Einer Prophezeiung lauschen«, sagte sie.

»Über mich? Wie lautet sie?«

»Das Orakel von Delphi verkündet die Worte meines Bruders Apollon. Er kann ins Herz der Dinge blicken; sieht, was
kommen wird, und wählt aus, was er preisgibt. Du musst auf
seine Warnung hören und dich genau daran halten, sonst
wirst du die Konsequenzen ertragen müssen.«

Etwas Uraltes schien durch sie zu hauchen, ein Unterton in
ihrer Stimme, der zeitloses Wissen verhieß.

»Meine Anhängerinnen legen dasselbe Gelübde ab wie
ich«, fuhr sie fort. »Wir alle haben geschworen, jungfräulich
zu bleiben. Wir führen ein sicheres, freies und unbelastetes
Leben, jagen und versorgen uns selbst abseits von der übrigen
Welt. Aber du hast dich nicht dafür entschieden, mir zu folgen, Atalanta, du wurdest als Kind im Wald ausgesetzt.«

»Doch ich lebe wie du«, wandte ich ein. Ich hatte die Bedingung, die dazugehörte, Artemis nachzufolgen, nie infrage gestellt.

»Du warst noch nie mit Männern zusammen.« Sie verzog leicht den Mund. »Deine Entschlossenheit wurde noch nie auf die Probe gestellt.«

»Ich habe selbst hier im Wald schon genug von den Männern gesehen«, warf ich ein.

»Dann merke dir, was du gesehen hast«, sagte sie leise und eindringlich. »Vergiss nicht, was aus einigen deiner Schwestern geworden ist. Wenn du an Bord der *Argo* gehst, denke hauptsächlich an sie. Erinnere dich daran, wenn das Abenteuer bestanden ist, dein Zuhause ist hier bei mir.«

»Das werde ich.« Der Zweifel, der in ihren Worten mitschwang, verwirrte mich. Wieso traute sie mir nicht zu, mich an die grundlegende Regel zu halten, die sie mir von Anfang an beigebracht hatte?

»Gut«, sagte sie. »Denn das ist nicht allein mein Ratschluss, Atalanta. Die Prophezeiung des Orakels lautet, dass die Ehe dein Verderben sein wird. Wenn du dir einen Ehemann nimmst, wirst du dich verlieren.«

Ich schüttelte den Kopf. »Ich würde mir ohnehin keinen Ehemann nehmen. Das ist mir nie in den Sinn gekommen.«

»Du hast mehr Glück, als du ahnst«, sagte Artemis. »Andere Mädchen außerhalb meines Schutzbereichs haben in dieser Hinsicht keine Wahl. Deine Freiheit ist ein großes Geschenk, Atalanta. Du darfst es nie achtlos fortwerfen.«

Hitze stieg mir in die Wangen, ich richtete mich auf. »Ich werde in deinem Auftrag auf die *Argo* gehen. Ich werde dich in allem ehren, was ich tue. Und danach komme ich nach Hause.« Ich schaute mich in meiner kleinen Höhle um, sah das friedliche Tal, die vertrauten Bäume ringsumher. Ich würde die Erinnerung daran in meinem Herzen bewahren.

»Dann schlaf jetzt.« Artemis warf einen Blick über die

Schulter und pfiff. Ich hörte ihre Hunde in den Farnen rascheln, sah ihre Umrisse auftauchen, die Ohren eifrig gespitzt. Leichtfüßig rannte Artemis den Abhang hinauf auf sie zu, sah sich noch einmal um und rief mir zu: »Morgen bei Sonnenaufgang komme ich zurück!« Die davonhuschende Göttin und ihre Hunde blieben noch kurz sichtbar, dann verschwanden sie zwischen den Bäumen.

Die Brise kühlte meine brennenden Wangen und die Empörung, die ich über ihre Andeutung empfand, dass ich mir je einen Ehemann suchen könnte. Ich erhoffte mir viel von diesem Abenteuer, mehr als ich mir in meinen vagen Träumen je ausgemalt hatte. Aber ich brauchte ganz bestimmt kein Orakel, um zu wissen, dass die Ehe kein Teil davon war und nie sein würde.

Ich begab mich zum Hain der Nymphen. Artemis hatte ihnen bereits von der Mission erzählt, aber ich hatte den Abschied hinausgezögert. Obwohl es mich diesen Sommer mehr denn je aus ihrer Gesellschaft fortzog, tat es mir leid, sie zu verlassen.

»Bald wirst du zurückkehren, mit vielen Geschichten für uns«, sagte Psekas zu mir und umarmte mich. Ihr weiches Haar streifte meine Wange. Sie roch nach Eiche, Erde und Zuhause.

»Das werde ich«, versprach ich. Ihre warmherzigen Worte des Abschieds und der Ermutigung begleiteten mich den ganzen Weg zurück zu meiner stillen Höhle.

Ich erwachte noch vor dem Morgengrauen. Es gab wenig zu tun. Jahrelang war die Höhle mein Zuhause gewesen, aber die einzige Spur von mir, die ich hinterließ, war ein Stapel Tierhäute, die ich zusammengefaltet in der hintersten Ecke liegen ließ, und ein Aschekreis an der Stelle, wo mein Feuer gebrannt hatte. Ich trug eine Tunika wie jeden Tag, die gleiche wie Artemis, die an der Taille von einem Gürtel gehalten wurde und mir bis zu den Knien reichte, damit ich ungehindert laufen konnte. Ich flocht mir die Haare und schnallte mir Bogen und Köcher auf den Rücken. Sonst brauchte ich nichts. Ich trat nach draußen in das perlgraue Licht und hörte Hufgetrappel. Auf dem Berggipfel stand Artemis in ihrem Streitwagen. Eine Woge der Vorfreude stieg in mir auf, als ich ihr entgegenging.

Zwei Hirschkühe waren vor den Wagen gespannt, deren Atem Wölkchen vor den samtigen Schnauzen bildete; ihre Augen blickten wachsam. Ich streckte die Hand nach der aus, die mir am nächsten war, streichelte ihren weichen Hals und spürte ihren Puls unter meiner Handfläche flattern. Sie waren größer und stärker als alle anderen Hirsche, die ich bisher leichtfüßig durch den Wald hatte springen sehen, und ihr Fell hatte einen fast blendenden Goldschimmer. Sie besaßen jedoch dieselbe zierliche Anmut, ihre Läufe waren schlank und elegant, ihre Haltung stolz, als wüssten sie, wem sie dienten, und wären froh darüber.

Der Himmel hellte sich auf, und der vergoldete Streitwagen war in ein warmes Licht getaucht, das die verschnörkelten Verzierungen und verschlungenen Muster hervorhob. Ich stieg ein, und Artemis hob die Zügel. Die Hirsche reagierten sofort, folgten in raschem Tempo dem gewundenen Weg. Ich behielt mein Tal so lange wie möglich im Blick. Sosehr ich mich auf das freute, was vor mir lag, etwas hielt mich hier, während die Hirsche uns immer weiter forttrugen. Der Wald war alles, was ich je gekannt hatte, und ich wusste nicht, wann ich ihn wiedersehen würde.

Geschwind fuhren wir zwischen den Bäumen entlang. Artemis' Hirsche stolperten nie über Felsen oder Baumwurzeln, sondern trabten gleichmäßig dahin, als würden sie über Wiesen laufen. Vor uns ging die Sonne auf, steckte den Himmel in Flammen, und Vögel trällerten von jedem Baum, an dem wir vorbeiflogen, ein triumphierender Chor hinter uns. So war ich noch nie zuvor gereist. Wenn die Schifffahrt ebenso angenehm war, hatte ich von der bevorstehenden Reise nichts zu befürchten

»Was habe ich von Jason und seinen Helden zu erwarten?«, fragte ich.

Artemis machte ein nachdenkliches Gesicht. »Sie werden dich mit Erstaunen betrachten«, sagte sie. »Sie kennen keine Frauen mit deinen Fähigkeiten. Dort, wo sie leben, gibt es keine Frauen, die jagen, laufen und allein leben.«

»Dann bin ich dankbar, dass ich ausgesetzt wurde und bei Bären aufgewachsen bin«, sagte ich. Ich konnte mir nicht vorstellen, was für ein Leben ich geführt hätte, wenn ich hinter festen Mauern aufgewachsen wäre, geschützt und verhüllt, ohne je einen Bogen gereicht zu bekommen und ohne die Möglichkeit, für mein eigenes Überleben zu sorgen.

Artemis lachte. »Das ist die richtige Einstellung.«

»Was ist mit Jason, der die Unternehmung anführt?«

»Er ist, ebenso wie du, nicht bei seinen Eltern aufgewachsen. Er war der Sohn des Königs und der Königin von Iolkos, doch sie wurden vom Bruder des Königs vom Thron verdrängt, und Jason wurde zu dem Zentauren Cheiron gebracht, der ihn großzog.«

»Ein Zentaur?« Ich war entsetzt.

»Keiner wie die beiden, die du im Wald getötet hast«, sagte Artemis. »Cheiron ist ein Zentaur wie kein anderer. Er ist weise, gelehrt und sanftmütig. Man schickt die Jungen zu ihm, damit er sie in den Kampfkünsten unterweist. Ich weiß nicht, zu was für einem Mann Jason herangewachsen ist, aber er hatte einen guten Lehrmeister. Sein Onkel fürchtet ihn genug, um ihn auf dieses Abenteuer zu entsenden in der Annahme, es sei unmöglich zu bestehen. König Pelias glaubt, dass Jason das Goldene Vlies nie erlangen und sich somit nie als würdig erweisen wird, das Königreich zurückzugewinnen.«

»Wozu will Pelias das Goldene Vlies denn haben?«

»Ich glaube nicht, dass er es wirklich haben will. Er will nur, dass sein Neffe stirbt oder scheitert, damit er an der Macht bleiben kann. Aber das Vlies ist wertvoll, viele Männer wollten es stehlen. Gar nicht einmal, um es zu besitzen, sondern weil es so schwer zu erlangen ist. Es wird von Aietes, dem mächtigen Sohn des Helios, im Lande Kolchis aufbewahrt und von einem riesigen Drachen bewacht. Unzählige Gefahren lauern auf jeden, der danach sucht.«

Ich wollte meine Nervosität nicht verraten. »Und woher stammt das Vlies?«

»Das ist eine traurige Geschichte.« Artemis presste die Lippen aufeinander. »Es begann mit einem König, Athamas von Orchomenos, einer Stadt, die weit von hier entfernt ist. Er war in erster Ehe mit Nephele verheiratet. Sie war wunderschön, ätherisch und gütig, und sie gebar ihm einen Sohn und eine Tochter, Phrixos und Helle. Doch Athamas hatte irgendwann genug von Nephele, verließ sie und heiratete stattdessen eine Frau namens Ino. Traurig floh Nephele aus der Stadt, und darauf wurde das Land von einer schrecklichen Trockenheit heimgesucht. Die Ernte verdorrte, und die Bauern beteten und flehten die Götter um Regen an. Ino hegte einen Groll gegen die Kinder ihres Mannes und wollte sie aus dem Weg räumen, damit ihre eigenen den Thron besteigen konnten. Und so überzeugte sie Athamas davon, dass ein Orakel verlangt habe, er solle seine Kinder im Austausch für Regen opfern.«

»Und er glaubte ihr?«

»Er war ein Narr«, sagte Artemis schroff. »Nephele entdeckte jedoch, was ihren geliebten Kindern zustoßen sollte, und schickte einen geflügelten goldenen Widder zu ihrer Rettung. Sie sprangen auf seinen Rücken, flogen davon und ließen ihren schwachen Vater und die eifersüchtige Stiefmutter zurück. Aber Helle, das kleine Mädchen, stürzte vom Rücken des Tiers. Die Meerenge, in der sie ertrank, wird ihr zu Ehren Hellespont genannt. Phrixos schaffte es sicher nach Kolchis, wo Aietes ihn aufnahm, und zum Dank opferte er den Widder. Das Fell des Tieres schenkte er Aietes, der es an einen Baum im heiligen Hain des Ares hängte und es mithilfe von Zauberei und Ungeheuern vor Diebstahl schützte, und Aietes gab Phrixos seine Tochter Chalkiope zur Frau.«

Ich sah zu, wie Bäume, Sonnenlichtflecken und Fetzen blauen Himmels, die zwischen den Blättern aufblitzten, an uns vorbeiflogen.

»Aietes glaubt, dass niemand es stehlen kann«, sagte Artemis.

»Aber du hältst es für möglich?«

»Beweise du es. Kehre siegreich zurück, ebenso ruhmreich wie die anderen. Hera brüstet sich damit, die unsterbliche Schutzherrin von Jason zu sein. Sie bildet sich etwas darauf ein, was er in ihrem Namen erreichen wird. Zeig ihr, was meine Heldin schaffen kann, eine Frau, die im Namen von Artemis kämpft.«

Der Baumbewuchs wurde spärlicher, und wir erreichten den Waldrand im Osten schneller, als wir es mit dem Streitwagen eines Sterblichen vermocht hätten. Ich richtete mich auf, und meine Haut prickelte, als wir die letzten Bäume hinter uns ließen. Begierig, neue Landschaften zu erkunden, schaute ich mich um; der Himmel war wie eine große blaue Schüssel, die am fernen Horizont endete, ohne vom Blätterdach des Waldes oder von Bergen begrenzt zu werden. Die Hirsche stoben mit frischem Elan noch schneller voran, sodass ich fast gestürzt wäre, und Artemis lachte in reinem Hochgefühl.

Ich umklammerte den hölzernen Rand des Streitwagens so

fest, dass sich meine Fingerknöchel weiß färbten, aber ich war entschlossen, mir meine Beunruhigung nicht anmerken zu lassen. Und schließlich, im goldenen Licht des Spätnachmittags, wurden wir langsamer und kamen auf dem Gipfel eines hohen Berges zum Stehen. Ich musste mich erst an den Stillstand gewöhnen und fragte mich, ob meine Beine mich tragen würden, wenn ich vom Wagen stieg.

Am Fuß des Berges erstreckte sich ein grüner, vertraut wirkender Wald. Aber jenseits davon sah ich Felder, die von träge dahintrottenden Tieren gesprenkelt waren, und Gebäude, die einförmig und stabil wirkten. Ein Stück weiter lag eine halbrunde Bucht – mein erster Ausblick auf das Meer. Wie gebannt stand ich da. Das leuchtend blaue Wasser schien sich endlos in die Ferne zu erstrecken, und Lichtreflexe tanzten auf den Wellen. Hier und dort glitt die dunkle Silhouette eines Schiffs über das Wasser, und mir wurde schwindelig bei dem Gedanken, dass ich bald eines davon besteigen würde, dass die See mich vom sicheren Festland forttragen würde.

»Wie gefällt es dir?«, fragte Artemis leise. Ich zuckte zusammen; ich hatte ganz vergessen, dass sie neben mir stand.

»Es ist überwältigend«, hauchte ich.

»Die Stadt dort ist Iolkos«, sagte sie. »Jason und seine Heroen haben sich im nahe gelegenen Pagasä am Hafen versammelt. Viele Männer reisen dorthin, um sich vorzustellen und ihren Platz unter den Abenteurern einzunehmen. Ich werde dich nicht länger begleiten, du musst den Rest des Weges allein gehen.«

Ich nickte.

»Ruhe nach Sonnenuntergang im Wald aus und begib dich bei Tagesanbruch in die Stadt. Lass nicht zu, dass sie dich abweisen oder dir einen Platz verweigern. Vergiss nicht die Warnung des Orakels, und erinnere dich daran, dass du in meinem Namen mitfährst.«

»Natürlich.«

»Dann ist dies der Abschied, bis du zurückkehrst«, sagte sie. Sie strahlte vor Erwartung, und ich spürte, wie die Vorfreude ebenfalls durch meine Adern pulsierte.

»Ich werde mein Bestes geben«, versprach ich.

»Und das wird besser sein als die Bemühungen aller anderen Helden zusammengenommen.« Sie sprang zurück auf den Streitwagen, und die Hirschkühe waren unerklärlicherweise ebenso munter und lebhaft wie zu Beginn der Reise. Eingerahmt vom Himmel und mit ihrem goldenen Bogen wirkte Artemis so wild und stark wie immer, und voller Freude dachte ich daran, dass sie mich auserwählt hatte, um ihr Ruhm und Ehre einzubringen. Ihr Blick begegnete meinem. Eine stumme Übereinkunft lag darin. Es bedurfte keiner weiteren Worte.

Sie wendete den Streitwagen und war im Nu verschwunden. Ich hielt mich nicht lange auf, warf nur einen letzten Blick auf die Stadt unter mir, ehe ich loslief. Nach der Reise, und sei es auch in Artemis' bequemem Streitwagen gewesen, war ich froh, die Glieder strecken zu können und zu spüren, wie die Kraft mich durchströmte. Es würde nicht mehr lange dauern, bis es zu dunkel war, um weiterzugehen, und so tauchte ich in den Wald ein und behielt den Sonnenstand im Auge.

Es war nicht mein Wald, aber ich fürchtete mich nicht. Ich rannte, bis ich sah, dass die Sonne bald untergehen würde, und suchte nach einem passenden Ort, an dem ich die Nacht verbringen konnte. Eine Eiche mit weit verzweigtem Geäst erinnerte mich an zu Hause, und ich suchte unter ihrem Blätterdach Schutz. Zwischen den sanft schwankenden Zweigen erhaschte ich Blicke auf verstreute Sterne, dieselben Sterne, die über Arkadien leuchteten, standhafte Wächter der Nacht. Ich dachte daran, wie sie über meiner verlassenen Höhle funkelten, dem Heim, das auf meine Rückkehr wartete, wann auch immer das sein würde, und ich machte es mir auf der weichen Erde dieses fremden Waldes bequem, schloss die Augen und ergab mich dem Schlaf.

6

Ich erwachte ausgehungert, mit trockener Kehle und war kurz verwirrt. Die Sonne war noch nicht aufgegangen, doch ich strotzte vor Tatendrang. Den nahenden Tag spürte ich als schwaches Licht am Rand meines Gesichtsfelds, das meine Sinne entflammte.

Munter sprang ich auf, schob die überhängenden Zweige aus dem Weg und ging zu einem Bach. Dort spritzte ich mir kaltes Wasser ins Gesicht, schöpfte es mit beiden Händen und trank gierig. Wassertropfen landeten auf meiner Tunika, sodass ich Gänsehaut bekam. Fröstelnd vergewisserte ich mich, dass Pfeile und Bogen sicher auf meinem Rücken befestigt waren, und bahnte mir leise einen Weg durch die Bäume. Der Wald schlief noch, ungestört und friedlich.

Ich war geübt darin, Beeren zu finden, und hier gab es die gleichen wie zu Hause. Als das Morgenlicht durch die Zweige fiel, fand ich welche und pflückte eine Handvoll. Sie stillten meinen Hunger etwas, wenn auch nicht genug. Ich versuchte abzuschätzen, wie weit ich schon gekommen war und wie weit Pagasä noch entfernt lag.

In mäandernden Wendungen rannte ich den Hügel hinunter. Es war ein leichter, angenehmer Lauf, und ich war zuversichtlich, dass ich noch vor Einbruch der Nacht in der Stadt eintreffen würde. Was ich dann tun sollte, wusste ich allerdings nicht. Ich war unsicher, was ich zu erwarten hatte, und Artemis hatte mir nicht viele Ratschläge mit auf den Weg gegeben. Ich würde es herausfinden müssen, wenn ich dort ankam; ich musste mich so verhalten, wie sie es erwartete, wie es sich für ihre Kämpferin geziemte.

Ich hatte den ganzen Tag nichts anderes gehört als das Zwitschern der Vögel, das Dahingleiten einer Schlange im Unterholz, die meine sich nähernden Schritte gespürt hatte und geflohen war, das Rascheln des Laubes im Wind und das Geräusch meiner eigenen Schritte. Ich war ganz auf meinen Laufrhythmus konzentriert und hatte den Blick auf den Pfad vor meinen Füßen gerichtet, als vor mir plötzlich ein Hirsch aus einem dichten Büschel Farne stürzte, die Ohren panisch angelegt. Er rannte weiter, die langen Läufe in rasender Bewegung, und bevor ich einen bewussten Entschluss gefasst hatte, stellte ich ihm schon nach. Ein unwillkürlicher Richtungswechsel, den meine Beine vollzogen, ehe mein Geist aufholen konnte. Noch im Rennen griff ich mit einer fließenden Bewegung nach Pfeil und Bogen, zielte und spannte.

Der Hirsch stürzte. Mein Pfeil zitterte noch in seiner Kehle.

Ich hielt kurz inne, spürte das Herzklopfen in meiner Brust. Doch ich hörte nicht nur das Rauschen des Blutes in meinen Adern und meinen eigenen Atem. Etwas hatte den Hirsch verfolgt, ihn aufgeschreckt, sodass er meinen Weg kreuzte, und was auch immer es war, es holte auf. Ich fuhr herum, um zu sehen, was es war – ein Wolf, ein Löwe, ein Bär oder welche Raubtiere sonst in diesem Wald lauern mochten. Ich spannte den Bogen ein zweites Mal, bereit zum Schuss.

Er brach durch die Zweige, den Speer hocherhoben, und suchte nach der Beute. Ich sah, wie er den Anblick, den erlegten Hirsch und mich, in sich aufnahm und abrupt stehen blieb. Er trat einen Schritt zurück, ließ den Speer sinken und hob die Hand, als wolle er mir bedeuten, dass von ihm keine Gefahr ausginge.

Schweigen hing zwischen uns wie ein klarer Kristall, den niemand von uns zerbrechen wollte.

Er senkte den Blick zuerst. Ohne mich anzusehen, sagte er: »Seid Ihr – eine Göttin?«

Meine Augen wurden schmal. »Nein.«

Er atmete auf. »Einen Moment lang dachte ich –«

»Was?«

Er räusperte sich und hob den Blick. »Ich habe mich gefragt, ob ich versehentlich Artemis über den Weg gelaufen bin.«

Ich schaute an mir hinunter, von meiner schlichten Tunika, die voller Staub- und Schmutzflecken war, bis hin zu meinen dornenzerkratzten Beinen. Artemis hatte ich nie anders als makellos und unversehrt gesehen. »Artemis ist größer«, sagte ich schließlich.

Ich sah, wie sein Blick zu meinem Gesicht wanderte, das auf gleicher Höhe mit seinem war. »Natürlich.«

Ich beäugte ihn kühl. »Das ist deine Beute«, sagte ich und deutete auf den Hirsch. »Ich hatte nicht bemerkt, dass ich mich in die Jagd eines anderen einmischte. Ich dachte, ein Raubtier wäre hinter ihm her.«

Er hob eine Augenbraue. »Du stellst dich einem – was, einem Löwen entgegen? Absichtlich?«

Ich zuckte die Schultern.

»Nun, du hast ihn erlegt«, sagte er. »Betrachte ihn als Gabe an dich, obwohl er eigentlich eher deine rechtmäßige Belohnung ist.«

Ich war noch nie in einer solchen Situation gewesen – nur die Begegnung mit Hippomenes kam dem nahe –, aber ich hatte eine recht gute Vorstellung davon, wie ich mich Artemis'

Meinung nach verhalten sollte. Sie würde wollen, dass ich die Beute nahm und ging und mich nicht weiter mit ihm unterhielt. Und so überraschten mich die Worte, die mir aus einem leichtfertigen Impuls heraus über die Lippen kamen. »Wieso solltest du mir eine Gabe darbringen? Ich sage doch, ich bin keine Göttin. Ich bin auch kein Waldgeist, keine Nymphe und keine andere Gottheit«, sagte ich. »Ich bin eine Sterbliche.«

»Hier draußen, ganz allein?«

»Ich jage schon allein im Wald, seit ich alt genug bin, einen Bogen zu halten.« Ich erkannte, wie seltsam ihm das vorkommen musste. »Wenn auch nicht in diesem Wald, ich bin von weit her gekommen. Ich bin auf dem Weg nach Pagasä.«

»Ich bin heute Morgen aus Pagasä hierhergekommen«, sagte er. »Warum reist du dorthin?«

Ich spürte ein Prickeln im Kreuz, wie eine Vorahnung dessen, was er, da war ich mir sicher, gleich sagen würde. »Was machst du denn dort?«, fragte ich, zu vorsichtig, um ihm meinen eigenen Beweggrund zuerst zu nennen.

Er hielt sich ebenfalls bedeckt, aber ich spürte, dass seine Neugier die Oberhand gewann. Nun, da er wusste, dass ich eine Sterbliche war, wirkte er eher fasziniert als ängstlich. »Ich gehöre zur Besatzung eines Schiffs«, sagte er. »Wir stechen mit der *Argo* in See, um einen Schatz zu suchen.«

Ich erstarrte. »Dann suche ich genau dich.«

»Wieso?«

»Deshalb bin ich auch gekommen«, sagte ich. »Ich bin hier, um mit Jason zu sprechen und meinen Platz in euren Reihen einzunehmen.«

Der Mann war schon zuvor erstaunt gewesen, aber meine Worte machten ihn sprachlos, und er starrte mich lange an. »Du willst mit uns auf der *Argo* fahren?«

»Ja.«

»Nun.« Er wollte etwas sagen, hielt sich jedoch zurück. Ich

sah ihm an, dass er unzählige Fragen hatte, doch stattdessen sagte er: »Ich heiße Meleagros.«

»Atalanta.«

Er nickte. »Soll ich dich begleiten? Zum Hafen?«

Das lief allem zuwider, was Artemis mir beigebracht hatte. Andererseits hatte sie mich entsandt, mich einer ganzen Gruppe von Männern anzuschließen, warum sollte es mir also widerstreben, Zeit mit einem Einzigen zu verbringen? Vielleicht würde es meiner Sache helfen, mit einem anerkannten Mitglied der Gruppe dort anzukommen, statt allein meine Bitte vorzutragen.

»Es tut mir leid, wenn dich das kränkt – vielleicht möchtest du lieber nicht in meiner Begleitung dorthin gehen.«

»Es gibt niemanden sonst, der mich begleitet.« Ich war daran gewöhnt, dass die Nymphen und ich uns frei in Artemis' Herrschaftsgebiet bewegten, obwohl ich dem, was sie uns über Dörfer und Städte erzählt hatte, entnehmen konnte, dass derlei Freiheiten dort selten waren. Ich sah, dass es diesen Mann nervös machte, aber wenn ich irgendetwas auf die Konventionen gegeben hätte, nach denen der Rest von Griechenland lebte, hätte ich diese Reise nie unternommen. »Ich will im Namen von Artemis teilnehmen«, sagte ich. »Ich stehe unter ihrem Schutz.«

Er nickte. »Ich kann dir zeigen, wo sie sich versammelt haben. Dann kannst du Jason dein Anliegen vortragen.« Ich fragte mich, was sich hinter seinen Worten verbarg. Er klang wenig überzeugt.

»Wo geht es entlang?«

Er begann mir den Weg zu beschreiben, schien sich nun, da wir uns wieder vertrauten Gesprächsthemen zuwandten, wesentlich wohler zu fühlen. Ich hörte genau zu. Die Route, die ich mir ausgemalt hatte, passte ungefähr zu seinen Erklärungen, doch ich merkte mir die Details: wo sich in Flüssen unüberwindbare Stromschnellen befanden, wo der Boden felsig und trügerisch war, wo es Umwege mit weniger Hindernissen gab und wo man gut vorankam. »Und der Hirsch?«, fragte ich.

Er lächelte. »Heute Abend gibt es ein Festmahl am Strand, und wir wollen den Göttern opfern, deshalb bin ich auf die Jagd gegangen. Die *Argo* sticht morgen bei Sonnenaufgang in See. Uns begegnen im Wald vielleicht noch ein paar andere Männer.«

Ich fragte mich, ob er am liebsten allein jagte, so wie ich.

»Den werde ich tragen«, sagte er und deutete mit einer Kopfbewegung auf den Hirsch. Ich trat beiseite und sah zu, wie er sich das Tier über die Schultern schwang, sodass dessen Kopf schlaff herunterhing; locker umfasste er die Vorderbeine mit der Hand.

»Glaubst du, es lohnt sich nicht, Jason mein Anliegen vorzutragen?«, fragte ich.

»Ich glaube ... er wird nicht wissen, was er davon halten soll«, erwiderte Meleagros trocken. »Der Rest von ihnen – den Argonauten, so nennen wir uns –, ich meine, sie erwarten dich nicht, so viel ist sicher.« Er lachte. »Ich freue mich auf ihre Reaktion, wenn du dort ankommst.«

Etwas an seinem Ton gefiel mir nicht. »Dann werde ich ihnen wohl zeigen müssen, was ich kann.« Ich rückte den Bogen auf meinem Rücken zurecht, ging in die Hocke und spürte die Anspannung in meinen Beinmuskeln, als ich losrannte.

Ich hörte, wie er mir etwas nachrief, dann setzte er mir, ohne zu zögern, nach, und ich hörte das Trommeln seiner Schritte hinter mir. Ich ließ mich von ihm einholen, sah ihn mit schiefgelegtem Kopf an und rannte noch schneller, bis der Boden unter meinen Füßen zu verschwimmen schien. Ich rief mir noch im Rennen seine Wegbeschreibung ins Gedächtnis und lauschte auf das entfernte Geräusch seiner Schritte hinter mir. Ich war schon immer gern gerannt, aber das hier war anders. Zu wissen, dass Meleagros hinter mir war, spornte mich an, ein Nervenkitzel, der Jagd nicht unähnlich, aber spielerischer. Es würde nicht mit Blutvergießen enden, es war ein Wettrennen aus reinem Vergnügen und der Freude am Gewinnen.

Auf dem Gipfel des letzten Berges blieb ich stehen. Die Stadt lag mir zu Füßen. Sie war so nah, dass der Anblick mir meinen restlichen Atem raubte. Sie bestand aus mehr Gebäuden, als ich mir je hätte vorstellen können, von denen einige so gewaltig und weitläufig waren, dass ich es kaum glauben konnte. Wie würde es sein, über einen dieser großen Plätze zu spazieren, in einer Menschenmenge hierhin und dorthin gedrängt zu werden? Ich wartete, bis mein Herzschlag sich beruhigt hatte, und ließ den Blick über die Stadt hinaus bis zur Bucht und dem Meer schweifen.

Wie gebannt stand ich da, bis Meleagros heftig keuchend den Gipfel erreichte. Ich drehte mich um und sah, wie er den Hirsch auf den Boden und sich selbst daneben warf, um im Gras auszuruhen. Er wischte sich mit dem Unterarm den Schweiß vom Gesicht, dann wälzte er sich auf den Rücken.

»Ich hatte ganz vergessen, dass du den Hirsch trägst«, bemerkte ich mit leichten Schuldgefühlen, und die Freude über meinen Sieg verflog.

Er stützte sich auf die Ellbogen auf. »Das hätte keinen Unterschied gemacht«, sagte er, legte den Kopf in den Nacken und schloss die Augen, um sie vor der Sonne zu schützen; sein dickes Haar war lang und wellig. Es sah weich aus und rief eine Erinnerung in mir wach, wie sich das Fell der Bären zwischen den Fingern angefühlt hatte. Dann setzte er sich leicht auf, öffnete die Augen und sah mich an. »Ich habe noch nie in meinem Leben jemanden so schnell laufen sehen.«

»Ich wünschte, ich hätte den Hirsch getragen.«

Er lachte. »Du wärst mir selbst dann davongelaufen, wenn du zwei getragen hättest.«

Ich hätte nicht erwartet, dass er es so gut gelaunt aufnehmen würde. Ich hatte ihm mein Können zeigen, ihn mit meinen Fähigkeiten beeindrucken wollen, damit er vor den Argonauten für mich bürgen konnte. Doch ich hatte geglaubt, er würde es mir übel nehmen, würde mir sein Lob nur widerwillig geben. Stattdessen schien er das Ganze als erheiternden Scherz zu betrachten.

»Du bist ebenfalls schneller als alle, die ich bisher gesehen habe«, erklärte ich ihm. *Als alle Sterblichen*, fügte ich im Geiste hinzu.

»Danke.« Er wühlte in einem Stoffbeutel herum, den er am Gürtel trug, nahm ein Wassergefäß heraus und trank einen großen Schluck. »Ich bin stehen geblieben, um das hier aufzufüllen«, sagte er. »Am Fluss, der am Fuß dieses Hügels liegt. Du hattest ja anscheinend keine Erfrischung nötig, aber vielleicht bist du jetzt durstig?«

Ich brauchte nur die Wassertropfen anzusehen, die an dem Gefäß hinunterrannen, und schon war meine Kehle wie zugeschnürt. Ich war so erpicht darauf gewesen, an der Spitze zu bleiben, dass ich weder meinen Durst noch den Fluss bemerkt hatte, aber jetzt konnte ich an nichts anderes denken. »Bitte«, sagte ich flehentlich und griff danach. Ich trank, was noch übrig war, bis mir dämmerte, wie merkwürdig intim es war, dass meine Lippen dasselbe berührten wie seine noch vor Kurzem.

Er nahm ein grobes Stück Brot aus dem Sack, brach es in zwei Stücke und reichte mir die eine Hälfte. Obwohl das Brot trocken und geschmacklos war, nichts im Vergleich zur Süße der reifen Beeren am Morgen, wäre meinem knurrenden Magen alles köstlich erschienen.

Ich fragte mich leicht erschrocken, was Artemis wohl von alldem halten würde. Ich hatte das unangenehme Gefühl, dass das, was ich tat, falsch sein könnte. Aber ich hatte einen Argonauten gefunden, der mir helfen konnte, auf das Schiff zu gelangen. Und Meleagros schien unsere seltsame Situation fraglos zu akzeptieren, was die Hoffnung in mir aufkeimen ließ, dass er nicht der Einzige war, der mich beim Wort nehmen würde. »Erzähl mir von den anderen«, bat ich ihn. »Der Rest der Besatzung, wie sind sie? Ich will vorbereitet sein.«

Er sah mich nachdenklich an. »Ich bin erst vor zwei Tagen dazugestoßen, aus Kalydon. Boten haben die Nachricht von Jasons Aufruf an die Helden ganz Griechenlands überbracht, und viele Männer haben einen weiten Weg zurückgelegt, um sich ihm anzuschließen. Mehr als vierzig sind gekommen.«

»So viele?« Das hatte ich nicht erwartet.

»Die Dichter werden uns noch in Jahren besingen«, sagte Meleagros. »Das hat uns Jason versprochen. Die Männer, die ihn begleiten, werden berühmt, ihre Namen werden in jedem Winkel der Welt bekannt sein. Oder zumindest einige. Es ist unmöglich, das Goldene Vlies zu stehlen, das weiß jeder. Zu jenen zu gehören, die es rauben, die das Unvorstellbare schaffen ...«

»Und wer hat sich bisher hervorgetan?«

»Herakles ist schon jetzt der Bekannteste.« Meleagros zupfte am Gras und drehte die abgerissenen Halme zwischen den Fingern. »Er ist genau so, wie die Legenden ihn beschreiben – ein Sohn des Zeus, der schon mehr erreicht hat als jeder andere Mensch vor ihm. Seine Stärke ist unübertroffen; alle hören eher auf ihn als auf Jason, als wäre er der Anführer. Obwohl es Jasons Aufgabe ist, sind einige Männer dafür, dass Herakles das Kommando übernimmt. Es wäre wohl zu Streit gekommen, wenn Herakles das gewollt hätte, aber er war nicht interessiert.«

»Wieso nicht?«

»Er will kämpfen und trinken, nicht Entscheidungen fällen.« Meleagros lachte. »Ihm ist es lieber, wenn Jason die Verantwortung übernimmt.«

»Und wie ist Jason?«

»Noch unerprobt.« Er sah auf, und unsere Blicke trafen sich. »Sehr entschlossen, aber er hat keine Erfahrung.«

»Wer ist sonst noch dabei?«

»Nun ja, da ist Argos, der das Schiff gebaut hat – daher der Name, obwohl seine Hände von Athene geführt wurden. Tiphys, der Steuermann. Und Orpheus, ein Musiker.«

»Ein Musiker?«, warf ich ein.

»Einer, wie du ihn noch nie gehört hast«, versicherte mir Meleagros. »Außerdem sind unter uns Söhne von Göttern – Zetes und Kalais, ihr Vater ist Boreas, der Nordwind. Euphemos und Periklymenos, die Söhne des Poseidon, und Echion und Eurytos, die Söhne des Hermes. Außerdem Kastor und Polydeukes, berühmte Krieger aus Sparta und Söhne des Zeus, und es gibt auch noch Könige und Prinzen unter uns; mehr Namen, als ich selbst kenne.«

»Und du?«

»Und ich.« Er wandte den Blick nicht ab, und ich hatte das Gefühl, dass er meine Neugier genoss, wie er in diese beeindruckende Reihe von Namen passte. »Meine Mutter ist die Königin von Kalydon«, sagte er.

»Und dein Vater?«

»Oineus, der König, hat mich aufgezogen wie seinen eigenen Sohn«, sagte er langsam. »Aber es gibt jene, die behaupten, Ares sei mein wahrer Vater.«

Ich machte große Augen. Ares kam so gut wie nie in den Geschichten der Nymphen vor, aber sie hatten mir alles über die Olympier erzählt, und so kannte ich mich gut genug aus, um zu wissen, dass er der Gott des Krieges war und dass sein

Schlachtruf das Herz der tapfersten Krieger verzagen lassen konnte. Er war der grausamste aller Götter mit einer unsterblichen Gier nach Blutvergießen und Gemetzel. Artemis genoss die Pirsch, die Reinheit und Schlichtheit der Jagd, Ares dagegen liebte den Schweiß und den Schmutz des Schlachtfelds, die verzweifelte Gewalt des Kampfes ums Überleben. Ich sah Meleagros mit neuen Augen. Seine Kraft war mir schon aufgefallen, aber jetzt bemerkte ich seine glänzende Haut, sein gutes Aussehen und dass er vor Lebenskraft strotzte; er war völlig anders als die groben Jäger, auf die ich im Wald einen Blick erhascht hatte. Nichts an ihm war, wie ich erwartet hatte; unsere Begegnung passte nicht zu dem, was ich von Männern gehört und gesehen hatte, aber ich wusste nicht, ob das wahrscheinlicher machte, dass er wirklich der Sohn eines Gottes war. Er hatte seine Niederlage bei dem Wettrennen, zu dem ich ihn gezwungen hatte, gelassen akzeptiert; seine Reaktion hatte nichts von Wut oder gekränktem Stolz an sich gehabt, und ein warmherziges Funkeln lag in seinen dunklen Augen. Sein Blick war nicht leer, wie ich es bei jemandem erwartete, der sich darüber freute, wenn Heere einander abschlachteten.

»Und jetzt bist du hier«, sagte er und riss mich aus meinen Gedanken. »Atalanta, erwählt von Artemis, die einzige Frau unter den Argonauten.«

Ich spürte, wie seine Worte etwas in mir weckten, eine Vorstellung von mir selbst neben dieser beeindruckenden Aufzählung von Halbgöttern und Helden. Ich sah mich selbst wie von außen. Ein Säugling, der einer wilden Bärin in die Augen blickt, ein Kind, das frei durch den Wald streift, eine junge Frau, die Pfeile auf wütende Ungeheuer abschießt. Es fühlte sich an, als hätte jeder Moment meines Lebens mich hierhergeführt: zu meiner Bestimmung.

Jeglicher Rest von Zweifel, den ich noch hegen mochte,

löste sich in Wohlgefallen auf. Die anderen Argonauten mochten schwerer zu überzeugen sein als Meleagros, weniger bereit, eine Frau in ihren Reihen zu akzeptieren, aber es war mir gleichgültig, was sie dachten oder ob sie protestieren würden. Ich war ebenso fähig wie jeder von ihnen. Ich schwor mir, an Bord dieses Schiffes zu gehen. Ich würde meinen Platz einnehmen, und das nicht nur im Namen der Göttin, sondern auch in meinem eigenen.

Atalanta, die Argonautin.

Teil 2

7

Wir gingen zusammen den Hügel hinunter. Die Namen der Heroen klangen mir noch im Ohr, und als wir uns der Stadt näherten, wuchs meine Spannung. Wachen flankierten den Eingang, doch als sie Meleagros sahen, traten sie beiseite und öffneten das schwere Eichentor, um uns hindurchzulassen. Ich war mir bewusst, dass sie mich mit müßiger Neugier musterten, dass ihr Blick vom Bogen auf meinem Rücken bis hin zu meinen nackten Waden wanderte. Ich machte mich darauf gefasst, dass sie mich provozieren würden, doch sie taten es nicht.

Innerhalb der Stadtmauern gab es mehr Menschen, als ich je gesehen hatte. Der Boden bestand aus staubiger, sonnenverbrannter Erde, die zu einem stumpfen Braun verhärtet war. Keine Blumen, kein Grün, kein Wald, der sich bis zum Horizont erstreckte. Geschrei und Gelächter lagen in der Luft, ein schwindelerregender Lärm. Und die Gerüche, die sich in der warmen Brise mischten – Salz, Fleisch, die beißenden Ausdünstungen der vielen, dicht gedrängten Körper –, trieben mir die Tränen in die Augen, nahmen mir den Atem, und ich verlor die Orientierung.

»Wir müssen über die Märkte gehen, um zum Hafen zu gelangen«, sagte Meleagros. »Hier entlang.«

Ich atmete langsam und tief durch. »Wie weit ist es?«

»Nicht weit«, sagte er. »Wieso? Du bist doch sicher noch nicht müde?«

Ich schüttelte den Kopf. »Natürlich nicht.«

Er sah mich eindringlich an. »Was ist es dann?«

»Ich war noch nie in einer Stadt wie dieser.« Ich wählte meine Worte sorgfältig, um mir meine Verwirrung nicht anmerken zu lassen.

Er nickte, als würde ihm das etwas bestätigen, was er schon vermutet hatte, und ich war empört. Es war mir lieber, wenn er meine Schnelligkeit bewunderte; ich wollte nicht, dass er sich mir überlegen fühlte, weil er mich durch diesen unbekannten Ort führte. Ich straffte die Schultern und sah mich um. Die Menschenmenge war groß, das stimmte, doch ich konnte fast über alle Köpfe hinwegblicken. Die erstickende Atmosphäre war ein Angriff auf meine Sinne, hier jedoch drohte keine Gefahr. Sicher gab es in der wogenden Menge Menschen, die keine guten Absichten hatten, aber ich hatte in einem brennenden Wald zwei Zentauren zur Strecke gebracht. Ein geschäftiger Marktplatz bei Tag war dagegen ein Kinderspiel.

»Geh voran«, sagte ich zu Meleagros, und wir marschierten weiter. Die meisten Menschen, die uns begegneten, waren Männer, obwohl hier und da auch ein paar Frauen umhereilten, jedoch hauptsächlich am Rand des Marktes, wo sie an den Ständen einkauften und die glänzenden grünen Oliven, die reifen violetten Feigen, den zerbröselnden Käse und Gefäße mit goldenem Honig in Augenschein nahmen. Mir lief im Vorbeigehen das Wasser im Mund zusammen, und noch andere mir gänzlich unbekannte Dinge weckten meine Aufmerksamkeit. Aber obwohl ich von all den Einzelheiten um mich herum abgelenkt war, spürte ich doch die brennenden Blicke derer, die mich anstarrten, wie die der Wachen am Tor.

Die Frauen, die ich sah, trugen Gewänder, die ihren Körper verhüllten, locker an der Taille gegürtet waren und bis auf den staubigen Boden reichten, während meines über dem Knie endete. In Gesellschaft von Artemis und den Nymphen, die sich ebenso kleideten, erschien es natürlich, hier erregte es bei den Betrachtern Aufsehen. Ich sah alle, die mich zu dreist musterten, mit schmalen Augen an, aber es schreckte sie kaum ab. Sosehr die Stadt eine Offenbarung für mich war, ich merkte auch, dass ich für die Bewohner ebenfalls einen seltsamen Anblick darbot.

Als wir ruhigere Gassen erreichten, war ich erleichtert. Ich atmete tief durch, obwohl auch hier ein strenger Tiergeruch in der Luft hing, der so ganz anders war als der nach frischem Grün im Wald. Hier gab es keine noblen hohen Gebäude; der ungepflasterte Weg verbreitete sich, und zwischen den Hütten und den heruntergekommenen Schänken klafften Lücken. Die Fremden, die an uns vorbeikamen, drehten sich um und starrten uns an, und ein kühles Misstrauen schlug uns entgegen. Vielleicht lag es an dem Bogen auf meinem Rücken, an Meleagros' Speer oder unserem zielstrebigen Gang; ihre Vorbehalte blieben unausgesprochen.

Wir kamen um eine Biegung, gingen an einer Reihe von Zypressen vorbei, und plötzlich lag das Meer vor uns. Die Bucht war breit und halbmondförmig, dahinter erstreckte sich ein gezackter, bewaldeter Gebirgszug, bei dessen Anblick sich mein Herz einen Augenblick lang vor Heimweh zusammenzog. Ich blickte auf die gischtgekrönten Wellen hinaus, die ans Ufer brandeten. Ich hatte so ungeduldig darauf gewartet, hierherzugelangen und mich der Aufgabe zu widmen, die Artemis mir gestellt hatte, aber hier angekommen, hatte ich es nicht mehr so eilig. Vielleicht war es das nervöse Kribbeln in der Magengrube, das mich zurückhielt, obwohl ich beschloss, es Vorfreude zu nennen. Doch seltsamerweise widerstrebte mir der Anblick des riesigen Schiffs, das weiter unten vor Anker lag und dessen Mast majestätisch in den Himmel ragte. Am Strand davor war eine Gruppe von Männern versammelt; einige waren damit beschäftigt, ein großes Feuer zu entzünden, andere hackten Holz, steckten Tierkadaver auf Bratspieße oder kämpften mit Fäusten oder Schwertern, wobei ihr Gelächter und ihre Rufe darauf hindeuteten, dass es nur der Übung diente.

Es waren auch Frauen dort, wie ich bemerkte. Einige brachten den Männern mit gesenktem Haupt Weinkrüge, andere trugen Lasten, die auf das Schiff geladen wurden, Stapel von gefalteten Tüchern und Kisten, Vorräte für die Reise.

»Da ist die *Argo*«, sagte Meleagros.

Ich schluckte und nickte, bemüht, eine ruhige Miene zu bewahren.

»Das ist das größte Schiff, das je gebaut wurde«, fuhr er fort. »Man braucht fünfzig Mann, um es zu rudern.«

Ich wusste nicht, wie viele Männer man normalerweise brauchte, um ein Schiff zu rudern, und fragte mich kurz, ob Artemis mir mehr hätte erzählen sollen, mich besser hätte vorbereiten sollen. Zwar war ich mir sicher, dass ich es mit jedem dieser Männer aufnehmen konnte, aber ich wollte meine Unwissenheit über eine Welt, die für sie selbstverständlich war, nicht preisgeben. »Verrate mir, wer von ihnen Jason ist, damit ich mich ihm vorstellen kann«, bat ich ihn.

Meleagros nickte. »Komm mit.«

Wie in der Stadt spürte ich auch hier alle Blicke auf mir, als die Männer mich bemerkten. Weder senkte ich den Kopf, noch wandte ich selbst den Blick ab. Ich wollte sehen, wer diese Helden waren, welchen Männern ich mich anschließen wollte.

Ich suchte nach charakteristischen Merkmalen, irgendetwas, um sie in dieser gleichförmigen Masse aus Muskelkraft,

Bärten und unverschämten Blicken unterscheiden zu können. Einer von ihnen saß auf einem Felsen, ließ die Finger über die Saiten einer Lyra gleiten, und Bruchstücke einer Melodie ertönten, sodass ich Gänsehaut auf den Armen bekam; das musste der Musiker sein, den Meleagros erwähnt hatte. Orpheus. Er war der Einzige, der nicht zu mir herüberschaute; sein Gesichtsausdruck war sanft und verträumt, als wäre er ganz in die Musik versunken, die er seinem Instrument entlockte.

Weiter unten am Strand, unverkennbar nach Meleagros' kurzer Beschreibung, lag ein Berg von einem Mann ausgestreckt im Sand, eine Löwenhaut um die Schultern gelegt. Herakles hatte er ihn genannt. Ein Sohn des Zeus, schon jetzt berühmt. Er war fast absurd muskulös, sah eher aus wie ein Bär denn wie ein Mensch. Er schaute mich direkt an und trank in tiefen Zügen aus einem Becher, den er in der fleischigen Hand hielt. In seinem Blick lag etwas Herausforderndes, wie ein Aufruf, dem ich folgen musste. Ich hielt den Blickkontakt, entschlossen, nicht als Erste wegzuschauen. Nach einem langen Moment lachte er spöttisch und legte den Kopf in den Nacken, um den Becher auszutrinken, und schaute beiseite. Lass ihn nur lachen, dachte ich. Ich war in Hochstimmung: Mein erster Sieg bei den Argonauten war errungen.

Ein ausgesprochen schöner junger Mann an Herakles' Seite gab ihm mehr Wein. Meleagros hatte erzählt, dass sich Göttersöhne hier befanden, und ich war mir sicher, dass er einer von ihnen sein musste.

Zwei Männer kämpften, die Hände mit Lederbändern umwickelt; sie drehten sich kurz um und sahen mich an, dann machten sie weiter. Fast stockte mir der Atem. Sie wichen einander mit so schnellen, anmutigen und fließenden Bewegungen aus, dass es einen Moment dauerte, bis ich die kleinen

goldenen, flatternden Flügel an ihren Fersen bemerkte so-
wie die Tatsache, dass beide knapp über dem Boden schwebten.

Ein anderer Mann, der in eine schwere Bärenhaut gewickelt
war, obwohl die untergehende Sonne immer noch warm war,
hielt eine riesige glänzende Doppelaxt in der Hand. Ein paar
andere saßen am Feuer, ihre feinen purpurfarbenen Mäntel
neben sich. Wieder andere drehten Spieße über dem Feuer,
und Funken stoben auf; der Duft des gebratenen Fleisches ließ
mir das Wasser im Mund zusammenlaufen.

Und schließlich stand ein Mann mit zweifelndem Gesichtsausdruck vor uns. Er sah jünger aus als die meisten anderen,
weniger abgehärtet und kräftig, mit keinen weiteren Merkmalen ausgestattet, die ihn aus der Menge heraushoben. Er
war etwas kleiner als ich, gut aussehend, wenn auch wenig
bemerkenswert, und hatte dunkles gewelltes Haar.

»Was macht sie hier?«, fragte er Meleagros scharf. »Die
Frauen kommen später, wenn das Festmahl beginnt.«

»Jason«, sagte Meleagros. Ich machte ein erstauntes Gesicht, als ich hörte, dass dieser Mann Jason war, der Anführer
unseres Abenteuers. Ich glaubte zu sehen, wie er die Lippen
zusammenpresste, als er meine Reaktion sah. »Darf ich dir
Atalanta vorstellen, die Kämpferin, die von Artemis auserwählt wurde, um sich den Argonauten anzuschließen?«

»Sich uns anzuschließen? Eine Frau?« Er schaute sich um,
als erwartete er, dass sich das Ganze als Scherz entpuppte.

Ärger stieg in mir auf. »Ich habe Meleagros' Jagd gestört,
habe die Beute vor seiner Nase erschossen und bin ihm über
die Berge davongelaufen.« Gelächter erhob sich im Kreis der
Zuschauer, die sich genähert hatten und unser Gespräch be-
lauschten.

Meleagros zuckte die Schultern. »Es stimmt. Sie ist ebenso
schnell und geschickt wie jeder Mann.«

Ich spürte, wie mir unter den prüfenden Blicken die Hitze in die Wangen stieg.

Jason sah Meleagros ungläubig an. »Du gibst zu, dass sie dich besiegt hat?«

»Es hätte keinen Sinn, zu lügen«, sagte er.

»Du willst das Goldene Vlies«, sagte ich. »Wieso solltest du jemanden abweisen, der dir helfen kann, es zu erlangen?«

Jason schüttelte den Kopf, noch ehe ich den Satz beendet hatte. »Eine Frau kann sich nicht den Argonauten anschließen«, sagte er.

Ich biss die Zähne zusammen. »Wieso nicht?«

»Er hat recht«, mischte sich jemand mit dröhnender Stimme ein. »Unter uns gibt es keinen Platz für eine Frau.« Es war Herakles, der seinen mächtigen Körper hochgewuchtet hatte. Er überragte uns alle. »Es wäre gefährlich.«

»Wie, gefährlich?« Ich beäugte ihn argwöhnisch. Sein Bart befand sich auf Höhe meines Gesichts; ich konnte die Weinflecke darin erkennen.

»Eine Frau allein unter Männern ist immer in Gefahr.« Er musterte meinen Körper von oben bis unten und breitete die Arme aus, was ihm das zustimmende Gemurmel der anderen einbrachte.

Ich ignorierte Herakles und richtete meine Frage stattdessen an Jason: »Hast du keine Männer von Ehre ausgewählt, um an deiner Seite zu kämpfen?« Ich sah, dass meine Worte ebenso zielsicher ins Schwarze getroffen hatten wie einer meiner Pfeile.

»Doch, natürlich.« Er sah Herakles stirnrunzelnd an. »Meine Argonauten sind die besten Männer aller Länder Griechenlands.«

»Sie ist eine Ablenkung.« Herakles nahm einen weiteren tiefen Zug Wein und runzelte die Stirn, während er den Becher umdrehte. Die letzten verbliebenen Tropfen versickerten im

Sand. »Hylas«, sagte er, und der junge Mann sprang auf, um nachzuschenken.

Ich war wütend. »Wie kannst du dich darauf verlassen, dass deine Männer Prüfungen bestehen, die vor euch liegen, wenn du ihnen nicht vertrauen kannst? Artemis selbst hat mich hierhergesandt. Ich komme in ihrem Namen. Ich habe kein Interesse an irgendeinem von ihnen oder an etwas anderem als der Fahrt. Ich will an deiner Seite kämpfen. Und ich bin so gut wie alle anderen Männer, die du hier versammelt hast.«

»Sei kein Narr, Jason«, warnte ihn Herakles.

Jasons Blick wurde finster. »Du hast behauptet, du wollest keine Entscheidungen treffen. Dass du mir als Anführer der *Argo* gehorchen willst.«

Herakles lachte so laut auf, dass einige Männer zusammenzuckten.

Ich rührte mich nicht.

»Das kannst du nicht ernsthaft in Erwägung ziehen.« Herakles sprach mit schwerer Zunge, aber spöttisch, und die Provokation war deutlich herauszuhören.

Jason musterte mich erneut von Kopf bis Fuß. Er zupfte an seinem Haar, das Gesicht unschlüssig verzogen. »Unsere Reise steht unter dem Segen von Hera und Athene«, sagte er. »Wir haben Söhne von Zeus, Poseidon, Hermes und Ares in unseren Reihen.« Er sah zu Meleagros hinüber.

»Wozu dann den Zorn der Artemis riskieren«, fragte ich, »wenn du auch ihre Macht hinter dir haben könntest?«

»Und du hast der Göttin Gefolgschaft geschworen?«, fragte er.

Ich nickte.

»Es ist meine Entscheidung«, sagte Jason. »Ich bestimme, wer sich uns anschließt, niemand sonst.«

Wenn das wirklich der Fall war, wieso verspürte er dann den Drang, es laut auszusprechen?

»Ich werde die Göttin nicht erzürnen«, sagte Jason. »Und ich werde ihre auserwählte Kämpferin nicht beleidigen.«

Meleagros sah mich lächelnd an.

»Wenn du dich uns anschließt, kann dich niemand hier beschützen«, fuhr Jason fort.

»Ich brauche keinen Schutz und kann mich selbst verteidigen. Ich habe zwei Zentauren getötet, die mich angreifen wollten. Ich fürchte keinen Mann hier.« Trotzig blickte ich die Argonauten an, um zu sehen, wie sie meine Worte aufnahmen. Niemand wirkte sonderlich beeindruckt.

Jason seufzte. Es war offensichtlich, dass er sich nicht sicher war, aber als er erneut Herakles anschaute, sah ich, wie sich seine eigensinnige Entschlossenheit gegenüber seinen Zweifeln durchsetzte. »Somit, Artemis zu Ehren, kannst du dich uns anschließen.«

»Mit ihr fahren wir nicht.« Einer der anderen hatte sich zu Wort gemeldet, seine Züge waren grob und mürrisch. »Wenn du eine Frau haben willst, auf dem Weg findest du sie im Überfluss. Wir machen uns doch nicht zum Gespött, indem wir eine mitnehmen.«

Ich spürte erneut, wie ich rot wurde, und meine Muskeln kribbelten, als ich die Hände zu Fäusten ballte. »Ich bin hier, um zu kämpfen, genau wie ihr alle.« Ich sprach leise und ruhig, auch wenn in meinem Inneren ein wildes Feuer loderte. Ich durfte mich nicht von meinen Impulsen überwältigen lassen.

Der Mann grinste höhnisch. »Sie ist entweder verrückt oder eine Lügnerin.« Er sprach nicht einmal mit mir, sondern mit Jason, als hätte ich nichts gesagt. »Du weißt, wie Zentauren sind, glaubst du allen Ernstes, dass sie es mit einem aufnehmen kann?«

»Ich bin der Anführer, Peleus!«, sagte Jason mit Nachdruck, aber ich erkannte, wie verunsichert er war. Er sah sich in eine Ecke gedrängt; entweder nahm er seine Entscheidung vor all diesen Männern zurück, oder er setzte sich über seine Mannschaft hinweg. »Bleib hier, wenn du Angst hast, mit ihr auf einem Schiff zu sein; verspiel die Gelegenheit, dich am größten Abenteuer zu beteiligen, das es je gegeben hat. Folge mir und mach dir einen Namen, oder lass die ganze Welt wissen, dass du zu feige bist, um mitzufahren.«

Peleus wirkte ungläubig, doch als er den Mund öffnete, um weiter zu diskutieren, schlug Herakles ihm auf die Schulter. »Wenn sie gelogen hat, was ihre Fähigkeiten angeht, hält sie ohnehin nicht lange durch«, sagte er. Er brach in dröhnendes Gelächter aus, und ich verzog das Gesicht. Ich war kampfbereit, mein ganzer Körper war angespannt. »Eine Frau als Argonaut!« Er lachte erneut. »Was würde deine Frau davon halten, Meleagros? Eine Sklavin ist das eine, aber das …«

Bei dem lüsternen Unterton in seiner Stimme drehte sich mir der Magen um.

Jasons Gesicht zuckte. »Niemand rührt sie an«, sagte er. »Und niemand hilft ihr. Wenn sie nicht mithalten kann, ist das nicht unser Problem.«

Meleagros legte den Hirsch ab, den er immer noch auf den Schultern getragen hatte. »Atalantas Beitrag zum Festmahl«, sagte er. »Ich bringe ihn zum Feuer.«

Die Männer zerstreuten sich; Herakles und Hylas entfernten sich gemeinsam. Ich zitterte vor Wut. Das Einzige, was mich zurückhielt, war, dass ich mein Ziel erreicht hatte. Ich war eine Argonautin, befand mich auf dem Weg, den Artemis für mich ausgesucht hatte, gegen den Wunsch der hier versammelten Männer, von Meleagros einmal abgesehen. So befriedigend es gewesen wäre, meinem Zorn freien Lauf zu lassen, sosehr mein Verstand von Bildern vernebelt war, in denen ich Herakles und Peleus die Arroganz aus dem Leib prügelte, sobald wir in See stachen, würde ich schon noch Gelegenheit bekommen zu zeigen, was in mir steckte. Jetzt eine Schlägerei vom Zaun zu brechen würde alles aufs Spiel setzen – außerdem war ich nicht so blind vor Wut, dass mir Herakles' respekteinflößend massiger Körperbau entgangen wäre. *Ich werde warten*, sagte ich mir. *Schon bald wird er einsehen, wie sehr er sich geirrt hat.*

Niemand näherte sich mir, niemand begrüßte mich formell. Ich blieb mit Jason zurück, der ein finsteres Gesicht machte und geistesabwesend wirkte. Ich wandte mich zu dem großen Schiff um, das mit dicken Seilen vertäut war, und sah auf das weite Meer hinaus. Herakles' letzte Worte nagten an mir. Es war, als würde er Meleagros unlautere Motive unterstellen, dass er mich hierhergebracht hatte. Ich fragte mich, ob ich besser allein vor Jason hätte auftauchen sollen, ob ich Meleagros' Angebot, mir den Weg zu zeigen, besser abgelehnt hätte.

»Die Aufseher sind zurückgekehrt!«, rief jemand, und Jason drehte sich um. Mehrere Hirten kamen über den Strand auf uns zu und trieben zwei Ochsen vor sich her.

»Lasst uns den Altar bauen!«, rief Jason und entfernte sich eilig. Die Argonauten schritten zur Tat; mehrere von ihnen brachten Steine vom Ufersaum, um einen Altar zu errichten, andere schichteten ein Lagerfeuer auf, das noch größer war als die, die um uns herum bereits brannten. Ich beobachtete ihre geschmeidigen, aufeinander abgestimmten Bewegungen. Schließlich rief Jason alle zusammen. Ich blieb im Hintergrund und sah zu.

Jason stand vor dem Licht der untergehenden Sonne, und hinter ihm ragte die Silhouette des mächtigen Schiffs auf. Obwohl er mir zuvor nicht imponierend vorgekommen war, kam ich jetzt nicht umhin, von der Macht des Augenblicks beeindruckt zu sein, als er Gebete an Apollon richtete und den Gott um günstige Winde und eine gesegnete Reise anflehte, während er Gerste auf den Altar streute. Die Ochsen standen still daneben und schnaubten nur gelegentlich. Als Jasons Gebete sich dem Ende näherten, trat Herakles vor, zusammen mit dem Mann mit der Doppelaxt, der mir zuvor aufgefallen war. Mit einem schnellen Hieb seiner Keule streckte Herakles den ersten Ochsen nieder, und das kräftige Tier schwankte und fiel zu Boden. Der andere Mann schlug den zweiten mit der Axt nieder, dann eilten andere herbei, um den Tieren die Kehle durchzuschneiden, die Schenkelknochen herauszutrennen, sie in Fett einzuwickeln und auf dem Altar zu verbrennen, sodass der Rauch und der Geruch zum Olymp hinaufgetragen wurden.

Als das Opfer vollbracht und man das, was von den Ochsen übrig war, zerlegt hatte, um es zusammen mit dem anderen Fleisch zu braten, herrschte feierliche Ausgelassenheit. Es gab Essen im Überfluss, Fett zischte in den Flammen, und der intensive Duft stieg zum Abendhimmel auf. Obwohl alle ein breites Grinsen im Gesicht hatten, konnte ich mich nicht entspannen. Ich wappnete mich für weitere feindselige Bemerkungen von Herakles, doch er würdigte mich keines Blickes. Die meisten Argonauten taten es ihm gleich. Peleus funkelte mich aus einiger Entfernung an, das Gesicht finster in der Dunkelheit. Ich starrte zurück und hob trotzig das Kinn, aber bevor einer von uns einen Schritt machen oder ein Wort sagen konnte, nahm Orpheus wieder seine Lyra zur Hand und begann zu spielen, diesmal ein mitreißendes Lied. Er stand auf, warf den Kopf in den Nacken und begann zu singen, und seine Stimme war ebenso bezaubernd wie sein Saitenspiel. Der Männer und mein Zorn verrauchte unter dem Bann der Musik.

Zu Hause hatte ich Artemis am Flussufer spielen und singen hören, aber etwas Derartiges hatte ich noch nie vernommen.

»Hier.« Meleagros reichte mir einen Fleischspieß.

Mit ihm zusammen zu sein war ungezwungen. Das noch dampfende Fleisch roch zu verlockend, um zu widerstehen, obwohl ich mir den Mund verbrannte. Ein anderer Argonaut bot mir Wein an und reichte ihn mir, ohne mich anzusehen. Ich trank in tiefen Zügen. Er war süß, berauschend und köstlich, stärker als der, den die Nymphen zu Hause mischten. Alles war so anders als in den Nächten im Wald, die Luft war von Rauch, vom Klang tiefer Männerstimmen, von Gelächter und dem überirdischen Lied des Orpheus erfüllt, es roch nach Salz, und die Wellen schlugen gegen den Schiffsrumpf.

Die Frauen, die Jason erwähnt hatte, kamen nach und nach hinzu; ihre geschminkten Augen blitzten, ihre nackten Arme glänzten im Feuerschein, die Gewänder waren an der Brust tief ausgeschnitten. Ich wandte den Blick ab. Artemis hatte uns erzählt, welche Art Leben die Frauen in den Städten führten – jene Frauen, die sie um Hilfe anflehten. Ich verspürte einen Anflug von Sehnsucht nach dem Wald, dem unbekümmerten Geplauder der Nymphen.

»Wird dir dein Zuhause fehlen?«, fragte ich Meleagros. »Glaubst du, du bekommst Heimweh, wenn wir auf See sind?«

»Ein paar der Annehmlichkeiten werden mir fehlen«, erwiderte er trocken. »Wenn Stürme um das Schiff peitschen oder wir auf der harten Erde schlafen müssen. Was ist mit dir?«

Ich dachte darüber nach. »Es gibt zu Hause keine Annehmlichkeiten, nach denen ich mich zurücksehnen könnte.« Ich erinnerte mich an meine Höhle, meinen Stapel Tierhäute, den spiegelglatten Teich vor dem Eingang, das Quaken der Frösche, das Vogelgezwitscher.

»Und deine Familie?«, fragte er.

»Mein Vater ließ mich nach meiner Geburt auf einem Berg

aussetzen.« Ich wollte nicht über die Nymphen oder Artemis reden. Ganz sicher nicht über die Bären. Ich wusste nicht, wie ich ihm das auch nur im Ansatz erklären sollte. Allmählich begriff ich, was für eine Kluft sich zwischen mir und den anderen auftat. Prinzen, Helden, Halbgötter. Sie ahnten nicht, was es einem Mädchen abverlangte, im Wald zu überleben.

»Aber du hast überlebt«, sagte er. »Und du bist herangewachsen und zur Geißel der Zentauren geworden.«

Ich lachte, trank meinen Becher aus und ließ ihn nachfüllen, und das angenehme Hochgefühl durch den Wein vernebelte mir den Verstand, schwemmte meine Unsicherheiten fort. Wir waren uns alle fremd, die meisten von uns kamen von weit entfernten Orten und waren aus demselben Grund hier. Zweifellos trauten sie mir nicht, ich ihnen jedoch ebenso wenig. Noch nicht. Aber sie würden schon bald sehen. Im Feuerschein war es leicht, meine Zweifel beiseitezuschieben.

Als das Festmahl vorbei und die Feuer erloschen waren, entfernten sich manche Männer, um sich einen Schlafplatz zu suchen, und breiteten dicke Mäntel oder Tierhäute aus, die sie warm halten sollten, andere verschwanden mit den Frauen. Ich schlüpfte in der Dunkelheit davon, damit niemand sah, wohin ich ging. Für mich galt es, wachsam zu sein.

Ich ging den weiten Weg bis dorthin, wo die Bäume an den Strand grenzten. Im Schutz ihrer Schatten tastete ich mich bis zu den Wurzeln einer hohen Eiche vor. Dort bereitete ich mir mit geübten flinken Bewegungen ein Nachtlager und schlief ein, die Hand fest um den Bogen geschlossen.

Im Morgengrauen würden wir in See stechen.

8

Die meisten Männer wachten gerade erst auf, als ich am nächsten Morgen zum Schiff zurückkehrte. Ich verspürte ein Gefühl von Leichtigkeit, und der Kitzel der Vorfreude lief durch meinen Körper. Die Strahlen der aufgehenden Sonne brachten die Wellen zum Glitzern, die mit ihren schaumigen Kämmen gegen den hölzernen Rumpf der *Argo* schlugen. Ich freute mich darauf, an Bord gehen und herausfinden zu können, wohin sie uns bringen würde.

Während die übrige Besatzung aufstand, warf ich einen Blick zurück auf die Stadt, um mir den Anblick des Festlandes einzuprägen, bevor ich es hinter mir ließ. Zu meiner Überraschung sah ich eine kleine Menschenmenge, die sich versammelt hatte, um uns zuzuwinken und uns Lebewohl zu wünschen. An den langen Gewändern, die im Wind wehten, erkannte ich, dass mehrere Frauen darunter waren. Vielleicht die Ehefrauen der Argonauten oder ängstliche Mütter, die sich um ihre Söhne sorgten, die sich wer weiß welchen Gefahren stellen würden.

Die anderen Argonauten bemerkten die Menschen ebenfalls, riefen ihnen Dankes- und Abschiedsworte zu und winkten zurück. Ich erhaschte einen Blick auf Meleagros, der mit einem unbekümmerten Grinsen die Hand hob. Flüchtig fragte ich mich, wie der Abschied von seiner Frau gewesen sein mochte. Ob sie heute Morgen in ihrem Bett im weit entfernten Kalydon aufgewacht war und ihm Glück gewünscht oder ob sie geweint und für seine schnelle Heimkehr gebetet hatte. Ich fragte mich, ob die Nymphen im Wald meine Abwesenheit spürten oder ob das Leben einfach ohne mich in seinem gewohnten Rhythmus weiterging.

Anweisungen wurden über den Strand gerufen. Tiphys, der Steuermann, bedeutete uns, ihm auf das Schiff zu folgen. Er watete durch die Brandung und lehnte eine breite Planke gegen den Rumpf, über die wir an Bord klettern konnten. Als ich die *Argo* betrat, war ich mir der Bedeutung des Moments bewusst, unter mir das blaue Wasser, die schwankenden Bewegungen des Schiffs und das unsichere Gefühl, dass der Boden unter meinen Füßen nicht fest war. Ich kam mir vor wie ein neugeborenes Reh, das seinen Beinen noch nicht trauen kann, doch ich biss die Zähne zusammen und zwang meine Füße voranzugehen. Ich durfte mir nichts anmerken lassen.

Vom Strand aus hatte die *Argo* überaus beeindruckend gewirkt, aber nun, da ich an Bord war, hatte sie etwas Beengendes. Der größte Teil des Schiffs wurde von breiten Bänken eingenommen, lange Holzruder waren an den Seiten befestigt. An beiden Enden des Schiffs gab es ein kleines erhöhtes Deck, in der Mitte befand sich ein hoher Mast. Die Besatzung nahm auf den Bänken Platz, und auch ich beeilte mich, mich niederzulassen. Mir war flau im Magen, als ich über den Rand zum tiefen Wasser hinunterblickte. Hastig schaute ich hinter mich, wo Jason seinen Platz ganz vorn einnahm – am Bug, wie ich Meleagros hatte sagen hören. Am Heck nahm Tiphys seinen Platz am Steuerruder ein.

Die Leinen wurden eingeholt, und ich sah zu, wie Trankopfer ins Meer geschüttet und Gebete zum Himmel gesandt wurden, als die *Argo* sich in Bewegung setzte. Ich hatte das Gefühl, mit meiner Bank verschmolzen zu sein, umklammerte mein Ruder, während das Schiff sich einen Weg durch die Wellen bahnte. Die Menge auf dem Festland war zum Meer gelaufen, und ich erhaschte einen Blick auf eine Frau, die einen Säugling hochhielt, das Gesicht nass vor Tränen und voll wildem Stolz. Dann nahmen wir Fahrt auf, und ein schwerer Trommelrhythmus hielt uns im Takt, während wir ruderten. Meleagros drehte sich auf der Bank vor mir kurz um und lächelte mir ermutigend zu, als das Schiff, von Tiphys gelenkt, angetrieben von unser aller Kraft, ruhig auf den Horizont zuglitt. In der Mitte des Decks begann Orpheus auf seiner Lyra zu spielen, ein Lied von fremdartiger, ätherischer Schönheit. Ich schnappte kurz nach Luft, was halb wie ein Lachen, halb wie ein Schluchzen klang, das sich im Wind verlor; dann zog ich kräftig an meinem Ruder. Das Land verschwand hinter uns, und wir ruderten weiter.

Es war harte, monotone Arbeit. An Anstrengung war ich gewöhnt, aber nicht an das Stillsitzen. Die ungewohnte Bewegung ließ meine Schultern schmerzen, und ich war froh, als die Segel gehisst wurden und der Wind uns weitertrug. Danach konnte ich mich umsehen, sah die grauen Rücken von Delfinen, die um das Schiff herum in den Wellen auftauchten. Auf den Bänken wurde gelacht und gescherzt, eine aufgeregte, zielstrebige Stimmung herrschte. Das unablässige Schwanken des Schiffs bereitete mir immer noch Übelkeit, aber auch ich wurde von der Abenteuerlust gepackt. Vielleicht sogar noch mehr als die anderen. Denn dies war meine erste Heldenreise. Für jemanden wie Herakles, der auf einer der mittleren Bänke saß, um das Schiff nicht aus dem Gleichgewicht zu bringen, hielt eine solche Fahrt wohl nicht viel Neues bereit.

Aufmerksam nahm ich alles in mich auf, was in den ersten Tagen passierte. Ich beobachtete stumm und lernte schnell.

Jeden Abend suchten wir uns an Land einen Lagerplatz. Ich gewöhnte mich daran, wie Tiphys das Schiff direkt auf den Strand lenkte, sodass der Kiel ächzte und quietschte, als er vom flachen Wasser auf feste Erde glitt. Dann machten wir das Schiff mithilfe von Seilen fest, suchten nach Essbarem wie wilden Ziegen oder Schafen, die wir über dem Feuer braten konnten, ergänzt durch Vorräte aus den Fässern mit Korn, Oliven, Nüssen und Trauben oder durch Fische aus dem Meer, deren Haut über dem Feuer schwarz und knusprig wurde, während das Fleisch fest und weiß blieb. Bei Sonnenaufgang schoben wir die *Argo* auf Holzstämmen zurück ins Wasser. Herakles stemmte die Schulter gegen den Bug, seine Kraft ersetzte die von einem Dutzend Männern. Ich schlief gut in jenen Nächten unter den Sternen, mein Körper war nach der harten Arbeit des Tages angenehm erschöpft.

Allmählich lernte ich meine Gefährten zu unterscheiden. Da war zum einen natürlich Peleus. Es war sein Sohn, den die Frau bei unserer Abreise hochgehalten hatte. Der kleine Achilles war Gegenstand göttlicher Prophezeiungen und sollte ein noch größerer Held werden als sein Vater. Ich hatte Peleus stolz von dem Kind und abfällig von der Mutter sprechen hören, die beide verlassen hatte. Ich wusste nicht, wer die Frau war, die das Kind hochgehalten hatte, nur dass Peleus' Gesicht sich verfinsterte, wenn er von seiner geflohenen Frau sprach, und dass er verächtlich auf den Boden spuckte. Etwas, was ich mir gut merkte, denn mir war bewusst, dass es noch viele andere an Bord gab, die Jason nicht verziehen hatten, dass er mich mitfahren ließ. Ich prägte es mir ebenso ein wie früher im Wald, welche Pflanzen giftig waren, welche Beeren man besser mied und wo sich die Schlupfwinkel der auf der Lauer liegenden Berglöwen und die Verstecke der Schlangen befanden.

Ich war entschlossen, so viel Wissen wie möglich über

meine Gefährten auf der *Argo* zu sammeln, und Meleagros schien nichts dagegen zu haben, meine Fragen zu beantworten. Wir waren erst seit zwei Tagen unterwegs, verbrachten jedoch unsere gesamte Zeit zusammen, und ich sah, dass sich an Bord rasch Freundschaften entwickelten, eine Intimität, die sich aus der großen Nähe ergab. Ich war so daran gewöhnt, lange Zeit allein zu verbringen, dass es mir seltsam vorkam, und ich zog es vor, mich von den größeren Gruppen und dem verwirrenden Lärm fernzuhalten, wenn alle durcheinanderredeten und jeder seine Geschichten darüber zum Besten geben wollte, was er vor der Reise alles geleistet hatte.

Die beiden Brüder mit den Flügeln an den Fersen, die über dem Boden schwebten, als ich sie hatte kämpfen sehen, waren Zetes und Kalais, die Söhne des Nordwindes. Die Brüder Kastor und Polydeukes aus Sparta waren so aufeinander eingespielt, dass sie wie zwei Hälften eines Ganzen wirkten; sie waren gutmütig, immer eifrig bei der Arbeit. Prinz Akastos war, wie Meleagros mir zuraunte, der Sohn des Pelias und ein Cousin von Jason. Er begleitete uns auf Befehl seines Vaters, um zu bezeugen, ob Jason die Aufgabe, die Pelias ihm gestellt hatte, tatsächlich erfüllte. Dann gab es noch den axtschwingenden Ankaios und den leichtfüßigen Euphemos, der ein berühmter Läufer war, wie Meleagros mir erklärte. »Vielleicht könnte er sogar mit dir Schritt halten.« Er sagte es leichthin, aber ich spürte, dass er mich dabei nicht aus den Augen ließ. Ich zeigte bewusst keine Reaktion, doch insgeheim schwor ich mir, ihm bei nächster Gelegenheit das Gegenteil zu beweisen.

Und natürlich war da noch Herakles, dessen Persönlichkeit alle anderen überschattete und der so viel präsenter wirkte als Jason, unser Anführer. Stets an Herakles' Seite war der unbeschreiblich schöne Hylas, der junge Mann, bei dem ich auf den ersten Blick vermutet hatte, er müsse der Spross eines Gottes sein. »Sein Vater war ein König, kein Gott«, erzählte mir Meleagros, als ich ihn danach fragte, während wir am zweiten Abend unser Lager aufschlugen. »Er wurde von Herakles in der Schlacht getötet. Seitdem ist Hylas Herakles' Gefährte.«

Ich war irritiert. »Herakles hat Hylas' Vater getötet?« Das ergab keinen Sinn. Die Zuneigung zwischen Herakles und Hylas war nicht zu übersehen. Die beiden waren nie weit voneinander entfernt, und nur im vertieften Gespräch mit dem Freund klang Herakles' dröhnende Stimme zärtlich.

»Ja. Und er hat Hylas mitgenommen. Und statt auf Rache zu sinnen, hat sich Hylas anscheinend in ihn verliebt.«

»Verliebt? In den Mörder seines Vaters?«

»Vielleicht war sein Vater ein grausamer Mensch.« Meleagros schüttelte ein Bündel Felle aus, breitete sie über die Holzstämme und bedeutete mir, mich zu setzen. Die anderen schichteten ein Stück entfernt ein Feuer auf, und ich war froh, dass er neben mir Platz nahm, statt sich zu ihnen zu gesellen. »Vielleicht war Hylas erleichtert, ihm zu entkommen. Wer weiß?«

Ich runzelte die Stirn. Bei den anderen hatte ich das Gefühl, sie nach und nach besser zu durchschauen, doch Herakles blieb rätselhaft. »Wieso, glaubst du, wollte Herakles die Unternehmung nicht leiten?«, fragte ich. »Er wirkt wie der geborene Anführer. Wollte er wirklich keine Verantwortung übernehmen?«

»Er hat andere Aufgaben«, sagte Meleagros. »Er muss für seinen Cousin, den König von Tiryns, Arbeiten ausführen. Ich glaube, er konnte die Gelegenheit, mit den Argonauten zu segeln, nicht ausschlagen, spart sich seine Kräfte jedoch für später auf.«

»Was für Arbeiten?«

Ein Schatten huschte über Meleagros' Gesicht. »Er muss die Aufgaben als Strafe für ein Verbrechen erledigen, das er begangen hat.« Meleagros seufzte, und seine sonst so gute Laune war gedämpft. »In einem Anfall von Zorn, Wahnsinn, ich weiß nicht was, hat er seine Frau und seine Kinder ermordet. Die Aufgaben, die König Eurystheus ihm gestellt hat, sind seine Strafe, um sich von seiner Schuld reinzuwaschen.«

Meine Augen weiteten sich. Jeden Tag war auf der *Argo* Herakles' dröhnendes Gelächter zu vernehmen, und er bedachte alle außer mir mit seiner lautstarken Fröhlichkeit. Ich wusste, dass er vor Kraft strotzte, dass seine Stärke respekteinflößend war, aber ich hätte nie gedacht, dass er sie gegen wehrlose Opfer wandte.

»Hera hasst ihn –«

»Hera, die diese Reise gesegnet hat?«, unterbrach ich ihn. »Hera, die Jason liebt?«

Meleagros zuckte die Achseln. »Nun, anscheinend schon. Herakles ist ein Sohn des Zeus. Er sagt, Hera habe ihn mit Wahnsinn geschlagen, und er habe nicht gewusst, was er tat.«

Herakles war der größte Held unter uns, mit Sicherheit der berühmteste in ganz Griechenland. Ich zweifelte nicht daran, dass der Preis für diesen Ruhm Blut war. Niemand von uns konnte sich Gewissensbisse leisten, wenn es darum ging, Feinde zu töten. Meleagros mochte recht damit haben, dass Hylas' Vater ein Tyrann gewesen war. Aber der Tod einer unschuldigen Frau und ihrer Kinder, seiner Kinder – selbst wenn man Heras Zorn in Betracht zog –, war schwer damit in Einklang zu bringen. »Diese Arbeiten werden ihn nur noch berühmter machen«, sagte ich. Jede davon würde seinen Namen noch unauslöschlicher in die Geschichte einschreiben. »Wie hieß seine Frau? Erinnert sich noch jemand an sie?«

Meleagros sah mich überrascht an. »Ich weiß es nicht.«

Ich sagte nichts. Vor uns lag eine Mission, und Herakles war ein Gewinn für uns: stark, mühelos tüchtig und stets jovial. Er sorgte dafür, dass die Stimmung unter den Männern gut blieb; Jason dagegen war zurückhaltender. Ich wusste, dass Jason noch immer mit seiner Entscheidung haderte, mich teilnehmen zu lassen. Er schien über alles besorgt, war ständig abgelenkt, starrte aufs Meer hinaus, wirkte unsicher.

Ich hatte keinen Zweifel, dass auch einige andere ihm seine Entscheidung übel nahmen. *Lass sie ruhig mit ihren Taten prahlen und so tun, als wäre ich nicht da*, dachte ich. Ich mochte nicht unter ihnen sein, wenn wir das Schiff verließen; an Land betranken sie sich und sangen lautstark und schief. Sie waren Helden, sagte ich mir wieder und wieder, und sie folgten derselben Bestimmung wie ich, aber hätte ich mir das nicht vor Augen gehalten, hätte ich kaum einen Unterschied zwischen ihnen und den Jägern gesehen, vor denen die Nymphen und ich unser Zuhause zu schützen versuchten.

In der fünften Nacht schlugen wir unser Lager an der steinigen Küste einer Insel auf, die, wie Tiphys uns erklärte, Lemnos hieß. Es dämmerte, und wir wateten ans Ufer, begierig, noch vor Einbruch der Nacht unser Lager zu errichten. An den vorangegangenen Abenden hatten wir leere Strände ohne Anzeichen von Besiedelung vorgefunden. Doch als wir die hohe Bordwand der *Argo* hinunterkletterten, blitzte in der Ferne ein Licht auf, dann noch eins und noch eins. Das Licht der tief stehenden Sonne wurde von etwas Metallischem zurückgespiegelt; von Kriegern in Bronzerüstung, die auf uns zuströmten.

Ich riss mir den Bogen vom Rücken, stabilisierte den hinteren Fuß und zielte mit dem ersten Pfeil auf den Ansturm. Aus dem Augenwinkel nahm ich wahr, wie Herakles, der ausnahmsweise schwieg, sich zu seiner vollen Größe aufrichtete, den Mund höhnisch verzogen, sodass er noch wilder aussah als der Löwe, dessen Haut er um die Schultern trug. So hatte ich ihn noch nie gesehen, und zum ersten Mal begriff ich, warum sich unzählige Legenden um diesen Mann rankten.

Wir alle waren bereit zum Angriff, mit Pfeil und Bogen, Speer, Axt, Keule oder Schwert bewaffnet. Eine Schlacht stand uns bevor, genau wie ich es seit Tagen erwartet hatte. Meine Chance war gekommen. Ich beobachtete, wie die Krieger auf uns zurannten, drängte sie in Gedanken, sich zu nähern, und war bereit zu schießen.

Jason hob den Arm. Ich war kurz irritiert, aber dann sah ich, dass das Heer stehen geblieben war und sich die Kämpfer in einiger Entfernung von uns in einer Reihe aufgestellt hatten. Sie standen da, wir standen da, beide Seiten misstrauisch. Eine Gestalt, deren Bronzehelm in den letzten Strahlen der untergehenden Sonne leuchtete, löste sich aus der Reihe und trat vor. Jason trat ebenfalls vor, dann überlegte er es sich anders und bedeutete Aithalides, unserem Boten, zum Feind hinüberzugehen. Die beiden trafen genau in der Mitte zwischen den gegnerischen Lagern aufeinander.

Ich wartete mit angehaltenem Atem, hielt den Bogen weiter straff gespannt. Doch es brach kein Kampf aus. Stattdessen nahm der fremde Krieger den glänzenden Helm ab, und zu meinem Erstaunen kamen darunter lange Haare zum Vorschein. Ein Krieger nach dem anderen tat dasselbe. Es waren Frauen.

Ich lauschte angestrengt, während Aithalides und die Frau sich unterhielten, aber ich verstand kein Wort. Ich sah, wie die Anspannung von den Männern in unserem Lager abfiel, und war überrascht, dass sie nicht besorgter waren. Welcher Ort wurde schon von einem Heer aus lauter Frauen beschützt? Einer wie der Wald, aus dem ich kam, aber vielleicht wurde die Insel von Athene regiert statt von Artemis? Das würde das militärische Auftreten der Frauen erklären, und es würde nichts Besseres für die Argonauten verheißen als für die unglückseligen Männer, die sich in den arkadischen Wald verirrt hatten.

Nach einiger Zeit kam Aithalides zurück und winkte Jason

zu sich. Die Frauen in den Rüstungen wandten sich ab und zogen sich zurück. Ich war enttäuscht, sie gehen zu sehen, doch Jason nickte Aithalides bereits knapp zu und bedeutete uns, näher zu kommen.

»Die Frau, die gesprochen hat, ist die Königin dieser Insel«, verkündete Jason. »Lemnos wird von den Frauen verteidigt, seit die Männer sie verlassen haben. Die Männer hatten Sklavinnen aus Thrakien mitgebracht und sie den Ehefrauen zu Hause so sehr vorgezogen, dass sie Lemnos verließen, um stattdessen mit den Thrakerinnen zusammenzuleben. Die lemnischen Frauen, die ihr gerade gesehen habt, fürchteten, ihre ehemaligen Ehemänner wären zurückgekehrt und wollten die Insel wieder für sich und ihre neuen Frauen in Beschlag nehmen und sie selbst, die Verlassenen, vertreiben. Deshalb sind sie hierhergeeilt, um falls nötig zu kämpfen. Aber da Aithalides ihr erklärt hat, dass wir hier nur etwas zu essen und Unterschlupf suchen, heißt Königin Hypsipyle uns an ihrer Küste willkommen. Sie lädt uns ein, heute Abend ihre Gastfreundschaft zu genießen.«

Ich starrte ihn an. Während die anderen Besatzungsmitglieder diese Neuigkeiten mit freudigen Ausrufen quittierten und den Annehmlichkeiten eines Festmahls frohgemut entgegensahen, hatte ich meine Zweifel, was das Angebot anging.

Neben mir trat Meleagros von einem Fuß auf den anderen. Ich war froh, dass er sich nicht an der lautstarken Freude beteiligte.

»Was hältst du davon?«, fragte ich ihn leise.

Er schüttelte den Kopf. »Das ist ... seltsam.«

Mir fiel auf, dass Herakles uns zuhörte. »Hältst du es für weise, hinzugehen?«, rief er Jason zu.

Jason wirkte gereizt. »Ich glaube kaum, dass eine Stadt voller Frauen eine Bedrohung für uns darstellt«, sagte er. »Sie haben uns ihre Gastfreundschaft angeboten; sie würden es nicht wagen, diese heilige Tradition zu beflecken, indem sie uns angreifen. Ich bin sicher, sie wollen uns nichts Böses, und selbst wenn, sind wir stärker als sie. Aber bleib du gerne hier und bewache das Schiff, wenn du Angst hast.«

Sein scharfer Ton erstaunte mich. Ich hatte die Spannungen zwischen Herakles und Jason schon in Pagasä bemerkt. Aber obwohl Jason innerlich vor Wut zu schäumen schien und Herakles um den Respekt beneidete, den er so leicht hervorzurufen schien, hatte ich bisher noch nicht erlebt, dass er sich eine offene Provokation erlaubte, und ich wusste nicht, wie Herakles darauf reagieren würde. Ich war mir sicher, dass Herakles nicht zu den Männern gehörte, die ihr Temperament im Griff hatten. Doch er lachte bloß schallend, was Jason noch mehr zu reizen schien.

»Ich bleibe hier«, sagte er. »Euch viel Glück.«

Jason drehte sich auf dem Absatz um und marschierte davon. Obwohl die Besatzungsmitglieder zwischen uns hin und her blickten, sichtlich zerrissen zwischen ihrem natürlichen Vertrauen zu Herakles und ihrem Wunsch nach Wein, gutem Essen und weiblicher Gesellschaft, siegte Letzteres bei allen außer Herakles, Hylas, Meleagros und mir.

Wir sahen uns an. Herakles' Blick war kühl, und bald wandte er sich ab, als würde ihn all das nicht mehr interessieren.

»Glaubst du wirklich, dass es eine Falle ist?«, fragte ich ihn.

Herakles zuckte mit den Schultern und spuckte aus. »Vielleicht, vielleicht auch nicht. Es ist auf jeden Fall eine Ablenkung. Wir sollten im Morgengrauen in See stechen, statt uns hier aufhalten zu lassen.« Er stieß einen geräuschvollen Seufzer aus. »Komm, Hylas, gehen wir Feuerholz sammeln.« Er marschierte auf ein Wäldchen zu, Hylas an seiner Seite.

»Wieso hast du dich den anderen nicht angeschlossen?«, fragte ich Meleagros.

»Die Sache ist mir nicht ganz geheuer«, erwiderte er. »Und es ist sinnvoll, dass einige hierbleiben und abwarten, was passiert.«

»Vielleicht kommen sie bald zurück«, sagte ich. »Jason will bestimmt schnell weitersegeln. Es ist seine Unternehmung, seine Suche nach dem Vlies.«

»Ich hoffe es sehr. Komm, schauen wir, was wir zu essen finden.«

Ich folgte ihm in das Wäldchen. Wenigstens konnte ich hier meinen Bogen zum Einsatz bringen.

Die Nacht brach herein, und obwohl es seltsam war, mit Herakles und Hylas zusammenzusitzen, schafften wir vier es, in einigermaßen geselliger Runde zusammen zu essen. Herakles erzählte wie üblich seine Geschichten und leerte seinen Weinkrug weit schneller als der Rest von uns. Ich ließ seine Anekdoten über mich ergehen, war jedoch gedanklich mit anderen Dingen beschäftigt. Der Mond schimmerte über einem Hügel, und seine Strahlen erhellten den Pfad, auf dem die Besatzung verschwunden war.

»Woran denkst du?«

Ich fuhr herum.

Meleagros sah mich eindringlich an. »Fragst du dich, ob du ihnen folgen solltest? Um zu sehen, wie es ihnen ergeht?« Er hatte mich durchschaut.

»Willst du es nicht auch wissen?«, fragte ich.

Er lehnte sich zurück und stützte sich auf die Ellbogen. Der Weinkrug neben ihm war fast leer, ein Tropfen lief daran herunter, hinterließ eine blutrote Spur. Auf der anderen Seite vom Feuer saß Herakles, den Arm auf die angezogenen Knie gestützt, den anderen locker um Hylas' Schultern gelegt. Die Stimmung war schläfrig und träge. Nur ich trommelte unruhig mit den Fingern auf den Boden, und es juckte mir in den Füßen, loszurennen.

Meleagros gähnte. »Morgen werden sie uns bestimmt alles erzählen.« Er warf mir einen entschuldigenden Blick zu, schien mich nicht begleiten zu wollen.

»Du wirst nicht ruhen, bis du sie gesehen hast«, bemerkte Hylas scharfsinnig, der mich über die Flammen des Lagerfeuers hinweg ansah.

Er hatte recht. »Ich werde gehen.«

»Warte, ich komme mit.« Meleagros wollte sich mühsam erheben, aber ich schüttelte den Kopf.

»Du hältst mich nur auf. Ich bin zurück, noch ehe du es merkst.« Ich lächelte, um meinen Worten den Stachel zu nehmen, doch er wirkte nicht beleidigt.

Das amüsierte Herakles. »Also ist das gesamte Heer von Lemnos dir nicht gewachsen, Atalanta.«

Ich sah ihm ruhig in die Augen. »Ich will es nicht mit einem Heer aufnehmen«, sagte ich. »Ich will nur sehen, was sie tun.«

9

Der gewundene Pfad, auf dem ich dahinrannte, führte zwischen zwei Bergen hindurch, die sich schattenhaft zu beiden Seiten erhoben. Um mich herum hörte ich die leisen Geräusche der Nacht: den Atem des Windes, der raschelnd durch die Blätter strich, umherhuschende kleine Kreaturen und die schweren Schritte von etwas Größerem, das, in den Schatten verborgen, still auf der Lauer lag. Es fühlte sich an wie zu Hause im Hain.

Mein Weg wurde vom Mondlicht erhellt, bis ich um eine Biegung kam und plötzlich die Lichter der Stadt vor mir lagen.

An den Außenmauern brannten Fackeln, und eins der Gebäude, das der Palast sein musste, wurde von einem Dutzend Flammen erhellt, deren Schein zu einem weiß glühenden Strahlenkranz verschmolz. Dort mussten sie sein, dachte ich, während ich den Bau mit zusammengekniffenen Augen nach einem Eingang absuchte.

Als ich mich näherte, sah ich zu meiner Überraschung, dass das hohe Holztor der Stadt unbewacht war. Es ächzte in der Brise, schwang unverriegelt leicht hin und her. Trotz des kriegerischen Auftretens, das die Frauen bei unserer Ankunft gezeigt hatten, schienen sie jetzt keine Angst mehr vor einem Angriff zu haben. Das strafte ihre Geschichte Lügen, dass sie die Rückkehr der lemnischen Männer fürchteten und bereit seien, sich kämpfend zu verteidigen.

Ich schlich näher, wobei ich mich vom Fackelschein fernhielt. Musik schallte aus den breiten Toren des Palastes. Die Straßen waren verlassen, alle mussten sich im Inneren aufhalten, sowohl die Frauen von Lemnos als auch die Männer der *Argo*.

Ich schritt durch die große Säulenhalle zum königlichen Gebäude. Die leuchtenden Farben der Wandgemälde und der Glanz des polierten Marmors blendeten mich, denn ich war nicht an derlei Zierrat gewöhnt. Irgendwo im Herzen dieses Palastes wurde die Schiffsbesatzung festlich bewirtet. Der Geruch von gebratenem Fleisch und Gelächter drangen zu mir. Offensichtlich wurde nicht gekämpft. Aber ich war neugierig, wollte mehr sehen, fasziniert von der ungewohnten Pracht. Am liebsten hätte ich die Hand ausgestreckt, um über die edelsteingeschmückten Fliesen zu streichen; ich atmete den schweren Duft der Blütenblätter ein, die in breiten, flachen, mit Wasser gefüllten Schalen schwammen und die Luft mit ihrem Duft erfüllten.

»Atalanta?«

Ich erschrak. Wie hatte ich mir erlauben können, mich ablenken zu lassen, sodass sich jemand an mich anschleichen konnte? Ich fuhr herum.

Es war die Frau, die mit unserem Boten gesprochen hatte. Ich erkannte sie an ihrem dichten langen Haar, obwohl es jetzt von einer Krone statt von einem Helm geziert wurde. Sie trug ein langes dunkelblaues Kleid, das mit Goldfäden durchwirkt war, die wie Sterne an einem Abendhimmel schimmerten. Zuvor war ihr Körper unter einer Rüstung verborgen gewesen, doch jetzt sah sie sanft und anmutig aus. Nur ihr Gesichtsausdruck verriet eine gewisse Härte; ihre Haltung hatte etwas Achtunggebietendes.

»Woher kennt Ihr meinen Namen?«, fragte ich.

»Die anderen haben von dir erzählt. Es war nicht schwer, dich anhand ihrer Beschreibung zu erkennen – die einzige Frau unter ihnen.«

»Und Ihr seid die Königin dieser Stadt?«

Sie nickte. »Ich bin Hypsipyle. Bist du gekommen, um dich zu uns zu gesellen?«

»Nein.«

»Weshalb dann?«

Ich warf ihr einen langen, kühlen Blick zu. Mir entging nicht, dass sie mich verstohlen musterte, meine Größe, meine Haltung, und den Bogen beäugte.

»Glaubst du, wir würden ein Komplott gegen eure Männer schmieden?«, fragte sie. »Dass wir sie hier in eine Art Falle gelockt hätten?«

Ich schwieg beharrlich. Ihr Gesicht blieb ruhig und ausdruckslos.

»Wir respektieren hier die Gesetze der Gastfreundschaft«, sagte sie. »Und wir hätten nichts davon, gegen sie zu verstoßen.«

»Was wollt Ihr dann von ihnen?«, fragte ich.

Eine paar versprengte Töne erklangen, die nur Orpheus' Lyra entstammen konnten, glockenhell wie das Klimpern glänzender Münzen.

Sie seufzte. »Willst du ein Stück mit mir gehen, Atalanta? Hinaus aus der Stadt?«

Ich zögerte.

»Sei nicht misstrauisch«, sagte sie. »Ich schwöre dir, bei allen Unsterblichen, die auf dem Olymp weilen, dass wir keinem Argonauten ein Haar krümmen werden.«

»Ich werde mit Euch gehen.« Ich war fasziniert. Obwohl

ich ihr nicht traute, wollte ich unbedingt mehr erfahren. Vermutlich erinnerte mich diese Kriegerkönigin mit ihrer selbstsicheren Gelassenheit und ihrer Demonstration von Stärke bei unserer Ankunft an Artemis.

Die Geräusche des Festmahls verebbten. Als wir davongingen, hörte ich nur noch das Knirschen unserer Schritte auf dem steinigen Weg, das Zirpen der Grillen und den gelegentlichen Schrei einer Eule.

»Du weißt, dass unsere Männer uns nicht verlassen haben«, sagte sie. »Ich habe es dir angesehen, als Jason euch berichtet hat, was ich gesagt habe.«

»Wieso sollten sie die Stadt verlassen, um an einen fremden Ort zu gehen, in die Heimat der Frauen, die sie entführt haben?« Nun, da ich es laut aussprach, konnte ich kaum glauben, dass Jason es so einfach für bare Münze genommen hatte.

»Es ist euren Männern nicht eingefallen, nach Gründen zu suchen, mir nicht zu glauben. Vielleicht wollten sie, dass es wahr ist. Eine Stadt voller Frauen, die sie an ihrer Küste willkommen heißen.«

»Was habt Ihr mit den Männern gemacht? Was ist geschehen?«

»Ich habe mich nach dir erkundigt«, sagte sie »Woher du kommst, weshalb du dich dieser Reise angeschlossen hast. Sie haben mir erzählt, du hättest im Wald gelebt und dein Leben Artemis gewidmet. Ich vermute, du weißt nicht viel darüber, wie Männer sind.«

»Es kamen auch Männer in den Wald. Um zu jagen. Um nach den Nymphen zu suchen, über die sie Geschichten gehört hatten.«

»Dann hast du keine Ahnung.« Sie seufzte. »Unsere Männer waren Seefahrer, begaben sich ständig auf lange Reisen. Wir waren daran gewöhnt, eigenständig zu leben, Lemnos in ihrer Abwesenheit zu verwalten. Und immer kamen sie zurück zu uns. Es war ein harmonisches Leben. Doch plötzlich änderte sich alles.« Sie blieb stehen. »Vielleicht haben wir es versäumt, Aphrodite zu ehren, ich weiß es nicht. Vielleicht gefiel ihr einfach unsere Art zu leben nicht. Jedenfalls strafte sie uns mit einem schrecklichen Leiden.«

»Mit einer Seuche?«, fragte ich.

»Nein. Viel einfacher, weit demütigender und widerwärtiger.« Sie schluckte, und ich sah, wie sehr es sie schmerzte, darüber zu sprechen. Ich wartete darauf, dass sie fortfuhr. »Anfangs wussten wir nicht, wo es herkam. Zuerst dachten wir, es würde aus der Erde aufsteigen; ein moderiger, fauliger Geruch, so übel riechend, dass er aus der Unterwelt des Hades hätte stammen können. Wir haben Blüten zu Öl gepresst, dann, als der Gestank noch schlimmer wurde, tauchten wir Tücher in das parfümierte Wasser und haben sie uns vor das Gesicht gehalten, um etwas Erleichterung zu finden. Die Männer waren fort, atmeten die frische, salzige Meeresluft. Hier zerbrachen wir uns den Kopf darüber, wie wir diesen abscheulichen Gestank loswerden konnten. Aber je mehr Zeit verging, desto schwerer fiel es uns, einander in die Augen zu schauen. Es war uns unmöglich, die Wahrheit auszusprechen, die wir nicht länger leugnen konnten.«

»Was war es?«

»Der Geruch, der uns alle an den Rand des Wahnsinns trieb, stammte nicht aus der Tiefe eines stehenden fauligen Gewässers oder von irgendeinem noch nicht entdeckten Tierkadaver, der in der heißen Sonne verweste. Er ging von uns Frauen aus, vom kleinsten Mädchen bis hin zu den ältesten Greisinnen. Jede von uns litt darunter.«

»Und es war Aphrodites Werk?«, fragte ich. »Als Bestrafung?«

»Anscheinend.« Sie wandte das Gesicht von mir ab, während sie mit dem rang, was sie als Nächstes sagen musste.

»Wir empfanden brennende Scham, beteten zu Aphrodite und verbrannten Opfergaben auf ihrem Altar, flehten sie an, uns den Frevel zu vergeben, den wir unwissentlich begangen hatten. Und dann, als die Männer zurückkehrten, stellten wir fest, dass sie nicht betroffen waren. Nur wir waren verflucht.«

»Und haben sie Euch deshalb verlassen?« Ich hatte den Verdacht, dass etwas anderes geschehen war. So wie sie die Arme um den Oberkörper schlang und ihre Stimme leicht zitterte, wusste ich, dass etwas Schlimmeres passiert sein musste.

»Einer nach dem anderen zogen sie sich von uns zurück. Die ergebensten Ehemänner taten ihr Bestes, wandten das Gesicht ab, erfanden alle möglichen Ausreden, um sich draußen aufzuhalten und in den entferntesten Winkeln der Insel umherzustreifen. Aber kein Mann konnte den grässlichen Odem ertragen, der von uns ausging. Sie stiegen in ihre Boote und fuhren wieder hinaus aufs Meer.«

»Aber sie kamen zurück?«

»Anfangs dachten wir, sie hätten uns verlassen. Der einzige Mann, der geblieben war, war mein Vater, der König. Er wollte nicht gehen, wollte tun, was er konnte, um uns zu helfen. Aber er war ebenso ratlos wie wir. Und dann« – sie schien sich überwinden zu müssen, um weitersprechen zu können –, »dann, als sie zurückkehrten, waren sie nicht allein.«

»Die Sklavinnen?« Ich stellte mir die Szene vor, die Übelkeit verursachende Erkenntnis.

»Wir hatten ihnen vertraut. Sie waren unsere Ehemänner, Väter, Brüder, ja sogar Söhne. Sie hatten uns verlassen, ertrugen es nicht, in unserer Nähe zu sein. Und so beschlossen sie, stattdessen neue Frauen mitzubringen.«

Mein Blut kochte, wenn ich nur daran dachte. Nicht nur

wegen der verschmähten Frauen, die von der Küste aus aufs Meer blickten, sondern auch um der entführten Frauen willen, die ihren Familien, ihrer Heimat entrissen worden waren, aus einer selbstsüchtigen Laune der Männer heraus. »Was habt ihr mit ihnen gemacht?«

»Was hättest du getan, Atalanta?«

»Als Zentauren in meinen Wald gekommen sind, um mir Gewalt anzutun, erschoss ich sie mit Pfeilen.«

Ich sah sie im trüben Licht lächeln. »Nun. Wir haben uns nicht gleich gegen sie gewandt. Wir waren außer uns über das, was sie getan hatten. Es waren Männer, die wir zu kennen geglaubt hatten. Statt uns zu helfen, Aphrodite zu besänftigen, statt all das mit uns zu ertragen, hatten sie sich andere Frauen gesucht, um ihre Bedürfnisse zu befriedigen. Ob sie in der Absicht aufgebrochen waren, willige Gefährtinnen zu finden, wissen wir nicht, aber wie sich herausstellte, waren sie nach Thrakien gesegelt, hatten Krieg geführt und die Frauen verschleppt und versklavt. Sie verschlossen sich allem Schluchzen und Flehen, hatten für uns keinen Funken Mitleid übrig. Sie waren entzückt über ihre Eroberung.« Sie schwieg lange. Dann schien sie aus ihrer Gedankenversunkenheit aufzutauchen. »An dem Abend, als sie zurückkehrten, versammelten wir uns draußen auf der Halbinsel. Die Winde wehten dort heftig, attackierten uns von allen Seiten. Sie trugen unsere Worte davon, sodass niemand uns belauschen konnte, und auch den schlimmsten Geruch.«

»Heute ist nichts mehr davon zu merken«, sagte ich. Ich unterbrach sie zwar nur ungern, konnte meine Neugier jedoch nicht bezähmen. »Habt ihr einen Weg gefunden, Aphrodite zu versöhnen?«

»Später – danach schien ihr Zorn zu schwinden«, sagte Hypsipyle. »Als uns der Fluch traf, hatten wir ihr zu Ehren weitere Altäre errichtet, ihr mehr Opfer dargebracht und sie oft gepriesen. Wären unsere Männer bereit gewesen zu warten, dann hätten wir vielleicht nie tun müssen, was wir taten. Aber sie waren es nicht. Sie wollten nicht warten, um zu sehen, ob Aphrodite sich erweichen ließ. Sie gaben uns keine Gelegenheit dazu.«

Danach, hatte sie gesagt. Aphrodite hatte ihre Strafe zu spät aufgehoben, was sie den Männern auch angetan haben mochten. Stumm wartete ich darauf, dass Hypsipyle fortfuhr.

»Ich war diejenige, die es vorschlug«, sagte sie leise. »Ich fragte die Frauen, wie wir jemals in unser altes Leben zurückkehren sollten, Seite an Seite mit diesen Männern, in dem Wissen, wozu sie fähig waren. Wie konnten wir das Brot mit ihnen brechen, das Bett mit ihnen teilen, ihre Kinder austragen, nun, da wir wussten, welche Ungeheuer sich hinter den menschlichen Gesichtern verbargen?«

Selbst jetzt schwelte noch eine beeindruckende Wut in ihr. Es fiel mir nicht schwer, mir vorzustellen, wie sie inmitten der Frauen stand und ihren Ärger aufstachelte.

»Wir wussten, dass sie von ihrer Siegesfeier bald besinnungslos betrunken sein würden. Sie dachten, wir wären niedergeschmettert, bezwungen, weil wir davongeschlichen waren. Ich wusste, wenn wir die Gelegenheit nutzen wollten, musste es in jenem Moment geschehen, in dem sie uns für geschlagen hielten. Wir mussten unsere Herzen vor ihnen verschließen. Im Schutz der Nacht schlichen wir zurück in die Häuser, wo sie betrunken und schnarchend in ihren Betten lagen, Betten, die sie beschmutzt hatten.« Bei der Erinnerung daran zitterte ihre Stimme vor Zorn. »Wir nahmen ihre Waffen. Messer, Schwerter, Dolche, jede Klinge, die wir finden konnten. Schwere Töpfe aus der Küche. Als die thrakischen Frauen erkannten, was wir vorhatten, waren sie begierig, sich uns anzuschließen.«

Das war also das Geheimnis. »Habt ihr wirklich alle getötet?«

Sie schwieg kurz. »Mein Vater war schuldlos. Er hatte sich nicht an den Plänen der Männer beteiligt; es wäre nicht gerecht gewesen, wenn er denselben Preis hätte zahlen müssen. Ich wusste jedoch, dass er nicht bleiben konnte, die Frauen hätten es nie zugelassen. In jener Nacht herrschte eine Grausamkeit unter uns, eine Wildheit, die sich seit dem Moment in uns angestaut hatte, in dem wir erkannten, dass wir verflucht waren. All die Schrecken, die auf uns eingestürzt waren – es war wie eine Flutwelle, ein Sturm gerechten Zorns.«

Artemis hatte mir einmal von den Riten des Dionysos erzählt. Seine Mänaden, die sich im Licht des Mondes versammelten, waren wie entfesselt. Sie zerrissen Fleisch, beschmierten sich das Gesicht mit Blut. Eine uralte Ekstase, eine gemeinschaftliche Raserei. Daran erinnerte mich Hypsipyles Geschichte.

»Ich stahl mich von den anderen Frauen davon, schlich allein zum Palast, eilte durch die dunklen Flure, suchte nach meinem Vater. Er thronte allein auf seinen Kissen, verwirrt über das, was er gehört hatte. Seine Verwirrung verwandelte sich rasch in Furcht, als er mich erblickte, mit offenen Haaren, das Gewand blutverschmiert. Ich wusste, ich musste ihn verstecken. Ich versuchte ihn zu überreden, in eine Holztruhe zu steigen. Aber die Frauen hätten den Palast durchsuchen können, und ich konnte den Gedanken nicht ertragen, dass sie ihn womöglich darin entdeckten.«

»Ist es Euch gelungen, ihn zu retten?«, fragte ich.

»Etwas an der Wildheit der Nacht verlieh mir mehr Kraft, als ich zu besitzen glaubte«, sagte sie. »Mein Vater folgte mir, und ich zog die Truhe über den Fliesenboden ins Freie. Ich hörte die Frauen am Tor lärmen, bereit, die Insel vom letzten Mann zu befreien. Obwohl meine Muskeln vor Schmerz protestierten, zog ich die Truhe über den steinigen Boden den ganzen Weg bis zur Küste. Er wollte nicht hineinsteigen

– fragte sich, ob es nicht besser wäre, als König von Lemnos in seinem eigenen Palast zu sterben –, doch ich überzeugte ihn. Er vertraute mir. Als ich den Deckel schloss, hatte ich das Gefühl, sein Grab zu versiegeln. Dann hörte ich die Schritte der Frauen, die aus dem Palast geeilt kamen und nach ihm suchten. Mir blieb keine Zeit. Ich schob die Truhe ins Wasser, und als ich sah, wie sie unterging und dann wieder aufstieg, entrang sich ein Schrei meiner Kehle. Sie wurde von der Strömung davongeschwemmt, entfernte sich von der Küste. Ich sah ihr nach, bis sie von der Nacht verschluckt wurde, und ich schickte ein inbrünstiges Gebet an jeden Gott, der zuhörte, sich meines sanftmütigen Vaters zu erbarmen, ihn zu verschonen und in Sicherheit zu bringen, irgendwohin, weit fort von hier.« Ihre Stimme wurde sanfter. »Sie fanden mich unten am Ufer, die Frauen von Lemnos und aus Thrakien. Sie schöpften keinen Verdacht. Der rasende Blutrausch wich im Morgengrauen von uns. Wir hielten uns in den Armen, reinigten unsere Wunden, und als die Sonne aufging, wuschen wir uns gegenseitig das Blut aus den Haaren.«

»Und seit diesem Tag habt ihr allein gelebt?«, fragte ich.

Sie hob den Blick und sah mir in die Augen. »Seit mein Vater geflohen ist, hat kein Mann mehr einen Fuß auf Lemnos gesetzt. Bis die Argonauten kamen.«

10

Ich hatte geahnt, dass es in der Geschichte von Lemnos etwas Dunkles gab. Aber solch ein Blutvergießen hatte ich nicht erwartet. Wir standen am Rande der Stadt, weit entfernt vom Palast. Der Palast, in dem meine Gefährten aßen und tranken, den todgeweihten Männern der Insel in der Nacht des Blutbads nicht unähnlich. Hatte Hypsipyle mich aus einem bestimmten Grund hierhergebracht, wollte sie mich weglocken, damit ich der Besatzung nicht beistehen konnte?

»Wir töten nicht um des Tötens willen«, sagte sie. »Glaub mir, Atalanta, keine von uns möchte diese Nacht noch einmal durchleben.«

»Was wollt Ihr dann von uns?« Ich rückte von ihr ab, dann näherte ich mich ihr wieder. Sollte ich zum Palast laufen oder zur Küste, um Herakles und Meleagros zu holen?

»Ist das nicht offensichtlich?«, fragte sie mit einem Hauch von Belustigung in der Stimme.

»Wieso sollte ich dann fragen?« Dass sie mir ständig auswich, ärgerte mich.

»Atalanta, wir sind jetzt eine Insel der Frauen. Kein Mann und kein Junge hat unsere Rache überlebt.«

»Und?«

»Und anfangs war auch alles in Ordnung. Wie ich sagte, wir waren es gewohnt, für uns selbst zu sorgen. Aber nun ...«

»Nun was?«

»Nun sind unsere Ältesten noch älter geworden. Unsere Töchter sind zu Frauen herangewachsen, ohne eigene Kinder, um die sie sich kümmern können. Wenn das so bleibt, werden die Jahre vergehen, und sie werden selbst alt, und wer soll sich dann um sie kümmern? Wer wird pflügen und auf die Jagd gehen, wenn niemand mehr jung und kräftig genug ist, um diese Arbeiten zu verrichten? Wir werden sterben, und die Stadt mit uns.« Hypsipyle streckte die Hand aus, und ich wich zurück, bereit, mich zu verteidigen. Aber sie wollte bloß meine Hand ergreifen. Ohne nachzudenken, schlug ich sie weg. Das schien sie nicht aus der Ruhe zu bringen. »Du könntest dich uns anschließen, Atalanta. Ihr alle könntet das tun.«

»Seid Ihr noch bei Trost?«

»Wir wissen von eurem Auftrag, wir haben vom Ruf der vielen Männer gehört, die mit euch segeln. Wir haben eure Männer für heute Abend zu einem Festmahl eingeladen und sind beeindruckt von ihrer Höflichkeit und Geselligkeit ...«

»Wir haben erst heute an dieser Küste angelegt. Und Ihr wollt – was? Dass die Argonauten ihre Fahrt abbrechen, in Eurer Stadt leben, hier mit Euch an diesem Ort bleiben, an dem Ihr Eure Männer getötet habt?«

Ich sah, wie ihre Wangen sich röteten. »Ihr seid eine Gruppe von Helden, wie sie die Welt noch nicht gesehen hat. Schon jetzt kursieren unzählige Geschichten über euch. Aber das Vlies, das ihr sucht, ist eine Falle. Niemand kann es rauben, es wird von Mächten beschützt, die selbst ihr nicht überwinden könnt. Das wusste ich gleich, als Jason mir heute Abend davon erzählte. Diese Unternehmung ist zum Scheitern verurteilt. Warum solche Männer darauf verschwenden?«

»Es wäre eine weit größere Verschwendung von Männern, wenn sie ihr Leben hier verbrächten!«

»Wir erbitten nur eine Jahreszeit, nicht den Rest eures Lebens. Um Zeit mit uns zu verbringen, euch vorzubereiten, um zu überlegen, wie eine so unmögliche Aufgabe gelöst werden könnte – anstatt einfach ins Blaue hineinzusegeln, ohne Strategie, ohne eine Idee, wie es sich vielleicht bewerkstelligen ließe. Vielleicht können wir euch dabei behilflich sein. Und wenn ihr einen Weg gefunden habt, das Vlies zu erlangen, könnten ein paar von euch zurückkehren, zu den Kindern, die nach ihrem Aufenthalt hier geboren wurden, zu ihren Frauen und ihrem Zuhause. Auch für dich gäbe es hier ein Heim, Atalanta. Ich glaube, du würdest sehr gut hierher passen. Es gibt keine zweite Stadt wie diese, keinen Ort, wo die Frauen so leben wie wir.«

»Seid ihr alle wahnsinnig geworden? Wie könnt ihr beschließen, diese Männer zu Ehemännern und Vätern zu machen? Woher wollt ihr wissen, dass sie anders sind als die, die ihr früher hattet?«

»Eine solche Gelegenheit wird sich uns nie wieder bieten«, sagte sie. »Was sollen wir sonst tun? Darauf warten, dass Fischer an unserem Strand angespült werden, oder die Überlebenden von Schiffbrüchen in der Nähe auflesen? Wir verlassen unsere Heimat nie, und selbst wenn wir es täten, wohin sollten wir gehen? Wer würde uns aufnehmen, wenn bekannt wird, was wir getan haben?«

Ich schüttelte den Kopf. »Es ist nicht an uns, zu richten, was ihr getan habt. Wir haben unsere Aufgabe, wir dürfen uns nicht aufhalten lassen. Die Götter stehen hinter uns. Wir brauchen keine Pläne zu schmieden.«

»Aber wozu die Eile? Komm mit zum Festmahl, sieh, wie deine Gefährten die Annehmlichkeiten eines prächtigen Palastes genießen. Das ist besser, als sich wieder auf die unberechenbare See hinauszuwagen, sich dem peitschenden Regen und dem eisigen Wind auszuliefern, auf dem harten Boden zu schlafen und ständig nach Vorräten suchen zu müssen. Ihr könnt einige Wochen hier bei uns bleiben und Kräfte sammeln, ehe ihr weitersegelt.«

»Wir haben alle Kraft, die wir brauchen.«

»Nun, ich hatte gehofft, dich überreden zu können, Atalanta. Als ich dich unter den Männern erblickte, glaubte ich, eine Frau zu sehen, die ist wie wir. Aber vermutlich sehen dich die Männer ohnehin anders.«

»Sie mögen heute Abend Eure Gesellschaft genießen«, erwiderte ich kurz angebunden. »Aber morgen stechen wir in See.«

Sie neigte den Kopf. »Wir werden sehen.«

Ich reagierte nicht auf die Herausforderung in ihren Worten, obwohl ich mich mehr ärgerte, als ich zugeben mochte.

»Begleitest du mich wenigstens zurück?«, fragte sie. »Es ist wirklich nicht nötig, dass du und deine übrigen Gefährten draußen am Strand übernachten. Wir können euch warme Betten und ein Dach über dem Kopf zur Verfügung stellen.«

»Daran sind wir nicht interessiert.«

»Natürlich. Wie es euch beliebt.« Der Ausdruck in Hypsipyles Augen war in der Dunkelheit nicht zu deuten. »Schlaf gut, Atalanta. Vielleicht nimmst du meine Einladung morgen an – oder an einem anderen Tag.«

Ich biss die Zähne zusammen. »Dann sind wir schon fort.«

Sie berührte mich am Arm, und diesmal entzog ich ihn ihr nicht, sondern blieb ruhig und gelassen stehen. »Gute Nacht.« Der Rock ihres Gewandes flatterte in der Brise, als sie sich umdrehte. Doch ich ließ mich von ihrer weiblichen Erscheinung nicht mehr täuschen.

Sie hatte recht damit, dass sie etwas in mir erkannt hatte. Auch ich spürte es in mir, den Ruf von etwas Wildem, Ungezähmtem. Aber etwas an ihr stieß mich ab. Ich hatte ebenfalls getötet und bedauerte es nicht, hatte keine Träne wegen der toten Zentauren vergossen, die mich angegriffen hatten. Aber ich hatte es getan, um mich zu verteidigen. Sich an einen Schlafenden heranzuschleichen, eine halbe Stadt niederzumetzeln war etwas anderes. Diese Frauen hatten nicht nur ihre treulosen Ehemänner umgebracht, zusammen hatten sie auch ihre eigenen Brüder, ihre eigenen Söhne ermordet. War jeder Einzelne von ihnen wirklich so niederträchtig gewesen, wie sie behauptet hatte?

Ich sah ihr nach, als sie mit leichten Schritten über die staubige Erde schritt, ihr Haar glänzte wie ein poliertes Juwel, alles an ihr strahlte Wohlstand und Schönheit aus. Zumindest glaubte ich ihr nun, dass sie den Argonauten nichts tun wollte. Sie konnten ihr etwas geben, Hoffnung auf eine Zukunft für die Stadt, die sie regierte. Das gab mir die Gewissheit, dass meine Gefährten heute Nacht in Lemnos sicher sein würden.

Aber morgen, beschloss ich, würden wir diesen Ort verlassen.

Ich wartete, bis sie außer Sicht war, dann rannte ich den ganzen Weg zurück zum Lager.

Bei Tagesanbruch hingen Nebel und Dunst über der Bucht. Meleagros war schon wach, als ich mich erhob, während Herakles und Hylas noch schliefen. Sie hatten ihr Lager ein Stück weiter weg aufgeschlagen, doch die Brise trug uns Herakles' leises Schnarchen zu.

Ich war bei Meleagros geblieben, von einer Reihe von Felsen vor dem Wind geschützt, aber mit Blick auf die *Argos*. Ich sah keine Notwendigkeit, mir ein Versteck zu suchen und mich zu verbergen, da nur wir beide da waren. Trotzdem war es seltsam, sein Gesicht zu sehen, als ich die Augen aufschlug. Er saß am Strand, die Knie angezogen, den Blick auf das Meer gerichtet. Ich beobachtete ihn eine Weile. Er wirkte gedankenverloren, und ich fragte mich, was ihn beschäftigte. Vielleicht die Sorge, ob die auf Abwege geratene Besatzung dem Charme der lemnischen Frauen widerstehen konnte. Als ich am Vorabend zurückgekehrt war, hatte ich den anderen alles mitgeteilt, was Hypsipyle mir erzählt hatte. Herakles wirkte wenig überrascht, nicht einmal dann, als er die entsetzlichen Einzelheiten des Massakers erfuhr. Vermutlich brauchte es mehr, um einen Mann aus der Fassung zu bringen, der dieselben Dinge gesehen und getan hatte wie er. Er bezweifelte, dass wir noch an diesem Tag aufbrechen würden. Vielleicht dachte Meleagros darüber nach, sehnte sich zurück an Bord, nach dem Heben und Senken der Ruder, dem Dahingleiten auf den Wellen.

Oder vielleicht schaute er nicht zum Horizont, weil er daran dachte, wohin wir wollten, sondern an das, was er zurückgelassen hatte. Dachte er an seine Familie, wünschte er sich nach Kalydon zurück?

Ich setzte mich auf, und er drehte sich zu mir um. »Du bist wach«, sagte er. Er lächelte so wie immer, aber seine Augen wirkten ernst.

»Keine Spur von den anderen?«, fragte ich wenig hoffnungsvoll. Er schüttelte den Kopf. Strähnen lösten sich aus meinem fest geflochtenen Zopf, flatterten mir ins Gesicht, versperrten mir die Sicht. Gereizt öffnete ich ihn und fuhr mir mit den Fingern durch das Haar, um es zu entwirren.

Meleagros wandte den Blick ab.

»Was ist das da in der Ferne?«, fragte ich.

Etwas bewegte sich schnell über den Bergpfad auf uns zu und nahm immer deutlichere Gestalt an, je näher es kam.

»Euphemos!«, rief Herakles mit dröhnender Stimme. Ich war überrascht, dass ich seine schwerfälligen Schritte nicht gehört hatte, war jedoch von Euphemos zu abgelenkt gewesen, der rasch auf uns zurannte. Gleich darauf stand er vor uns.

»Herakles«, sagte er und nickte dem Rest von uns zu. Er war kein bisschen außer Atem, wie ich bemerkte. »Die Königin lädt euch alle zu dem Festmahl heute Abend ein.«

»Heute Abend?« Ich starrte ihn an. »Ich dachte, du kommst, um uns aufzutragen, das Schiff für den Aufbruch vorzubereiten.«

Euphemos zuckte die Schultern. »Das ist die Nachricht, die Jason mir mitgegeben hat. Welche Antwort soll ich ihm überbringen?«

Herakles schnaubte.

Euphemos nickte. »Wie ihr wünscht.« Er eilte über den Pfad davon, noch ehe wir etwas erwidern konnten.

Es juckte mich in den Beinen, ihm zu folgen. Ich hatte auf eine Gelegenheit gewartet, diesen legendären Läufer in Aktion zu erleben, und war mir sicher, dass ich ihn schlagen konnte, wenn ich wollte. Aber vielleicht erwartete ihn Hypsipyle schon bei seiner Rückkehr. Ich hatte nicht den Wunsch, sie wiederzusehen.

»Sie hätten zurückkommen sollen«, sagte ich. »Warum trommelt Jason sie nicht zusammen und bringt sie hierher?« Ich flocht mir die Haare rasch zu einem Zopf, damit sie mich nicht länger störten.

Meleagros sah nachdenklich aus. »Eine längere Ruhepause schadet vielleicht nicht«, sagte er. »Ein, zwei Tage, um ihre Lebensgeister wieder zu wecken und ihre Entschlossenheit zu stärken.«

»Wir sind doch gerade erst aufgebrochen!«, widersprach ich. »Ihre Entschlossenheit kann doch nicht jetzt schon ins Wanken geraten sein.«

»Meleagros hat recht«, sagte Herakles. »Geben wir ihnen einen weiteren Tag und eine weitere Nacht hier. Sie werden noch nicht gehen wollen, und nach allem, was du erzählt hast, Atalanta, werden die Frauen hier tun, was sie können, um sie zum Bleiben zu überreden. Aber ihnen fällt schon wieder ein, warum wir hier sind. Es ist noch zu früh, um Zeit zu vertun, noch sind wir ganz am Anfang, begierig, herauszufinden, was als Nächstes kommt. Noch ist niemand erschöpft, niemand des Kämpfens und Suchens müde.«

Ich wickelte mir den fertigen Zopf um den Kopf und steckte ihn fest. »Also müssen wir warten?« Es sah Herakles nicht ähnlich, so geduldig zu sein.

»Geben wir ihnen noch heute Nacht«, sagte er. »Wenn ihnen bis morgen nicht wieder eingefallen ist, weshalb wir hier sind, werden wir sie daran erinnern.«

Der Tag verlief planlos. Ich übte Bogenschießen, indem ich auf einen knorrigen Baum zielte, bis ich dessen überdrüssig war und mich neben den verkohlten Überresten des Feuers auf den Boden warf.

»Ich wusste ja gar nicht, wie erpicht du auf das Vlies bist«, bemerkte Meleagros.

Ich runzelte die Stirn. »Wieso nicht? Es ist schließlich der Grund, warum wir hier sind.«

»Vielleicht.«

»Nun, warum sonst?«

Er wirkte vollkommen zufrieden, lag ausgestreckt in der warmen Sonne und betrachtete die glitzernden Wellen. »Abenteuer. Aufregung. Neue Länder entdecken und uns einen Namen machen.«

»Früher wollte ich nie irgendwo anders sein als in meinem Wald.« Ich wandte das Gesicht gen Himmel und schloss die Augen. »Aber ich habe dort auch noch nie einen Tag erlebt, der sich so hinzieht wie dieser.« Ich verspürte einen Anflug von Sorge. Meleagros schien sich sicher zu sein, dass es einfach sein würde, sich auf dieser Mission einen Namen zu machen, aber wie viel schwerer wäre es für mich, in Erinnerung zu bleiben? Die anderen Argonauten waren schon bekannt. Ich musste mir meinen Ruhm erst noch verdienen.

»Ich kann nicht noch eine Nacht warten«, sagte ich. »Wir müssen Jason an seine Pflicht erinnern, damit er den anderen befiehlt zurückzukommen.«

Die Ungeduld in meiner Stimme drang zu ihm durch, und er stützte sich auf die Ellbogen und sah mich ernst an. »Diesmal können wir zusammen gehen«, sagte er. »Ich komme mit dir in die Stadt. Ich will sie sehen.«

Ich sah ihn misstrauisch an. »Du willst dich ihnen doch nicht anschließen, oder?«

»Das würde mir im Traum nicht einfallen. Ich will auch fort von hier. Ich hatte Schlachten erwartet – dachte, hier würde es eine geben, als ich das Heer sah. Stattdessen bekamen wir die Königin.« Er schwieg kurz, und ich fragte mich, ob er sich an den Moment erinnerte, in dem sie den Helm abnahm und wir ihre langen Haare sahen. »Eine Frau, die den Tod all ihrer Männer befiehlt ... Das ist etwas, was ich mir nie hätte vorstellen können.«

Ich zögerte. »Sie fasziniert dich?«

»Nein, so meine ich das nicht. Eher ... will ich mich persönlich vergewissern, dass die Mannschaft nicht in Gefahr ist.«

»Ich dachte, du wärst dir sicher, dass sie sich selbst schützen können.«

»Das können sie auch. Aber wenn sie etwas im Schilde führt, wäre es besser, wenn wir davon wissen. Außerdem kann ich dann mit Jason sprechen.«

»Du glaubst, er wird mir nicht zuhören.«

»Wir können unser Anliegen gemeinsam vortragen.« Sein Lächeln war entwaffnend.

Ich zauderte noch, aber vielleicht hatte Meleagros recht.

Sein Wort hätte bei Jason mehr Gewicht. Obwohl es mich ärgerte, war es besser, wenn er mitkam und seine Argumente auch in die Waagschale warf. Je eher wir Lemnos verließen, desto besser.

»Erzähl mir von Kalydon«, bat ich Meleagros, als wir aufbrachen. Der Ort, wo er geboren worden war und sein bisheriges Leben verbracht hatte, interessierte mich. Nun, da ich einen winzigen Teil der Welt jenseits meines Waldes kennengelernt hatte, wollte ich mir mehr davon vorstellen können.

»Die Stadt wird von meinem Vater, König Oineus, regiert«, sagte er. »Sie ist reich an Weinstöcken, die auf unserer Erde besonders gut gedeihen. Laut meinem Vater waren sie ein Geschenk von Dionysos, als er Kalydon besuchte. Er hat sie uns als Dank für die Gastfreundschaft meines Vaters überlassen, damit wir stets Wein im Überfluss haben.«

»Der Gott war im Palast deines Vaters zu Gast?«

»Ja.«

»Und?« Ich spürte, dass noch mehr hinter der Geschichte steckte.

Er seufzte. »Meine Mutter ist eine wunderschöne Frau. Sie hat meinem Vater viele Kinder geboren … aber als Dionysos meinen Vater mit seinem Besuch beehrte, war es offensichtlich, dass er von der Schönheit meiner Mutter sehr eingenommen war. Als mein Vater das bemerkte, blieb er über Nacht weg; er behauptete, er müsse heilige Riten durchführen, und ließ den Gott mit seiner Frau allein.«

Ich zog eine Augenbraue hoch.

»Neun Monate später kam meine Schwester Deïaneira zur Welt.«

Das erklärte die geschenkten Weinstöcke. Mir fiel ein, dass einige behaupteten, Meleagros' eigener Vater sei in Wirklichkeit Ares, und ich wünschte, ich könnte sehen, wie schön seine

Mutter wirklich war, dass sie die Aufmerksamkeit der Götter derart auf sich zog. Ich dachte an Kallisto, die Schande und Verachtung, unter der sie zu leiden hatte, nachdem Zeus im Wald über sie hergefallen war. Und nun berichtete mir Meleagros, dass Oineus seiner Frau keine Vorwürfe gemacht hatte, sondern die Kinder als seine eigenen aufgezogen hatte. Es fühlte sich an wie ein Splitter in meinem Herzen.

»Und wir keltern nicht nur Wein, wir gehen auch auf die Jagd«, fuhr Meleagros fort. »In unseren Wäldern wimmelt es nur so von Wildschweinen. Ich war mit meinen Hunden draußen unterwegs, seit ich denken kann.« Er lachte. »Ich weiß nicht, ob mir schon mal eine Beute entkommen ist, bevor du mir begegnet bist.«

»Waren deine Eltern besorgt, als du dich der Besatzung der *Argo* anschließen wolltest?«, fragte ich.

»Um mich brauchen sie sich keine Sorgen zu machen.«

»Es ist ein riskantes Unterfangen. Schon das Meer ist voller Gefahren.« Der Gedanke an die salzigen Tiefen des Meeres jagte mir einen kalten Schauer über den Rücken, was bei der Erwähnung von Ungeheuern nie vorkam.

»Sie glauben tatsächlich nicht, dass sie um mein Leben fürchten müssen«, sagte er.

»Warum nicht?«

»Nachdem ich geboren war, hatte meine Mutter einen Traum«, erzählte er. »Sie hörte, wie die Moiren sich unterhielten – die drei Schicksalsgöttinnen, die den Lebensfaden spinnen und abschneiden. Sie sagten, ihr Kind werde so lange leben, bis ein Holzscheit zu Asche verbrannt sei. Sie erwachte erschrocken und sah das Holzscheit aus ihrem Traum brennend in der Feuerstelle liegen. Sie holte es heraus, ohne sich um die Verbrennungen und Brandblasen an ihren Händen zu kümmern. Dann warf sie eine Wolldecke darüber, um die Flammen zu ersticken, und bewahrt seine Überreste seitdem in einer Schatulle auf. Und nun glaubt sie, ich werde nicht sterben, es sei denn, jemand zündet es erneut an.«

»Und glaubst du das ebenfalls?«

»Es ist verlockend. Ich wünschte, es wäre so, aber ich kann nicht umhin zu befürchten, dass es vielleicht nur der Traum einer besorgten Mutter war.«

»Und weckt es nicht den Wunsch in dir, die Probe aufs Exempel zu machen?«

Wieder lachte er. »Nicht unbedingt, nein. Aber du wurdest von Artemis dazu auserwählt, an dieser Reise teilzunehmen; fühlst du dich sicher, weil du weißt, dass sie über dich wacht?«

»Nein – zumindest nicht ganz«, sagte ich. Ich begriff, was er meinte; seine Sicherheit war ebenso wenig garantiert wie meine. »Sie hat mich als Kind gerettet. Man hatte mich zum Sterben auf einem Berg ausgesetzt.« Ich warf ihm einen Blick zu, um zu sehen, wie er reagierte. Sein Blick war warmherzig und voller Mitgefühl, lud mich ein fortzufahren. »Sie hat ihre heiligen Tiere im Wald, die tun, was sie befiehlt. Eine Zeit lang ließ sie mich von einer Bärin mit Jungen versorgen. Als ich größer war, wurde ich von ihren Nymphen aufgezogen. Die Bären haben mir nie etwas getan, und als sie mich verließen, sorgte Artemis dafür, dass die Nymphen sich um mich kümmerten. Aber ich habe gelernt, mich zu verteidigen. Das ist im Wald der einzige Weg, um zu überleben.« Ich dachte an Arethusa und Kallisto. »Wenn man dort einen Fehler begeht, muss man die Konsequenzen tragen. Das ist die natürliche Ordnung der Dinge.« *Selbst wenn der einzige Fehler war, die Hand in einen Fluss zu tauchen oder sich nach Einbruch der Dunkelheit im Wald aufzuhalten*, fügte ich in Gedanken hinzu.

Er nickte. »Das merkt man dir an.«

»Wie meinst du das?«

»Tja, keine andere Frau hätte sich dieser Unternehmung

angeschlossen«, sagte er. »Es hat die Männer zutiefst überrascht. Die meisten von ihnen wissen nicht, was sie von dir halten sollen.«

»Ich bin hier, weil ich gut genug bin.«

»Das verwirrt sie am meisten.«

Eine Weile gingen wir schweigend weiter. Ich wollte noch mehr über seine Heimat, seine Frau erfahren. Die Fragen lagen mir auf der Zunge, aber ich brachte sie nicht über die Lippen.

Wolken schoben sich vor den Mond, hüllten alles in tiefe Dunkelheit. Vor uns leuchteten die Lichter der Stadt.

»Ich glaube, es fängt gleich an zu regnen«, sagte Meleagros mit Blick auf den wolkenverhangenen Himmel.

Ich beschleunigte meine Schritte, und er hielt mit. Ich spürte sie ebenfalls: die Stille vor einem Gewitter. Doch wir erreichten die Stadt, bevor es losbrach.

Wieder war das Tor unbewacht, und wir traten hindurch in die verlassenen Straßen.

»Hier entlang geht es zum Palast«, flüsterte ich. Wir huschten durch die Schatten zwischen den Lichtkreisen des Fackelscheins. Große Feuerschalen brannten rings um eine Statue, zu deren Füßen frische Blumen gestreut worden waren. Ich sah an den glatten steinernen Kurven des Körpers hinauf in das ausdruckslose wunderschöne Gesicht. Aphrodite, die Göttin der Liebe. Mir fiel auf, wie viele frische Opfergaben dort lagen; die lemnischen Frauen ehrten sie jetzt offensichtlich mit großer Inbrunst. Erbaten sie von ihr Hilfe, um unsere Männer von der Reise abzuhalten? Ich verzog unwillkürlich die Lippen.

»Hier?«, sagte Meleagros, der mir vorausgeeilt war und bei den Säulen am Palasteingang stand. Er trat einen Schritt zurück, um das Gebäude zu betrachten. »Gehen wir dort entlang.« Er deutete neben die imposante Fassade. »Schauen wir, wo sie sind und wie wir Jason zu einem Gespräch unter sechs Augen bewegen können.«

Ich dachte an die Jagd, wie ich meine Beute aufspüren und mich versteckt halten konnte, während ich mir die beste Strategie zurechtlegte. Am Vortag hatte ich mich von meiner Umgebung ablenken lassen, hatte mich vom ungewohnten Anblick der Juwelen und des Goldes, der blendenden Pracht und den labyrinthischen Gängen verwirren lassen. Aber es bestand kein Grund, mich davon einschüchtern zu lassen. Im Wald gab es niemanden, der es mit mir aufnehmen konnte, wieso sollte es hier anders sein? Hinzu kam, dass ich jemanden dabeihatte. Es verlieh dem Ganzen einen zusätzlichen Hauch von Aufregung und Vergnügen, dass ich mich, anders als sonst, nicht allein anpirschte.

Wir gingen seitlich am Palast entlang, und der Lärmpegel stieg. Der Klang einer Lyra, klar und melodisch wie immer, wurde von einem unregelmäßigen Trommelschlag begleitet. Stimmen sangen laut ein vulgäres Lied. Offensichtlich amüsierten sich die Argonauten. Meleagros blieb stehen und lauschte aufmerksam. Dann schien er aufzuatmen.

»Gehen wir einfach hinein«, sagte er. »Ich glaube nicht, dass wir uns weiter bemühen müssen, nicht gesehen zu werden. Das Festmahl ist in vollem Gange, ich bezweifle, dass uns jemand bemerkt.« Wir spähten durch einen großen Torbogen in eine Halle mit lauter langen Tafeln. Unsere Kameraden hockten auf den Bänken, vor sich Krüge voll Wein und Platten mit Essen – gebratenem Fleisch, Oliven, Käse, Brot und Obst. Zwischen ihnen saßen die Frauen von Lemnos mit glänzenden Locken und funkelnden Augen, lebhaft und ausgelassen. Es war entmutigend, und ein Blick bestätigte mir, dass es Meleagros ähnlich ging.

»Sieh nur, dort drüben ist Jason«, sagte er und deutete auf eine Bank an der gegenüberliegenden Seite der Halle, die höher war als die übrigen. Während die anderen Bänke eng beieinander gruppiert waren und auf jeder mehrere Argonauten und lemnische Frauen Platz genommen hatten, saß Jason allein bei Hypsipyle. Sie beugte sich zu ihm hinüber, und ihr Haar verdeckte ihr Gesicht, aber ich konnte seins erkennen. Er betrachtete sie gebannt, hing an ihren Lippen. Er sah unbeschwerter und zufriedener aus, als ich ihn bisher erlebt hatte. Bis dahin war er mir wenig bemerkenswert erschienen, aber jetzt ließen ihn sein Lächeln und seine entspannte Haltung schöner, anziehender wirken, als ich es ihm bisher zugebilligt hatte. Ich seufzte frustriert.

»Ich gehe hinein«, sagte Meleagros.

»Was?« Meine Entgeisterung musste mir deutlich anzuhören gewesen sein, weil er sich beeilte, mich zu beschwichtigen.

»Nicht, um mit ihnen zu feiern – obwohl sie glauben werden, dass ich deshalb hier bin. Ich will bloß Jason holen, damit wir mit ihm reden können.«

Ich beobachtete, wie er selbstsicher in die Halle hineinmarschierte, die Männer begrüßte, ihre laustarken Zurufe und das betrunkene Geschrei ignorierte und direkt zu unserem Anführer ging. Jason riss sich vom Anblick der Königin los und sah sich auf der Suche nach der Quelle des Aufruhrs um. Ich beobachtete, wie Meleagros sich vorbeugte, wie Jason lauschte und Hypsipyle sich abwandte, sichtlich verstimmt über die Störung. Ich fragte mich, ob sie versuchen würde, ihn am Gehen zu hindern, doch sie winkte nur gebieterisch ab, und er erhob sich etwas unsicher und folgte Meleagros.

Er führte Jason rasch durch die überfüllte Halle und in den Gang, wo ich sie erwartete.

»Was soll das?«, fragte Jason.

»Wir sind gekommen, um herauszufinden, was es mit der Verzögerung auf sich hat«, sagte ich. »Wieso ihr hier in dieser

Stadt Zeit vergeudet, während die *Argo* am Strand herum-
liegt.«

Er runzelte die Stirn.

»Wir wollten wissen, was passiert ist«, sagte Meleagros.
»Ob die Mannschaft aufsässig geworden ist, ob du unsere
Hilfe brauchst, um sie an unser Ziel zu erinnern.«

»Die Königin hat uns ihre Gastfreundschaft angeboten, solange wir bleiben wollen.« Jasons Miene verhärtete sich. Vermutlich gefiel es ihm nicht, sich erklären zu müssen.

»Wir sind doch ausgeruht«, sagte ich. »Wieso noch länger
bleiben?«

Er warf einen Blick zurück in die Festhalle, wo sich der
süße Duft des Weins mit dem des gebratenen Fleisches mischte,
wo Musik gespielt wurde und wo sich so viele Frauen tum-
melten; nackte schlanke Arme, Gewänder, die von glitzernden
Spangen an der Schulter gehalten wurden. »Sie suchen neue
Ehemänner«, sagte er. »Eine Zukunft für ihre Stadt.«

»Aber wir sind nicht auf der Suche nach Bräuten«, sagte
Meleagros. »Das ist nicht der Grund, warum wir aufgebrochen sind.«

»Sie hat mir das königliche Zepter ihres Vaters angeboten«,
fuhr Jason fort, als hätte Meleagros nichts gesagt. »Die Königin, Hypsipyle, hat gesagt, sie würde mich zum König krönen, wenn wir bleiben. Wenn ich sie heirate.«

Wirklich?, dachte ich. Die Frau, die ich getroffen hatte, so
voller Feuer und Entschlossenheit, eine Frau, die den Tod aller
Männer geplant hatte, die ihr und ihren Schwestern Unrecht
getan hatten, würde sich damit zufriedengeben, *Jason* zu heiraten?

»Aber du willst doch gar nicht der König von Lemnos
sein«, sagte ich. »Du willst nicht über eine ferne Stadt herrschen, auf einer Insel, die so weit von deiner Heimat entfernt
ist. Du bist doch nicht zur größten Reise der Welt aufgebro-

chen, um dich hier niederzulassen, den Ackerbau zu überwachen, Streit zu schlichten und ein unbedeutendes Königreich wie dieses zu regieren. Würde das den Göttinnen Hera und Athene, die unsere Reise gesegnet haben, Ruhm und Ehre bringen?« Ich ließ ihn beim Reden nicht aus den Augen. »Du bist nicht hierhergekommen, um eine fremde Königin zu freien. Du bist hier, um das Unmögliche zu erreichen und das Goldene Vlies zu rauben, sodass die Barden dich bis in alle Ewigkeit in ihren Liedern besingen.«

»Natürlich habe ich nicht vor hierzubleiben«, widersprach er empört. »Ich habe unsere Fahrt nicht aufgegeben. Das würde ich nie tun.«

»Warum dann noch länger bleiben? Jeder Tag, der verstreicht, hält uns von unserem Ziel ab.«

»Wir bleiben nur hier, um unseren Geist zu erfrischen.« Raues Gelächter hallte aus dem Saal bis in den Flur. »Und um der Königin unsere Dankbarkeit zu zeigen, weil sie uns hier willkommen geheißen hat. Aber ich habe vor, morgen aufzubrechen; so hatte ich es geplant.«

Ich versuchte, nicht die Augen zu verdrehen.

»Ich bin jedoch froh, dass ihr beide gekommen seid, um euch zu vergewissern, dass es so geschieht. Eure Hingabe an unsere Aufgabe ist bewundernswert.« Er plusterte sich auf, während er sprach, überzeugte zumindest sich selbst von der Wahrheit dieser Worte. »Kommt ihr nun mit herein und trinkt Wein mit uns, bevor wir Abschied nehmen?«

»Danke«, sagte Meleagros schnell, »wir gehen zurück und bereiten das Schiff vor, damit wir morgen in See stechen können.«

Ich atmete auf. »Wir teilen Herakles mit, dass er sich bereithalten soll.«

Jasons Blick verdüsterte sich. »Wieso ist er nicht gekommen?«

»Er hält sich lieber draußen auf. Um einen klaren Kopf zu behalten«, sagte Meleagros beschwichtigend. »Du weißt ja, wie er manchmal ist, wie viel er trinken kann. Wenn er hier wäre, bekämen wir ihn vielleicht gar nicht mehr fort. Es ist besser, wenn er sich mit Hylas fernhält.«

Jason zuckte mit den Schultern. »Bereitet alles bis Sonnenaufgang vor«, sagte er. »Wir werden dort sein.« Er wandte sich um, schritt zurück in die Halle, und ich sah, wie Hypsipyle sich ihm zuwandte wie eine Blume der Sonne. Doch ihr Blick fand meinen, als sie lächelte. Ich sah die Kälte in ihren Augen und hoffte, dass wir es geschafft hatten, ihn zu überzeugen.

Auf dem Weg zurück zum Lager begann es zu regnen; große, dicke Tropfen, die nach der Wärme des Palastes erschreckend kalt waren. Bald entwickelte sich der Regen zum Wolkenbruch, prasselte unaufhörlich vom Himmel, und Meleagros und ich suchten wortlos unter dem weiten Blätterdach einer Eiche am Wegesrand Schutz.

»Hättest du gern Jasons Einladung angenommen?«, fragte ich, während ich Wasser aus meinem Zopf wrang.

»Kein bisschen«, sagte er. »Ich bin lieber hier.« Er brach abrupt ab, als hätte er gern noch mehr gesagt.

Ich spürte die Hitze seines Körpers und wandte mich ihr unwillkürlich zu, nahm den frischen Geruch des Regens auf den Blättern wahr, das schwindelerregende Gefühl der Befreiung. Die Argonauten und die lemnischen Frauen in der Stadt wussten, dass sie ihre letzte Nacht miteinander verbrachten, dass der Sonnenaufgang den Abschied bedeutete. Zurück im Lager, hatten sich Herakles und Hylas bestimmt gemeinsam vom Strand entfernt, und Herakles hatte die Löwenhaut zwischen zwei Zweigen aufgehängt, um den Regen abzuhalten, sodass der wilde Kopf mit dem erstarrten Zähnefletschen Eindringlinge fernhielt. Meleagros' Gesicht war direkt vor meinem, die knorrigen Äste verbargen uns vor dem Rest der Welt, wahrscheinlich sogar vor den Augen von Artemis.

Da zerriss ein Blitz die Dunkelheit, gleich darauf folgte ein dumpfes Donnergrollen.

»Komm, laufen wir los«, sagte ich, und ohne zu zögern, nahm er meine Hand, und wir stürmten in den Wolkenbruch hinaus. Ich schnappte nach Luft, als der kalte Regen mich durchnässte; der Wind zerrte an uns, und wieder und wieder grollte der Donner. Ich warf einen Blick zurück und sah einen züngelnden Blitz, der dort einschlug, wo wir eben noch gestanden hatten. Der Baum schien zu erglühen, Funken stoben in einem wilden Kranz um ihn herum.

Mein Herz raste. Ich entzog Meleagros meine Hand und rannte den ganzen Weg zum Strand hinunter.

Zu meiner Erleichterung und Überraschung bot sich im rosigen Licht des Sonnenaufgangs ein hochwillkommener Anblick – eine Reihe von zurückkehrenden Argonauten, die sich zwischen den Bergen hindurchschlängelten. Sie sahen müde, widerwillig und grimmig aus, ein deutlicher Kontrast zu den Männern, die ich am Vorabend gesehen hatte.

Jason befand sich an der Spitze der Prozession, und mir stockte der Atem, als ich erkannte, wer an seiner Seite ging. Ihre Krone glänzte im fahlen Licht, die rosa- und bernsteinfarbenen Wolken spiegelten sich darin. Als sie uns erreicht hatten, warf sie mir einen kurzen, gleichgültigen Blick zu.

»Vergiss uns nicht«, sagte sie zu Jason. »Mögen die Götter eure Reise über das Meer beschleunigen und euch mit dem Vlies zurückbringen, das ihr sucht.«

Jason nahm ihre Hände in seine. »Sobald ich das Vlies habe, kehre ich zurück«, sagte er. »Ich verspreche, ich kehre zu dir zurück.«

Sie lächelte. Ich fragte mich, ob sie ihm glaubte und ob es ihr etwas ausmachte. Ich hoffte, sie hatte bekommen, was sie von ihm wollte, und dass die Frauen nach dem Besuch der Argonauten Kinder zur Welt bringen würden, aber ich war mir sicher, Hypsipyle würde sich nicht nach Jason verzehren, wenn wir in See stachen. »Wenn du zurückkehrst, wird das Königreich Lemnos dir gehören«, sagte sie.

Einige andere Frauen hatten die Männer ebenfalls begleitet und verabschiedeten sich von ihnen, während wir zusammentrugen, was wir mitnehmen wollten. Ich sah, wie eine große Frau Polydeukes einen Mantel in die Arme legte. Ihr dunkles Haar hing lang herab, als er sie packte und innig küsste. Ich wandte den Blick ab. Herakles und die anderen ließen die *Argo* wieder zu Wasser. Ich fühlte mich fast matt vor Erleichterung, als ich an Bord ging.

Hypsipyle sah uns nach, während wir davonruderten, und wurde mit wachsender Entfernung immer kleiner. Ungeachtet ihrer Abschiedsworte wusste ich, solange sie lebte, würde Lemnos nur ihr gehören.

11

Die Stimmung an Bord war an jenem Tag missmutig. Jason stand am Ruder und blickte mürrisch zum Horizont, als wir uns von Lemnos entfernten. Er trieb uns nicht mit Worten an, während wir ruderten, und so legte sich Schweigen über uns wie eine Wolke. Sonst rief Herakles oft eine vulgäre Bemerkung über das Deck, die bei den anderen für Gelächter und Gejohle sorgte. Doch er würdigte unsere Gefährten kaum eines Blickes und zog mit verächtlicher Miene mühelos das Ruder durch das Wasser, bis es schäumte.

Ich spürte die brennenden Blicke Dutzender Augen im Rücken. Peleus schritt über die Ruderbänke hinweg auf Jason zu, der schlecht gelaunt abwinkte. Als Peleus an seinen Platz zurückkehrte, funkelte er mich offen an, der Blick düster vor Feindseligkeit.

Die Ungerechtigkeit ärgerte mich. Meleagros, der neben mir saß – und der ebenso wie ich dafür plädiert hatte, dass wir Lemnos verlassen sollten –, war von Peleus mit keinem bösen Blick bedacht worden, sondern nur ich. Herakles hatte ebenfalls aufbrechen wollen, aber auch gegen ihn wagte niemand seinen Zorn zu richten.

Gemurre erhob sich auf dem gesamten Schiff. *Meine Schul-*

tern tun weh ... keine Zeit, um auszuruhen ... die Gischt brennt in den Augen, der kalte Wind, das ständige Schlingern. Peleus' Stimme war unter den leisen Beschwerden der anderen zu hören: *Was erwartet man bei einer Frau an Bord ... eine Beleidigung ihrer Gastfreundschaft, Missachtung von Aphrodite ... eine Verhöhnung unserer Reise.* Ich umklammerte mein Ruder fester, bis meine Fingerknöchel weiß hervortraten. Ich war kurz davor, aufzustehen und eine Erklärung dafür zu verlangen, wieso es eine Verhöhnung unserer Reise sei, darauf zu beharren, dass sie weiterging, und darauf hinzuweisen, dass vielmehr diejenigen, die sich so nach den lemnischen Frauen verzehrten, unser Unterfangen verhöhnten. Was waren sie für Helden, sich über das Wetter und die Anstrengungen des Ruderns zu beklagen? Aber bevor es dazu kam, standen Orpheus und zwei andere auf und ließen mithilfe der Seile das Segel herunter, sodass es mir die Sicht auf Peleus versperrte und das Schiff an Fahrt aufnahm, was unseren Schultern eine willkommene Verschnaufpause verschaffte.

Ich sah, dass Idas und Idmon, zwei der jüngeren Argonauten, Orpheus geholfen hatten, und Idas rief den anderen etwas zu. »Kommt schon«, verkündete er in einem jovialen Ton, und er breitete überschwänglich die Arme aus. Ich fragte mich, ob er immer noch betrunken war. »Vergesst die Betten der lemnischen Frauen – wer weiß schon, was die Reise noch für uns bereithält? Unsere Unternehmung ist gesegnet, es könnte uns noch etwas Besseres erwarten. Es hat noch nie ein Schiff wie dieses oder eine Besatzung wie unsere gegeben. Nichts kann uns aufhalten: keine schönen Frauen, kein Hindernis und keine Katastrophe, nicht einmal die Götter selbst.«

Ich hörte, wie Idmon scharf die Luft einsog, er packte Idas grob am Arm. »Sei kein Narr!«

Die Argonauten richteten sich auf ihren Bänken auf, beobachteten wachsam das Geschehen. Die Anspannung drohte sich zu entladen. Alarmiert sah Jason vom Steuerruder zu uns herüber, und Herakles machte Anstalten, seinen mächtigen Körper von der Bank zu erheben. Als ich von einem wütenden Gesicht zum nächsten sah, begegnete mein Blick dem von Orpheus. Einen Moment lang fühlte ich mich an den Strand von Pagasä zurückversetzt, wo ich über das Feuer hinweg Peleus' höhnisches Gesicht gesehen hatte, und ich erinnerte mich, was als Nächstes passiert war. Genau wie damals ging eine Woge der Gelassenheit von dem Sänger aus. Er nahm die Lyra zur Hand, und nachdenklich betrachtete er die Argonauten, als er zu spielen begann.

Bald gab es nichts anderes mehr als die Melodie. Es war unmöglich, sich an die Feindseligkeit zu erinnern, die noch vor Kurzem geherrscht hatte. Orpheus, der Mensch, existierte nicht mehr; er war zum Medium geworden, durch das die Musik floss, als stiege sie aus tief in der Erde gelegenen Wurzeln durch seine Lyra zum Himmel auf und risse uns mit. Er sang von der Erschaffung der Welt, wie Himmel und Erde sich voneinander trennten, wie die Berge und Meere geschaffen wurden, wie die Sterne geboren wurden und die Welt Form annahm, wie Zeus seine Blitze ergriff und seinen olympischen Brüdern und Schwestern zum Sieg über die Titanen verhalf, damit sie herrschen konnten. Als er zum Ende des Liedes gekommen war, sah ich, wie meine Gefährten mit staunendem, versunkenem Gesichtsausdruck überrascht den Kopf schüttelten, während wieder Stille auf dem Schiff herrschte, das weiterhin durch die Wogen glitt, obwohl die Welt für dieses Lied komplett zum Stillstand gekommen zu sein schien.

Die Unstimmigkeit war mit den letzten Tönen, die Orpheus seiner Lyra entlockt hatte, verflogen. Idas und Idmon hatten ihre Plätze wieder eingenommen, und gemeinsam ruderten wir, während Tiphys uns am Steuer auf Kurs hielt.

Die ersten Regentropfen zerstreuten die letzten Überbleibsel der Verträumtheit, die Orpheus' Lied ausgelöst hatte. Sie fielen mir ins Gesicht, versprengte eisige Berührungen, die immer schneller aufeinanderfolgten. Als ich aufschaute, sah ich eine dunkle Wolkenwand, die sich über uns zusammenbraute, und wechselte einen erschrockenen Blick mit Meleagros.

»Ein Unwetter zieht auf«, sagte er, und mir wurde seltsam anders zumute, mir war, als würde ich fallen.

Der Himmel färbte sich schwarz, die Sonne erlosch wie eine ins Wasser getauchte Fackel, und der Wind heulte, ein hoher Klagelaut, der mich schaudern ließ.

Bis zu dem Vorfall mit Kallisto waren Stürme etwas gewesen, das ich im Schutz meiner Höhle genießen konnte, ein aufregendes Chaos, das ich mit Spannung beobachtete. Auf See verhielt es sich vollkommen anders. Die Wellen türmten sich zu beiden Seiten des Schiffs auf, klatschten gegen den Rumpf. Die mächtige *Argo* wurde hin und her geworfen, und bei jedem Schlingern stieg Übelkeit in mir auf. Herakles schrie Befehle, doch seine dröhnende Stimme verlor sich fast im Wind und im Donnergrollen.

»Hilf mit, Atalanta!«, rief Meleagros. Er griff nach meinem Arm, zog mich von der Bank und deutete auf das Segel in der Mitte. Die Winde zerrten daran, drohten es zu zerreißen. Wir liefen über das glitschige Deck zu ihnen, und weitere Hände zogen mit uns zusammen an den Seilen, um das Segel einzuholen. Ich sah, wie Herakles das Gesicht verzog, wie seine Arm- und Rückenmuskeln arbeiteten, bis die Adern hervortraten, während er gegen den Sturm anruderte. Ich warf einen Blick über die Schulter und sah, dass Orpheus Tiphys zur Seite stand. Er deutete auf die Wellen, dann half er Tiphys, sich mit aller Kraft gegen das Steuerruder zu stemmen, um das Schiff zu wenden.

Langsam, aber unaufhaltsam geriet die *Argo* in Schieflage, und die Übelkeit drohte mich zu überwältigen, doch das

155

Schiff fuhr weiter, der Wellengang beruhigte sich allmählich, und der Sturm legte sich in unserem Kielwasser. Der Schweiß stand mir auf der Stirn, meine Haare waren von der Gischt durchnässt, doch als ich die tropfnassen erschütterten Argonauten um mich herum betrachtete, sah ich in allen Gesichtern die gleiche Erleichterung.

»Wir haben es geschafft«, verkündete Jason. Er wirkte leicht benommen.

Peleus klopfte Herakles auf den Rücken. »Dank deiner Stärke«, sagte er.

Herakles zuckte die Achseln. »Welches Land liegt vor uns?«, fragte er und betrachtete mit zusammengekniffenen Augen die Felsenküste, die sich vor uns erhob.

Orpheus trat vor. Die Wolken über uns lösten sich auf, und die Sonne, die von hinten auf ihn fiel, ließ seine Haarspitzen erglühen; seine Augen lagen im Schatten, als er sprach. »Das«, sagte er schließlich, »ist die Insel Samothrake.«

Orpheus lotste uns, gab Tiphys mit ruhiger Stimme Anweisungen, als wir uns der bergigen Insel näherten. Normalerweise war ich begierig, als eine der Ersten von Bord zu gehen, das Schiff mit ans Ufer zu ziehen und unsere neue Umgebung zu erkunden. Diesmal hielt ich mich zurück und passte Orpheus ab.

»Das, was du vor dem Sturm getan hast«, sagte ich.

»Ja?« Es war das erste Mal, dass ich das Wort an ihn gerichtet hatte. Aus der Nähe fiel mir auf, wie jung er war, wie weich und glatt seine Haut. Ich hatte ihn nie wie die anderen Männer prahlen oder spotten hören. Er wirkte so anders als wir, ein Musiker unter Kämpfern, was es leichter machte, ihn anzusprechen.

»Wie machst du das? Wie schaffst du es, aufgebrachte Menschen mit deiner Musik zu beruhigen?«

»Ich weiß nicht. Sie kommt einfach, als sollte es so sein.«
Der Himmel hinter ihm war violett getönt, und ein verein-
zelter heller Stern schien, als es zu dämmern begann. Orpheus
nahm seine Lyra und schickte sich an, von Bord des Schiffes
zu gehen, das sich rasch leerte. Er bewegte sich mit einer fließenden Anmut, jede Bewegung wirkte geschmeidig und tän-
zerisch.

»Nun«, sagte ich. »Sollte Peleus erneut Streit anfangen
wollen, misch dich das nächste Mal nicht ein. Ich würde ihn
gern selbst zum Schweigen bringen.«

Orpheus lachte. Obwohl es mein voller Ernst gewesen war,
verzogen sich auch meine Mundwinkel zu einem Lächeln. Als
wir an Land sprangen, reichte eine tüchtige Gruppe von Be-
satzungsmitgliedern schon die glatten runden Holzstämme
nach unten, über die wir das Schiff an Land rollten. Meleagros
befand sich unter ihnen, und ich bemerkte, dass er mich mit
Orpheus zusammen sah. Er lächelte nicht. Ich fragte mich, ob
es ihn ärgerte, dass ich nicht wie sonst mit Hand angelegt
hatte, oder ob etwas anderes nicht stimmte.

Ich half den anderen, das Schiff aus dem Wasser zu ziehen,
und als es sicher vertäut war, ließ Orpheus die Finger erneut
über die Saiten seiner Lyra gleiten. Alle drehten sich um und
verstummten.

»Ich habe euch nach Samothrake gebracht, einer heiligen
Insel«, sagte er. Seine Stimme war leise, trug jedoch mühelos
über den Strand. Er schaute zu den Bergen auf, und ich folgte
seinem Blick. Über einen gewundenen Pfad kam eine kleine
Prozession auf uns zu, Priester, wie man an ihren langen, fließenden Gewändern erkennen konnte. Orpheus fuhr fort: »Ich
war schon zuvor hier und bin in die Riten eingeweiht worden,
die hier praktiziert werden. Wir können den Göttern Achtung
erweisen, die diese Insel beschützen, und sie um ihre Gunst
bitten, damit wir auf unserer Reise sicher sind.«

Ich bemerkte, dass Idas, der mit seiner Prahlerei die Götter erzürnt hatte, beschämt zu Boden starrte. Die Blicke der anderen Argonauten lasteten schwer auf ihm, obwohl Idmon ihm den Arm um die Schultern gelegt hatte; sein Zorn war offensichtlich verraucht.

Als die Prozession uns erreichte, breitete der erste Mann weit die Arme aus, als er Orpheus sah. Sie begrüßten sich wie alte Freunde, und Orpheus bedeutete uns, ihnen zu folgen. »Thyotes wird uns den Weg zeigen«, sagte er.

Niemand erhob Einspruch. Nach dem Sturm wollte keiner das Risiko eingehen, irgendwelche Götter zu erzürnen. Hera mochte der Reise ihren Segen gegeben haben, aber wenn ein anderer Unsterblicher unser Schiff versenken wollte, konnte ihn niemand daran hindern. Außerdem war es gut möglich, dass sich Heras Gunst nur auf Jason beschränkte. Ich war klug genug, um im Notfall nicht darauf zu hoffen, dass Artemis mich retten würde. Ich war hier, um meine Fähigkeiten unter Beweis zu stellen.

Wir folgten ihnen. Die Nacht brach herein, und der Pfad führte uns ins Inselinnere und zu einem hohen Berg, der die Landschaft ringsum beherrschte. Die Stimmung unter den Argonauten war ungewöhnlich feierlich, während wir dahinschritten. Etwas Ehrfurchtgebietendes, etwas Stilles, Erwartungsvolles lag in der Luft, das von Orpheus' Worten oder seinem ernsten Ton herrühren mochte. Vielleicht lag es auch an seiner Haltung, an der Gewissheit, die er ausstrahlte.

Während der Weg sich um den Berg herumwand, hallte aus der Ferne Musik zu uns herüber, ein rhythmischer Trommelschlag, melodischer Gesang. Fackeln säumten den Pfad, der jetzt steiler anstieg. Ich spürte, wie mein Herzschlag sich beschleunigte, im Takt der dröhnenden Trommeln schlug, die lauter wurden, je mehr wir uns ihnen näherten.

Wir blieben stehen, als wir einen weitläufigen, mit Steinen

gepflasterten Platz erreichten, der in die Erde eingelassen war. Statuen umgaben das Rund; das Licht der Fackeln tanzte über ihre Bronzegesichter, warf bizarre Schatten. Jemand gab mir einen aufwendig gearbeiteten Kelch, randvoll mit Wein gefüllt. Der süßliche Geruch ließ meinen Magen knurren, erinnerte mich daran, wie lange wir schon nichts mehr gegessen hatten. Ich trank einen großen Schluck, genoss den vollmundigen Geschmack und sah zu dem Berg auf, der sich dunkel vor dem Himmel abzeichnete. Irgendwo in der Nähe plätscherte Wasser. Noch ein Schluck Wein. Die Musik war lauter geworden, der geschmeidige Trommelschlag hatte etwas Verlockendes. Mehr Wein, und die Sterne drehten sich über unseren Köpfen.

»Geht weiter«, sagte jemand. Eine Treppe führte uns vom Hof hinunter noch näher an die Musik und an den Gesang heran. Mein Kelch war leer, und mir drehte sich der Kopf.

Später würde ich versuchen, mich daran zu erinnern, wie es im Heiligtum ausgesehen hatte. Der Fackelschein verschwamm zu feurigen Bögen, und tanzende Körper zeichneten sich vor den Flammen ab. Die hypnotische Verführung der Trommeln, die meine anderen Sinne übertönten. Dann Dunkelheit, schwarz und undurchdringlich, eine weiche Augenbinde, die mir umgelegt wurde. Sprechgesang, der die Trommeln übertönte, dröhnende, beharrlich geäußerte Worte, Lobpreisungen, die wir den dunklen Göttern von Samothrake darboten. Als mir die Augenbinde abgenommen wurde, ging die Sonne über dem Meer auf. Wir fanden uns auf dem Strand wieder, an dem unser Schiff auf uns wartete. Die Morgendämmerung war noch jung und erfrischend, in jedem Gesicht erkannte ich denselben verblüfften Ausdruck, bis mein Blick auf Orpheus fiel. Er wirkte erfüllt, hielt das Gesicht in den sanften Wind und sagte: »Gereinigt brechen wir nun wieder auf, erneuert und bereit, uns dem zu stellen, was vor uns liegt.«

Ich wusste nicht, ob es an den Riten selbst lag oder an dem Gefühl, gemeinsam etwas Unbegreifliches erlebt zu haben, das uns in einer Erfahrung geeint hatte, aber die Stimmung hatte sich gehoben, und die seit Lemnos drohenden Aggressionen schienen vergessen. Die Mannschaft belud gut gelaunt die *Argo*, und wir verließen Samothrake in einer Harmonie, die Orpheus nicht erst mit der Lyra heraufbeschwören musste.

Wir segelten mehrere Tage weiter, manchmal durch gefährliche Meerengen, dann wieder auf offener See. Wir genossen die Gastfreundschaft der Dolionen, deren König uns zu seinen Vermählungsfeierlichkeiten einlud. Herakles und Hylas, Meleagros und ich tafelten an der Seite unserer Gefährten und genossen die Annehmlichkeiten warmer Betten, ausgezeichneter Speisen und guten Weines, ohne dass es die Fortsetzung unseres Abenteuers gefährdet hätte.

Ich hatte nun nicht mehr nur Meleagros, mit dem ich reden konnte. Auch in Orpheus' Gegenwart fühlte ich mich wohl, und obwohl ich immer noch die Feindseligkeit einiger Besatzungsmitglieder zu spüren bekam, verhielten sich andere Argonauten versöhnlicher. Ich lernte Idas und Idmon besser kennen, von denen ersterer impulsiv und unbedacht daherredete, während sein Freund reservierter und vorsichtiger war.

Beim Hochzeitsbankett saßen wir alle dicht gedrängt auf den schmalen Bänken, und in regelmäßigen Abständen wurden uns große Weinkrüge vorgesetzt. Mir gegenüber trank Peleus in tiefen Zügen, und sein Gesicht rötete sich, während er vor Ankaios und Akastos große Reden schwang. Ich bekam Bruchstücke ihrer Unterhaltung mit, denn seine Stimme wurde lauter und lauter, bis sie nicht mehr zu überhören war. Er erzählte von seiner Hochzeit mit der Meeresnymphe Thetis, die ihm zur Frau gegeben worden war.

»Sie nahm jede nur denkbare Gestalt an, um sich zu befreien«, lallte er. Er trank noch einen Schluck, und Wein lief ihm in den Bart. »In einem Moment verwandelte sie sich in einen flatternden Vogel, im nächsten in einen Tiger, dann in Feuer – doch ich hielt sie die ganze Zeit fest.« Er hob den Kelch und prostete Akastos zu. »Ihr wisst ja, dass ich ein Meisterringer bin, niemand kann es mit mir aufnehmen. Selbst als ihre Klauen mir die Haut zerrissen und die Flammen mich verbrannten, ließ ich sie nicht los.«

Ich starrte ihn mit entsetzter Faszination an, während er weitererzählte.

»Und was ist dann passiert?«, fragte Ankaios, und Akastos lachte. Sein Lachen hatte einen hässlichen Unterton, von dem ich eine Gänsehaut bekam.

»Am Ende musste sie aufgeben. Sie hat sich wacker geschlagen, aber sie konnte nicht entkommen.« Seine Lippen glänzten feucht. Die anderen beugten sich vor, lauschten wie gebannt. »Danach kamen die Götter alle zu unserer Hochzeit. Es hatte etwas mit einer Prophezeiung zu tun – irgendetwas mit dem Jungen. Sie war ihm jedoch nie eine richtige Mutter. Einmal erwischte ich sie dabei, wie sie ihn ins Feuer werfen wollte. Danach lief sie davon, zurück zum Meer. Aber ich hatte ja meinen Sohn, wozu brauchte ich sie da noch?«

Ich grub die Fingernägel ins Holz des Tisches.

»Wieso kommst du nicht mit nach draußen, Atalanta?« Meleagros' Stimme erklang dicht an meinem Ohr, seine Hand lag fest auf meiner Schulter.

Da ich der erdrückenden Enge und Hitze im Saal zu entkommen wünschte, ließ ich mich von ihm in den Hof führen.

»Ist alles in Ordnung?«, fragte er.

Ein heißer, saurer Geschmack brannte mir in der Kehle. »Was willst du?«

»Ich hielt es für besser, wenn du Peleus nicht vor allen am Tisch umbringst.«

»Hältst du das für lustig?« Ich funkelte ihn an. »Wieso

müssen wir einen solchen Menschen überhaupt an Bord haben? Möchtest du neben ihm sitzen, an seiner Seite kämpfen? Er hat die Ehre nicht verdient, mit uns das Vlies zu rauben.«

Meleagros zuckte die Schultern. »Er ist stark. Er könnte uns noch nützlich sein.«

Ich schüttelte angewidert den Kopf.

»Das hier ist eine Hochzeit. Wir sind geladene Gäste. Wir dürfen den König nicht erzürnen, indem wir Streit anfangen«, sagte er. »Im Übrigen mögen viele andere Peleus.«

»Und du?«

»Ich brauche ihn nicht zu mögen«, sagte Meleagros. »Aber ich will auch keinen Zwist zwischen uns.« Unbeschwerter fuhr er fort: »Wie auch immer, wenn du dir Peleus vornimmst, wo hört es auf? Ist Herakles dann als Nächster dran?«

Ich seufzte.

»Es ist besser, auf andere Art gegen sie zu gewinnen«, sagte er. »Alle sind aus demselben Grund hier. Sie wollen eine Chance, um sich unter den Stärksten, Schnellsten und Tapfersten zu beweisen. Warte, bis du deine Gelegenheit bekommst.«

»Und wann wird das sein?«, murrte ich. »Wir sind schon seit Wochen unterwegs, und die schlimmste Bedrohung, die uns begegnet ist, war Lemnos.«

»Anscheinend leben hier sechsarmige Riesen in den Bergen«, sagte Meleagros. »Wenn sie Fremde sehen, greifen sie an. Ich habe vorhin gehört, wie der König Jason vor ihnen gewarnt hat.«

»Wirklich?«

»Das freut dich anscheinend.«

Es war nicht die Aussicht auf einen Kampf, die mich aufmunterte. Wenn es stimmte, was er sagte, kamen wir gut voran, wir entfernten uns weiter von allem, was wir kannten, und drangen in die Welt der Ungeheuer vor. Das hieß, dass wir dem Vlies näher kamen.

162

»Ich halte mich von Peleus fern«, versprach ich ihm. »Ich will das Vlies erlangen, und wenn das bedeutet, ihn für den Moment zu ertragen, werde ich es tun. Aber ich werde heute Abend nicht an den Tisch zurückgehen. Ich lege mich schlafen.« Ich schwieg kurz und lächelte ihn an. »Schließlich müssen wir uns morgen vielleicht schon Riesen stellen.«

Tatsächlich schafften wir es am nächsten Morgen, zur *Argo* zurückzugelangen, ohne einem Riesen zu begegnen. Aber sie mussten uns erspäht haben, denn als wir davonruderten, traf uns der erste Felsen. Er zerschmetterte eine der Holzbänke in der Mitte des Decks, und der unvermittelte heftige Einschlag ließ uns alle aufspringen.

Anfangs konnte ich sie nicht erkennen. Sie sahen aus wie die Berge selbst, wie große Bäume, die aus der felsigen Oberfläche wuchsen. Ein wahrer Felsenregen ging auf uns nieder, die meisten fielen jedoch ins Meer, sodass wir von schäumenden Spritzwasserfontänen durchnässt wurden. Das Salzwasser brannte mir in den Augen, und das Schiff geriet ins Schaukeln. Meine Worte aus dem Gespräch mit Meleagros kamen mir jetzt vermessen vor. Ich fuhr mit dem Bogen in der Hand herum und zielte.

Der erste Pfeil traf einen von ihnen in die Brust. Er schwankte und fiel, und die Erschütterung bei seinem Aufprall ließ den Boden erzittern; eine Reihe kleinerer Felsen rutschte ihm hinterher. Aus dem Augenwinkel sah ich Herakles einen Speer schleudern, und ich schoss einen Pfeil nach dem anderen ab. Die Argonauten traten planvoll in Aktion, und die müßigen Plaudereien vor wenigen Augenblicken schienen vergessen, während wir uns darauf konzentrierten, die Riesen zu besiegen. Von weiteren Felsen getroffen, neigte sich das Schiff zur Seite, und ich erhaschte einen Blick auf die wogenden grünen Tiefen. Ruhig zielte ich. Ich sah, wie Zetes davonflog;

die kleinen Flügel an seinen Fersen schlugen fieberhaft, während er über uns schwebte und mit unglaublicher Präzision einen Speer schleuderte. Ich zwang mich, den Blick abzuwenden, um mich von seinem Anblick nicht ablenken zu lassen. Meleagros stieß einen Triumphschrei aus, als unser Geschosshagel die Riesen außer Gefecht setzte; ihre schweren Leiber rutschten den Abhang hinunter ins Meer. Als der Letzte von ihnen fiel, atmete ich auf. Das Haar hing mir in nassen Strähnen ins Gesicht, und meine Gefährten waren ähnlich durchweicht. Die Attacke hatte uns unvorbereitet getroffen, aber jetzt wogte eine Welle des Hochgefühls von einem zum Nächsten. Ich hatte schon ähnliche Momente siegreichen Überschwangs erlebt, aber immer allein. Es war etwas anderes, wenn man sich umschaute und jemanden sah, der genau dasselbe empfand, wenn man wusste, dass man einen Feind zusammen besiegt hatte.

»Atalanta!«, rief Meleagros. »Du hast den Ersten getötet, und das mit nur einem Schuss!«

Idas lachte ausgelassen, strich sich die nassen Haare aus dem Gesicht. »Und danach noch ein halbes Dutzend!« Idmon nickte zustimmend, Orpheus' Blick war anerkennend, und einen Moment lang fand ich mich in der Mitte eines jubelnden Kreises von Argonauten wieder.

Am Rand sah ich mit wutverzerrtem Gesicht Peleus stehen.

Die Unterhaltung wandte sich den Großtaten der anderen zu: Herakles' unbezähmbarer Stärke, mit der er Speer um Speer schleuderte; der Mühelosigkeit, mit der Zetes den Felsen ausgewichen war und, ohne zu zögern, zurückgeschossen hatte; der unerschöpflichen Kraft von Kastor und Polydeukes; Meleagros' Schlachtruf, der uns zu unserem ruhmreichen Sieg angespornt hatte. Ich genoss es, alles noch einmal zu durchleben, jeden Moment des Triumphes und des Schreckens mit den anderen zu teilen.

Wir lenkten das Schiff zurück an die Küste, um eine Bestandsaufnahme zu machen, unsere verstreuten Waffen einzusammeln und die geborstenen Bänke zu reparieren. So stand die Sonne schon hoch am Himmel, als wir erneut in See stachen. Vielleicht hätten wir noch eine weitere Nacht warten sollen, aber nach dem siegreichen Ausgang unserer ersten Schlacht ließen wir die Leichen der gefallenen Riesen hinter uns und segelten weiter.

12

Ich spürte nach wie vor die Wirkung der Riten von Samothrake. Wenn ich die Augen schloss, fühlte ich mich rein und belebt, als würde ich noch immer bei Tagesanbruch im Licht des Sonnenaufgangs stehen. Der Kampf mit den Riesen hatte das gemeinsame Ziel noch einmal bekräftigt, das unsere Gruppe trotz aller Konflikte und unserer gegensätzlichen Persönlichkeiten zusammenhielt.

Der Kampf schien auch Herakles neue Kraft verliehen zu haben. Er polterte noch lauter herum als sonst, stampfte mit dem Fuß auf, dass das Schiff erbebte.

»Ein Wettkampf«, rief er. »Wir veranstalten ein Wettrudern, um zu sehen, ob einer von euch so lange durchhalten kann wie ich.«

Der Wind war abgeflaut, und das Meer schien in alle Richtungen spiegelglatt. Herakles schwenkte sein Ruder, und das Funkeln in seinen Augen strafte sein begeistertes Grinsen Lügen. »Kommt schon«, forderte er, »rudert, so schnell ihr könnt, dann werden wir ja sehen, ob jemand mit mir mithalten kann.«

Ich tauchte mein Ruder so schwungvoll ins Wasser, dass es gegen die Bretter an der Bordwand klapperte. Herakles feixte.

»Atalanta ist dabei«, rief er. »Wer von euch will sich als Erster von einer Frau schlagen lassen?«

Alle Argonauten ruderten, so kräftig sie konnten, sodass das Wasser zu beiden Seiten aufschäumte.

So entschlossen alle wirkten, es wurden nur gutmütige Beleidigungen übers Deck gerufen. Orpheus spielte ein lebhaftes Lied, und die *Argo* flog fast über das Meer.

Mit Herakles' Ruderschlägen mitzuhalten war unmöglich, doch ich ignorierte den stechenden Schmerz in meinen Schultern und den Schweiß, der mir in die Augen lief, und trieb mich weiter an. Bald tauschten die Argonauten keinen freundlichen Spott mehr aus, es herrschte grimmiges Schweigen unter den Ruderern – abgesehen von Herakles, der immer lauter wurde. Er lachte, sang zu Orpheus' Musik und machte sich über die anderen lustig, die sich einer nach dem anderen geschlagen geben mussten. Ein Wind war aufgekommen, gegen den wir ankämpfen mussten. Diejenigen unter uns, die noch ruderten, mussten all ihre Kräfte zusammennehmen. Ich sah, dass Meleagros das Gesicht zu einer Grimasse verzogen hatte; die Adern auf Peleus' Stirn quollen hervor, und Ankaios ächzte jedes Mal, wenn er sich zurücklehnte. Herakles brüllte vor Vergnügen. Er machte keine Anstalten nachzulassen, seine Stärke schien ungemindert. Meine Lunge brannte, meine Arme flehten um eine Pause, aber Herakles würde nicht nachlassen. Die Männer, die bereits aufgegeben hatten, riefen Meleagros, Peleus und Ankaios Ermutigungen zu, was Herakles nur noch mehr anspornte.

Gerade als ich dachte, ich müsste aufhören, zerrte Herakles so heftig an seinem Ruder, dass das dicke Holz gegen die Schiffseite schlug und zum Staunen der Zuschauer zerbrach. Herakles betrachtete es ungläubig, und sein Mund stand offen, als das abgebrochene Stück Holz auf dem spiegelglatten Wasser davontrieb.

Lauter Jubel erhob sich an Deck, während Herakles große Augen machte. Ich hörte auf zu rudern, sehr zur Erleichterung meiner erschöpften Muskeln, und konnte kaum glauben, welche Wendung die Ereignisse genommen hatten.

Die Mannschaft war in Hochstimmung bis auf Herakles, der, wütend über den Verlust seines Ruders, unfähig, seine überschüssige Kraft beim Rudern abzubauen, und um die Süße des Sieges gebracht, an Deck auf und ab marschierte und den Horizont nach Land absuchte. Als wir an der, wie Tiphys verkündete, mysischen Küste haltmachten, sprang er vom Schiff und marschierte über den Strand auf die Bäume zu, die er in der Ferne erspähte. Mir war klar, dass er vorhatte, sich aus einem davon ein neues Ruder zu fertigen.

Hylas sah ihm nach und seufzte. »Ich gehe Wasser holen«, sagte er und nahm einen großen Krug mit.

Später kam Herakles aus dem Wald zurück, eine große Pinie über der Schulter. Er fing an, sie zu einem Ruder zu formen, ganz auf seine Aufgabe konzentriert. Als das Mondlicht auf die sich brechenden Wellen fiel, hob er schließlich den Kopf. »Wo ist Hylas?«, fragte er.

»Er ist Wasser holen gegangen«, antwortete ich.

Meleagros runzelte die Stirn. »Müsste er nicht längst zurück sein?«

Herakles drehte den großen Kopf mit dem zottigen Haarschopf von einer Seite zur anderen und blickte sich am Strand um. »Polyphemos!«, rief er, als er bemerkte, wie der junge Mann aus dem nahe gelegenen Wäldchen kam. »Hast du Hylas irgendwo gesehen?«

Polyphemos schüttelte den Kopf.

»Akastos? Peleus?« Herakles warf das Ruder fort und erhob sich. »Ihr habt die Insel erkundet, wisst ihr, wohin Hylas gegangen ist?«

Sie schauten ihn nur mit großen Augen an, und so stellte er

die Frage der gesamten Mannschaft, doch keiner wusste, wo Hylas war.

»Lasst uns nach ihm suchen«, schlug ich vor. Zwar war ich mir ziemlich sicher, dass ihm nichts geschehen war, doch dass er so lange fortblieb, beunruhigte mich. Und Herakles wirkte überraschend ängstlich. Er ballte die großen Hände zu Fäusten, und die Sorge stand ihm ins Gesicht geschrieben. Ich hatte ihn noch nie so beunruhigt erlebt.

»Ich bleibe hier«, verkündete Jason. »Orpheus, Tiphys, Echion, ihr bleibt bei mir. Wir kümmern uns um die Feuer und braten das Fleisch, damit wir bei eurer Rückkehr essen können.«

Herakles hörte ihn gar nicht. »Gehen wir.«

Alle, die Jason nicht erwähnt hatte, schwärmten aus und riefen Hylas' Namen. »Ich glaube, er ist in diese Richtung gegangen«, sagte ich zu Meleagros, und zusammen brachen wir auf. Als wir uns einen Weg durch die dicht stehenden Bäume bahnten, lauschte ich auf das kleinste Anzeichen von Wasser, einen murmelnden Bach, einen kleinen Wasserfall, das kaum hörbare Plätschern von Wasser auf Felsen oder das Schmatzen von feuchter Erde, das auf eine nahe gelegene Quelle hindeutete. Ich sagte mir, es gebe nichts zu befürchten, Hylas habe sich bestimmt nur verirrt und den Weg nicht mehr gefunden. Sein Name hallte von dicken Baumstämmen und steilen Felsen wider, schallte auf der ganzen Insel zum Himmel hinauf, während die Argonauten nach ihm suchten. Er konnte es unmöglich überhören, wo auch immer er war.

Ich entdeckte den Krug zuerst und begriff nicht sofort, was ich dort am Ufer eines großen Teiches auf der Lichtung vor mir sah. Es sah unverdächtig aus, als wäre das Gefäß nur achtlos fallen gelassen worden, als würde Hylas jeden Moment aus dem dunklen Wasser auftauchen, sich die Tropfen aus den Haaren schütteln und uns anlächeln.

»Herakles!«, rief Meleagros, und seine Stimme hallte zwischen den Bäumen.

Ich hörte seine trommelnden Schritte, noch ehe er uns erreicht hatte. Herakles starrte den Krug auf dem Boden an.

»Er muss noch in der Nähe sein«, sagte er schließlich.

»Wir durchkämmen das Gebiet«, sagte Meleagros, und ich nickte heftig, ließ das Wichtigste jedoch ungesagt. Was genau würden wir finden?

Auf gewisse Art kam es noch schlimmer. Wir fanden nichts. Kein Anzeichen, dass er je dort gewesen war, bis auf den fallen gelassenen Krug. Es gab keine Anzeichen eines Kampfes, keine Spuren von Bären oder Berglöwen. Als wäre er vom Wald verschluckt worden oder hätte sich in nichts aufgelöst.

Die Nacht zog sich hin, doch wir suchten weiter. Ich mochte nicht aussprechen, wie sinnlos es war, da wir in der Dunkelheit kaum noch etwas erkannten. Ich dachte an Hylas' argloses Gesicht, an seine Sanftheit, daran, wie er in jeder Hinsicht das genaue Gegenteil von Herakles war, und suchte weiter.

Der Himmel hellte sich zu einem stumpfen Grau auf, als wir an den Strand zurückkehrten. Die übrigen Besatzungsmitglieder packten schon zusammen und brachten alles zurück auf die *Argo*.

»Was macht ihr da?« Herakles hatte seit Stunden nicht mehr gesprochen. Der Klang seiner Stimme ließ mich zusammenzucken.

Jason schaute vom Bug des Schiffs herunter, wo er in ein Gespräch mit Tiphys vertieft gewesen war. Sein Gesichtsausdruck war grimmig, als er leichtfüßig heruntersprang und sich zu uns gesellte. »Habt ihr irgendeine Spur von ihm gefunden?«

»Nur seinen Krug«, gab ich zu.

Jason schüttelte den Kopf und seufzte. »Das ist ein großer Verlust für unsere Mannschaft.«

Herakles wurde blass vor Zorn. »Wir können doch nicht

schon nach einer Nacht aufgeben! Er hat sich vielleicht verlaufen, und nun, bei Tageslicht, findet er sicher den Weg zurück.«

Jason sah ihn zweifelnd an. »War der Krug weit von hier
entfernt?«

Ich schüttelte den Kopf. »Wir haben ihn bei einem Teich
gefunden, nicht sehr tief im Wald.«

»Wieso sollte er ihn liegen lassen und noch weitergehen?«,
fragte Jason.

Wir schwiegen. Ich warf Meleagros einen Blick zu. Er sah
erschöpft aus, hatte die Lippen zusammengepresst, was er
sonst nie tat.

»Wahrscheinlich ließ er ihn fallen, weil ihn etwas angegriffen hat, vielleicht ein Tier«, fuhr Jason fort.

Herakles schüttelte verächtlich den Kopf. »Völlig absurd.«

Jason zuckte die Achseln. »Wenn er gekonnt hätte, wäre er
zurückgekommen – er hat sich noch nie weit vom Lager entfernt. Etwas ist ihm dort draußen zugestoßen. Wir werden ihn
ehren, für seine sichere Überfahrt in die Unterwelt opfern.
Aber wir müssen noch heute früh aufbrechen; es gilt keine
Zeit zu verlieren.«

Ein unheilvolles Feuer brannte in Herakles' Augen. »Wir
haben seine Leiche nicht gefunden. Er ist nicht tot, aber selbst
wenn er es wäre, könnten wir auch nicht aufbrechen, ohne
ihn gefunden zu haben. Wenn er gestorben ist und wir ihn
nicht mit den erforderlichen Riten beisetzen – wenn wir ihn
einfach zurücklassen –« Er brach ab.

In Jasons Gesicht lag eine Entschlossenheit, die ich bei ihm
noch nie erlebt hatte. Ich fragte mich, wieso wir nun keine
Zeit verschwenden durften, obwohl er selbst noch weit länger
mit seiner lemnischen Königin getändelt hätte, wenn wir es
zugelassen hätten. »Wir stechen sofort in See«, sagte er. »Wir
können nicht länger warten.«

Herakles starrte ihn an. An Jasons Stelle hätte ich mich vor seiner Vergeltung gefürchtet, doch Herakles beherrschte sich. »Ich werde ihn nicht hierlassen«, sagte er.

»Dann bleib.«

Ich konnte es nicht fassen. Meleagros blieb der Mund offen stehen.

Doch Herakles drehte sich nur auf dem Absatz um und ging in Richtung Wald davon. Kurz darauf wurde seine massige Gestalt von den Bäumen verschluckt, und er war verschwunden.

»Sollen wir ebenfalls bleiben?« Ich packte Meleagros am Ellbogen und zog ihn zu mir herum. Die Mannschaft schob die *Argo* bereits mithilfe der Holzstämme ins Wasser. Ohne Herakles, der seine kräftige Schulter dagegen presste, gerieten sie schnell ins Stolpern und Schwitzen, doch das Schiff bewegte sich dennoch. Jason hatte seinen Platz auf dem Bug wieder eingenommen und das Gesicht dem offenen Meer zugewandt, sodass ich seinen Gesichtsausdruck nicht erkennen konnte. »Sollen wir Herakles helfen, nach Hylas zu suchen?«, fragte ich.

Meleagros seufzte. »Wenn sie ohne uns lossegeln, sind wir nicht mehr bei dieser Fahrt dabei.«

Ich sah Zetes und Kalais leichtfüßig an Deck klettern. Nur eine Handvoll Männer war noch am Strand, riefen einander Befehle zu in emsiger Geschäftigkeit, bereit zum Aufbruch.

»Der Rest von ihnen will doch sicher auch nicht ohne zwei unserer Männer aufbrechen, oder?«, fragte ich.

»Ich weiß nicht, ob sie wissen, dass das geplant ist.«

»Fragen wir sie doch.« Ich ging zum Schiff, bis ich merkte, dass Meleagros nicht an meiner Seite war. »Was ist?«

»Wenn wir sie bitten zu bleiben, dann widersetzen wir uns

Jason«, sagte er. »Er hat eine Entscheidung getroffen, und wir fordern ihn heraus. Schon zum zweiten Mal.«

»Besser, als einen von unseren Männern hier auszusetzen.«

Er erwiderte nichts.

»Sie müssen erfahren, was Jason vorhat.« Entschlossen marschierte ich auf das Schiff zu, stieg die Holzrampe hinauf und schwang mich über die Bordwand an Deck. Ich räusperte mich und sprach, bevor ich es mir anders überlegen konnte. »Herakles will nicht ohne Hylas aufbrechen.« Meine Stimme hallte über das Deck. »Wenn wir jetzt in See stechen, lassen wir ihn zurück.«

Sofort erhob sich aufgebrachtes Stimmengewirr.

»Er kommt nicht mit?«

»Ich dachte, er wäre schon auf dem Weg hierher?«

»Wir können nicht ohne Herakles abfahren!«

»Weiß Jason davon?«

Meleagros sprang leichtfüßig über die Reling und landete neben mir.

»Hylas ist verloren!« Jasons Stimme übertönte die anderen. »Er ging davon, und das Schicksal nahm seinen Lauf. Es ist eine Tragödie, aber wir gewinnen nichts, wenn wir hierbleiben und trauern.«

Das Geschrei verstummte. Alle Blicke waren auf Jason gerichtet.

»Herakles hat seine Wahl getroffen«, fuhr Jason fort. »Er hat beschlossen, uns zu verlassen.«

»Er trauert«, sagte ich. »Er ist nicht bei klarem Verstand. Wenn wir bleiben –«

»Verschwenden wir unsere Zeit, Zeit, die wir brauchen, um das Goldene Vlies zu erringen.« Eine neu gewonnene Autorität lag in Jasons Stimme. »Jeder, der bleiben will, kann bleiben«, fuhr er fort. »Aber wer das tut, gibt die Reise auf.«

Es herrschte Totenstille.

173

»Hera unterstützt diese Reise.« Jasons Ton war jetzt sanfter, wurde schmeichelnd, überredend. »Sie hat ihr ihren Segen gegeben. Sie kam zu mir, mir allein, in Gestalt einer alten Frau, die mich um Hilfe bat, um den Fluss Anauros zu überqueren. Als ich sie über den Fluss trug, machte sie sich so schwer wie zwei Zentauren, trotzdem hielt ich sie über das dahinrauschende Wasser, obwohl ich glaubte zu ertrinken. Dann hat sie sich mir zu erkennen gegeben und mir den Sieg versprochen. Sie hat mir geschworen, dass ich das Vlies erringen und uns allen Ruhm einbringen werde.« Er blickte in ein ernstes Gesicht nach dem anderen. »Aber wir alle wissen, dass Herakles Hera verhasst ist, dass sie ihm die Aufgaben gestellt hat, damit er ihre Vergebung erlangt. Er muss seine Arbeiten vollbringen und darf seine Zeit nicht mit uns vertun. Wir wollen ihre Gunst nicht verlieren, indem wir ihn davon abhalten, seine Pflicht ihr gegenüber zu erfüllen.«

Diese Begründung schien meinen Gefährten den Wind aus den Segeln zu nehmen. Niemand wollte Heras Zorn riskieren, erst recht nicht auf dem Meer, das voller Gefahren war.

»Herakles hat seine Entscheidung gefällt«, wiederholte Jason. »Seine Loyalität gilt nicht uns, unserer Fahrt. Er hat immer nur seine eigenen Interessen verfolgt. Er wollte euch nie anführen. Und es kümmert ihn auch jetzt nicht genug, um bei uns zu bleiben.«

Ich sah Meleagros an, dessen Unsicherheit meine eigene widerspiegelte. Es war mir zutiefst zuwider, einen der unseren zurückzulassen, aber eins hatte Jason deutlich gemacht: Wir konnten entweder mit den Argonauten gehen oder hierbleiben.

»Können wir den Stärksten von uns tatsächlich zurücklassen?«, fragte Akastos.

Jason deutete auf die Reihen der Männer auf den Bänken. »Seht uns nur an. Die stärksten Männer Griechenlands.« Er sah direkt an mir vorbei. »Es sind noch andere Söhne des Zeus unter uns, und es gibt weitere, die ebenfalls olympische Väter ihr Eigen nennen. Verdient ihr es nicht, ebenso bekannt zu sein wie Herakles? Es gibt hier noch genug Kämpfer, wieso soll Herakles allen Ruhm allein ernten? Er ist leichtsinnig und unvorsichtig; er hat uns ein Ruder gekostet, und jetzt droht er uns die Reise zu kosten. Ohne ihn habt ihr alle die Gelegenheit, euch einen Namen zu machen.«

Ich warf einen Blick zurück zur Küste und fragte mich, ob Herakles diese Worte hörte. Halb erwartete ich, ihn brüllend aus dem Wald stürmen zu sehen. Doch der Strand blieb leer, die Bäume unbewegt, und der Wind trug nichts als Stille zu uns.

Jasons letztes Argument überzeugte die Argonauten. Einer nach dem anderen griffen sie nach ihrem Ruder. Meleagros gesellte sich zu ihnen, doch ich stand noch immer reglos an Deck bei der Bank, auf der Herakles immer gesessen hatte und wo er erst gestern mit seiner gewaltigen Kraft ein Ruder zerbrochen hatte.

Die Seile wurden eingeholt, das Schiff aus der Verankerung befreit, und gleichzeitig tauchten die Ruder ins Wasser ein. Orpheus begann eine so traurige Melodie zu spielen, dass Tränen in meinen Augen brannten; doch der Anblick von Jason, der mit einem selbstzufriedenen Lächeln am Bug stand, brachte mich dazu, sie fortzublinzeln.

13

Die Sonne schaffte es an jenem Tag nicht, die Wolken zu durchdringen, die sich dick, grau und endlos am Himmel auftürmten. Gestern hatte beim Wettrudern noch Geschrei und Gelächter über das Deck gehallt, heute herrschte nur erschöpftes Schweigen.

Ich sehnte mich danach, irgendwo anzulegen, damit ich etwas essen und mich dann davonschleichen konnte, um mich schlafen zu legen. Nach der durchwachten Nacht fühlte ich mich erschöpft. Doch diesmal hatten wir die *Argo* kaum in Bithynien, dem Land der Bebryker, wie uns Tiphys erklärte, an den Strand gezogen, als plötzlich Krieger auftauchten.

»Ihr werdet kämpfen!«, rief der vorderste. »Ich fordere euch heraus!«

Jason trat vor. »Wir führen nichts Böses im Schilde.«

»Niemand setzt einen Fuß auf meine Insel, ohne herausgefordert zu werden«, fuhr der Mann fort. Die Männer hinter ihm bildeten einen Halbkreis, den Blick auf uns gerichtet. »Bisher habe ich jeden Mann getötet, der die Herausforderung angenommen hat.«

Bei diesen Worten trat Polydeukes neben Jason. »Ich nehme sie an.« Er legte schon den Mantel ab, das Abschiedsgeschenk,

176

das er in Lemnos bekommen hatte. Seine Muskeln glänzten in dem fahlen Licht, das durch die Wolken sickerte. Nach Herakles musste er der stärkste der Argonauten sein.

Einer der Männer hinter dem Herausforderer trat ebenfalls vor. »Du wirst König Amykos niemals besiegen«, sagte er und legte vor beiden lange Lederstreifen auf den Boden.

Amykos umwickelte seine Hände damit, und Polydeukes band sie sich ebenfalls um die Finger. Ich wartete auf ein Signal zum Kampfbeginn, doch es kam keins. Amykos senkte nur den Kopf und stürzte sich sofort auf Polydeukes.

Es war ein brutaler Kampf. Es bestand kein Zweifel daran, dass Amykos kämpfte, um zu töten, und Polydeukes stand ihm in nichts nach. Polydeukes war wendiger, sodass er vielen Schlägen seines Gegners ausweichen konnte, aber wenn der König mit seiner schieren Kraft und Brutalität einen Treffer landete, geschah es mit dem Übelkeit erregenden, dumpfen Geräusch von Fleisch und Knochen, die aufeinanderprallten. Die Zuschauer hinter Amykos jubelten, feuerten ihren König an und johlten jedes Mal, wenn er Polydeukes einen Schlag versetzte. Ich ließ den Blick über die Menge schweifen, versuchte abzuschätzen, wie viele uns gegenüberstanden. Einige andere Argonauten schienen dasselbe zu tun.

Doch Polydeukes hielt jedem Schlag stand, rappelte sich auf und rammte Amykos die Faust in den Magen. Ich sah das ungläubige Gesicht des Königs, spürte, wie sich die Dynamik des Kampfes zu seinen Ungunsten veränderte, und Polydeukes nutzte es unnachgiebig aus. Er zwang Amykos in die Knie, verlangte, dass der sich ergab, doch der König schüttelte den Kopf. Er bemühte sich, taumelnd wieder auf die Beine zu kommen, ruderte mit den Armen, und Polydeukes schlug ihn erneut. Amykos brüllte, raffte sich auf und stürzte sich abermals auf Polydeukes.

Polydeukes war wie Herakles ein Sohn des Zeus, und obwohl ihm Blut von der Schläfe tropfte, ließ er sich nicht beirren; Amykos' hämmernde Fäuste brachten ihn nicht zu Fall. Wieder und wieder bot Polydeukes ihm an, sich zu ergeben, doch der König lehnte jedes Mal ab, obwohl er Zähne ausspuckte und ihm rötlicher Schaum vor dem Mund stand; er beharrte darauf, bis auf den Tod zu kämpfen.

In Gedanken drängte ich Polydeukes, es zu Ende zu bringen. Im Wald zu jagen war eine saubere Angelegenheit. Ein Pfeil durch die Kehle der Beute beendete fast augenblicklich ihr Leben. So hatte ich auch die Zentauren niedergestreckt, es war ein schneller Tod im Vergleich zu dieser schrecklichen, in die Länge gezogenen brutalen Prügelei. Weiter und weiter ging es unter diesem trostlosen Himmel, während der Wind an unserer Kleidung zerrte; Amykos wurde zusammengeschlagen, bis er nur noch aus blutigem Fleisch zu bestehen schien. Polydeukes trat zurück, atmete tief durch, und schließlich versetzte er dem König mit einer fast gnädigen Präzision einen letzten Schlag gegen den Kopf.

Man hörte das lautstarke Knacken seines gebrochenen Schädels, und ich wusste, ich würde das Geräusch nie vergessen. Aber wenigstens war es vorbei.

Allerdings nicht für seine Männer. Mit einem empörten Aufschrei stürzten sie sich, Fäuste, Keulen, Schwerter und Speere schwingend, auf uns. Es blieb keine Zeit, um sich zu wappnen, sie fielen im selben Moment über uns her, in dem ihr König sein Leben ließ.

Dies war anders als bei den Riesen in den Bergen, ein Kampf aus nächster Nähe; fleischige Hände packten mich an den Armen, wutverzerrte bärtige Gesichter waren direkt vor meinem. Ich riss mich los, trat um mich, entriss einem von ihnen, der weit größer war als ich, die Keule und versetzte ihm damit einen Hieb gegen die Schulter. Sie waren wütend, rasend vor Trauer um ihren König, aber ich merkte bald, dass die Argonauten die Oberhand gewannen. Die Bebryker begannen unter unserem Ansturm zu wanken. Da war Peleus, der den Arm um die Kehle eines Kriegers geschlungen hatte und gnadenlos zudrückte, bis der andere die Augen verdrehte und leblos erschlaffte. Ankaios schwang die Axt über dem Kopf, Polydeukes und sein Bruder Kastor kämpften als Furcht einflößendes Zweiergespann Seite an Seite, Zetes und Kalais huschten über das Schlachtfeld, hoben ab und griffen ihre entsetzten Gegner aus der Luft an. Im Herzen des Getümmels sah ich einen Mann sein Schwert heben, um Meleagros anzugreifen, doch dann starrte er plötzlich in stummem Erstaunen an sich herunter: Meleagros' Speer ragte aus seinem Leib.

Die nicht so sterben wollten wie ihr König, krochen davon. Denen dieses Glück nicht vergönnt war, lagen um ihn herum im Sand.

»Schafft sie fort«, befahl Jason. Er war außer Atem, und Blut quoll aus einer Wunde an seiner Schläfe, doch der Triumph leuchtete in seinen Augen. Wir taten wie geheißen, hoben jeweils zu zweit eine Leiche hoch und warfen sie von den hohen Felsen der Bucht ins Meer, sodass die wirbelnden Fluten sie forttrugen.

Dann folgten unsere üblichen Pflichten: Nahrung und Wasser beschaffen, Feuer anzünden, ein Lager aufschlagen. Niemand war müde. Orpheus stimmte ein Lied an, die Feuer loderten, der Wein floss in Strömen. Jasons Standpunkt hatte sich schneller bestätigt, als er hätte ahnen können: Herakles war nicht mehr da, aber wir hatten eine Schlacht gewonnen, und seine Stärke hatte uns nicht gefehlt.

Für mich war der Triumph des Sieges von Schuldgefühlen getrübt. Ich trank zwar mit, dachte jedoch an Herakles, den wir allein zurückgelassen hatten. Seine dröhnende Stimme und sein unablässiges Geprahle fehlten mir nicht, aber seine Abwesenheit war wie ein Missklang. Er hinterließ eine Lücke, die ebenso unmöglich zu ignorieren war wie er, als er noch bei uns war.

Es fing an zu regnen, was lautstarken gutmütigen Protest hervorrief. Ich nutzte den Moment, um davonzuschlüpfen. In den Klippen hatte ich Höhlen erspäht. Vielleicht konnte ich mir dort für eine Nacht ausmalen, ich wäre wieder, wo ich hergekommen war, zu Hause.

Ich bahnte mir einen Weg durch die dunkle Bucht, eine dicke Wolldecke über dem Arm. Ich hatte so lange nicht geschlafen, dass ich mich wie berauscht fühlte. Als würde ich mich langsam wie in einem verschwommenen Traum bewegen. Bilder des vorangegangenen Tages schwirrten mir im Kopf herum; immer wenn ich eins verdrängt hatte, nahm ein anderes seinen Platz ein: Herakles, der im Wald verschwand, das weite Meer, als wir weitersegelten, Amykos, der blutend auf dem Boden lag. Die rot geäderten Augen eines seiner Krieger, dem ich die Keule in die Magengrube schlug.

Schließlich erreichte ich die Höhlen. Die feuchte Kühle war einladend und vertraut. Ich legte die Hand auf eine der Wände, ertastete mir den Weg hinein und wartete, bis meine Augen sich an die Dunkelheit gewöhnt hatten. Die Sterne waren nicht zu sehen, der Mond lag fast ganz hinter Wolken verborgen, aber sein schwacher Schein zeigte mir, dass die Höhle leer und ich ungestört war. Ich löste meinen regenfeuchten Zopf, sodass mir das Haar bis auf die Schultern fiel, und breitete die Decke auf dem harten Boden aus.

Dann hörte ich etwas und schlich geräuschlos zum Höhleneingang.

»Bist du mir gefolgt?«, fragte ich.

Ich konnte sein Gesicht in der Dunkelheit nicht erkennen.

»Tut mir leid.«

»Wieso?«

»Ich wollte sehen, wo du nach dem heutigen Tag hingehst.«

»Bleib nicht dort draußen im Regen stehen.«

Er rührte sich nicht.

»Willst du hereinkommen?«, fragte ich.

»Ich weiß nicht.«

Ich fragte ihn nicht, warum. Das war nicht nötig. Mir schwindelte noch von den Erinnerungen, die sich in meinem Geist abspulten, aber nun reichten sie weiter zurück: die neugierige Bewunderung in seinen Augen, nachdem ich seinen Hirsch erlegt hatte, die freimütige Art, mit der er mich den Argonauten vorgestellt hatte, wie er an meiner Seite gekämpft, auf der Ruderbank mit mir zusammen gelacht hatte. Ich sah den Baum, in den der Blitz eingeschlagen hatte, von Flammen verzehrt. »Ich möchte es«, sagte ich und griff nach ihm.

Weit weg in Arkadien herrschte Artemis über ihre Nymphen. Sie hoben die Gesichter, um sie anzuschauen – ihr vollkommenes Profil, die hohe Stirn, Augen so klar wie Mondlicht. Ich erinnerte mich lebhaft an ihren Anblick, leuchtend und makellos wie Kristall. Ich hatte geglaubt, dass ich nie etwas anderes ersehnen würde als das Leben, das sie mir ermöglichte. Der Mond hatte nur zweimal zu- und wieder abgenommen, seit wir in See gestochen waren, aber es kam mir vor wie ein ganzes Leben.

Im fernen Kalydon, an einem Ort, den ich mir nicht einmal vorstellen konnte, wartete Meleagros' Frau darauf, dass ihr Mann zu ihr zurückkehrte.

Hier, in dieser Höhle, in der sich der Geruch des Regens mit seinem mischte, erschienen beide Orte so weit weg, als würden sie gar nicht existieren, als hätte es sie nie gegeben. Nichts war real, nur wir, im Hier und Jetzt, in dieser Höhle. Der Rausch des Weines und der Nebel der Erschöpfung hatten sich verflüchtigt, und ich fühlte mich mehr wie ich selbst als je zuvor, als wären meine Gedanken klarer, wahrer, unleugbar.

Ich zog sein Gesicht zu mir heran und küsste ihn. Es war anders als alles, was ich zuvor gekannt hatte, was mir zuvor erlaubt gewesen war. Wie ein plötzlicher bunter Funkenregen, seine Hände in meinen Haaren. Hitze durchfuhr mich, als er seinen Körper an meinen presste. Ich hatte es mir schon ausgemalt, Bilder waren vor meinem inneren Auge aufgeblitzt, ehe ich es verhindern konnte, aber ich hatte nicht geahnt, wie es sein würde.

Ein Gefühl, so unvertraut, so schwindelerregend, als würde ich an einem Abhang hängen, kurz davor, hinunterzustürzen. Ich küsste ihn noch leidenschaftlicher. Er schmeckte nach Salz und roch nach Frühling. Unsicherheit und Furcht wichen einer Dringlichkeit, einem Hunger. Ich dachte an eine gesprungene Eisdecke über einem Fluss in der Wärme der jungen Sonne, an Wasser, das nach einem langen eisigen Winter wieder frei dahinströmen konnte. Strahlendes Licht leuchtete hinter meinen Lidern auf, ein derart berauschendes Hochgefühl, dass ich alles auf der Welt vergaß außer uns.

Warme Sonnenstrahlen fielen in die Höhle. Ich rekelte mich, mochte jedoch noch nicht aufwachen. Ich wollte hierbleiben, an der Schwelle des Schlafes, zwischen Traum und Wirklichkeit schwebend.

Ein Bild von Artemis kam mir in den Sinn; nach Luft schnappend, riss ich die Augen auf, und meine Haut prickelte in Erwartung einer Strafe.

Wir waren, einander in den Armen liegend, eingeschlafen, aber an irgendeinem Punkt in der Nacht hatte Meleagros sich auf die andere Seite gedreht. Ich betrachtete seinen Rücken, seine ins weiche Licht getauchte Haut. Mit angehaltenem Atem streckte ich die Hand aus und fuhr mit dem Finger leicht seine Wirbelsäule nach.

Hier in der Höhle war es vollkommen still, aber schon bald

drängte sich mir die unliebsame Vorstellung auf, wie die Argonauten nach uns suchten, und ich setzte mich mit einem Ruck auf. Meleagros drehte sich um und sah mich an. »Wir müssen zum Schiff zurück«, sagte ich. »Ehe man uns vermisst.«

Er lächelte, dasselbe aufrichtige Lächeln, das mir so vertraut geworden war, unbeschwert von Bedauern oder Sorgen. Bei seinem Anblick verflüchtigten sich einige der Befürchtungen, die an mir nagten. Ich erinnerte mich an meinen Abschied von Artemis. Tatsächlich hatte ich ihr nur geschworen, nie den Bund der Ehe einzugehen, redete ich mir ein. Und es bestand keine Gefahr, dass ich Meleagros heiraten würde.

Ich brachte meine innere Stimme zum Schweigen, die heftig widersprach. Es lag nicht in meiner Natur, die Wahrheit zu verdrehen. Aber Meleagros war nicht wie die Männer, vor denen Artemis mich gewarnt hatte. Und sie war nun einmal nicht hier. Meine Wirklichkeit hatte sich schnell an jene der Argonauten angepasst, mein Leben war mit ihrem verbunden. Am wichtigsten war mir nun, dass Jason die Sache mit uns nicht herausfand.

»Ich gehe zuerst«, sagte er, und ich war erleichtert, meine Beweggründe nicht erklären zu müssen. Er erhob sich, zog seine Tunika an, und mit einem letzten Blick zurück verließ er die Höhle.

Es widerstrebte mir, wieder in die Welt hinauszutreten. Doch das strahlende Morgenlicht funkelte, und der Tag war noch jung, frisch und wunderschön, vom gestrigen Regen wie rein gewaschen. Die Bucht, die gestern schroff und trist gewirkt hatte, bot jetzt einen herrlichen Anblick – die See glitzerte wie ein Juwel.

Artemis strafte mich nicht. Ich stellte mir vor, wie sie zu Hause mit ihren Hunden durch den Wald rannte. Sie beobachtete mich nicht, sondern wartete nur darauf, dass ich in

ihrem Namen Ruhm erwarb und nach Hause zurückkehrte.
Wenn wir das Vlies erlangten, wäre das genug.
Alles Übrige brauchte sie nicht zu erfahren.

Teil 3

14

Nach ihrem Sieg vom Vortag waren die Argonauten immer noch in bester Stimmung. Niemand nahm Notiz von mir, als ich, voller Sorge, alle Blicke auf mich zu ziehen, meinen Platz auf der Bank hinter Meleagros einnahm; ich konnte kaum glauben, dass das warme Strahlen, von dem ich erfüllt war, sich nicht auf irgendeine Art zeigte, aber niemand schien einen Unterschied zu bemerken. Ich hielt den Blick fest aufs Meer und den Horizont gerichtet, damit mir niemand in die Augen schauen und die Glut sehen konnte, die mich immer noch durchströmte, ein rastloses pulsierendes Verlangen, das neu für mich war. Es war eine Offenbarung, dass der Körper, den ich so gut zu kennen glaubte, sich so anders, so fremd anfühlen konnte.

Wir würden zur Ostküste der Propontis fahren, verkündete Tiphys, und mit einem günstigen Wind und dem Segen der Götter würden wir schon bald den Bosporus erreichen, unser Tor zum Schwarzen Meer. Kolchis lag auf der anderen Seite besagten Meeres, am Ende der Welt. Das Vlies war noch viele Tagesreisen entfernt, und es lagen noch unzählige Gefahren vor uns, aber wenn wir das Schwarze Meer erreichten, würde es uns zumindest in Reichweite erscheinen. Wir würden versuchen, Salmydessos zu erreichen, erklärte uns Tiphys, die Heimat eines Propheten namens Phineus, dessen Rat wir einholen würden, ehe wir weitersegelten.

Der Wind war tatsächlich günstig, und die Lieder des Orpheus begleiteten unser geschwindes Vorankommen.

»Hast du schon von Phineus gehört?«, fragte mich Meleagros.

Ich schüttelte den Kopf.

»Er steht im Ruf, liebenswürdig zu sein«, sagte Meleagros. »Ich glaube, bei ihm erwartet uns ein besserer Empfang als bei dem Kriegerkönig und seinem Heer.«

Als ich gerade etwas erwidern wollte, bemerkte ich, wie Peleus leicht den Kopf neigte, um zu lauschen. Ich presste die Lippen aufeinander, drehte den Kopf und blickte wieder beharrlich aufs Meer hinaus. Ich war mir sicher, Peleus' Blick auf mir zu spüren.

Falls meine abrupte Reaktion Meleagros überraschte, ließ er es sich nicht anmerken. Nach einer Weile begann er ein ungezwungenes Gespräch mit Euphemos. Ich ruderte weiter, ließ meine Gedanken schweifen, doch es fiel mir schwer, mich abzulenken, denn sie kehrten immer wieder zur letzten Nacht zurück.

Als der Abend hereinbrach, erreichten wir Salmydessos. Meleagros sprang munter vom Schiff, um die *Argo* zu entladen. Er wirkte völlig gelassen.

Ich hielt mich zurück, während wir alle nacheinander das Schiff verließen, und blieb für mich. Ich vermied es geflissentlich, an Orpheus' Seite zu gehen. Er war ein guter Beobachter von Stimmungen, nahm Veränderungen in der Atmosphäre mit so viel Feingespür wahr, dass ich es nicht wagte, seine Aufmerksamkeit zu erregen.

Vor uns sah ich ein einzelnes großes Gebäude an der Küste. Es machte einen einladenden Eindruck, wenngleich es etwas heruntergekommen war. Meleagros verlangsamte seinen Schritt, bis er neben mir ging. Er lächelte mich an, und ich konnte nicht anders, als sein Lächeln zu erwidern.

»Phineus!« Jasons Stimme hallte zwischen den gedrungenen Säulen, die am Eingang des Gebäudes standen. »Ich bin Jason aus Iolkos, Sohn des Aison, und komme mit meinen Argonauten, um Euch in Eurer Weisheit zu befragen.«

Es kam keine Antwort. Jason ging weiter, und wir folgten ihm ins Innere.

Staubkörnchen tanzten im Dämmerlicht. Ich verzog das Gesicht, als mir ein säuerlicher Geruch in die Nase stieg, der immer penetranter wurde, je weiter wir gingen. Zu beiden Seiten hingen Teppiche an den Wänden, aber sie waren so löcherig und ausgefranst, als wären sie zerfetzt worden. Ich wechselte einen beunruhigten Blick mit Meleagros und spürte, wie die allgemeine Hochstimmung Argwohn wich.

Der Flur war lang und schmal und teilweise von Statuen gesäumt, zwischen denen verschlossene Türen lagen. Hätte ich die Wahl gehabt, wäre mir ein offener Kampf unter freiem Himmel allemal lieber gewesen als ein Hinterhalt an einem beengten Ort wie diesem. Jason rief weiter nach dem König, doch seine Stimme wurde von der Stille verschluckt; niemand antwortete.

Wir bogen um eine Ecke, und ich war froh, Tageslicht zu erblicken: ein breiter, gewölbter Durchgang führte zu einem quadratischen Hof. In seiner Mitte stand ein langer Tisch, an dessen Ende ein winziger, verschrumpelter Mann auf einem hohen Stuhl mit kunstvoll geschnitzter Rückenlehne saß.

»Phineus?«, sagte Jason. Wir strömten hinter ihm in den Hof. Hier war der Gestank trotz der frischen Luft sogar noch unerträglicher.

Der Mann wandte sich uns zu. Die Haut hing ihm in runzeligen Falten von den Knochen; er schien nicht genug Fleisch am Körper zu haben, um sie auszufüllen. Obwohl die Sonne sengend vom blauen Himmel brannte, war er in einen Mantel gehüllt. Seine Augen waren milchig und trüb – er war blind.

»Nun bist du also hier, Jason, und deine Argonauten ebenfalls. Schon seit Jahren warte ich auf diesen Tag.« Seine zitternde Stimme brach. Man hörte, wie trocken und rau seine Kehle war.

»Ihr habt dies vorhergesehen?«, fragte Jason. Er klang unsicher, sah sich stirnrunzelnd auf dem trostlosen Hof um. Das war nicht das, was er erwartet hatte.

»Es war meine einzige Hoffnung«, sagte der alte Mann. Ich glaubte zu sehen, wie sich Tränen in seinen Augenwinkeln sammelten. »Ich habe mich die ganze Zeit daran festgehalten.«

Mein Herz krampfte sich vor Mitgefühl zusammen. Im Wald hatte ich Hunger nie gekannt, hatte nie seine Grausamkeit erlebt. Phineus war elend, gebrochen, allein. Die nackte Hoffnungslosigkeit dieses Ortes berührte etwas in mir, und eine Welle der Traurigkeit stieg in mir auf, als ich daran dachte, wie er sich Tag für Tag an die Hoffnung auf unsere Ankunft klammerte.

»Wir kamen hierher, um Hilfe von Euch zu erbitten«, sagte Jason. »Wir hatten nicht erwartet, dass Ihr stattdessen unsere Dienste braucht. Was können wir für Euch tun?«

»Ihr müsst mir erklären, wohin eure Reise euch führt«, sagte Phineus. »Ich kann euch unterweisen, denn Apollon hat mir die Gabe der Weissagung verliehen. Doch ich habe Zeus erzürnt, der mich zu diesem Schicksal verdammt hat – obwohl ich die Zukunft in ihrer Gänze sehen kann, erkenne ich sonst nichts. Er hat mir das Augenlicht genommen und mich verflucht, sodass ich in meinem hohen Alter darben muss.«

»Wir haben Vorräte, wir können Euch etwas zu essen holen«, sagte Jason eifrig. »Und wir können auf Eurem Land jagen und Euch Fleisch bringen. Es sei denn …« Seine Miene verdüsterte sich. »Es sei denn, Zeus verbietet es. Wir wollen nicht riskieren, bestraft zu werden, weil wir uns eingemischt haben.«

Phineus schüttelte den Kopf. »Ich schwöre euch beim edlen Apollon, dass es keine Vergeltung dafür geben wird, wenn ihr mir helft. Aber mir etwas zu essen zu bringen wird nichts nützen.«

»Warum nicht?«

Der alte Mann legte das Gesicht in die Hände. »Ihr müsst es selbst erleben, um es zu verstehen.« Dann hob er den Kopf und presste die Finger auf die müden, geschlossenen Augen. »Bringt mir etwas zu essen, dann werdet ihr sehen.«

Jason warf uns einen Blick zu. »Meleagros, Atalanta, geht zur *Argo* und holt von unseren Vorräten.«

Ich war froh, dem fauligen Gestank zu entkommen und zurück zur Küste mit ihrer frischen salzigen Brise zu gelangen. Meleagros und ich holten ein Weinfässchen, dazu Brot, Oliven und die Trauben, die wir unterwegs gepflückt hatten.

»Was, glaubst du, wird passieren?«, fragte er.

»Etwas Schreckliches«, sagte ich. »Hast du gesehen, wie ausgezehrt er ist? Und dieser seltsame Ort.« Ich schauderte.

Obwohl ich mich wappnete, machte der säuerliche Gestank mir diesmal sogar noch mehr zu schaffen. Ich konnte ihn in der Kehle schmecken und unterdrückte ein Würgen.

Im Hof herrschte bald rege Geschäftigkeit. Jason, Orpheus und Polyphemos trugen das Essen auf, das wir mitgebracht hatten. Meleagros stellte das Weinfässchen auf den Tisch, und es wurde still. Dann, als Phineus die Hand nach einem Stück Brot ausstreckte und dabei das Gesicht verzog, löschte Dunkelheit plötzlich das Sonnenlicht aus, und ein grässliches Kreischen erhob sich. Zwei große Vögel stießen vom Himmel herab, ihre breiten Schwingen warfen Schatten auf uns, ihr grässlicher Fäulnisgestank trieb uns Tränen in die Augen. Überall um mich herum husteten die Männer, zogen sich die Tunika über das Gesicht und krümmten sich. Peleus schwang sein Schwert und versuchte, die Vögel zu verscheuchen, musste sich jedoch, hustend und nach Luft schnappend wie der Rest von uns, geschlagen geben. Durch einen Tränenschleier hindurch sah ich, wie Phineus in dumpfe Resignation verfiel, als die riesigen Krallen nach der Nahrung griffen. Ich erhaschte einen Blick auf ihre spitzen menschlichen Gesichter, die zu grausamen Fratzen verzerrt waren. Aasfresser mit Frauenköpfen, die sich kreischend auf alles stürzten, was sie tragen konnten, und nur abscheulich besudelte Reste zurückließen.

Als sie sich wieder in die Lüfte erhoben, saß Phineus da, die Hand noch nach der Nahrung ausgestreckt, die ihm genommen worden war, seine Finger zitterten.

Zetes und Kalais reagierten als Erste. Der Rest von uns war noch zu bestürzt. Doch die beiden mit ihren flügelbewehrten Knöcheln hoben ebenfalls ab, um die Vogelfrauen zu verfolgen. Sie flogen höher, als ich es je gesehen hatte, setzten den Kreaturen nach, die sich in verschiedene Richtungen zerstreuten. Kurz fanden die Ungeheuer wieder zueinander, rasten auf uns zu, und eine kam uns so nahe, dass ich spürte, wie ihre Flügel meinen Kopf streiften; ihre aufgerissenen Augen stierten in meine, bevor sie zusammen wieder aufstiegen. Ich hörte ihr panisches Kreischen hoch über uns, als Zetes und Kalais sie erneut zum Horizont verfolgten, bis sie nur noch winzige Punkte in der Ferne waren.

»Jedes Mal, wenn ich etwas zu essen versuche, kommen sie«, sagte Phineus in das erschrockene Schweigen hinein. »Die Harpyien. Jedes Mal stehlen sie das Essen und besudeln, was noch übrig ist. Ganz gleich, wohin ich gehe, selbst wenn ich mich im tiefsten Keller des Palastes verberge, sie finden mich.« Ich erinnerte mich an die zerrissenen Wandteppiche und malte mir aus, wie ihre gekrümmten Klauen über den Stein schabten.

»Die Boreas-Söhne haben sie vertrieben«, sagte Jason mit dünner Stimme. »Eure Peinigerinnen sind fort.«

Phineus' Gesicht schien in sich zusammenzufallen. »Ist das auch wahr?«

Überall auf dem Hof erhob sich zustimmendes Gemurmel.

»Versuchen wir es noch einmal«, sagte ich, und diesmal rannten Meleagros und ich den ganzen Weg zum Schiff zurück und brachten so viel mit, wie wir tragen konnten.

Im Hof hatten die Argonauten die alte Tafel fortgeräumt. Wir würden sie in Stücke hacken und als Feuerholz verwenden. Stattdessen hatten sie Stühle und Tische aus den Räumen des Palastes herbeigebracht und sie vor dem Säuleneingang aufgestellt, weit weg von dem übel riechenden Hof. Als wir diesmal das Essen auftrugen, konnte Phineus sich satt essen, und das helle Entzücken ließ sein uraltes Antlitz wie verwandelt erscheinen.

»Ich konnte immer nur winzige Bissen erhaschen«, erklärte er, als er sich mit einem goldenen Kelch Wein zurücklehnte. »Aber ich wusste, wenn ihr hierherkommt, werdet ihr mich befreien.«

Dieser Palast musste einst voller Menschen gewesen sein, die sich an den feinsten Gerichten gütlich taten und Wein aus diesen glänzenden Gefäßen tranken.

»Wieso lebt Ihr hier allein?«, fragte Meleagros.

»Ich habe allen befohlen zu gehen«, sagte Phineus. »Der Fluch betrifft nur mich allein. Ich konnte niemand anders darunter leiden lassen. All meine Nachbarn sind in nahe gelegene Ortschaften geflohen. Doch es kommen jeden Tag Menschen vorbei. Sie bitten mich um Rat, um Hilfe bei ihren Problemen und Beschwernissen. Ich übermittele ihnen die Worte des Apollon, sage ihnen die Zukunft voraus, soweit ich sie sehe, und sie bringen mir vorbei, was sie entbehren können. Sie sind mir treu ergeben geblieben und haben immer versucht, mir zu helfen, aber niemand kam gegen die Harpyien an.«

Als die Schatten länger wurden und der Abend heraufdämmerte, kamen einige der Dorfbewohner, von denen er gesprochen hatte. Anfangs noch furchtsam und scheu, näherten sie sich mit Schalen und Krügen und blickten ängstlich zum Himmel. Gleich darauf machten sie ungläubige Gesichter, als sie unser Bankett sahen, das in vollem Gange war; der schreckliche Odem war vom Duft gebratenen Fleisches verdrängt worden, und der Rauch der Feuer kringelte sich in der warmen Luft zum sternenübersäten Himmel hinauf. Als die Dorfbewohner erkannten, dass ihr Land von den Harpyien befreit war, feierten und sangen sie mit uns, schenkten großzügig Wein aus und priesen die Götter für ihre Gnade.

Wir Argonauten saßen inmitten von alldem. Die Dorfbewohner drängten uns in aufrichtiger Dankbarkeit, noch mehr zu essen und Wein zu trinken. Mit einem Anflug von Stolz sah ich mich am Tisch meiner Gefährten um. Selbst als Peleus damit prahlte, wie er allein versucht habe, die Harpyien zu verjagen, ärgerte es mich nicht allzu sehr. Ich achtete nicht weiter auf ihn und weigerte mich, die Blicke voller Abscheu zu erwidern, die er mir gelegentlich zuwarf. All das erinnerte mich daran, wie ich mit den Nymphen zusammengesessen hatte, nachdem ich die Zentauren getötet hatte. Wir hatten etwas Gutes für diesen Ort bewirkt; durch unser Eingreifen hatten wir den Menschen geholfen, und ihre Bewunderung war wie der warme Feuerschein.

Schließlich kehrten auch Zetes und Kalais zurück und landeten anmutig auf der Erde. Sie hätten die Ungeheuer bis ans Ende der Welt verfolgt, erzählten sie, wo sie von der Göttin Iris davor gewarnt worden seien, die Harpyien zu töten. Im

Gegenzug für ihre Gnade versprach die Göttin den Boreas-Söhnen, dass die Harpyien Phineus von nun an nicht mehr plagen würden.

Anhaltender lauter Jubel schlug ihnen bei dieser Erzählung entgegen, mehr Wein strömte in Kelche und Kehlen. Meine Gefährten waren vollauf damit beschäftigt, zu zechen und zu singen. Niemand achtete auf mich – niemand außer Meleagros. Ich sah das Feuer in seinen Augen, und wortlos verließen wir die Gesellschaft. Seine Hand streifte meinen Arm, als ich den Kopf in den Nacken legte, um den Wein auszutrinken – der beste, den Phineus' Keller zu bieten hatte, dunkel, stark und schwindelerregend. Ich spürte Meleagros' Berührung im Nacken, auf der nackten Haut unterhalb meiner ordentlich geflochtenen Zöpfe, und seine Finger hinterließen eine Spur der Glut auf meiner Wirbelsäule. Ich wandte ihm das Gesicht zu, leichtsinnig und frei; hinter ihm leuchtete der Mond, und ich führte ihn fort aus dem Palast, hinaus in die kühle Dunkelheit des nahe gelegenen Waldes, wo wir allein waren.

Am nächsten Tag kam der blinde Prophet zum Schiff, um sich von uns zu verabschieden. »Es ist nicht mehr weit, bald werdet ihr Kolchis erreichen«, erklärte er. »Obwohl die Wasser, die zwischen diesem Ort und Aietes' Königreich liegen, gefährlich sein können.« Er hielt Jason ein Holzkästchen hin, das dieser entgegennahm. Ich sah, dass sich kleine Löcher im Deckel befanden, und fragte mich, was es enthalten mochte. »Die erste Bedrohung, der ihr euch stellen müsst, sind die Symplegaden«, sagte Phineus. »Öffnet das Kästchen und lasst sie fliegen. Wenn sie es auf die andere Seite schafft, folgt ihr sogleich – zaudert nicht, oder ihr werdet zermalmt.« Jason nickte, und ich fragte mich, ob Meleagros und ich in der Nacht weitere Erklärungen verpasst hatten. Phineus gab noch mehr Anweisungen, und nachdem er geendet hatte, blickten seine trüben Augen in meine Richtung. »Ihr habt bereits zwei Gefährten verloren«, sagte er, »und weitere werden folgen. Ich sehe einen jungen Mann von außergewöhnlicher Schönheit, der in einem bei den Nymphen beliebten Teich Wasser holen wollte. Bezaubert von seinem Antlitz, griffen sie nach ihm und zogen ihn hinab, damit er ihnen gehöre.«

Mir fiel der Krug wieder ein, der neben dem stillen Gewässer lag. Keine Anzeichen eines Kampfes. Es musste lautlos und schnell vonstattengegangen sein.

»Er kann nie zurückkehren«, sagte Phineus sanft. »Aber sein Liebhaber, der ihn nicht zurücklassen wollte, hat weitere Aufgaben zu erfüllen. Diese Fahrt war nie für ihn bestimmt.«

Es lag kein Trost in dem Wissen, was Hylas passiert war. Ich konnte mir nicht vorstellen, welche Art Nymphe sich so verhalten würde, so raubtierhaft, völlig anders als die, die ich im arkadischen Wald zurückgelassen hatte. Die Welt jenseits Arkadiens war ein fremdartiger Ort, ich lernte jeden Tag mehr darüber.

Und vielleicht war auch ich jetzt eine andere. Leichtfüßig kletterte ich an Bord der *Argo*, auf der ich mittlerweile zu Hause war; ich, die ich nie über den äußersten Baum meines Waldes hinausgekommen war. An Tagen wie diesen, wenn das Sonnenlicht golden leuchtete, das Meer glitzerte und die Welt ausgebreitet vor uns lag, fehlte mir mein Zuhause kein bisschen. Ich fühlte mich unverwundbar, als wäre all das mein, wenn ich nur wollte, ohne dass ich Konsequenzen befürchten musste.

15

Wir hörten die Symplegaden, lange bevor wir sie sahen.

Als sie schließlich in Sicht kamen, war es schlimmer, als ich es mir hätte vorstellen können. Das Meer verengte sich zu einem Kanal, kaum breiter als die *Argo*, und aus den tosenden Wassern stiegen brodelnde Wolken aus Gischt und Schaum auf. Darüber erhoben sich zu beiden Seiten zwei hohe Felsen, die nicht im Meeresboden verankert waren, sondern von den tobenden Wellen hin und her geschleudert wurden. Das Donnern, das wir schon von Weitem vernommen hatten, war das Geräusch der Felsen, die mit widerhallender Wucht aufeinanderprallten. Danach riss es sie wieder auseinander, und Ströme von Salzwasser ergossen sich aus dem Spalt.

Durch diesen Kanal mussten wir die *Argo* steuern, und als wir uns näherten und das Schiff in den Wellen zu schlingern begann, breitete sich Panik unter uns aus. Die Felsen krachten in unregelmäßigen Abständen gegeneinander; wir konnten ihre Bewegungen ebenso wenig vorhersagen, wie wir erraten konnten, wann der nächste Schwall Seewasser aufstieben und das Deck überschwemmen würde. Der Kanal war in Nebel und Sprühregen gehüllt, was es unmöglich machte, zu erkennen, was vor uns lag.

»Die Taube!«, rief Tiphys vom Heck, und ich sah, wie angespannt seine Rückenmuskeln waren, als er verzweifelt versuchte, das bockende Schiff zu kontrollieren.

Dann war Jason da und öffnete das Kästchen. Ein Aufblitzen blasser Federn, und eine schneeweiße Taube flatterte davon. Ich umfasste mein Ruder fester, und das Salzwasser brannte mir in den Augen, als ich den Hals reckte, um den Flug des Vogels zu verfolgen.

Die Taube flatterte direkt auf die Felswände zu, sodass ich schon glaubte, sie werde dagegenprallen, doch als sie sie erreichte, klafften sie gerade auseinander. Der Vogel bahnte sich in einem eleganten Bogen einen Weg hindurch, dann stießen die Felsen wieder gegeneinander; als sie sich wieder öffneten, sah ich die Taube davonfliegen, unversehrt bis auf ein paar Federn, die noch an einem Felsen klebten.

»Los, folgen wir ihr, schnell!«, schrie Jason, und wir legten uns in völligem Gleichklang in die Riemen. Meine Schultern schrien unter der Anstrengung, mein Gesicht war vor Schmerz zu einer Grimasse verzogen, als das Schiff vorwärtskatapultiert wurde, zwischen die unerbittlichen Felswände. Vor meinem inneren Auge sah ich den Flug der Taube, stellte mir vor, dass sie sich jetzt im fernen Dunst über dem Horizont befand, frei von diesem Albtraum. Ich konzentrierte mich auf dieses Bild, erlaubte mir nicht, daran zu denken, dass die Felsen wieder gegeneinanderschlagen und unser Schiff zermalmen könnten wie ein zerbrechliches Spielzeug. Die *Argo* schlingerte, wurde von der Strömung umhergeworfen, und ich wusste, wir konnten nicht entkommen, gleich würde alles schwarz werden – dann, plötzlich, war der Himmel wieder weit, und die Felsen krachten gegeneinander, aber wir hatten sie hinter uns gelassen, und das Meer lag ruhig vor uns. Wir hatten überlebt.

Danach lotste uns Tiphys zum Festland, an eine ruhige Küste, damit sich unsere schmerzenden Muskeln erholen konnten. Die Angst wich aus meinem Körper, und ich war so erschöpft, dass ich kaum die Augen offen halten konnte, als ich die Beine über die hohe Bordwand des Schiffs schwang, um an Land zu gehen. Wir zerstreuten uns auf dem breiten Strand. Ich ging, so weit ich konnte, ins Landesinnere und suchte mir ein schattiges Plätzchen an einem ruhigen Bach. Nach den Schrecken der Symplegaden wollte ich allein sein. Obwohl es ein warmer Nachmittag war, fror ich bis ins Mark; ich fühlte mich so schwach, dass ich kurz davorstand, in Tränen auszubrechen. Ich schlang die Arme um mich, dankbar, dass niemand mich in diesem Moment der Verletzlichkeit sehen konnte. Meleagros suchte womöglich nach mir, doch ich war mir sicher, schnell genug gelaufen zu sein, dass mir niemand hatte folgen können. Ich würde nicht zulassen, dass mich einer der Argonauten anders als furchtlos erlebte, nicht einmal er.

Ich fiel in einen tiefen, traumlosen Schlaf, sodass ich beim Erwachen anfangs nicht wusste, wo ich mich befand. Die Sonne stand niedriger am Himmel, als ich die Augen wieder aufschlug, verharrte an der Grenze zwischen Tag und Nacht. Etwas hatte mich geweckt, ein Heulen aus der Tiefe des Waldes, und mein erster Gedanke war, es könnten Wölfe sein. Dann hörte ich es wieder, einen kehligen Schmerzensschrei, der, wie ich nun überzeugt war, von einem Menschen stammte. Ohne nachzudenken, sprang ich auf und rannte in die Richtung, aus der er kam.

Die Bäume standen hier dicht an dicht, ihr Blätterdach wölbte sich über meinen Kopf, Moosgeruch hing schwer in der Luft, und der schlammige Boden saugte schmatzend an meinen Füßen, als ich in Richtung der Schreie rannte, die mir in den Ohren hallten. Wo auch immer die übrigen Argonauten sich aufhielten, sie hatten sie nicht gehört; ich war allein, hörte keine hastigen Schritte hinter mir, niemand würde mir zu Hilfe eilen.

Der Keiler brach direkt vor mir aus dem Dickicht und rannte mit donnernden Hufen brüllend an mir vorbei. Dann blieb er abrupt stehen und wandte sich mir zu; seine kleinen schwarzen Augen stierten in meine, seine riesigen spitzen Hauer waren nach oben gebogen. Die Schreie waren verstummt, aber hinter den Bäumen, zwischen denen der Eber aufgetaucht war, vernahm ich wimmerndes, gurgelndes Schluchzen.

Die Panik bohrte sich in meine Brust wie ein Messer. Wieso hatte ich nicht auf Meleagros gewartet, statt mich allein in diese unbekannte Umgebung zu wagen? Der Keiler scharrte mit den Hufen, wirbelte Matsch auf, und grobe Borsten zitterten an seinen Flanken, als er den Kopf senkte, um anzugreifen. Die Welt stand still. Das Rauschen in meinen Ohren übertönte alles andere. Mit schnellen, geschmeidigen Bewegungen hatte ich den Bogen gespannt, bevor mir überhaupt bewusst war, dass ich ihn vom Rücken genommen hatte. Mein Pfeil sauste durch die Luft, blieb im Hals des Tieres stecken, und als es quiekend stolperte, stürzte jemand aus dem Unterholz und ein Speer durchbohrte die Brust des Keilers.

»Idas«, sagt ich keuchend, als ich den Speerwerfer erkannte. Ich wischte mir den Schweiß von der Stirn. Noch empfand ich keine Erleichterung, ich war noch zu verstört von dem unvermittelten Angriff.

»Idmon«, sagte Idas schließlich. »Er hat Idmon angefallen.«

Die Wahrheit traf mich wie ein Schlag. Die Schreie, das Wimmern: Idmon war dem Eber zuerst begegnet.

»Wo ist er?«

Idas stürzte bereits zurück durch das Unterholz, schob Zweige beiseite, schien die Dornen nicht zu bemerken, die ihm die Haut zerkratzten. Ich folgte ihm und schluckte die Vorahnung hinunter, die in mir aufstieg.

Idmon war dem Tode nah, das war offensichtlich. Ich erkannte es an seinem blassen Gesicht, dem mühsam pfeifenden Atem. Er presste sich das, was einmal sein Mantel gewesen sein musste, auf den Unterleib, aber der Stoff war dunkel vor Blut und roch nach Salz und Eisen. Idas weinte und hielt Idmons Kopf, als er die Augen verdrehte und nach Atem rang, bis sein Körper mit einem letzten Erschauern erschlaffte.

Ich näherte mich ihnen und legte Idas eine Hand auf die Schulter. »Es tut mir leid, dass ich nicht schneller hier sein konnte«, sagte ich.

Er schüttelte den Kopf. »Es kam aus heiterem Himmel. Wir haben nach Wasser gesucht – der Keiler kam so plötzlich, dass wir ihn anfangs nicht bemerkten.« Er versuchte seine Tränen hinunterzuschlucken, doch sie strömten ihm über das Gesicht.

Schritte und Männerstimmen näherten sich. »Hier sind wir!«, rief ich, und einen Moment später hörte ich jemanden antworten.

Ich strich Idas über die Schulter, wusste nicht, was ich sonst tun sollte. Ich hatte Idas und Idmon zwar nie als echte Freunde betrachtet, hatte sie aber ein wenig kennengelernt. Sie waren jung, abenteuerhungrig, freundlich und bemüht gewesen. Ich fragte mich, wer zu Hause auf Idmon wartete, ob seine Mutter für seine sichere Heimkehr betete, ob er Schwestern hatte, die den Mantel für ihn gewebt hatten.

»Atalanta!«, rief Meleagros.

»Hier, hinter den Bäumen«, rief ich zurück, und kurz darauf war er da, Orpheus und Euphemos an seiner Seite. Das Entsetzen über den Anblick des Toten raubte ihnen die Worte.

»Ein Keiler«, sagte ich, und sie nickten. Sie mussten an dem Kadaver vorbeigekommen sein.

»Er war ein tapferer Krieger«, sagte Euphemos, der neben Idmon niederkniete.

»Ein guter Mann«, pflichtete Orpheus ihm bei.

Gemeinsam hoben sie den Leichnam vorsichtig an. Idas stand ebenfalls auf. »Er bekommt die besten Beerdigungsriten, die wir ihm bieten können«, stieß er hervor. Sie setzten sich in Bewegung und trugen Idmon so liebevoll davon, dass ich den Blick abwenden musste.

Als sie fort waren, legte Meleagros die Arme um mich, zog mich an sich und presste das Gesicht in mein Haar. Ich wusste, dass er das Gleiche empfunden hatte wie ich, als er sah, dass der geschundene, leblose Körper auf dem Boden jemand anders gehörte: einen schändlichen Anflug von Erleichterung, dass wir einander nicht verloren hatten.

Ich schlang die Arme um ihn, meine Lippen suchten seine, schuldbewusst, aber froh, dass ihm nichts passiert war. Dass nicht er allein in den Wald gegangen war, nach mir gesucht hatte und dem Keiler über den Weg gelaufen war.

Er schmiegte die Stirn an meine; einen Moment lang schien die Zeit stillzustehen, und wir standen reglos da, bis er fragte: »Wo warst du?«

Ich zögerte. »Es ist nur – nach den Symplegaden war ich ...« Ich wusste nicht, wie ich den Satz beenden sollte. Was hatte ich gebraucht? Stille. Alleinsein. Beides war mir vertraut. Ich hatte noch nie so viel Angst gehabt wie in dem Moment, als wir vom tosenden Meer herumgeschleudert wurden und die Felsen unsere Knochen zu Staub hätten zermahlen können. In der Rückkehr zu dem, was mir vertraut war, hatte ich Sicherheit gesucht. Den Frieden des menschenleeren Waldes, in dem ich mir selbst Gesellschaft genug war.

»Ich habe nach dir gesucht«, sagte er, und ich hatte das schwindelerregende Gefühl, in einen Abgrund zu fallen.

Ich trat einen Schritt zurück. »Wir sollten zu den anderen zurückgehen. Um Idmon zu beerdigen.«

»Das ist nicht der einzige Grund«, sagte Meleagros. Ich hatte geglaubt, er würde wegen Idmons Tod ein so ernstes

Gesicht machen, aber das war nicht alles. »Mit Tiphys ist etwas«, sagte er. »Er leidet an einem Fieber.«

Auf dem Rückweg versuchte ich mich zu erinnern, welche Kräuter die Nymphen bei Krankheiten verwendeten, welche Pflanzen sie sammelten, um sie zu Pasten und Salben zu verarbeiten. Ich blickte suchend ins Gras und zwischen die Farne, nichts hier erschien mir vertraut oder nützlich.

Tiphys ging es noch schlechter, als Meleagros beschrieben hatte. Er war aschfahl, stöhnte und fantasierte. Jason war an seiner Seite, und die Verzweiflung stand ihm ins Gesicht geschrieben.

»Wir können nichts tun, außer zu den Göttern beten«, murmelte Orpheus, als wir uns ihm näherten.

Idas kniete neben Idmons Leichnam, sein Blick leer vor Trauer. Die Götter schienen ihr Antlitz von diesem Ort abgewandt zu haben. Ich sah zu den Wolken auf, suchte nach den Sternen.

Wir scharten uns an jenem einsamen Strand zusammen und warteten darauf, dass die Nacht verstrich.

Tiphys hauchte sein Leben noch vor der Morgendämmerung aus. Wir beerdigten beide bei Sonnenaufgang.

Es war nicht nur der Verlust zweier Gefährten, der uns so hart traf. Tiphys war unser Steuermann gewesen, er hatte das Schiff gelenkt. Ich glaube, wir alle fürchteten, dass wir ohne sein unerschütterliches Selbstvertrauen und seine ruhige Führung verloren wären. Jason rang die Hände und machte sich Sorgen. Wer sollte Tiphys ersetzen? Der Tag verging ebenso wie die nächste Nacht, und seine Besorgnis wuchs noch. »Niemand ist je zuvor so weit gesegelt«, sagte Jason wieder und wieder. »Es hat noch nie eine Reise wie unsere gegeben. Wie sollen wir Kolchis ohne Tiphys' Kenntnisse, sein Wissen über

Schiffe, das Meer und Navigation erreichen?« Er sah auf die Wellen hinaus, als könnten sie ihm die Antwort geben.

Der Rest von uns goss Trankopfer auf die Erde und sang Lieder für die Toten. Meleagros und ich trieben Schafe aus den Hügeln in der Umgebung herbei, und Orpheus besänftigte sie mit seiner Musik, sodass sie friedlich waren, als wir sie im Schatten eines ausladenden Olivenbaums opferten. Jasons Besorgnis schwebte wie eine dunkle Wolke über uns; seine Befürchtungen erfüllten alle Gesichter, in die ich sah, mit Zweifel.

»Können wir wirklich nicht weitersegeln?«, raunte ich Meleagros zu.

»Wer soll Tiphys ersetzen?« Sein Ernst beunruhigte mich noch mehr. »Es gibt einige unter uns, die stark genug wären, um das Schiff zu steuern, und einige erfahrene Seefahrer, aber niemanden, der auch nur annähernd seine Kenntnisse besitzt.«

Ich wollte etwas sagen, hielt dann jedoch inne. Ich erinnerte mich schaudernd an die zusammenprallenden Felsen. Tiphys hatte uns durch diese Gefahr gelotst. Jason hatte recht, dass eine Reise wie diese noch nie unternommen worden war. »Ohne Tiphys weiterzufahren könnte gefährlich sein«, sagte ich schließlich. »Doch hierzubleiben wäre noch schlimmer.«

»Willst du uns etwa nach Kolchis bringen? Gehört Schiffe zu navigieren nun auch zu deinen Talenten?« Es hätte ein gutmütiger Scherz sein können. Die Art von leichtherziger, neckender Bewunderung, die ich von Meleagros gewohnt war. Aber sein Ton war scharf. Er musste meine Überraschung bemerkt haben. »Ich könnte es ebenso wenig«, beeilte er sich zu sagen.

»Der Schmerz ist noch zu frisch«, sagte ich. Mein Gesicht fühlte sich steif an, und ich war mir plötzlich der Kluft zwischen uns sehr bewusst. Die Anspannung der letzten Tage forderte ihren Tribut. »Vielleicht erscheint uns der Weg vorwärts in ein, zwei Tagen klarer.«

Er seufzte. »Vielleicht.«

Es war Akastos, der am nächsten Tag die Idee mit den Begräbnisspielen aufbrachte. Fasziniert von dem Vorschlag, setzte ich mich auf. Von etwas Derartigem hatte ich noch nie gehört.

»Wie sollen wir Begräbnisspiele abhalten?« Peleus' Missfallen war ihm nur zu deutlich anzumerken. »Hier, auf diesem Stück Land? Es gibt keine Rennstrecke, wir haben keine Streitwagen. Wo sind die Trophäen? Die Pferde, die Frauen?«

»Wir können Idmon und Tiphys auch ohne diese Dinge ehren«, sagte Akastos. In seiner Stimme lag etwas Beschwichtigendes, ein unterwürfiger Ton, der mir verriet, dass er sich bereits geschlagen gab. Peleus' Verachtung hatte den Funken der Begeisterung zum Erlöschen gebracht, und die übrigen Argonauten schienen das Interesse verloren zu haben und versanken wieder in ihrem Trübsinn.

»Wieso nicht?«, fragte Meleagros. Er sprang auf, stellte sich neben Akastos und legte ihm die Hand auf die Schulter. »Wir brauchen keine Rennstrecke, wir können auch ohne sie gegeneinander antreten. Wir können einen Schwertkampf veranstalten. Und einen Ringkampf.« Hier nickte er Peleus zu, und mir fiel voller Widerwille die Geschichte ein, wie er die Meeresnymphe Thetis zur Braut gewonnen hatte, indem er sie umklammerte, bis sie aufhörte sich zu wehren. »Der Preis ist der Ruhm durch den Sieg.«

Ich verdrängte das Bild von Peleus und der Nymphe. Ich war es leid, mit den anderen nutzlos und unglücklich herumzusitzen. Begräbnisspiele könnten uns allen neue Kraft schenken. Aber wenn ich mich dafür aussprach, würde es die anderen nur noch mehr dagegen einnehmen – zumindest einige.

Ich war nicht die Einzige, die sich bei Meleagros' eifriger

Ermutigung rührte. Hier und da sahen die Männer einander an, zogen es in Erwägung. Euphemos erhob sich, und Idas und ein paar andere taten es ihm gleich. »Eine ausgezeichnete Idee«, rief Ankaios. Weitere ermutigende Ausrufe folgten, ein Gewirr aus Stimmen, die dafür waren und von denen viele Peleus schmeichelten, ihn überreden wollten, seine Stärke beim Ringkampf unter Beweis zu stellen. Meleagros grinste und drängte diejenigen, die bisher nicht aufgestanden waren, sich ebenfalls zu erheben. Ich beobachtete, wie leicht es für ihn war, wie sie ihm ohne Feindseligkeit zuhörten, und fragte mich, wie sich das anfühlen mochte. Ihren Respekt zu erringen, ohne dass sich Groll oder Misstrauen daruntermischten.

Das Warten und die Ungewissheit hatten unsere Geduld strapaziert, aber nun gab es ein Ziel, etwas anderes zu tun, als nur zu trauern und sich Sorgen zu machen. Nach Meleagros' Anweisung markierten wir die Bereiche für jeden Wettkampf, zogen Linien im Sand und benutzten Steine als Markierungen. Nach der puren Verzweiflung, die seit dem Tod unserer Gefährten über uns hing, spürte ich wieder Leichtigkeit in meinen Schritten und eine belebende Vorfreude. Auf einen Wettlauf wartete ich schon, seit Meleagros mir in den ersten Tagen unserer Reise von Euphemos erzählt hatte. Man merkte ihm an, dass er ebenso erpicht darauf war wie ich, und alle wussten, dass es zwischen uns beiden entschieden werden würde. Die anderen, die sich mutig in einer Reihe mit uns aufstellten, gerieten fast sofort ins Hintertreffen, und so rannten nur Euphemos und ich über die Landzunge. Unter uns brandeten zu einer Seite die schäumenden Wellen gegen den lang gestreckten Felsen, der vom Wasser glatt geschliffen worden war. Wir liefen bergauf bis zu den Platanen, die hoch auf dem Gipfel wuchsen, und bogen gefährlich nah am Abgrund um die Kurve. Das Gefühl von Freiheit war berauschend, ein Gefühl, das ich in meiner Kindheit im Wald oft empfunden hatte, nur dass sich hier das Seufzen des Meeres mit dem Rascheln des Laubes mischte und dass es keine Grenzen gab, die mich zurückhielten.

Von der Landzunge aus lag ein schwindelerregender Abstieg in die Schlucht vor uns. Dort erwarteten uns die Argonauten auf der anderen Seite eines Flusses, der durch das Tal mäanderte, um sich mit dem Meer zu vereinen. Hier war ich im Vorteil, bahnte mir geschickt einen Weg den steilen Abhang hinunter. Er fiel nicht so steil ab wie der zu meiner Höhle in Arkadien, und Euphemos konnte nicht mithalten, als ich hinunterkletterte. Erst als wir den Fluss erreichten, wurde ich langsamer, suchte nach einer guten Stelle, um ihn zu überqueren. Er war flach und steinig, und als ich kurz stehen blieb, um zu sehen, wo die Steine am höchsten aus dem Wasser ragten, holte Euphemos mich ein und rannte ohne zu zögern weiter. Ich folgte ihm, und das Wasser um meine Knöchel war eisig. Zu meinem Erstaunen flog Euphemos fast über die Wasseroberfläche, sodass seine Füße sie kaum streiften. Die Argonauten auf der anderen Seite jubelten, als er sie erreichte. Aufgebracht watete ich hinter ihm her.

Meine zornigen Worte blieben mir im Hals stecken, als Euphemos sich mir zuwandte und aus purem Entzücken, ohne Verachtung oder Triumph, lachte. »Atalanta!«, rief er. »Der Sieg war dein. Ich habe einen Trick angewandt, eine Gabe, die ich von meinem Vater Poseidon, dem Herrscher der Meere, geerbt habe. An Land warst du schneller als ich.«

Ich war aufgebracht, aber seine Ehrlichkeit machte es schwer, Groll gegen ihn zu hegen.

»Auf zum Ringkampf!«, rief Meleagros. Als wir uns über das steinige Ufer einen Weg zum Strand bahnten, wo der Ringkampfbereich markiert worden war, kamen immer noch Nachzügler des Wettlaufs an. Meleagros nickte mir zu. »Du warst schneller«, murmelte er.

»Ich weiß.« Unsere Blicke trafen sich, und plötzlich spürte ich ein Prickeln im Nacken. Ich sah mich um.

Peleus stand hinter uns, beobachtete unseren Moment der Nähe. Sein Mund war zu einem selbstgefälligen Lächeln verzogen.

Ich beschleunigte meine Schritte, ließ Meleagros hinter mir, gesellte mich stattdessen zu Euphemos und winkte ab, als der zu einer weiteren Entschuldigung ansetzte. Peleus drängte sich an uns vorbei und rammte mich mit der Schulter, um zum Ringkampfbereich zu gelangen. Ankaios und er sollten als Erste gegeneinander antreten. Sie traten vor, um ihre Haut einzuölen, und ihre Muskeln glänzten in der Sonne. Insgeheim feuerte ich Ankaios an, doch es dauerte nur wenige Augenblicke, bis Peleus ihn zu Boden geworfen hatte und die Arme triumphierend hochriss.

Ankaios wälzte sich mit verzerrtem Gesicht auf den Rücken. Seine Niederlage war schnell und eindeutig gewesen, und als Akastos ihm aufhalf, wirkten die meisten enttäuscht, dass es so schnell vorbei war. Peleus stolzierte auf und ab und rief uns zu: »Wagt es denn niemand, als Nächster gegen mich zu kämpfen?« Er warf sich in die Brust, sodass seine angeschwollenen Muskeln hervortraten.

Die Worte kamen mir über die Lippen, ehe ich mich zurückhalten konnte. »Doch, ich!«

Anfangs herrschte verblüfftes Schweigen, dann folgten Gelächter und Spott, die sich hauptsächlich gegen Peleus richteten – würde er sich wirklich von einer Frau herausfordern lassen? Einige Bemerkungen flogen, spitz wie Pfeile, in meine Richtung. War ich so verzweifelt, dass ich mich unbedingt an einem Mann reiben musste, war ich ein solches Tier, dass ich mich hier, vor aller Augen, mit ihm im Dreck herumwälzen würde? Ich ließ sie an mir abprallen wie einen Speer an einem bronzenen Harnisch.

Peleus sah überrascht aus. Übertölpelt. Er wusste nicht, wie er reagieren sollte. Sollte er meine Herausforderung annehmen und sich dazu herablassen, gegen eine Frau zu kämpfen, oder sollte er ablehnen und sich als Feigling verspotten lassen?

Was auch immer die Argonauten über mich dachten, wir hatten seit Beginn der Reise zusammen Taue geschleppt, gejagt und Seite an Seite gekämpft. Ich hatte in den letzten ausgelassenen Tagen des Sommers den Wald verlassen; mittlerweile mussten die Blätter gefallen und die Flüsse vom Herbstregen angeschwollen sein, wie ich wusste. Wir waren so weit zusammen gereist. Doch alle Bemühungen um Kameradschaftsgeist schmolzen dahin, lösten sich auf wie Nebel im Sonnenschein. Ich war zurück am Flussufer, sah Arethusa vor dem Flussgott fliehen; wieder in meiner Höhle, wo Kallisto das Gesicht abwandte, damit ich die Verzweiflung in ihren Augen nicht bemerkte. Sah die brennenden Pinien, die umstürzten, während die Zentauren mir nachstellten. Peleus' Blick war auf mich und Meleagros gerichtet; er wirkte selbstzufrieden, als hätte sich sein Verdacht bestätigt. Schon der bloße Gedanke daran, dass Peleus zu wissen glaubte, er hätte irgendeine Vorstellung davon, was zwischen uns beiden war, war mir zuwider. Aber nun hatte ich Gelegenheit, ihn zum Schweigen zu bringen. »Ich werde gegen dich antreten«, bekräftigte ich.

Etwas an seinem Blick veränderte sich, er sah mir in die Augen. »Ich nehme an.«

Der Sand war weich, von der milden Sonne angewärmt, und quoll mir zwischen den Zehen hindurch, sobald ich auf ihn trat. Ich spürte die erwartungsvolle Spannung in der Menge, als wir einander gegenüberstanden, uns umkreisten. Wahrscheinlich war es ihnen gleichgültig, wer von uns gewann; brachte ich Peleus zu Fall, würden sie es urkomisch finden, besiegte er mich, würden sie es genießen, meine schmachvolle Niederlage zu sehen. Aber ich war nicht überheblich. Er war stark und im Ringkampf besser ausgebildet, doch ich spürte die Kraft klar und scharf durch meinen Körper fließen. Als er mich packen wollte, fing ich seinen Unterarm ab und stieß ihn zurück. Ich sah, wie er mich neu einschätzte; er packte meine Schultern und versuchte, mich mit seinem ganzen Gewicht niederzudrücken. Ich stieß ihn von mir, und er taumelte rückwärts. Entschlossenheit zeigte sich in seinen Zügen, und er kam wieder auf mich zu, schlang die Arme um mich, versuchte, mich zu Boden zu drücken. Ich wand mich, drehte mich um, sodass mein Rücken gegen seine Brust gepresst wurde, und er schlang den Arm um meinen Hals, drückte mir die Luft ab, sodass ich am Rand meines Blickfelds Sterne schimmern sah. Ich riss seine Finger zurück, ein Knacken ertönte, und er schrie auf. Sein Griff lockerte sich; ich entschlüpfte ihm, sprang auf seinen Rücken, und seine Knie gaben nach. Er stolperte, taumelte vorwärts, zerrte an meinem Bein, sodass ich seitlich von seinem Körper und zu Boden fiel. Er zerrte meinen rechten Arm zurück und zog ihn hoch, mit der anderen Hand drückte er mich nach unten. Meine Haare lösten sich, fielen mir in die Augen, und ich konnte den Sand fast schon schmecken, während mein Gesicht sich dem Boden näherte.

Er war stark, einer der Stärksten unter uns, seit Herakles nicht mehr da war. Aber selbst als ich sein Gewicht auf meinem Rücken spürte, wusste ich, dass er nicht siegen würde. Kurz schloss ich die Augen. Ich hatte mit Bären gerungen, während er in einem Kinderbett verhätschelt worden war.

Ich biss die Zähne zusammen, sammelte all meine Kraft und verlagerte mein Bein einen Schritt zur Seite, sodass er das Gleichgewicht verlor, dann rammte ich ihm den linken Ellbogen fest in die Magengrube und befreite meinen rechten Arm aus seinem Griff. Während er rückwärtstaumelte, sprang ich vor und warf mich mit meinem ganzen Gewicht auf ihn. Er strauchelte, fuchtelte mit den Armen, und ich spürte, wie er unter mir fiel. Sein Rücken landete mit einem dumpfen Aufprall auf dem Boden.

Die Zuschauer um uns herum brüllten. Einen Moment lang lag ich in einer seltsam intimen Haltung auf seinem Körper. Ungläubigkeit stand in seinem Blick; er war zu fassungslos, um wütend zu sein. Nach Atem ringend, setzte ich mich auf und sah zu den Argonauten, die die Arme hochgerissen hatten; sie brüllten vor Begeisterung oder vor Wut, vielleicht war es auch eine Mischung aus beidem. Ich suchte nach Meleagros' Gesicht. Er jubelte ebenfalls, obwohl er leicht verblüfft wirkte, als könne er kaum glauben, was passiert war.

Ich erhob mich, und die Argonauten umringten mich. In dem Gedränge ging ich zu Meleagros.

»Und?«, sagte ich, erhitzt vom Kampf.

»Beeindruckend«, sagte er. Er lächelte. »Gibt es nichts, was du nicht besser kannst als alle anderen?«

Ich lachte. »Vielleicht nicht.«

Peleus rappelte sich mühsam auf und marschierte davon. Seine Freunde folgten ihm, doch die anderen drängten sich um mich und überschütteten mich mit Lob: Orpheus, Euphemos und Idas am herzlichsten. Ich sonnte mich in ihrem Jubel, fragte mich kurz, wo Meleagros hingegangen war, aber ich war zu hochgestimmt, um darüber nachzudenken. Meine Wangen fühlten sich an, als würden sie vom vielen Lächeln zerspringen. In den vergangenen Wochen hatte ich so viel Zeit damit verbracht, zu hoffen, dass Artemis' Blick nicht auf mich fiel, dass sie ihren Auftrag vergessen hatte und ihre Aufmerksamkeit anderen Dingen zuwandte. Doch nun wünschte ich mir, sie könnte mich sehen. Dies hatte ich allein geschafft, und ich hatte es für alle Nymphen getan, mit denen ich im Wald zusammengelebt hatte.

16

Mein Sieg über Peleus war mir genug. Am Rest der Spiele nahm ich nicht mehr teil, sondern begnügte mich damit, zuzusehen. Es hatte sich etwas verändert; niemand konnte mein Recht, hier zu sein, noch infrage stellen. Nach dem Ende der Wettkämpfe erbot sich Ankaios, Tiphys' Platz einzunehmen. Als Sohn des Poseidon habe er von Bluts wegen ein Gespür für das Meer. Wir hatten die Wegbeschreibung von Phineus erhalten, und Ankaios war überzeugt, uns sicher nach Kolchis navigieren zu können.

Jason gab seine Zustimmung, und so setzten wir unsere Reise unter inbrünstigen Gebeten und mit Ankaios am Heck fort, der sich getreulich an alle Anweisungen von Phineus hielt. Wir segelten an langen Küstenstreifen vorbei, an sanften Hügeln, Landzungen und Flussmündungen, wo sich das Süßwasser mit dem des Meeres mischte. Wir suchten bewusst keinen Schutz in Themiskyra, wo sich ein besonders kriegerischer Amazonenstamm niedergelassen hatte, auch wenn ich mich über die Bordwand der *Argo* lehnte und versuchte, im Vorüberfahren einen Blick auf die sagenumwobenen Frauen zu erhaschen. Kein Mitglied unserer Besatzung war jemals so weit gereist; einzig Herakles hatte diese Gegend besucht, als er der Königin der Amazonen den Gürtel als Trophäe abgenommen hatte. Ich hatte seinen Geschichten, die so oft in Prahlerei ausuferten, nie besonders aufmerksam gelauscht, doch sein Wissen hätte uns nun hilfreich sein können, besonders da wir uns der Insel des Ares näherten.

Mir fiel auf, dass Meleagros das Eiland, auf das wir zusteuerten, genauestens im Blick behielt. Der Kriegsgott liebte diesen Flecken Erde, der von seinen Kreaturen bewohnt wurde, den pfeilgefiederten Vögeln der Dia. Wir hatten gehört, dass Herakles solche Wesen am See Stymphalos mit Bronzeklappern vertrieben hatte, damit sie sich nicht auf ihn stürzten.

»Phineus hat uns vor den Vögeln des Ares gewarnt«, rief Ankaios. »Er sagte, wir müssten sie wie Herakles verschrecken, damit wir hier unbeschadet anlanden könnten.«

Die Vögel hockten in Grüppchen auf den wenigen Ästen der dürren Bäume am Ufer. Ich konnte ihre unheilvoll gebogenen langen Schnäbel erkennen. Als wir mit unserem Schiff näher kamen, bemerkten uns einige von ihnen, putzten ihr Gefieder und reckten die Hälse. Gleich darauf erhob sich der erste in die Luft, und seine enorme Flügelspannweite raubte uns den Atem.

»Ihre Federn sind scharf wie Klingen«, sagte Meleagros leise zu mir. »Sie schütteln sie ab, wenn sie über uns hinwegfliegen, um uns damit zu verletzen.«

Der Vogel glitt auf das Schiff zu, und seine dunkle Silhouette verdeckte kurz die Sonne.

»Schilde hoch!«, rief Ankaios.

Schnell hoben wir sie über unsere Köpfe, sodass sie sich überlappten und ein Dach über uns bildeten. Ich hörte weitere Flügelschläge und einen Hagel von Bronzefedern, der auf uns niederprasselte.

»Macht Lärm!«, drängte Ankaios, und Meleagros griff sich

seinen Speer und klopfte damit gegen seinen Schild. Ich folgte seinem Beispiel, alle anderen taten es uns nach, und so verursachten wir den größtmöglichen Krach. Die Vögel stimmten mit ein, kreischten aufgebracht. Der Federhagel ließ nach und hörte schließlich ganz auf. Als wir vorsichtig die Schilde senkten, sahen wir die Tiere in einer riesigen Formation von der Insel in Richtung Festland fliegen, das in der Ferne zu sehen war.

Der Rest der Argonauten jubelte über den Sieg, doch Meleagros war still, als wir weitersegelten, um an der Insel des Ares anzulanden. Ich fragte mich, wonach er wohl Ausschau hielt. Nach einem bärtigen Mann, dessen Helm im Licht der untergehenden Sonne golden glänzte und in dessen Augen das Feuer aller Kriege loderte, die je gewütet hatten? Ich vermochte mir nicht vorzustellen, wie eine Begegnung der beiden aussehen würde, konnte nicht einschätzen, was Meleagros sich von solch einem Vater erhoffen mochte.

Als die *Argo* anlegte, verdüsterte sich der Himmel, und dunkle Gewitterwolken türmten sich über unseren Köpfen auf. Der Wind peitschte das Wasser zu hohen Wellen mit schaumigen Kämmen auf, während wir das Schiff hastig am Strand vertäuten und so schnell wie möglich Schutz suchten. Wir erkundeten weder die Insel, noch suchten wir nach Wasser oder jagten. Wir stoben in alle Richtungen davon, und in der Verwirrung und dem allgemeinen Durcheinander war es ein Leichtes für Meleagros und mich, uns von den anderen zu entfernen.

Um Schutz vor Blitzen zu finden, die in die Bäume einschlagen konnten, suchten wir nach einer Höhle. Die beste Zuflucht, die sich uns bot, war ein Felsüberhang an den Klippen in der Bucht. Atemlos zwängten wir uns darunter. Ich blieb wachsam für den Fall, dass jemand von den anderen vorbeikam, doch mit der Zeit legte sich meine Anspannung. Wahrscheinlich hatten inzwischen alle irgendwo einen Unterschlupf gefunden.

»Keine Sorge, hier wird uns niemand entdecken«, sagte Meleagros und strich sich das regennasse Haar aus der Stirn. Ich spürte seinen warmen Atem an meiner Wange.

Ich wünschte, ich hätte mich so sicher fühlen können wie er. »Denkst du, jemand vermutet etwas?«

Er schnaubte. »Auf keinen Fall.«

»Und was ist mit Peleus?«

»Nun, nachdem du ihn gedemütigt hast, wird er es nicht mehr wagen, den Mund aufzumachen. Er wird nicht wollen, dass dergleichen noch einmal passiert.«

»Wie kannst du dir da so sicher sein?«

»Peleus ist noch nie einer Frau wie dir begegnet«, antwortete er und lachte leise. »Es gibt keine zweite wie dich. Das ist für ihn schwer zu begreifen, aber er wird es jetzt verstanden haben. So wie wir alle.«

»Wir müssen vorsichtig sein«, sagte ich. Jason hatte diese Situation vorhergesehen und deshalb versucht, mir meinen Platz auf der *Argo* zu verwehren. Ich würde auf keinen Fall zulassen, dass er seine Bedenken bestätigt sah. Für Meleagros hingegen hätte es keine große Bedeutung, wenn man uns auf die Spur käme. Ich hatte die düstere Ahnung, dass keiner der Männer ihn so scharf verurteilen würde wie mich.

»Niemand von ihnen weiß davon«, sagte er. »Und ich werde niemals ein Sterbenswort darüber verlieren.«

Ich hätte es beenden sollen. Es gab genug Gründe dafür. Artemis und die Argonauten; die Angst, dass einer von ihnen uns entdecken würde. Doch es fiel mir schwer, klar zu denken, wenn unsere Körper so eng beieinander waren. So erpicht, wie die Männer aufs Trinken, Kämpfen und auf Heldentaten waren, schien es verführerisch unwahrscheinlich, dass sie bemerken würden, was sich direkt vor ihren Augen abspielte.

Wir mussten unser Geheimnis lediglich bis zum Ende der Fahrt wahren. Dann würde Meleagros nach Hause zu seiner Frau zurückkehren, und niemand würde je davon erfahren. Ich ließ zu, dass seine Selbstsicherheit – oder war es Sorglosigkeit? – meine Bedenken hinwegfegte, und zog ihn näher an mich heran.

Über uns heulte der Wind wie das schauerliche Kreischen rastloser Seelen, und die wütende See tobte die ganze Nacht hindurch. Als mit der Morgendämmerung Ruhe einkehrte, war ich diejenige, die zuerst aufstand und Meleagros schlafend zurückließ. Ich schaute mich im weichen Morgenlicht um, um zu sehen, an was für einem Ort wir Schutz gesucht hatten. Wir befanden uns nicht weit vom Strand entfernt, und so ging ich zur Bucht, wo die *Argo* vertäut war.

Ich erstarrte. Am Strand lagen vier fremde Männer, erschöpft, völlig durchnässt und nach Luft ringend.

»Was ist los?«, rief jemand hinter mir.

Ich fuhr zusammen. Es war Jason. Ich fragte mich, wann er mich erblickt hatte.

»Wer seid ihr?«, verlangte Jason von den vier Männern zu erfahren.

Andere Argonauten hatten ihn gehört, kamen ebenfalls herbeigelaufen und sammelten sich hinter uns.

Einer der Fremden hob den Kopf. Das nasse Haar klebte ihm an den Schläfen, seine Haut war leichenblass, und er zitterte am ganzen Körper.

Meleagros kam zu uns gerannt. Ich hoffte, Jason wäre nicht aufgefallen, dass wir aus derselben Richtung gekommen waren.

»Schnell, wir machen Feuer, damit sie sich aufwärmen können«, sagte ich. »In diesem Zustand können sie nicht reden.«

Gemeinsam halfen wir den Gestrandeten auf, holten dicke Wolldecken von Bord und legten sie ihnen um die Schultern, während Orpheus und Akastos am Strand ein Lagerfeuer entfachten. Wir versammelten uns darum und ließen die Fremden besonders dicht bei den Flammen sitzen. Jason beobachtete sie aufmerksam. Als die Wärme nach und nach wieder in ihre Glieder zurückkehrte, ihre Gesichter wieder Farbe bekamen, begann endlich der Erste zu sprechen. »Ich heiße Melas«, sagte er, »und dies sind meine Brüder, Kitysoros, Phrontis und Argos. Wir haben im Sturm Schiffbruch erlitten, uns an den Mast geklammert und wurden schließlich hier angespült.«

»Woher seid ihr gekommen?«, fragte Jason.

»Aus Kolchis«, antwortete Melas.

»Ihr seid aus Kolchis gekommen?«, fragte Jason ungläubig. »Wie weit ist es bis dorthin?«

Melas schüttelte den Kopf. »Vielleicht eine Tagesreise, wenn die Winde günstig sind.« Er sah uns einen nach dem anderen an und merkte, welche Freude seine Worte hervorgerufen hatten. »Was habt ihr in Kolchis vor?«

»Erzählt uns erst, wohin ihr unterwegs seid«, sagte Jason.

»Wir wollten nach Griechenland segeln«, antwortete Melas. »Unser Vater hat uns vor seinem Tod von dem Königreich erzählt, in dem er lebte, bevor er es als Kind verlassen musste.«

»Wer war euer Vater?«

»Sein Name war Phrixos.«

Jason war außer sich vor Freude. »Der Sturm hat uns die Söhne von Phrixos gebracht! Die Götter müssen uns wieder gewogen sein.«

Melas schien nicht genau zu wissen, ob er sich ebenfalls freuen sollte. »Du kennst meinen Vater?«

»Seinetwegen segeln wir nach Kolchis!«, sagte Jason. »Wir suchen das Goldene Vlies.«

Nun sah ich Besorgnis in Melas' Augen und denen seiner Brüder aufblitzen. »Was wollt ihr mit dem Vlies?«, fragte er.

»Man hat uns entsandt, um es einzufordern«, erklärte Jason.

»Und wie hofft ihr das zu erreichen?«, wollte Melas mit erhobener Stimme wissen. »Das Vlies wird von einem Drachen bewacht und von Aietes' Zauber geschützt. Er wird niemals zulassen, dass ihr es an euch nehmt.«

Jason lachte. »Schaut euch um«, sagte er. »Hier sind die größten Helden versammelt, die die Welt je gesehen hat. Wir haben unsere Kräfte vereint, um das Unmögliche zu vollbringen, und zwar mit dem Segen der Götter.«

»Was wisst ihr über Aietes?«, fragte Melas. Als wir schwiegen, fuhr er fort. »Er ist unser Großvater, ein Sohn des Helios, der Zauberkräfte besitzt. Seine Macht übersteigt alles euch Bekannte.«

Alle Blicke waren auf Melas gerichtet, jeder hielt den Atem an, um ihm zu lauschen.

»Doch ihr kennt ihn«, wandte Jason ein. »Und die Götter haben das Unwetter gesandt und euch an diesen Strand angespült, damit ihr dieses Wissen mit uns teilen könnt. Kommt mit uns! Helft uns, das Vlies zu erringen, und wir werden euch auf der Heimfahrt nach Griechenland mitnehmen, damit ihr euer Königreich zurückfordern könnt.«

Nun meldete Kitysoros sich zu Wort und sah seine Brüder mit gequältem Blick an. »Wir haben unserem Vater ein Versprechen gegeben«, sagte er, woraufhin Melas das Gesicht in die Hände legte. Kitysoros fuhr fort: »Wir haben geschworen, den Thron zu fordern, der seiner hätte sein sollen.«

»Wir können euch dabei helfen«, versprach Jason. »Wenn ihr uns zuvor unterstützt.«

»Ich sehe, dass ihr stark seid und viele an der Zahl«, sagte Melas. »Doch der beste Rat, den ich euch geben kann, ist, kehrtzumachen. Fahrt nicht nach Kolchis; lasst Aietes sein Vlies. Ihr könnt ihn nicht besiegen; opfert euch nicht für etwas, was nicht gestohlen werden kann.«

»Wir können es schaffen«, sagte Jason. »Du hast recht, wir kennen Aietes nicht, doch Helden wie uns hat auch er noch nicht gesehen. Wir sind so weit gekommen und haben alle Feinde und Hindernisse, die uns im Weg standen, überwunden. Wir haben keine Angst, und wenn ihr mit uns kommt, braucht ihr ebenfalls nichts zu fürchten.«

Sie hatten Angst, das war für uns alle nur zu offensichtlich. Doch ihnen blieb kaum eine andere Wahl. Sie konnten hier auf dieser abgelegenen Insel warten und hoffen, dass ein weiteres Schiff vorbeikäme, dessen Besatzung es riskieren würde, von den Vögeln des Ares getötet zu werden, und die sie außerdem sicher in ihr seit Langem verlorenes Königreich bringen könnte. Oder sie könnten sich uns anschließen.

Jasons Selbstbewusstsein wuchs wieder. Es war ein mehr als glücklicher Zufall, vier jungen Männern mit Verbindungen nach Kolchis zu begegnen, den Enkeln von König Aietes höchstselbst; und dann standen sie auch noch in Jasons Schuld.

»Dies ist die Insel des Kriegsgottes«, sagte Jason. »Wir sollten seinen Tempel besuchen und ihm vor unserer Abfahrt ein Opfer darbringen. Viele Götter sind uns gewogen, müsst ihr wissen.«

Wir machten uns auf den Weg ins Innere der Insel. Ich blickte zu Meleagros und fragte mich, wie es ihm erging, ob er in der steinigen Landschaft mehr zu finden erhoffte als bloß den Tempel seines Vaters. Es war still, kein Lüftchen regte sich, doch ich glaubte eine Anspannung in seinen Schultern zu erkennen, als würde er angestrengt lauschen. Dann lag er vor uns, der Tempel des Ares, ein schlichtes Bauwerk. Unter dem offenen Dach in der Mitte des einzigen Raumes befand sich ein schwarzer Felsen, außerhalb davon stand ein kleiner Steinaltar.

Meleagros und ich wurden losgeschickt, um Schafe für die

Opferung zu suchen. »Was hältst du von diesen Männern?«, fragte ich, als wir aufbrachen.

»Wir können uns glücklich schätzen, sie als ortskundige Begleiter zu haben«, antwortete er. »Wieso, traust du ihnen nicht?«

Ich überlegte. »Doch, im Grunde schon.«

»Und ich vertraue deinem Urteil mehr als dem aller anderen.«

»Wieso?«

»Du siehst die Menschen, wie sie sind«, sagte er. »Vielleicht weil du selbst nichts von dir verbirgst. Unaufrichtigkeit sticht dir sofort ins Auge.«

»Diese Männer wären beinahe ertrunken«, sagte ich. »Sie hatten nicht den Kopf dafür, sich eine Lüge auszudenken.«

»Sie haben Angst vor ihrem König«, sagte Meleagros. »Schließlich ist er der Sohn des Helios.«

Ich blickte ihn an. »Du bist der Sohn des Ares. Und wir haben Söhne des Poseidon in unserer Mitte – und des Hermes.«

»Du hast also keine Angst?«

»Dafür sind wir hierhergesegelt«, sagte ich. »Wir sind fast am Ziel. Nein, ich habe keine Angst. Ich bin bereit, wir alle sind es. Du etwa nicht?«

Er nahm meine Hand. »Vielleicht gefällt mir die Reise zu gut, als dass ich ihr Ende erreichen möchte.«

Ich war sprachlos. »Wir haben erst den halben Weg zurückgelegt. Wir müssen immer noch heimsegeln.«

Etwas in ihm verschloss sich flüchtig, als ich von der Heimreise sprach; ich sah es an seinem Blick. Es war leichter, so zu leben, als gäbe es nur das Jetzt, als würde am Ende von alldem niemand auf uns warten.

Nachdem die Opfer dargebracht waren, hielten wir ein Festmahl ab und tranken Wein. Wenn der Kriegsgott mit unseren

Opfergaben zufrieden war, schickte er uns kein Zeichen. Ich hätte zu gern gewusst, ob das Meleagros wohl enttäuschte, doch da unser letztes Gespräch immer noch zwischen uns stand, fragte ich ihn nicht. Stattdessen konzentrierte ich mich auf das, was nun vor uns lag. Die Luft knisterte vor Erwartung. Während der langen Reise hatten wir das Segel mal aufgeregt und hochgestimmt gehisst, mal voller Zuversicht, manchmal verzagt, manchmal in Trauer oder mit Reue oder Sehnsucht. Doch früh am nächsten Morgen, als Ankaios zum Steuerruder griff und wir alle unsere Plätze einnahmen, als Jason sich mit den Söhnen des Phrixos ans Ruder stellte, lag etwas anderes in der Luft. Etwas Ernstes, Gewichtiges, das jedoch frei von Traurigkeit war. Heute würden wir Kolchis erreichen; wir würden ans äußerste Ende des Schwarzen Meeres gelangen und endlich herausfinden, was uns dort erwartete.

Selbst Orpheus ließ seine Lyra schweigen, als wir das offene Meer in unserem Kielwasser zurückließen. Ankaios steuerte die *Argo* zur breiten Mündung des Phasis, und wir holten das Segel ein und ruderten auf dem Fluss. Die Hänge einer Bergkette ragten auf einer Seite über uns auf, und auf der anderen Seite lag eine weite, vom Sonnenlicht vergoldete Ebene. Alle verstummten, nur noch das Plätschern der Ruder im Wasser war zu hören. Jason füllte einen Kelch mit Wein, hob ihn hoch und goss den Inhalt mit leicht zitternder Hand in den Fluss. Wir sahen zu, wie die dunkelrote Flüssigkeit sich im Wasser verlor. Ein Trankopfer, mit dem wir um Erfolg für unser Vorhaben baten.

»Geht im Sumpfland vor Anker«, drängte Melas leise. »Haltet das Schiff vor möglichen Wachen verborgen. Ihr müsst es hier zurücklassen und euch zu Fuß zum Palast von Aietes begeben.«

17

Schweigend gingen wir von Bord der *Argo* und wateten leichtfüßig durch das Wasser in Richtung der Auen. Ich wusste, dass
Meleagros mir vom Schiff aus hinterhersah, und wünschte, er
wäre unter denen gewesen, die mitgehen sollten.

Stattdessen bestand unsere Gruppe aus Jason, wie hätte es
auch anders sein können, den vier Söhnen von Phrixos und
mir. Jason hätte mich niemals als seine einzige Begleitung gewählt, doch er hatte beschlossen, Melas und seinen Brüdern
zu vertrauen, und würde Aietes lediglich mit einer Frau und
Aietes' Enkeln gegenübertreten. Das sei die am wenigsten be-
drohliche Variante, hatte Melas beinahe entschuldigend erklärt.

Aber ich wusste, dass nicht nur Meleagros mir vom Schiff
aus hinterherschaute. Auch die anderen Argonauten beobachteten uns gewiss mit einer Mischung aus Neid, Hoffnung und
Feindseligkeit. Peleus, der mich seit unserem Ringkampf kaum
angesehen hatte, hoffte sicherlich inständig, dies würde eine
Falle sein. Ich spürte seinen brennenden Blick im Nacken und
ging langsamer, um seinen ohnmächtigen Groll auszukosten.

»Also bitte ich Aietes als Erstes einfach um das Goldene
Vlies?«, fragte Jason.

Melas nickte. »Natürlich wird er das ablehnen. Er würde es um nichts in der Welt hergeben.«

»Aber wieso verschwenden wir dann unsere Zeit damit? Wieso nehmen wir es uns nicht, bevor er unsere Ankunft bemerkt?«

»Wenn er dich dabei ertappt, würde er auf der Stelle schonungslose Vergeltung üben«, antwortete Melas. »Er würde dir nicht die Gnade gewähren, dich zu rechtfertigen; er würde dich sofort bis aufs Blut bekämpfen. Du befindest dich auf fremdem Gebiet, in einem fremden Land und stehst Feinden gegenüber, die deine Vorstellungskraft übersteigen. Glaub mir, es wäre dumm.«

Das schien Jason zu verärgern.

»Aber Aietes respektiert die Gesetze des Zeus«, fuhr Melas fort. »Wenn ihr als Gäste kommt, wird er euch Gastfreundschaft gewähren müssen. Wenn ihr offen und geradeheraus erklärt, weshalb ihr hier seid, wird er keinen Verrat wittern. Ihr wisst, dass er euer Ansinnen zurückweisen wird, aber es wird euch Zeit verschaffen, um euch für eine Strategie zu entscheiden. Manche Ohren im Palast werden eurem Anliegen gegenüber womöglich aufgeschlossener sein als die des Königs.«

»Ist er denn so unbeliebt?«, fragte ich interessiert.

Über Melas' Gesicht glitt ein Schatten. »Mehr, als ihr es euch vorstellen könnt.«

Plötzlich schoss eine dunkle Gestalt vom Himmel herab, und ich drehte mich um. Einen Augenblick lang dachte ich, einer von Ares' Bronzevögeln wäre uns gefolgt. Doch der krumme Schnabel dieses Tiers glänzte nicht wie jener der metallenen Kreaturen; trotz seiner ungeheuren Größe war es kein Geschöpf aus dem Schwarm des Kriegsgottes. Während der Vogel über den wolkenverhangenen Gipfeln kreiste, warfen seine ausgebreiteten Schwingen Schatten auf die Berghänge.

»Horcht!«, sagte Melas unvermittelt.

Einige Augenblicke vergingen, und dann vernahm ich es auch. Ein leises, dumpfes Stöhnen, das von irgendwoher aus dem Gebirge kam. Als der Wind die Richtung änderte, hörte ich jedoch nichts mehr.

»Was war das?«, fragte Jason.

»Ein Adler, den Zeus geschickt hat«, erklärte Phrontis. »Jeden Tag fliegt er über unsere Stadt hinweg zum Kaukasus, wo der Titan Prometheus in Ketten liegt. Jeden Tag reißt ihm der Vogel mit dem Schnabel den Bauch auf und verschlingt seine Leber. Über Nacht heilen Prometheus' Wunden, seine Leber wächst nach, und der Vogel kehrt am nächsten Tag zurück, bis ans Ende aller Zeiten.«

Trotz der sengenden Hitze überlief mich ein kalter Schauder.

Ich hatte auf unserer Reise eine Reihe von Städten gesehen, doch keine, die Kolchis geglichen hätte. Die hoch aufragenden Stadttore wurden von noch höheren Türmen flankiert, die Stadtmauern waren glatt und glänzend. Als die Tore für die Söhne von Phrixos und ihre Begleitung geöffnet wurden, schlug uns eine so intensive Helligkeit entgegen, dass ich geblendet war. Kolchis war eine Stadt wie ein geschliffener Edelstein, beeindruckender als jede andere, die wir unterwegs gesehen hatten, und in ihrem Herzen erhob sich der Palast von Aietes.

Die Wachen traten für Melas und seine Brüder zur Seite, und Jason und ich folgten ihnen zwischen den schlanken Säulen hindurch auf einen großen Innenhof. Um einen Laubengang rankte sich Wein, und daneben sprudelten vier Quellen. Ich staunte über die Farben der Flüssigkeiten, die daraus hervorströmten: aus einer floss weiße Milch, aus einer anderen dunkelroter Wein, aus einer dritten sprudelte goldenes Öl, von dem ein betörender Duft ausging. Lediglich aus der vierten schien kristallklares Wasser zu rinnen.

»Meine Enkel.« Seine Stimme war sonor, tief und wohlklingend. Sie ließ mich an einen kalten Fluss denken, der durch eine unterirdische Höhle strömte. »Ihr seid deutlich früher zurückgekehrt, als ich erwartet hatte.«

König Aietes trat aus den kühlen Schatten des Palastinneren. Er war groß, in feines purpurfarbenes Leinen gekleidet, und sein kahles Haupt wurde von einem glänzenden goldenen Band gekrönt, an dem ein orangefarbener Edelstein funkelte. Seine Augen hatten dieselbe Farbe, nur etwas dunkler, wie rauchige Bronze, und sein Blick, der über uns glitt, wirkte geringschätzig. Hinter ihm standen ein paar Männer, die ebenfalls fein gekleidet waren, wenn auch nicht so prunkvoll wie er. Unter ihnen war auch eine Frau mit schönem Antlitz, das allerdings von Kummer- und Sorgenfalten durchzogen war. Sie blickte beklommen zu Melas, Kitysoros, Phrontis und Argos.

Die vier Söhne von Phrixos verneigten sich vor ihrem Großvater, woraufhin Melas das Wort ergriff. »Ein Sturm hat uns vor der Insel des Ares Schiffbruch erleiden lassen. Unser Schiff wurde zerstört, unsere Besatzung haben wir an die tosende See verloren.« Dann deutete er auf Jason. »Dieser Mann hat uns gerettet, als wir ans Ufer gespült wurden, wo er auf seiner Reise hierher Rast gemacht hatte. Als Dank für die Hilfe haben wir ihn hierherbegleitet, damit er Euch sein Ansinnen vortragen kann.«

Die Miene des Königs blieb undurchschaubar. »Wer bist du, und wie lautet dieses Ansinnen, das mein Enkel erwähnt hat?«

Jason räusperte sich. »Ich bin Jason, Sohn des Aison. Ich wurde in der Stadt Iolkos geboren, die jetzt von meinem Onkel regiert wird, der mir den Thron verweigert. Um die Krone zu erlangen, benötige ich etwas, was Euch gehört – das Goldene Vlies.«

Aietes sah ihn wortlos an. Sein Schweigen war lang und unheilvoll. Dann blickte er wieder zu seinen Enkeln. »Söhne von Phrixos, habe ich mich dafür eures Vaters erbarmt, als er vor dem Tod durch die Hand seiner eigenen Stiefmutter in meine Stadt floh? Wollt ihr mir meine Freundlichkeit, dass ich ihn an meinem Tisch speisen, unter meinem Dach leben und meine Tochter Chalkiope heiraten ließ, auf diese Weise danken?« Er deutete mit einer Kopfbewegung auf die Frau hinter sich, und nun begriff ich, wieso sie die Söhne des Phrixos so verzweifelt angesehen hatte: Sie musste ihre Mutter sein. »Und jetzt führen seine Söhne einen Feind geradewegs in meine Hallen, jemanden, der im Gegenzug für eine sichere Schiffsreise das heilige Vlies fordert?«

Jason öffnete den Mund, um etwas zu erwidern, doch Aietes fuhr fort, und seine Worte waren giftig wie eine sich windende Schlange.

»Ich frage mich, was ihr diesem Fremden über das Vlies erzählt und wie viele unserer Geheimnisse ihr bereits preisgegeben habt. Vielleicht sollte ich euch die Zunge herausreißen lassen, bevor ihr noch Weiteres ausplaudert, und dafür sorgen, dass man euch die Köpfe abschlägt, damit ihr ihm nicht den Weg zu unserem Untergang weisen könnt.«

Chalkiope presste sich die Hände vor den Mund. Aietes' Enkel waren wie gebannt von seinem Blick und unfähig, sich zu rühren.

»Nichts liegt mir ferner als Euer Untergang«, sagte Jason. »Ich würde das Vlies nicht nehmen, ohne eine gerechte Entschädigung anzubieten.«

Aietes lachte, doch es klang zutiefst freudlos. »Was könntest du mir schon bieten, was dem Wert dieses Vlieses auch nur annähernd gleichkäme?«

Jason blickte zu mir. »Ich stehe hier mit Atalanta vor Euch, einer Heldin, die von Artemis höchstselbst erwählt wurde. Doch ich habe auch meine Männer bei mir, mehr als fünfzig an der Zahl. Unter ihnen sind Söhne und Enkel der Olympier; mächtige, starke und geschickte Männer. Atalanta ist die schnellste Läuferin und die beeindruckendste Jägerin, die diese Welt je gesehen hat, doch sie ist lediglich ein Mitglied meiner großen Mannschaft. Ich befehlige die Boreas-Söhne, die dank ihrer geflügelten Fersen in den Himmel hinaufsteigen und ihre Feinde im Flug angreifen können. Ich habe Ankaios unter meinen Männern, den Sohn des Poseidon, der jedes Schiff aus einer Gefahr in sichere Gefilde steuern kann. Meleagros, den Sohn des grimmigen Ares; Orpheus, der durch sein Geschick mit der Lyra jedes Herz zu erweichen und selbst dem grausamsten Tyrannen Tränen zu entlocken vermag. Wir genießen die Gunst der Hera, der Königin des Olymps, die uns gesegnet hat, und auch der Athene, deren List uns stets den Sieg verschaffen wird, worauf wir unseren Sinn auch richten. Wenn Ihr uns das Vlies überlasst, dann wird Euch nicht nur unser Dank zuteilwerden, sondern auch der der Götter. Wir werden Euer Heer sein, jedes Nachbarvolk besiegen, das Ihr unterwerfen wollt. Wir können Euch zu Ruhm verhelfen.«

»Und all diese Helden, diese unvergleichliche Truppe, der du dich so rühmst, sie alle gehorchen dir?«

Jason nickte eifrig.

»Du musst wahrhaftig ein großer Mann sein«, sagte Aietes, »wenn sie dich ihren Anführer nennen und deinen Befehlen folgen.«

»Das tun sie.«

»Dann kannst du das Vlies haben«, sagte Aietes, und plötzlich schien die Luft zu stickig zum Atmen. »Es ist dein. Alles, was ich von dir verlange, ist, dass du deine Worte unter Beweis stellst.«

»Natürlich, ich werde die Argonauten herbeiholen, und Ihr werdet sehen ...«

»Nein, nicht deine Männer.« Aietes lächelte selbstgefällig. »Du allein.«

Ich hatte damit gerechnet, dass Jason zögern würde, doch er blickte dem König selbstsicher in die Augen. »Ich werde jede Prüfung bestehen, der Ihr mich unterzieht.«

»Du musst tun, was bisher noch keinem Mann gelungen ist. Nur das wird zeigen, ob du würdig bist, das Vlies zu erhalten.« Aietes legte die Fingerspitzen aneinander. »Du hast erwähnt, ihr stündet in der Gunst der Götter, doch Kolchis haben die Götter ebenso wenig vergessen. Die Quellen, die hier vor deinen Augen dem Boden entspringen, hat Hephaistos angelegt, der bei meinem Vater Helios in der Schuld steht. Er war meinem Vater so dankbar, dass er mir noch weitere Geschenke gemacht hat – zwei Feuer speiende Stiere mit bronzenen Hufen. Wenn du diese Stiere in ein Joch zu spannen und mit ihnen das Feld des Ares zu pflügen vermagst und dort Schlangenzähne aussäst, dann werde ich dir das Vlies höchstpersönlich aushändigen.«

Das klang nach einer herkulischen Aufgabe, dachte ich verzweifelt, und nach einer, der Jason nie gewachsen sein würde.

Bedächtig fuhr Aietes fort: »Solltest du scheitern« – er beugte sich etwas vor, und seine Augen leuchteten intensiv wie Kupfer –, »dann werde ich dafür sorgen, dass dein Schiff und mit ihm jeder einzelne deiner Argonauten in Flammen aufgeht.«

Jason sah ihn mit festem Blick an. Mit einer Entschiedenheit, die ich bei ihm noch nie erlebt hatte, erwiderte er: »Ich werde es tun.«

»Morgen«, sagte Aietes. »Bei Sonnenaufgang, auf dem Feld des Ares.«

Jason nickte, und ich wandte mich um, denn ich wollte diesen Hof mit seiner erdrückenden Atmosphäre so schnell wie möglich verlassen, mich so weit wie möglich vom König entfernen. Jason folgte dicht hinter mir. Während wir davoneilten, erscholl hinter uns das Gelächter von Aietes. Ich erhaschte einen flüchtigen Blick auf eine andere Frau, die sich hinter einer Säule versteckte und uns beobachtete. Sie trug ein tief scharlachrotes Gewand und hatte das Haar zu einer Zopfkrone hochgesteckt, an ihrem Hals, an ihren Handgelenken und in ihrem Haar funkelten Edelsteine. Sie betrachtete uns ruhig und aufmerksam – nein, eher Jason. Ihre Augen leuchteten so bronzefarben wie die von Aietes. Ich zog Jason am Ärmel, damit er sich nicht weiter nach ihr umblickte.

Als wir die Stadt hinter uns gelassen hatten und wieder die frische Luft der freien Ebene atmeten, versuchte ich, das merkwürdige Gefühl abzuschütteln, das ich dort empfunden hatte. »Uns bleibt also die heutige Nacht, um das Vlies zu finden und an uns zu nehmen«, sagte ich. »Vor Sonnenaufgang müssen wir von hier verschwunden sein.«

Jason sah mich verdutzt an. »Wovon redest du?«

»Du kannst nicht bleiben und dich an der Aufgabe versuchen«, antwortete ich. »Aietes hat die Absicht, dich und uns alle umzubringen.«

»Aber ich habe ihm mein Wort gegeben«, erwiderte Jason.

»Das bedeutet diesem Mann nicht das Geringste.«

»Er wird das Vlies heute Nacht bewachen lassen«, wandte Jason ein. »Wir werden keine Gelegenheit haben, es zu stehlen.«

Ich war frustriert über unsere Fehler, frustriert, weil wir so dumm gewesen waren, in den Palast eines solchen Königs zu spazieren und unser Begehr so freimütig zu äußern.

»Was dann?« Die Vorstellung, still und heimlich in der

Nacht davonzusegeln, widerstrebte mir zutiefst. Wir waren wegen des Vlieses hierhergekommen. Und wir würden nicht aufbrechen, ohne es in Besitz genommen zu haben. Doch dass alles an Jason hängen sollte, dass das Schicksal unserer Unternehmung allein in seinen Händen liegen würde – diesen Gedanken konnte ich ebenso wenig ertragen. Er hatte bisher nichts getan, um seinem Ruf gerecht zu werden, während der Rest von uns alle Schwierigkeiten gemeistert hatte, die sich uns in den Weg gestellt hatten. Und dennoch glaubte er, Aietes überlisten zu können und stark genug zu sein, um zwei Stiere zu überwältigen, die die Kraft des Vulkangottes Hephaistos in sich trugen.

»Wir werden tun, was Aietes gesagt hat.«

»Womöglich wirst du sterben.«

Er sah mich an. »Du wurdest von Artemis gesandt. Und mir hat Hera, die Königin der Unsterblichen, diese Aufgabe übertragen. Ich werde mich ihr nicht widersetzen.«

Doch Hera würde ihn nicht schützen, ging es mir durch den Kopf. Artemis hatte mir gezeigt, dass die Götter ihren Lieblingen gegenüber genauso unbarmherzig sein konnten wie gegenüber ihren Feinden. Jason glaubte, Heras Segen werde ihn schützen. Er erkannte nicht, dass sie ihm lediglich die Möglichkeit gegeben hatte, Erfolg zu haben. Wenn er scheiterte, wäre er besser tot, als lange genug zu leben, um Zeuge ihrer Enttäuschung zu werden. Jason dachte, die Welt wäre für Helden gemacht. Doch er hatte keine Ahnung von den Göttern. Ich wusste, dass wir sie selbst gestalten mussten.

Wir hatten inzwischen beinahe das Ende des Graslandes erreicht. Vor uns, wo die von Schilf gesäumten Sümpfe begannen, wurde das Land morastig und feucht; hier beugten sich krumme Bäume über das Wasser, deren Wurzeln im Erdreich miteinander verschlungen waren und deren Blätter auf der sich kräuselnden Wasseroberfläche trieben. Ich spürte immer noch Aietes' Blick in meinem Nacken brennen und war froh, als wir in den kühlen grünen Schatten des Wäldchens eintauchen konnten. Ich suchte in meiner Seele nach Vertrauen in Jason; nach einer Hoffnung, dass dies wirklich der Moment wäre, wo er sein Schicksal erfüllen würde.

Abrupt blieb er stehen, und kurz darauf begriff ich, wieso. Vor uns stand eine Frau, und die Zweige wölbten sich über ihrem Haupt, als wäre sie eine Statue in einem Tempel. Sie hatte unmöglich vor uns hier sein können, und dennoch war sie es. Dieselbe Frau, die uns im Hof von Aietes' Palast beobachtet hatte.

Hinter dem Blättervorhang der herabhängenden Äste quakten Frösche, und langbeinige Vögel tauchten ihre Schnäbel ins Wasser. Insekten summten, Eidechsen huschten von Stein zu Stein, ein Strom von kleinen Blasen stieg an die Wasseroberfläche.

Sie wirkte jung, jünger, als ich im Palasthof gedacht hatte. Hier draußen, im Licht- und Schattenspiel des Waldes, nahm ich den zarten Schimmer ihrer Haut und den seidigen Glanz ihres Haares wahr. Die funkelnden Edelsteine und der Goldschmuck, den sie trug, waren unnötiger Zierrat.

»Ich habe gehört, worum du meinen Vater gebeten hast«, sagte sie.

Aietes' Tochter. Ich erstarrte vor Schreck, und sie bemerkte es und lachte.

»Von mir habt ihr nichts zu befürchten«, sagte sie. Obwohl sie jung war, schien sie sehr von sich eingenommen, und ihr Ton hatte etwas Gebieterisches, das mich an ihren Vater erinnerte. »Ich möchte euch lediglich helfen.«

»Wie helfen?«, fragte Jason. Er sah sie an, als wäre sie Hera höchstselbst, die gekommen war, um ihn zu leiten.

»Und wieso?«, warf ich ein. »Ihr habt die Antwort Eures Vaters gehört, wieso solltet Ihr uns helfen wollen?«

»Weil ihr, wenn ihr seine Aufgabe überlebt, zurück nach Griechenland segeln werdet. Und mich mitnehmen könnt.«

Hinter uns vernahm ich Stimmen, Melas und seine Brüder hatten uns eingeholt. Als sie Medea sahen, verstummten sie.

»Wieso möchtet Ihr Kolchis verlassen?«, wollte Jason wissen.

»Frag sie«, meinte sie und deutete mit einer Kopfbewegung in Richtung der vier Männer. »Und dann stell dir vor, wie es wohl ist, Aietes' Tochter zu sein und nicht einer von seinen Enkeln.«

»Willst du das wirklich riskieren, Medea?«, flüsterte Melas.

»Ich wäre dumm, wenn ich es nicht versuchte.«

»Gibt es einen Haken an Aietes' Vorschlag?«, fragte Jason. »Die Stiere, die ich ins Joch spannen soll – ist das zu schaffen?«

Sie schüttelte den Kopf. »Er hat es dir gesagt, kein Mann vermag dies zu tun, und das ist die Wahrheit.«

»Und wie soll Jason dann mit dem Leben davonkommen?«, wollte ich wissen. Wieder überkam mich das erdrückende Gefühl, das ich in Aietes' Palast empfunden und das mich schon bei den Symplegaden überwältigt hatte. Nun glaubte ich, hier in diesem Wäldchen zu ersticken.

»Ich habe einiges von meinem Vater gelernt«, sagte sie. »Es gibt eine Salbe, ich kann sie für dich anrühren. Trage sie auf deinen Körper auf, und das Feuer, das die Stiere speien, kann dir nichts anhaben. Ihre Hörner werden dein Fleisch nicht durchdringen können. Sie verleiht dir die Stärke, die Tiere in ein Joch zu spannen. Wenn du die Schlangenzähne aussäst, werden tote Männer, bewaffnet mit Schwertern und Speeren, aus der Erde steigen, und sie werden dir nach dem Leben trachten. Aber wenn du einen Stein in ihre Mitte wirfst, werden sie darum kämpfen und vergessen, dass du überhaupt da bist.«

Bei ihren Worten bekam ich Gänsehaut. Doch Jason nickte, und sein Gesichtsausdruck verriet eine fast fieberhafte Erregung. Ich blickte zu den vier Brüdern, um zu sehen, wie sie auf Medeas Verrat reagierten. Sie wirkten ernster als Jason, aber nicht so bestürzt wie ich.

»Wenn er herausfindet, was du getan hast ...«, wandte Melas ein. Ihre Blicke trafen sich, und sie lächelte.

»Ich ziehe seinen Zorn lieber jetzt auf mich als später«, antwortete sie. Ihr Ton war nun weniger gebieterisch als zuvor. Stattdessen lag eine gewisse Freundlichkeit darin. »Wir alle, die wir unter seiner Herrschaft leben, wissen, dass es bloß eine Frage der Zeit ist.«

»Und diese Salbe«, fragte Jason, »habt Ihr sie bereits?«

Sie schüttelte den Kopf. »Sie kann nur aus Blumen hergestellt werden, die an den Hängen des Kaukasus wachsen, Blumen, die sich vom Blut des Prometheus nähren, das vom Schnabel und den Fängen des Adlers tropft, wenn er wieder davonfliegt. Sie wachsen verstreut in großer Höhe und sind schwer zu finden. Das vermag nur ich.« Medea strahlte vor Stolz. »Man kann sie nur im Mondlicht schneiden, wenn Hekate es erlaubt.«

»Und wenn Jason diese Salbe nicht hat, was dann?«, fragte ich.

»Dann wird der Feueratem der Stiere ihn zu Asche verbrennen, sobald er auch nur einen Fuß auf ihr Feld setzt«, antwortete Medea.

Es leuchtete mir ein, dass man Magie brauchte, um einen König zu besiegen, der Zauberkräfte besaß. Auf unserer Reise waren wir wundersamen Dingen begegnet – den kreischenden Harpyien mit den Frauengesichtern, den gegeneinanderprallenden Felsen, den sechsarmigen Riesen, die Felsblöcke auf unser Schiff geschleudert hatten. Ich war unter dem Schutz von Artemis' Macht aufgewachsen, sie hatte sogar die Wild-

233

heit der Bären zu zähmen vermocht. Doch was Medea über aus Blut gewachsene Blumen erzählte, die man in der Dunkelheit sammeln musste, um ein Heer von Toten zu besiegen, ließ mich in einer Weise erschaudern, wie ich es noch nicht erlebt hatte. Es lag an diesem Königreich, regiert von einem Tyrannen, dessen Kinder von ihm nur ängstlich und hinter vorgehaltener Hand sprachen. Die Dunkelheit, die sich hinter all dem Wohlstand und dem goldenen Licht verbarg, schien mit den Händen greifbar, war wie eine in den schwarzen Meerestiefen lauernde Gefahr.

»Wenn Ihr mir diese Salbe bringt, dann nehmen wir Euch auf unserer Heimfahrt mit«, bot Jason ihr an.

»Ich komme heute Nacht zur *Argo*, zu der Stelle, wo ihr in den Sümpfen vor Anker liegt«, sagte sie. Ich machte große Augen. War etwa auch Aietes bekannt, wo sich unser Schiff befand? War das alles eine Falle?

»Keine Sorge«, sagte sie und lächelte mir zu. Dann ging sie an Jason und mir vorbei und warf uns noch einen Blick über die Schulter zu, ehe sie zwischen den Bäumen verschwand und ins Sonnenlicht trat.

»Was sollen wir tun?« fragte ich, eher an die vier Söhne von Phrixos gerichtet als an Jason.

Melas wirkte nachdenklich. »Ich glaube, sie kann dir diese Salbe beschaffen. Wenn jemand so ein Mittel herstellen kann, dann Medea. Ihr Wissen wird in diesem Königreich vermutlich nur von dem ihres Vaters übertroffen.«

»Aber können wir ihr vertrauen?«

»Wieso nicht?«

»Was, wenn sie auf Befehl ihres Vaters handelt?«

Jason hob eine Augenbraue. »Glaubst du das wirklich?«

»Ist dir der Gedanke denn nie gekommen?«

Melas tat meine Bemerkung mit einer Handbewegung ab. »Medea ist jung, die bei Weitem jüngste von Aietes' Töchtern.

Seine Behandlung hat sie nicht hartherzig gemacht – noch nicht. In euch sieht sie die Möglichkeit zur Flucht, genau wie wir.«

Eine leichte Brise aus dem Sumpfland ließ die Blätter über unseren Köpfen rascheln. Sie trug den Geruch von Torf mit sich und den salzigen Gestank von Fisch und brackigem Wasser. Ich hatte gedacht, dass wir uns vielleicht am Ende einem Kampf stellen müssten, wir gegen sie, einer Prüfung von Kraft und Mut. Etwas Klarem, Eindeutigem, was ich begreifen konnte. Doch der Boden unter unseren Füßen war im Wortsinne nicht fest, sondern trügerisch und veränderlich.

»Mit ihrer Hilfe kannst du es schaffen«, sagte Melas, und Jason schien überzeugt.

»Lasst uns zur *Argo* zurückkehren«, schlug ich vor. Ich wollte, dass Jason es den anderen mitteilte in der Hoffnung, ihre Reaktionen würden mir die Gewissheit geben, dass das die richtige Entscheidung war, oder Jason erkennen lassen, dass es Wahnsinn gleichkam, hierbleiben zu wollen.

»Kommt«, sagte er. Er zeigte nun eine eiserne Entschlossenheit, die auch in seiner Haltung zum Ausdruck kam, in seinen gestrafften Schultern und dem gereckten Kinn. An ihm war etwas Neues wahrnehmbar, etwas, das ich unter anderen Umständen begrüßt hätte, das mir jetzt jedoch nur noch mehr Sorgen machte.

Wir blieben bei Einbruch der Nacht an Bord der *Argo*. Der Vollmond hing als bleiche Scheibe über den dunklen Berggipfeln. Manche der Männer breiteten auf den Holzbänken Decken aus und versuchten zu dösen. Orpheus saß allein da und trommelte mit den Fingern einer Hand rastlos auf seinen Oberschenkel. Ich begriff, dass er sich danach sehnte, mit seiner Lyra unsere ängstlichen Seelen zu trösten, doch niemand wagte, unnötige Geräusche zu verursachen. Jason saß am Bug, die Beine vor sich ausgestreckt und den Kopf in den Nacken gelegt. Ankaios und Akastos standen am Heck und lauschten, ob sich jemand dem Schiff näherte.

Meleagros und ich saßen, zwischen die Bankreihen gezwängt, an Deck, den Rücken gegen die Bordwand gelehnt. Neben uns hörte ich das gleichmäßige Atmen der schlafenden Argonauten. Das Holz war glatt und poliert, aber es war mir an den Schultern unbequem. Ich war froh, dass es mich am Einschlafen hinderte. Wenn sie kam – falls sie kam –, wollte ich wach sein. Wir unterhielten uns flüsternd, um unsere schlafenden Gefährten nicht zu stören.

»Glaubst du, die Lösung kann so einfach sein?«, fragte mich Meleagros skeptisch. »Eine Zaubersalbe, und schon erlangt Jason das Vlies?«

»Ich dachte, es würde mehr dafür brauchen.«

»Ich hatte einen Kampf erwartet«, sagte er.

»Ich auch.«

»Bist du nun enttäuscht?«, fragte er und lachte leise.

»Wenn hier jemand enttäuscht ist, dann wohl der Sohn eines Kriegsgottes«, flüsterte ich spitz zurück.

»Vielleicht kommt es ja doch noch zum Kampf. Wenn das stimmt, was du über den König gesagt hast.«

»Er hat nicht vor, uns das Vlies zu überlassen, so viel steht fest.«

»Dann wird möglicherweise keiner von uns enttäuscht sein.«

»Aber wird die Salbe wirken?«, überlegte ich. »Oder wird Jason vor unser aller Augen verbrennen?«

»Da ist jemand – siehst du?« Meleagros hatte sich aufgesetzt und deutete in die Dunkelheit; ich reckte den Hals.

Eine Gestalt eilte auf uns zu, ihr weißes Gewand flatterte ihr um die Knöchel, als sie wie ein Geist aus dem Dunkel trat. Behände kletterte sie über die hohe Bordwand. Jason sprang auf, und die schlafenden Männer schreckten hoch, griffen sofort nach ihren Schwertern und Speeren und waren im nächsten Augenblick kampfbereit.

Offenbar unbeeindruckt von all den bewaffneten Männern um sie herum, stand Medea anmutig inmitten eines Kreises aus Speeren und Klingen. »Hier ist die Salbe«, sagte sie und hielt Jason ein kleines Gefäß hin.

Zögernd nahm er es entgegen.

»Trag sie auf die Haut auf«, sagte sie. »Und auf deinen Schild und Speer. Der Saft von Prometheus' Blumen ist mit Ichor getränkt, dem Blut der Götter. Das wird dich so unverwundbar machen wie sie, lange genug, um die Stiere einzuspannen und gegen die Erdgeborenen zu kämpfen.«

»Habt Ihr die Blumen allein gepflückt?«, fragte er.

Sie nickte. »Das konnte nur ich vollbringen. Ich habe den Sonnenuntergang abgewartet, bis es im Palast dunkel und still wurde, dann habe ich mich fortgeschlichen. Ich wusste, wo in den Bergen ich suchen musste; ich hatte Hekate bereits ein Opfer dargebracht und sie um Hilfe gebeten, und sie hat mich geführt. Die Stängel dieser hochgewachsenen Blumen sind zu dick, als dass ich sie ohne die Hilfe der Göttin hätte durchtrennen können. Ich habe sie abermals angerufen, siebenmal, und sie hat mich in der Unterwelt erhört, die Mutter der Toten, und die Stängel haben in meinen Fingern nachgegeben. Der Boden unter meinen Füßen erzitterte, ich hörte den Titanen stöhnen, als würde sein Fleisch erneut aufgerissen, und der Pflanzensaft begann zu fließen.« Ihre Augen leuchteten vor Ehrfurcht, und sie erzählte in so freimütigem, lieblichem Ton davon, als hätte sie gerade auf einer Wiese Wildblumen gepflückt.

Jason betrachtete das Gefäß in seinen Händen. »Wird das reichen?«

»Es ist genug, um deine Aufgabe zu erfüllen«, sagte sie.

»Danach wird mein Vater außer sich sein vor Wut. Du musst dann so schnell wie möglich fliehen. Ich werde dich in den Hain führen, wo das Vlies hängt, sodass wir entkommen können, während er noch seine Truppen sammelt. Es wird ihn unvorbereitet treffen; er rechnet fest mit deinem Tod. Du musst den kurzen Moment der Überraschung nutzen, er wird nicht lange dauern.«

Alle um mich herum hingen an ihren Lippen. Ich sah sie an – wie jung und zart sie wirkte, mit ihrer zierlichen Gestalt – und versuchte mir vorzustellen, wie sie allein im Dunkeln den Berg erklommen hatte. Es fiel mir leichter, als ich gedacht hätte. Sie hatte etwas Entschlossenes an sich, es glomm in ihrem Inneren. Etwas, was ich wiedererkannte.

Genauso flink, wie sie aufgetaucht war, verschwand sie wieder. Sie konnte es nicht riskieren, dass man ihr Gemach leer vorfand. Nachdem sie uns noch versichert hatte, dass sie Jason am kommenden Tag zusehen und bereitstehen werde, um uns anschließend in der allgemeinen Verwirrung in Sicherheit zu bringen, war sie wieder fort.

In dieser Nacht schlief niemand von uns. Wir warteten, bis die Sonne den Himmel erhellte und Kolchis in ihr strahlendes Licht tauchte. Helios, der Vater von Aietes, lenkte sie über den Himmel, und ich spürte, wie sein sengender Blick auf uns fiel. Wir waren ungeschützt, konnten uns nirgends vor ihm verstecken, als wir die *Argo* losmachten und flussaufwärts zum Feld des Ares ruderten.

18

Das Feld befand sich ein Stück von der Stadt entfernt, doch als wir uns ihm näherten, stellten wir fest, dass die Kolcher sich dort bereits versammelt hatten, um das Spektakel mitzuerleben. Als wir am Ufer anlegten, öffnete Jason das Gefäß, das Medea ihm gegeben hatte. Die Salbe war dickflüssig und golden wie Öl, und er bestrich damit seine Haut und anschließend seine Waffen, wie die Tochter des Königs es ihm erklärt hatte, während wir anderen ihm schweigend zusahen. Für einen Augenblick schloss er die Augen, breitete die Arme aus und reckte das Gesicht gen Himmel. Ich fragte mich, ob er spürte, wie Kraft seinen Körper durchströmte und ob er den Moment wahrnahm, in dem die Wirkung der Salbe einsetzte. Vielleicht schon, denn er ließ seine Rüstung auf dem Schiffsdeck zurück und griff lediglich nach Speer und Schild, ehe er über die hohe Bordwand der *Argo* sprang. Seine Haut glänzte im Sonnenlicht, als er davonging.

Die Kolcher hatten am Rand des Feldes Stellung bezogen, in ihrer Mitte wartete König Aietes. Er wandte sich um und sah Jason, der sich näherte, mit undurchschaubarer Miene entgegen. An seiner Seite stand eine Frau in einem langen Gewand, wahrscheinlich die Königin, und neben ihr Medea. Sie sah genauso aus wie am Vortag, die Haare um den Kopf geflochten, würdevoll und majestätisch. Ohne jede Spur von Wildheit, anmutig und gelassen.

Und auf dem Acker standen die beiden Stiere, schnaubten und scharrten mit den Hufen. Es war ein faszinierender Anblick: ihre ungeheure Größe, ihre glänzenden, stampfenden Bronzehufe, der Rauch, der ihren Nüstern entstieg und ihre Hörner umschwebte.

Jason schritt weiter auf sie zu. Aus der Gruppe der Kolcher trat nun einer vor und lief Jason entgegen. In den Händen hielt er einen umgedrehten Helm aus Bronze, in dem es hörbar klapperte. Er reichte den Kopfschutz Jason, der ihn mit einem Kopfnicken entgegennahm. Dann trat er auf das Feld, und die Stiere wurden auf ihn aufmerksam.

Das Joch und der Pflug lagen neben den Tieren auf der Erde, und selbst wenn sie keinen Feueratem ausgestoßen hätten, hätte es Mut erfordert, sich diesen starken, grimmigen Bestien zu nähern. Doch Jason zauderte nicht. Vielleicht verlieh ihm die Salbe neben all den anderen Eigenschaften auch Furchtlosigkeit, dieselbe unbeugsame Entschlossenheit, mit der Medea sich nachts ins Gebirge begeben hatte, um die Blumen zu pflücken, während der Titan Prometheus unter unsäglichen Qualen stöhnte.

Als Jason sich den Stieren näherte, reckte der König den Hals und lächelte hinterhältig. Die Tiere verdrehten die großen Augen, und eines von ihnen brüllte, sodass es wie Donner über das Feld dröhnte, und spie dabei eine Feuerzunge direkt auf Jason. Er jedoch ging unbeirrt weiter.

An Bord der *Argo* sahen wir uns mit wachsender Aufregung an. Die Flamme hatte Jason berührt, doch er hatte nicht einmal mit der Wimper gezuckt. Nun brüllten beide Stiere und spuckten dabei Feuer, das die Tiere und Jason völlig einhüllte. Aietes' Blick war triumphierend, doch durch den

Rauch sahen wir, wie Jason die Hand ausstreckte und den ersten Bullen bei den Hörnern packte. Rauch stieg vom Acker auf, und als die Schwaden uns erreichten, begannen meine Augen zu brennen. Auch die Kolcher husteten und rieben sich die Gesichter. Durch das Feuer waren sie kaum noch zu erkennen, doch Jason zwang den Bullen in die Knie, und irgendwie gelang es ihm, dem Tier das Joch auf den Nacken zu legen. Mit dem zweiten verfuhr er ebenso. Aietes wirkte völlig unbewegt; mit ausdruckslosem Gesicht beobachtete er, wie die Flammen versiegten, und inmitten der wabernden Aschewolken sahen wir schließlich das Unmögliche. Jason trieb die unter dem Joch gebeugten Stiere vor sich her.

Der Acker war riesig, und die Bullen sträubten sich, doch Jason ließ sich nicht beirren, eine Ackerreihe nach der anderen trieb er die Tiere voran, hinter denen umgepflügte Erde zurückblieb. Als Jason das in unserer Richtung gelegene Ende des Feldes erreichte, sah ich, dass er völlig unversehrt war und keine Spur von Verbrennungen aufwies. Medea hatte Wort gehalten. Er schien an seiner tapferen Tat jedoch keine Freude zu finden. Sein Blick war stumpf und leer, als würde er sich in Trance bewegen. Medeas makelloses Antlitz war ruhig und gab nichts preis, wenngleich sie Jason nicht aus den Augen ließ. Ich sah hin und her zwischen Jasons ausdruckslosem Gesicht und Medea, die ihn eindringlich beobachtete, und verspürte ein flaues Gefühl in der Magengrube. Auf dem Acker geschah vor unser aller Augen diese beispiellose Heldentat, auch wenn sie ganz anders war, als ich mir Heldentaten vorgestellt hatte. Ich sehnte mich nach einer offenen, ehrlichen Schlacht – alles wäre mir lieber gewesen als diese undurchsichtige Zauberei.

Der Tag schritt voran, und als das Feld endlich vollständig gepflügt war, hob Jason das Joch an, und die Stiere stoben über die weite Ebene davon und hinterließen dabei eine

Rauchfahne. Jason nahm den Helm, den er auf der Erde abgelegt hatte, griff hinein und verteilte den Inhalt auf dem gepflügten Erdreich. Etwas Kleines, Spitzes, Glänzendes. Schlangenzähne.

Er hatte sie bereits auf der Hälfte der Ackerfläche ausgestreut, als sie aufgingen. Dort, wo grüne Triebe hätten sprießen sollen, gruben sie sich mit Klauenhänden aus den Eingeweiden der Erde: Schwerter und Schilde schwingende Krieger, Haut und Haare erdverkrustet, hievten sich ächzend aus dem Erdreich.

Jason tat, wie Medea ihn geheißen hatte, hob einen Stein vom Boden auf und warf ihn mitten in die Menge der Kämpfer. Verwirrt brüllend torkelten sie umher und hieben mit ihren Schwertern wild aufeinander ein. Jason begann zu laufen, und die verbliebenen Zähne fielen ihm aus der Hand, während er wendig über die letzten Furchen sprang. Sobald er das Ende des Feldes erreicht hatte, drehte er sich um und begann auf die gerade neu der Erde entsteigenden Krieger einzuschlagen. Er rammte ihnen den Speer in den Kopf, noch bevor sie die Arme aus dem Ackerboden befreien konnten, sodass sie verstümmelt zurückblieben. Wenn es einem von ihnen gelang, Jason mit dem Schwert zu treffen, blieb dieser unverletzt, denn die Salbe auf seiner Haut erwies sich noch immer als undurchdringlicher Schutzschild.

Es war schneller vorbei, als man es sich hätte vorstellen können – ein kurzes Spektakel für die versammelte Menge. Triumphierend stand Jason da, um sich herum Aietes' erdgeborene Armee, tot und besiegt.

»Ich habe getan, was Ihr verlangt habt«, rief Jason über den Acker hinweg dem König zu. »Das Vlies gehört mir.«

Aietes' Gesicht war vor Wut verzerrt. Seine Kiefermuskeln arbeiteten, er rang nach Worten, doch vor Zorn brachte er keinen Ton heraus. Mit wehenden Gewändern fuhr er herum und rauschte davon, sprang auf seinen Wagen und riss an den Zügeln, sodass die Pferde schrill wiehernd davongaloppierten. Die Zuschauer liefen verunsichert ohne rechtes Ziel umher. Nur Medea schien einen Plan zu haben und rannte zur *Argo*, die Todesangst stand ihr ins Gesicht geschrieben. Als Jason sie davonlaufen sah, folgte er ihr, sodass sie beide gleichzeitig das Schiff erreichten, er immer noch mit selbstzufriedenem Lächeln, sie hingegen so aufgelöst, dass ich erschrak.

»Legt ab, sofort!«, drängte sie uns verzweifelt und mit sich überschlagender Stimme, sodass ich instinktiv nach meinem Ruder griff. »In diese Richtung, flussaufwärts«, wies sie uns an, und wir legten uns in die Riemen. »Er wird seine Truppen versammeln und anschließend sofort die Verfolgung aufnehmen«, sagte sie hastig. »Rudert schneller, uns bleibt keine Zeit!«

Wir gaben alles, ruderten, so schnell wir nur konnten.

»Wenn wir den Hain des Ares erreichen, führe ich dich zum Vlies«, sagte Medea zu Jason. »Es wird von einem Drachen bewacht, der dir schrecklich und furchterregend erscheinen wird, doch ich kann ihn durch einen Zauber in einen Schlaf versetzen. Sobald es so weit ist, nimmst du das Vlies an dich, und wir rudern zurück. Wenn wir vor meinem Vater das offene Meer erreichen, kann uns die Flucht gelingen.«

Wir trieben das Schiff voran, den breiten Fluss hinauf, vorbei am Grasland, bis wir zu einem Wald gelangten. Medea ergriff Jasons Hand und zog ihn von Bord, verzweifelter, als ich sie je erlebt hatte.

»Was machen wir jetzt?«, fragte ich.

»Wir warten auf sie«, entgegnete Melas.

Ich schüttelte wütend den Kopf. »Ich werde ihnen folgen, um zu sehen, ob alles läuft wie geplant. Falls ihnen irgendetwas zustoßen sollte, sitzen wir hier nur als leichtes Ziel für Aietes herum.«

»Glaubst du, du weißt es besser als sein eigener Enkel?«, ergriff Peleus mit verächtlicher Miene das Wort. »Ich hatte gedacht, wir folgen Melas' Rat. Es hat uns bisher doch weit gebracht.«

»Nein, sie hat recht«, sagte Meleagros. »Ich werde mitgehen.«

Wir vergeudeten keine Zeit damit, Peleus' Reaktion abzuwarten, und sprangen vom Schiff ans sumpfige Ufer. Das Wurzelgewirr der krummen Zypressen, die hier wuchsen, reichte bis ins Wasser. Ich blickte kurz zum Himmel auf. Die Nacht brach in dieser Gegend rasch herein, legte sich wie ein Schleier über das Land und zeigte sich bereits am Horizont, wo sie sich dunkelblau ausbreitete. Den ganzen Tag lang hatten wir Jason bei seiner Plackerei zugeschaut. Ich fragte mich, wie lange seine Unverwundbarkeit wohl währen würde, ob die schützende Salbe schon in seine Haut eingezogen und die Magie vielleicht bereits verflogen war.

Die Bäume um uns herum wuchsen bald spärlicher, und vor uns sah ich Medeas Gewand im Wind flattern, als sie mit Jason an den letzten Bäumen vorbei auf eine Lichtung lief.

Dort befand sich das Vlies, das Ziel unserer Reise, endlich in Reichweite. Ich streckte den Arm aus, um Meleagros zurückzuhalten, doch er war bereits stehen geblieben und starrte es an, genau wie ich. Ich traute meinen Augen kaum, als ich es dort über dem Zweig eines hohen einzelnen Baumes inmitten der Lichtung hängen sah. Es war so groß, schwang in der Abendbrise leicht hin und her, schimmerte in der Dämmerung und schien sogar auf wundersame Art von innen heraus schwach zu leuchten. Um den Baumstamm geschlungen lag der Drache. Wenn das goldglänzende Vlies schon einen unwirklichen Anblick darstellte, dann wurde er durch den Drachen noch übertroffen. Das Ungeheuer überschritt die Grenzen der Vorstellungskraft. Mir wurde bewusst, dass das, was ich für das Geräusch des Windes in den Blättern gehalten hatte, tatsächlich das Zischen des Untiers war. Wie gebannt stand Jason vor dem Wesen, das den riesigen Kopf hin und her schwenkte und seine kalten Augen auf ihn gerichtet hatte.

Dann begann Medea mit hoher Stimme zu singen, woraufhin sich das Ungeheuer ihr zuwandte. Schritt für Schritt näherte sie sich dem Drachen, der sich aufrichtete und seine schwarze Zunge zwischen seinen Fangzähnen hervorschnellen ließ. Die Königstochter schritt unbeirrt und mit entrücktem Blick weiter auf ihn zu, während ihr unheimliches Klagelied in der Luft hing. Als Medea den Drachen erreichte, zuckte ich unwillkürlich zusammen, denn ich war mir sicher, dass er zuschnappen würde, doch stattdessen ließ er den Kopf zu ihren Füßen auf die Erde sinken. Entsetzt und fasziniert zugleich beobachtete ich, wie Medea ihm mit einer Hand über die glänzenden Stirnschuppen strich.

Jason schüttelte seine Benommenheit ab und hastete an der Bestie vorbei zum Vlies, das etwas außerhalb seiner Reichweite am Baum hing. Er reckte sich und nahm es vom Ast. Medea sang noch immer, und die Melodie schwebte durch den Hain. Trotz des schwindenden Lichts ging von dem Goldenen Vlies ein Leuchten aus, und ich konnte kaum fassen, dass wir es geschafft, dass wir das Ziel unserer Reise erreicht hatten. Jason kam zu mir gelaufen, und Medea nahm die Hand vom Kopf des Drachens und wich langsam zurück, bis sie bei uns angelangt war. »Lauft«, flüsterte sie.

Ein unerklärliches Gefühl der Leere stieg in mir auf, während wir zum Schiff zurückrannten und unter erstaunten Blicken und freudigem Jubel an Bord gingen, zu den Rudern griffen und in die Richtung davonruderten, aus der wir gekommen waren. Als unser Schiff den Fluss hinabfuhr, vernahm ich von der Stadt her Hufgedonner: Aietes' Männer. Im Ritt schleuderten sie Speere nach uns.

Ich ließ das Ruder fallen, griff stattdessen zu meinem Bogen und sandte ihnen einen Pfeil nach dem anderen entgegen, während der Rest der Besatzung sich mit aller Kraft in die Riemen legte. Ich sprang auf eine Bank, zielte präzise, und jedes Mal, wenn ich die Sehne losließ, sah ich, wie einer von Aietes' Männern getroffen vom Pferd stürzte. Wir ließen die Stadt hinter uns, nahmen denselben Weg, auf dem wir gekommen waren, und die Pferde, die uns immer noch hinterhergaloppierten, scheuten und fanden im Schlamm keinen Halt mehr. Hinter der Flussbiegung wartete ein Kriegsschiff auf uns, und an seinem Bug stand Aietes. Ich zielte auf ihn, meine Pfeile erreichten ihn jedoch nicht, harmlos fielen sie ihm vor die Füße.

Der Fluss wurde breiter, das Meer lag vor uns, und auch wenn Aietes' Schiff schnell war, waren wir ihm dank der Stärke der Argonauten voraus. Wir schafften es auf die offene See, und ein aufkommender Wind half uns, unseren Vorsprung zu vergrößern. Als das Segel sich blähte, war der König nur noch eine winzige Gestalt in der Ferne, die uns Flüche hinterherrief.

Von den Sternen geleitet, segelten wir weiter durch die Dunkelheit. Am Heck waren Melas und Ankaios in ein Gespräch vertieft. Sie verglichen mögliche Kurse und diskutierten über Inseln und Meere, Flüsse und Kanäle, tückische Gefahren und Wege, auf denen Aietes uns vielleicht folgen könnte. Medea und Jason standen zusammen am Bug der *Argo*. Er hielt das Vlies in den Händen und betrachtete es, als könnte er nicht ganz glauben, was geschehen war, und Medea sah mit demselben Gesichtsausdruck zu ihm auf.

»Er wird nicht aufgeben«, sagte sie. »Seine Flotte wird jetzt in See stechen und im gesamten Schwarzen Meer nach uns suchen.«

»Wir sind ihm schon einmal entkommen«, entgegnete Jason. »Wir haben errungen, weshalb wir hergekommen sind. Soll er es doch versuchen, soll er uns doch hinterhersegeln. Wir werden wieder gegen ihn gewinnen.«

Die Argonauten nickten und murmelten zustimmende und anerkennende Worte, doch Medeas Augen waren starr und ihr Blick freudlos.

Wir segelten die ganze Nacht hindurch. Die Erschöpfung lastete schwer auf uns; nach einer fast schlaflosen Nacht in Kolchis und der Flucht fühlten wir uns kraftlos und ausgelaugt. Meine Augen brannten, meine Schultern schmerzten, und von dem Hochgefühl, mit dem ich gerechnet hatte, war nichts zu spüren.

In der Überzeugung, dass wir bei dieser Mission Heldentaten vollbringen würden, hatte ich meinen Wald verlassen. Doch die Stiere, die Krieger, die der Erde entwachsen waren, der ungeheuerliche Drache – nichts davon war unser Kampf gewesen. Stattdessen waren wir zu bloßen Zuschauern von Medeas Sieg geworden. Ich blickte mich um und sah, dass auch der Rest der Besatzung schwächelte. Aber irgendwo auf diesen dunklen Wassern jagte uns die kolchische Flotte hinterher.

»Wir rudern weiter zu den Brygeïschen Inseln«, sagte Melas zu Ankaios. »Falls wir es bis dorthin schaffen. Die beiden Eilande sind Artemis heilig. Wenn wir auf der größeren Insel Rast machen, wo ihr zu Ehren ein Tempel errichtet ist, dann werden wir dort Zuflucht finden. Niemand würde es wagen, ihn zu entweihen.«

Inseln, die Artemis heilig waren. Inseln, die ihr etwas bedeuteten, Orte, die sie liebte oder einmal geliebt hatte. Inseln, die sie vielleicht dann und wann besuchte, wenn sie nicht in ihrem Hain weilte. Es hätte ein tröstender Gedanke sein sollen, doch er beunruhigte mich, und die kalte Nachtluft sorgte für Gänsehaut auf meinen nackten Armen. Welchen Ruhm hatte ich ihr beschert? Letztendlich hatten wir das Vlies mithilfe einer List gewonnen, durch Medeas Zauberkunst, mehr nicht. Und solange wir das Vlies verteidigen konnten, gehörte es uns. Draußen auf dem Meer war mir meine Heimat wie eine ferne Vision erschienen, etwas Unscharfes, fast Vergessenes. Ich hatte mich von einem weit dringenderen Verlangen leiten lassen, und die entsprechenden Bilder kamen mir wieder in den Sinn: meine Lippen auf denen von Meleagros, sein glühender Körper an meinem auf dem Boden unserer geheimen Höhle; wie ich ihn mutig in den Wald geführt hatte, fort von allen anderen; unsere gemeinsam verbrachten Nächte; die verstohlenen Blickwechsel. Nun fragte ich mich, ob ich überhaupt zu Artemis zurückkehren konnte.

Es sollte noch Stunden dauern, an der langen Küste entlangzufahren und unzählige kleine Inseln zu umschiffen. Schließlich kam der Morgen, und ich sah, wie sich Menschen am Ufer sammelten und zur vorbeifahrenden *Argo* schauten. Ob sich die Kunde von uns schon verbreitet hatte? Ob jemand von ihnen wusste, wer wir waren?

Die Inseln der Artemis waren unbewohnt, das einzige Bauwerk dort war der ihr zu Ehren errichtete Tempel. Als wir das Eiland endlich erreichten, stand ich lange vor ihrer Statue und schaute hinauf zu den eleganten Falten ihrer gemeißelten Tunika, ihren kalten, entschlossenen Gesichtszügen, dem steinernen Arm, den sie erhoben hielt, als wollte sie einen Pfeil aus dem Köcher auf ihrem Rücken ziehen. Sofort fühlte ich mich nach Arkadien zurückversetzt, die Hunde strichen uns um die Beine, und Artemis' Gelächter wurde vom Wind fortgetragen, während wir zusammen jagten. Ich schwankte leicht. Vielleicht war es der Schlafmangel, der mich einholte, ein lebhafter Traum, nachdem die Erschöpfung mich übermannt hatte.

Medea blieb wach, sie saß auf dem Felsen und blickte hinaus aufs Meer, auf die Wellen, während der Rest von uns sich der überwältigenden Müdigkeit ergab. Und so war sie diejenige, die das Schiff kommen sah, die beobachtete, wie es am Ufer der anderen Insel anlegte. Während wir schliefen, schmiedete sie ihren Plan.

Als ich mit noch bleiernen Gliedern aus meinem immer wieder unterbrochenen Schlaf erwachte, hatten die Argonauten sie umringt, und Jason stand neben ihr, während sie hektisch auf die Männer einredete.

»... das Schiff meines Bruders.« Ihr Haar war offen, doch ihre Augen waren hell und klar.

»Worauf warten wir?«, hörte ich jemanden fragen.

»Das werden wir bald herausfinden«, sagte Meleagros. Er deutete hinaus aufs Meer, wo ein kleines Boot auf uns zuruderte. Nur ein einziger Mann saß darin.

»Ein Bote«, stellte Medea fest.

»Will er uns die Bedingungen Eures Bruders übermitteln?«, fragte Jason.

So war es tatsächlich. »Jason, Sohn von Aison«, rief der Bote. »Ich habe eine Nachricht von Apsyrtos, dem Sohn des Aietes, für Euch.«

Jason schritt ihm entgegen. »Wie lautet die Botschaft?«

»Der König erkennt an, dass das Vlies Euch gehört. Ihr habt die Aufgabe, die er Euch gestellt hat, bestanden und das Vlies zu Recht gewonnen«, verkündete der Mann. Die Argonauten brachen in Jubelrufe aus, ein Hochgefühl ließ unsere Müdigkeit von uns abfallen, Freude und Erleichterung siegten über die Angst und Anspannung, die uns seit unserer Flucht aus den Gewässern von Kolchis im Griff gehabt hatten. Doch der Bote hatte noch nicht zu Ende gesprochen. Er erhob die Stimme, um sich Gehör zu verschaffen. »Aber Ihr habt seine Tochter mitgenommen, und das war nie Teil des Handels. Aietes wird Euch nicht erlauben, sie zu behalten. Ihr müsst sie uns ausliefern, sodass wir sie nach Kolchis zurückbringen können.«

Hastig sah ich mich nach Medea um. Die Farbe war aus ihrem Gesicht gewichen, doch sie hielt das Kinn stolz erhoben, den Blick fest auf den Boten gerichtet.

Jason schwieg. Ich versuchte, seinen Gesichtsausdruck zu deuten. Mir kam Hypsipyle in Erinnerung, und wie schnell Jason seine ihr gegebenen Versprechen vergessen hatte, und ich fragte mich, ob Medea erkennen würde, was das Wort dieses Mannes wert war.

Natürlich war sie schneller als wir alle. »Sag meinem Bruder, dass wir seinen Bedingungen zustimmen«, rief sie. »Sag ihm, dass Jason Geschenke vorbereitet, um sie zum Ausgleich für das wertvolle Vlies, das er mitgenommen hat, nach Kolchis zu senden. Doch Apsyrtos muss mich allein holen kommen. Ich möchte mit ihm unter vier Augen sprechen. Die Argonauten werden davonsegeln und mich hier zurücklassen. Wenn ihr sie losfahren seht, kann mein Bruder mich holen kommen.«

Der Bote nickte. »Ich werde Apsyrtos Eure Botschaft übermitteln.«

Jason sah Medea entgeistert an. »Ihr wollt nach Kolchis zurückkehren?«, fragte er, als der Bote zu seinen Rudern griff. Ihre soeben noch gefasste Miene war plötzlich wutverzerrt.

»Zurück zu meinem Vater?«, fuhr sie ihn an. »Was meinst du wohl, was er mir im Fall meiner Rückkehr antun wird? Er hat das Vlies verloren, seinen wertvollsten Besitz.«

»Aber wieso …?«

»Ich habe für deine Sache alles aufgegeben«, sagte sie mit funkelndem Blick. »Überall werde ich eine Fremde sein. Ich werde nie wieder heimkehren, nie wieder meine Familie sehen können. Ich habe einen prunkvollen Palast verlassen, um auf deinem Schiff zu fliehen, damit du das Vlies erlangen konntest. Jetzt gehört es dir, und du kannst es behalten; du wirst den Lohn ernten, wohingegen ich alles verloren habe.«

Der Schmerz in ihrer Stimme war kaum zu ertragen.

»Wollt ihr, dass ich heimkehre, um von meinem Vater ge-
foltert zu werden? Könnt ihr mit dem Vlies davonsegeln und
mich diesem Schicksal überlassen? Nachdem ich euch alle vor
dem Tod durch seine Hand gerettet habe?«

»Was sollen wir Eurer Meinung nach tun?«, fragte Jason
leise. »Und wieso habt Ihr dem Boten diese Nachricht mitgegeben?«

»Die Mannschaft meines Bruders ist ihm gegenüber nicht
loyal«, erklärte Medea. »Es sind kolchische Sklaven, sie befolgen seine Befehle nur aus Furcht vor meinem Vater. Wenn
Apsyrtos fort ist, werden sie nicht für ihn kämpfen, sondern
sich zerstreuen und fliehen, sie werden alles tun, um sich auf
den Inseln und in den Dörfern zu verstecken. Sie befolgen nur
deshalb Apsyrtos' Befehle, weil sie fürchten, er könnte es andernfalls dem König melden.«

Da wurde mir klar, was sie im Sinn hatte.

»Wenn also Euer Bruder kommt, um Euch zu holen …«

Medea nickte. »Ihr werdet alle an Bord der *Argo* gehen,
alle bis auf Jason. Er kann sich hier vor meinem Bruder verstecken. Segelt um die Landzunge herum und wartet dort.
Wenn wir mit Apsyrtos fertig sind, werden wir euch folgen
und an Bord gehen. Bis die Mannschaft merkt, dass ihr Be-
fehlshaber nicht zurückkommen wird, sind wir schon weit
entfernt. Sie werden uns nicht verfolgen.«

Wenn wir mit Apsyrtos fertig sind. Wie kalt ihre Stimme
klang.

»Und Ihr seid Euch sicher, dass das Schiff uns nicht verfolgen wird?«

»Ja.«

Wir hatten ihr den Erfolg unserer Mission zu verdanken
und taten wie geheißen, gingen wieder an Bord der *Argo* und
ließen Medea mit Jason auf der Insel zurück.

»Es ist das Gleiche wie mit den Stieren und den Erdkriegern«, sagte ich leise zu Meleagros. »Wir sind hier auf dem Schiff und warten lediglich ab, befolgen Medeas Befehle.«

Er lehnte sich auf seiner Bank zurück und legte den Arm neben mir auf die Bordwand. »Das gefällt dir wohl nicht.«

»So hatte ich mir das nicht vorgestellt.«

»Wärst du lieber geblieben, um zu kämpfen?«

Ich trommelte mit den Fingern auf das polierte Holz. Nicht in Sichtweite des Tempels von Artemis, dessen war ich mir sicher. Wir waren auf diese Insel gekommen, um Blutvergießen zu vermeiden, und nun leiteten wir es sogar in die Wege. Ich fürchtete, wir könnten Artemis' Aufmerksamkeit auf uns ziehen, und der Gedanke bereitete mir Unbehagen. »Vermutlich eher nicht.«

»Mach dir keine Sorgen«, sagte er mit zärtlicher Stimme und strich mir mit den Fingern über den Nacken. Für einen Moment war ich zornig auf ihn, dass er sich nicht durch Konventionen oder seine Versprechen an seine Frau gebunden fühlte, die zu Hause auf ihn wartete. Dieser Zorn kam wie aus dem Nichts und verflog so schnell wieder, wie er gekommen war. Es lag an der Nähe zu Artemis, die ich hier spürte; sie machte mir Angst, ich könnte meinen Schwur gebrochen haben, auch wenn ich Meleagros nicht geheiratet hatte. Ich beneidete ihn um seine Sorglosigkeit.

»Wir müssen immer noch nach Hause segeln. Es wird noch viele Gelegenheiten zum Kämpfen geben«, sagte er.

Genug Zeit, um Ruhm für Artemis zu erringen. Vielleicht würde sie das milde stimmen. Außerdem, selbst wenn ich das Vlies nicht selbst vom Baum genommen, die erdgeborenen Krieger niedergemäht oder einen Feuer speienden Stier unter das Joch gespannt hatte, war ich doch eine der Argonauten gewesen, und wir würden siegreich nach Hause zurückkehren, ganz gleich, wie wir diesen Sieg errungen haben mochten.

Der Mond stand hoch am Himmel, als Medea und Jason auftauchten, sie kamen über den Strand auf unser Schiff zugelaufen und wateten durch das seichte Wasser. Wir ließen ein Seil herab, und sie kletterten an Deck.

Sie stand im silbernen Mondlicht, sodass jeder einzelne tiefdunkle Fleck auf ihrem Gewand sichtbar war.

»Es ist vollbracht«, sagte Jason, legte Medea den Arm um die Schultern und führte sie zum Bug.

Das weite Meer lag vor uns, das Vlies befand sich sicher bei uns an Bord, und wir konnten die *Argo* wieder heimwärts steuern. Der Sieg lag strahlend vor uns wie ein Edelstein, wir brauchten nur danach zu greifen und ihn festzuhalten, und auch wenn uns Medeas blutgetränktes Gewand an den Preis erinnerte, den wir dafür gezahlt hatten, lag doch eine Hochstimmung in der Luft, als wir zu den Rudern griffen.

Während wir die Landzunge umrundeten, flog etwas schnell und in flachem Bogen auf das Deck. Wir drehten uns allesamt um und spähten in die Dunkelheit, um zu sehen, woher es gekommen war, und ich erkannte die Umrisse des kolchischen Schiffs. Da kam schon das nächste Geschoss und streifte mein Haar.

»Sie schießen mit Pfeilen!« Ich sprang auf die Bank, griff nach meinem Bogen und sandte eine schnelle Folge von Pfeilen in Richtung unserer Verfolger. Medea war sich so sicher gewesen, dass man uns nicht verfolgen würde, doch sie hatte entweder die Loyalität der Männer oder deren Angst unterschätzt.

Über die stille See hinweg hörte ich das Ächzen und Stöhnen der Kolcher, wenn meine Pfeile ins Ziel trafen, und das Geräusch von Körpern, die auf das harte Holz des Schiffsdecks fielen. Um mich herum ruderte die Hälfte der Argonauten mit aller Kraft, der andere Teil der Besatzung schleuderte Speere oder schoss Pfeile ab wie ich.

Das Blut jagte heiß durch meine Adern, meine Muskeln jubelten, mein Geist war ruhig und fokussiert, genauso wie mein Arm. Unsere Feinde fielen zurück: Ich sah, welche Panik an Bord ihres Schiffes herrschte, sie rannten kopflos umher, um meinen Geschossen auszuweichen, und ich empfand eine wilde Genugtuung.

Ich nahm den Schmerz nicht einmal wahr, merkte es kaum, als ich getroffen wurde. Erst als ich Meleagros' entsetzten Blick bemerkte, spürte ich, wie das Blut über mein Schlüsselbein auf meine Brust hinabrann, und als ich an mir hinuntersah, war der Anblick so absurd, dass ich es zuerst gar nicht begriff.

Das mit Federn versehene Ende des Pfeils ragte aus meiner Schulter, und die scharfe Spitze aus Feuerstein steckte tief in meinem Fleisch. Es war wie im Traum, und die Welt um mich herum erzitterte und begann sich zu drehen. Es war, als würde ich fallen, tiefer und tiefer, dann wurde alles schwarz.

19

Zersplittertes Mondlicht auf den Wellen. Ihr langes dunkles Haar auf meiner Wange. Ihre kühlen, weichen Hände auf meiner Haut.

Jetzt spürte ich den Schmerz tief in meiner Schulter, eine pulsierende, unerträgliche Qual. Langsam wich der Nebel, und die Dinge um mich herum nahmen wieder Kontur an.

Medea lächelte auf mich herab, und ich nahm ein durchdringendes Aroma wahr, das mich an die Tiefen des Waldes erinnerte. Sie drückte etwas Kaltes, Feuchtes auf den Schmerz, dem der Geruch der Erde entströmte, und ich stöhnte auf, denn es war eisig und glühend heiß zugleich.

Ich wollte mich aufsetzen, sie von mir stoßen, doch nun hielten mich noch weitere Hände fest.

»Sie will dich nur heilen«, sagte Meleagros, und obwohl ich mich noch vor Schmerzen krümmte und mich sträubte, merkte ich, dass das kalte Feuer, das in meiner Wunde wütete, den Schmerz linderte und dass meine Sicht wieder klarer wurde.

Sie legte mir die Hand auf die Stirn. »Du wirst überleben.«

Und ich tat viel mehr als das. Zunächst war ich frustriert, weil man mir den Arm in eine Schlinge aus Leinen gelegt hatte, sodass ich auf der Ruderbank nur nutzlos herumsitzen konnte. Doch Medeas Salbe zeigte schnelle Wirkung. Nach wenigen Tagen war der Schmerz nur noch sehr schwach zu spüren. Trotzdem schüttelte Medea weiterhin den Kopf, wenn ich sie bat, mich wieder ans Ruder zu lassen. »Eine Woche noch«, sagte sie.

»Eine Woche?« Es erschien mir wie eine Ewigkeit, aber Medea ließ sich nicht erweichen.

»Wenn die Wunde wieder aufreißt und es sich dadurch verschlimmert, wirst du vielleicht nie wieder deine Pfeile abschießen können«, warnte sie mich.

Widerwillig fügte ich mich. Meleagros versuchte mich mit Gesprächen aufzuheitern, und Orpheus sang mir Geschichten vor, wenn ich ihn darum bat. Wie Medea es versprochen hatte, verheilte die Wunde, als wäre ich nie verletzt worden.

»Deine Pfeile haben die meisten Männer niedergestreckt«, berichtete Meleagros. »Der Schuss, der dich getroffen hat, war ihr letzter verzweifelter Versuch, ihr letzter Pfeil. Danach konnten wir ihnen dank deines Einsatzes entkommen.«

Mir wurde klar, dass der Rest der Besatzung mich jetzt mit anderen Augen betrachtete. Peleus hasste mich zweifelsohne nach wie vor. Jason brachte mir immer noch nicht mehr Herzlichkeit entgegen. Ich war mir ziemlich sicher, beide wären froh gewesen, wenn mich der Pfeil tödlich getroffen hätte. Sie wussten jedoch wie alle anderen, dass ich der Grund war, weshalb wir unseren Feind hatten abschütteln können. Nach solch einem Kampf hatte ich mich die ganze Reise über gesehnt, trotz meiner verletzten Schulter hätte ich mir mehr davon gewünscht.

Unsere Reise sollte nicht lange so reibungslos verlaufen. Von Westen her zog ein Unwetter auf, Wolken schoben sich vor die Sonne, und wieder einmal wurden wir ins Chaos gestürzt.

Der Sturm wirbelte die *Argo* herum wie eine Nussschale, mal in die eine Richtung, mal in die andere, und ich dachte, es würde nie mehr aufhören. Als wir endlich in den großen Fluss Eridanos gespült wurden, hätten wir eigentlich erleichtert sein sollen, doch dort befand sich der See, von dem Orpheus gesungen hatte. An diesem Ort war Phaethon, der Sohn des Helios, in den Tod gestürzt. Der Junge hatte seinen Vater gebeten, den Sonnenwagen lenken zu dürfen, doch er hatte nicht genug Kraft gehabt, um die Pferde im Zaum zu halten, und die flammende Sonne zur Erde hinabgelenkt, wo sie die Blätter an den Bäumen versengte und den Boden in Flammen setzte, sodass Phaethon eine schwarze Spur des Todes hinterließ. Um der Verwüstung ein Ende zu machen, schleuderte Zeus einen Blitz nach dem unbesonnenen Jungen, der daraufhin auf die Erde hinabstürzte. Als wir an der Stelle vorbeikamen, sahen wir, dass Dampfschwaden über dem See hingen und Blasen an die Oberfläche stiegen, da der ewig glühende Leichnam das Wasser erhitzte. Der penetrante Brandgeruch nahm uns fast den Atem.

Uns war bewusst, dass wir nach dem Mord an Apsyrtos nicht einfach davonsegeln konnten, als sei nichts geschehen. Medea hatte die Leiche ihres Bruders auf Artemis' Insel zerstückelt, und weil wir Medea Zuflucht boten, drohte uns jeden Moment der Zorn der Göttin zu treffen. Ich fragte mich, wenn Artemis uns für dieses Vergehen bestrafte, würde sie dann weitere Strafen für mich bereithalten? Ich zitterte vor Angst bei dem Gedanken, dass unsere Tat sie hierherführen könnte, dass Medeas Missetat die Göttin nun auf uns aufmerksam machen könnte.

Wieder einmal war es Medea, der die Lösung einfiel. Sie sagte, wir sollten zur Insel Aiaia fahren, wo ihre Tante wohne. Sie besitze die Macht, die Riten zu vollziehen, die Medea und Jason von der ihnen anhaftenden Schuld befreien würden, sie könne die beiden vom Mord an einem Verwandten reinwaschen. Ich fragte mich, welchen Grund Aietes' Schwester haben könnte, uns zu helfen, doch Medea war felsenfest davon überzeugt, dass sie es tun würde. Und wenn es vollbracht wäre, sagte Medea beiläufig, würden Jason und sie heiraten.

Die Winde flauten ab, noch während sie sprach, und wir kamen rasch voran und erreichten Circes Insel. Nur Medea und Jason gingen von Bord. Ohne sie schien es sich an Deck leichter zu atmen; die Schwere, die seit ihrem Mord an Apsyrtos auf uns gelastet hatte, war verflogen.

»Dann wird es also eine Hochzeit geben«, sagte Meleagros zu mir.

»Wieso will sie Jason heiraten?«, überlegte ich laut. Ich wusste, dass Meleagros diese Frage amüsant finden würde, weil er meine Respektlosigkeit mochte, meine Angewohnheit, das auszusprechen, was ich vielleicht für mich behalten hätte, wenn ich wie der Rest der Argonauten in einem edlen Haushalt oder in einem Palast aufgewachsen wäre. Doch es interessierte mich wirklich.

»Es ist der zweite Heiratsantrag, der ihm auf dieser Fahrt gemacht wurde«, bemerkte Meleagros trocken. »Vielleicht beeindruckt es manche Frauen, dass er der Anführer einer solchen Unternehmung ist. Dich natürlich nicht.«

»Nein.« Die Zypressen schwankten leicht in der duftenden Brise, die Sonne versank langsam im goldenen Meer. »Aber Hypsipyle hat versucht, die Zukunft von Lemnos zu sichern. Es war ihre Pflicht als Königin, alles dafür zu tun, ihn und so viele andere wie nur möglich zum Bleiben zu bewegen.«

»Also glaubst du nicht, dass Hypsipyle sich zu ihm hingezogen fühlte?«

»Ich will es nicht hoffen.« Hätte die Königin dies gehört, hätte es wohl ihren Stolz verletzt. Und ebenso, dass Jason das Angebot ausschlug, König ihrer Stadt zu werden, und stattdessen eine Fremde heimbrachte, eine Magierin, die ihren Vater verraten und ihren Bruder ermordet hatte. Wenn Hypsipyle darauf wartete, dass Jason sein Versprechen hielt und zu ihr zurückkehrte, dann würde sie eine herbe Enttäuschung erfahren. »Ich frage mich, ob ihm das überhaupt in den Sinn gekommen ist, ob er auch nur einen einzigen Gedanken an Lemnos verschwendet hat, seit wir von dort aufgebrochen sind.«

Meleagros zuckte mit den Schultern. »Es ist jetzt nicht mehr von Bedeutung.« Irgendwo im Inselinneren stieg eine feine Rauchsäule auf. »Die Königin von Lemnos hat versucht, ihre Stadt zu retten. Doch Medea hat keine Heimat mehr. Wenn sie Jason heiratet, bekommt sie Iolkos.«

»Du hast gesehen, wozu sie imstande ist. Sie braucht Jason nicht als Beschützer. Sie könnte sich alles nehmen, was sie will.«

»So mag es dir erscheinen.«

»Wie meinst du das?«

Er begegnete meinem Blick. »Du bist frei aufgewachsen. Du triffst deine eigenen Entscheidungen so mühelos, wie du atmest. Das geht nicht allen so. Besonders denjenigen nicht, die so gelebt haben wie sie, mit einem Vater wie Aietes.«

Seine Überlegung verblüffte mich. »Ich hatte nicht erwartet, dass du so viel darüber nachgedacht hast.«

»Ich denke über dich nach.« Der Nachdruck, mit dem er das sagte, war für mich überraschend. Ich war es gewohnt, dass wir ungezwungen miteinander umgingen, und wusste nicht, wie ich auf seinen Ernst reagieren sollte.

»Nun ja, vielleicht sind sie und ich gar nicht so verschieden. Wir sind schließlich die einzigen Frauen unter den Argonauten«, bemerkte ich, glaubte es aber selbst nicht recht. Denn darauf beschränkten sich unsere Gemeinsamkeiten bereits.

Dann kamen Jason und Medea mit neuer Leichtigkeit zurück an Bord. Wie es schien, war Circe ihrer Bitte gefolgt und hatte die beiden von ihrer Schuld befreit. Sie waren sehr darauf bedacht, Kolchis weit hinter sich zu lassen, um Aietes' Einflussbereich zu entkommen.

Bei unserer Weiterfahrt drang kurz darauf ein Liedfetzen über die Wellen zu uns, und ich konnte nicht anders, als mich nach der Quelle des Gesangs umzusehen. Doch der Wind drehte sogleich, und die Melodie war nicht mehr zu hören. Der Rest der Besatzung sah sich hektisch um, weil alle dem Gesang lauschen wollten. Das kurze Stück des Liedes, das ich vernommen hatte, hatte etwas zutiefst Betörendes an sich gehabt, und ich sehnte mich so verzweifelt nach mehr, dass nicht viel gefehlt hätte, und ich wäre ins Wasser gesprungen, um schnell in die Richtung zu schwimmen, aus der es gekommen war.

Orpheus, der gerade noch mit der Lyra zu seinen Füßen geschlafen hatte, sprang auf und griff nach seinem Instrument, stimmte sogleich ein lautes, schwungvolles Lied an und stampfte im Takt dazu auf die Planken. Ich war verwundert, einen Moment lang wütend, doch dann klärte sich mein Verstand, und die Benommenheit, die sich schleichend meiner bemächtigt hatte, löste sich auf. Orpheus spielte auf der Lyra und sang laut, um alle anderen Gesänge zu übertönen, und jetzt konnte ich Land in der Ferne ausmachen – einen goldenen Strand und Gestalten, die dort im Sand saßen. Ihre Umrisse wurden deutlicher; es waren Frauen, allesamt geflügelt, sie trugen breite gefiederte Schwingen auf dem Rücken. Als wir vorübersegelten, sah ich ihre verzerrten Gesichter und aufgerissenen Münder, und erst als sie schon lange außer Sicht waren, hörte Orpheus auf zu singen und atmete tief durch.

»Das waren Sirenen«, erklärte er. »Einst waren sie Nymphen der Persephone, doch dann wurde Persephone von Hades entführt, und ihre Mutter, die Göttin Demeter, verlieh ihnen Flügel, damit sie ihr bei der Suche nach ihrer Tochter helfen konnten. Aber Persephone befand sich unter der Erde, unerreichbar für sie, und als sie ihre Suche schließlich aufgaben, ließen sie sich hier auf der Insel nieder. Ihr Gesang ist schön, schöner als alle Musik, die ich spielen kann. Er bringt Seemänner um den Verstand, sodass sie sich in die Fluten stürzen, um zu ihnen zu gelangen, doch die Strömungen hier sind gefährlich und die Klippen schroff. Jeder, der es versucht, wird zerschmettert, bevor er das Ufer und sie erreicht.«

Als Orpheus Persephone erwähnte, musste ich an Artemis denken. Ich fragte mich, ob sie wohl wusste, dass ihre Freundin sogar auf der anderen Seite des Meeres betrauert wurde. Auch wenn ich Orpheus dankbar dafür war, dass er uns vor dem verführerischen Gesang der Sirenen beschützt hatte, hätte ich mir gewünscht, diese Wesen aus der Nähe betrachten zu können. Ich fühlte mich zu ihnen hingezogen, was aber nicht nur mit ihrer Magie zusammenhing. Es war ihre Wut, dachte ich, der Zorn über den Verlust der Freundin, der sie dazu brachte, jeden Mann, der ihnen unter die Augen kam, bestrafen zu wollen.

In dieser Nacht gingen wir bei Drepane vor Anker, der Insel der Phäaken. Der Legende nach hatte der Titan Kronos dort die Sichel vergraben, mit der er seinen Vater entmannt hatte. Hier wollten Medea und Jason heiraten. Als ich das hörte, schien es mir kein gutes Vorzeichen für ihre Verbindung zu sein.

Die Bewohner der Stadt hießen uns freundlich willkommen und brachten uns Essen und Wein. Auch Nymphen kamen aus den Flüssen und Wäldern, und ihre hübschen Gesichter strahlten. Alle wollten unbedingt unsere Geschichten hören und das glänzende Vlies mit eigenen Augen bewundern.

Medea hielt es empor, und die Sonnenstrahlen fingen sich in dem leuchtend goldenen Fell, sodass sein Glanz auch ihr

Gesicht erhellte. Sie war voller Leben, sprühte vor Energie und strahlte vor Zufriedenheit, als sie mich zu sich rief. »Atalanta, komm mit, hilf mir bei den Vorbereitungen.«

Ich tat, was sie mir sagte. Das war die Wirkung, die sie auf andere Menschen hatte. Medea führte mich zu einer Höhle, deren Boden mit Sand bedeckt war und an deren Eingang Blumen in Hülle und Fülle wuchsen. »Was ist das für ein Ort?«, fragte ich.

»Hier soll mein Hochzeitslager sein.« Sie strich über das Vlies, das über ihrem Arm lag, und ein verträumtes Lächeln spielte um ihre Lippen. »Ist es nicht schön?«

Das war es. Doch meine Gedanken mussten mir anzumerken gewesen sein. Ich konnte nicht glauben, dass eine so mächtige Frau wie Medea sich an einen Mann wie Jason band, dass sie sich aus freien Stücken so kleinmachte und seine Frau werden würde.

»Ich habe immer gedacht, wenn ich heirate, würden meine Schwestern und meine Dienerinnen mich auf diesen Tag vorbereiten«, fuhr sie fort. »Sie würden mir dabei helfen, mein goldenes Gewand und die Halsketten anzulegen, mir glänzende Armreifen überstreifen und mich mit Edelsteinen krönen.« Sie nahm mich beim Arm und führte mich in die Höhle. Das Licht im Inneren war gedämpft, und überall waren Blumengirlanden mit Blüten in leuchtenden Rot- und Orangetönen. In der Mitte stand ein schlichtes Holzbett mit einigen Wolldecken. »Die Nymphen«, bemerkte sie mit Blick auf das Lager und die Blumen. »Sie haben mir das Bett bereitet. Und du bist die einzige andere Frau an diesem Ort.«

Also würden sie mit mir vorliebnehmen müssen. »Ich kenne mich mit Hochzeiten nicht aus«, sagte ich.

»Und du fragst dich nach dem Grund von dieser hier.«

Ich presste die Lippen aufeinander.

Sie bedeutete mir, ein Ende des Vlieses zu ergreifen, und trat einen Schritt zurück, sodass es zwischen uns gespannt war. Medea schüttelte es vorsichtig, woraufhin leuchtende Wellen über seine weiche Oberfläche liefen. Dann legte sie es über das Bett. Ich ließ mein Ende ebenfalls los und konnte dem Drang nicht widerstehen, noch einmal mit der Hand darüberzustreichen und zu spüren, wie seidig es war.

»Ich habe geschworen, niemals zu heiraten«, sagte ich schließlich.

»Und, bist du zufrieden damit, dich an diesen Schwur zu halten?«

»Natürlich. Wozu sollte ich mir einen Ehemann wünschen?«

Sie lachte. »Den meisten von uns ist es nie in den Sinn gekommen, ohne einen Ehemann zu leben. Was hält dein Vater von deinem Schwur?«

»Mein Vater hat mich nach meiner Geburt ausgesetzt«, sagte ich. »Er hoffte, ein Wolf würde mich fressen, ich würde verhungern oder erfrieren.«

»Aber du hast überlebt«, sagte sie, und ihre Miene verfinsterte sich. »Lieber Wölfe oder eisige Kälte als einen Vater wie meinen.« Gleich darauf verflog ihre düstere Stimmung wie ein Sommergewitter, und sie lächelte mich an. »Das haben wir also gemeinsam, Atalanta. Väter, die nicht für uns gesorgt haben. Die niemals Liebe zu einem Menschen empfunden haben.«

»Ich weiß nicht«, entgegnete ich. »Ich habe ihn nie kennengelernt. Ich weiß nur, dass er mich nicht wollte.«

»Das wusste ich auch, jeden Tag, den ich mit ihm zusammengelebt habe. Wir sind nicht die einzigen Töchter mit solchen Vätern. Es gibt mehr davon, als man denkt. Meiner hat mir Geschichten über die schlimmsten erzählt, wie andere Väter vielleicht von Liebe und Glück erzählen. Über Nykteus, der seiner hübschen Tochter schreckliche Strafen androhte, als sie von Zeus vergewaltigt wurde. Danaë, ein anderes von

Zeus' Opfern, eine weitere Frau, deren Vater ihr die Schuld gegeben und sie und ihr Kind in einer verschlossenen Kiste dem Meer überantwortet hat in der Hoffnung, sie würde darin den Tod finden. Echetos, der seine Tochter dafür blendete, dass sie einen Mann angesehen hatte. Das war die Art von Ehemann, den mein Vater für mich aussuchen wollte.«

»Aber Euer Vater hat nun keine Macht mehr über Euch«, sagte ich. »Ihr könnt Euch Euren Mann selbst aussuchen – oder beschließen, keinen zu haben.«

»Und wenn ich so ein Leben wählen würde, wäre ich dann wie du?«, fragte Medea. »Eine Abenteurerin, die mit Helden auszieht, kämpft und auf der blanken Erde schläft?« Ich nahm einen bedauernden Zug um ihren Mund wahr. Mit ihrer weichen Haut, ihren Wangen mit den Grübchen, ihrem glänzenden Haar und dem feinen Gewand, selbst wenn es nicht das goldene Hochzeitskleid war, das sie sich erträumt hatte, sah sie wahrlich nicht aus wie eine Kriegerin. Andererseits hatte ich erlebt, wozu sie in der Lage war.

»Wieso nicht?«, fragte ich. »Ihr habt den Mut und das Temperament dafür.«

Sie schüttelte den Kopf. »Ich habe jeden einzelnen Tag meines Lebens Schlachten geschlagen. Ich möchte nicht mehr kämpfen; ich will keinen Schmerz, kein Leid, keinen Tod mehr sehen. Als euer Schiff nach Kolchis kam, bot sich mir die Möglichkeit auf ein neues Leben. Auf einen Mann, der anders ist als mein Vater, kein grausamer Tyrann, kein grausamer Folterer. Ein Mann, der mir ein Heim und Kinder schenken kann und ein Leben ohne Angst.«

Ich wollte mir Medea vorstellen, in ein Leben gezwängt, wie sie es beschrieb, und sosehr ich es auch versuchte, es passte nicht zu ihr. Eine Frau, die in der Nacht einen Berg erklomm, um ihre Zaubersalben herzustellen, eine Frau, die einen mächtigen Drachen zähmen, ein Schiff voller Männer befehligen, den Mord an ihrem Bruder planen und ihn ohne Gewissensbisse ausführen konnte – diese Frau sollte Jasons Kinder austragen und friedlich den Rest ihres Lebens genießen? »Jason mag vielleicht nicht wie Euer Vater sein, und auch nicht wie meiner oder die anderen, die Ihr erwähnt habt. Doch das heißt nicht, dass Ihr ausgerechnet ihn heiraten solltet.«

»Woher willst du das wissen?« Sie sah mich entschlossen an, und mir war klar, dass meine Worte bei ihr auf taube Ohren stoßen würden. »Du hast selbst gesagt, dass du nichts von Hochzeiten, Ehemännern oder der Ehe verstehst. Wie kannst du da behaupten, ich hätte die falsche Wahl getroffen?«

»Ihr habt recht, ich kann es nicht wissen.« Ich wusste nur, was ich empfand, mit derselben Gewissheit, mit der ich den Boden unter meinen Füßen spürte. Nach einem Leben, wie es Medea beschrieb, hatte ich mich nie gesehnt. Daher war ich jedes Mal erleichtert, wenn ich daran dachte, dass Meleagros bereits eine Frau hatte und er mich nie darum bitten würde, die seine zu werden.

»Vielleicht habe ich mir nicht die richtige Brautjungfer ausgesucht«, sagte sie leise lachend, doch ohne jeden Vorwurf. »Aber wirst du uns zumindest Gutes wünschen?«

Ich dachte wirklich, die Worte könnten mir im Hals stecken bleiben. Es war nicht so, dass ich Medea nicht leiden konnte, ich wollte sie nicht verletzen oder traurig stimmen. »Er hat einer anderen Frau versprochen, zu ihr zurückzukehren und sie zu heiraten«, sagte ich.

»Doch er hat stattdessen mich gewählt.«

Stimmte das? Sie hatte ihn gewählt, so viel war sicher. Er hingegen ließ sich mit den Gezeiten treiben, ließ zu, dass sie ihn hin und her warfen. Und eines Tages würde er sich vielleicht umsehen und sich fragen, wie er dort gelandet war, wo er sich befand, als hätte er keine Möglichkeit gehabt, es zu verhindern. »Ich hoffe, Ihr werdet nicht enttäuscht.«

»Du kannst gehen, Atalanta. Ich brauche deine Hilfe nicht, ich komme allein zurecht.« Sie sagte es ohne Groll, auch wenn sie jedes Recht gehabt hätte, sich an meinen Worten zu stören, an meiner Unfähigkeit, mich gewandter auszudrücken. Ich war froh, dass sie mich entließ und ich sie bei ihrem leuchtenden Bett zurücklassen konnte, wo sie sich in ihren eigenen Träumen verlor.

An diesem Abend wurde ein Schaf geopfert und der Wein gemischt, und wir hielten Fackeln in den Händen und sangen Lieder für die Eheschließung von Jason und Medea. Ich sang mit den anderen und hoffte, dass die Götter das Paar segnen würden, auch wenn ich meine Zweifel hatte.

Wir blieben noch drei weitere Tage. Medea und Jason hatten es nicht eilig damit, die Annehmlichkeiten der Gastfreundschaft, die man uns gewährte, aufzugeben. Es erinnerte mich unangenehm an die Situation in Lemnos, doch diesmal teilten viele der Argonauten meine Ungeduld. Das Ziel unserer Fahrt war erreicht, und die meisten wollten jetzt schnell nach Hause. Doch als Jason und Medea nachgaben und wir endlich ablegten, segelten wir geradewegs in ein neues Unwetter hinein, einen tosenden Sturm, der uns tagelang auf dem Meer umherwarf und in eine von Seetang erstickte, nebelverhangene Bucht trieb, wo die *Argo* unsanft auf Grund lief. Als wir zitternd und mit weichen Knien von Bord kletterten, verriet Ankaios' ernste Miene bereits alles. Wir saßen auf einer Sandbank fest. Die Gezeiten waren hier nur schwer vorherzusehen, das Land öde und karg, es gab nichts als wabernden Nebel.

»Komm, wir sehen uns ein bisschen um«, drängte ich Meleagros. »Wir können nach Nahrung suchen, nach Menschen, nach irgendetwas, was uns jetzt helfen könnte.«

»Atalanta und ich gehen los«, rief er. »Ich erkunde mit ihr die Gegend, vielleicht kommen wir schon bald mit guten Neuigkeiten zurück.«

Keinen unserer Gefährten schien das aufzuheitern. Ich hatte das Gefühl, ihnen unbedingt etwas bieten zu müssen, was ihnen wieder Hoffnung machte. Sie sehnten sich nach einer reibungslosen Heimfahrt, doch wieder mussten wir einen Rückschlag hinnehmen.

Unsere Suche dauerte mehrere Stunden. Am Abend war selbst Meleagros' sonst so unerschütterlicher Optimismus verflogen, wir hatten lediglich eine endlose Ödnis vorgefunden, die in einen Nebel gehüllt war, der sich nicht lichten wollte.

Wir trauten unseren Ohren zunächst nicht, doch kurz bevor wir wieder zu den anderen Argonauten stießen, hörten wir Hufgetrappel. Ein riesiges Pferd mit leuchtend goldener Mähne galoppierte an uns vorbei – wie die Argonauten uns hektisch zuriefen, sei es vom Meer gekommen, ein Zeichen der Götter. Wir würden seine Spuren im Sand verfolgen, es würde uns in Sicherheit bringen.

Wir mussten die *Argo* mithilfe dicker Taue hinter uns herziehen. Das Brennen in den Schultern nach stundenlangem Rudern war ich bereits gewohnt, doch das hier war eine völlig neue Qual, und setzten wir wirklich unsere ganze Hoffnung auf die schwachen Hufspuren am Boden? Wir folgten ihnen durch den Nebel, über die sandige Ebene, die so trocken und staubig war, dass unsere Kehlen wie ausgedörrt waren und wir nur noch krächzen konnten, bis wir schließlich einen wahrhaft wundersamen Ort erreichten. Es war ein Garten mit einer erfrischenden Quelle, aus der wir gierig tranken, um unseren brennenden Durst zu stillen.

In der Mitte des Gartens lag ein toter Drache, sein lebloser Körper war um einen großen Apfelbaum gewunden. Ein riesiges Tier, mit massigem Leib, beinahe so groß wie der, den Medea in Kolchis betört hatte. Seine diamantförmigen Schuppen waren von einem wahren Hagel an Pfeilen durchbohrt worden, und aus den Wunden rann eine übel riechende Flüssigkeit. Neben dem Drachen wuchsen drei unterschiedliche Bäume: eine Pappel, eine Ulme und eine Weide. Ich sah zur Weide und war mir sicher, eine flüchtige Bewegung wahrgenommen zu haben, dann trat sie aus den Schatten, schlank, schüchtern und zart. Eine Dryade, so scheu, dass sie uns kaum in die Augen blickte.

»Was ist hier geschehen?«, fragte Medea.

»Ein Mann, er wollte die Goldenen Äpfel pflücken«, flüsterte die Waldnymphe. »Es war unsere Aufgabe, sie zu hegen, doch seine war es, sie zu stehlen. Er beschoss den Drachen mit vergifteten Pfeilen, dann erschlug er ihn mit seiner Keule. Er war wild, nicht aufzuhalten.«

Ich erschrak. »Wie sah er aus?«

»Groß. Mit Bart. Er trug ein Löwenfell um die Schultern.«

»Herakles!«, riefen wir allesamt. Vom plötzlichen Lärm aufgeschreckt, lief sie davon und verschwand zwischen den Bäumen, wie vom Erdboden verschluckt.

Der Drache war erst vor Kurzem getötet worden, und wir suchten nach unserem verschwundenen Gefährten, doch wie es schien, war es ihm bereits gelungen, die Insel zu verlassen. Zu wissen, dass er immer noch umherreiste und wieder mit seinen eigenen Abenteuern beschäftigt war, machte unserer Mannschaft Mut. Seine Aufgabe ähnelte sehr der unseren: ein goldener Schatz, der von einem gigantischen Drachen bewacht wurde. Das weckte in mir die Frage, was Herakles wohl davon gehalten hätte, wie Jason die Aufgaben in Kolchis gemeistert hatte. Vielleicht ging Jason dasselbe durch den Kopf, denn er blickte finster drein, während die anderen jubelten.

Hinter dem Garten lag eine kleine Bucht, wo das Wasser ruhig und die Luft so klar war, dass man bis zum Horizont blicken konnte. Von dort aus stachen wir, jetzt leichteren Herzens, in See. Der Südwind trug uns rasch voran, der Heimat entgegen.

Das Ende unserer Reise war in Sicht. Während die letzte sternenhelle Nacht verstrich, die wir gemeinsam verbringen würden, merkte ich, dass ich meine an Meleagros gerichteten Worte umsichtiger wählte als bisher. Wir wussten beide, dass das mit uns ein Ende haben würde, doch weder er noch ich wollten davon sprechen. Unser Schweigen lastete auf uns, bis Ankaios endlich rief, dass Pagasä in Sicht sei.

Die Mission der Argonauten war vorüber, wir waren siegreich, und obwohl ich mich freute, war ich doch unsicherer als damals, als wir von diesem Hafen aus ins Ungewisse aufgebrochen waren; entwurzelter und haltloser als in dem Moment, als wir zum Ende der Welt losgesegelt waren. Wir waren zu Hause, doch ich war nicht mehr dieselbe Frau, die ich zu Beginn unserer Reise gewesen war, und ich fragte mich im Stillen, ob ich wieder in das Leben zurückkehren konnte, das ich vorher geführt hatte, ob es dort auf mich wartete oder ob es während meiner Abwesenheit vom Wald überwuchert worden war, als wäre ich nie dort gewesen.

20

In Pagasä war niemand, der uns willkommen hieß. Wir ließen die *Argo* in dem Hafen, von dem aus wir vor so vielen Monaten in See gestochen waren, trockenfallen. Ich hatte erwartet, dass unser einlaufendes Schiff die Menschen anlocken würde, dass sie herbeikämen, um das Vlies mit eigenen Augen zu sehen und um die Geschichten von unserer Fahrt zu hören. Stattdessen stapften wir an einem verlassenen Strand durch die Brandung.

»Wir werden zum Palast von Iolkos gehen«, erklärte Jason. »Mein Onkel ist nicht gekommen, um uns zu empfangen. Vielleicht ist er enttäuscht, dass wir Erfolg hatten. Wir werden dafür sorgen, dass er sich an die von ihm gestellten Bedingungen hält: Wir bringen ihm das Vlies, und der Thron gehört mir, so ungern er ihn aufgeben wird.«

Ich sah Jason nicht an, mein Blick ruhte allein auf Medea. Ihre Miene war schwer zu deuten, aber etwas daran machte mich nervös. Sie, eine Frau auf der Flucht, hatte erwartet, hier als eine Königin empfangen zu werden. Ich bezweifelte, dass Jasons demonstrative Entschlossenheit sie überzeugt hatte.

»Vielleicht bereiten sie dir zu Ehren ein Festmahl vor«,

sagte sie diplomatisch. »Um ihren neuen König und die mutigen Argonauten zu feiern.«

Mit gemischten Gefühlen erreichten wir nach längerem Fußmarsch den Palast. Beim Einlaufen in den Hafen hatten wir uns an Bord angeregt über das Fest ausgelassen, mit dem wir am Abend rechneten. Die Besatzung war davon ausgegangen, wir würden mit unseren Abenteuern prahlen und die Annehmlichkeiten eines prächtigen Palastes genießen, bevor alle in ihre Heimat zurückkehrten, wo sie noch mehr dergleichen erwartete. Stattdessen fanden wir die hohen Eichentore geschlossen vor. Ich blickte an den hohen Palastmauern hinauf zu den großen Wachtürmen an den Ecken. Dort sah ich einen im Sonnenlicht aufblitzenden Bronzehelm und eine auf uns gerichtete Pfeilspitze. Für uns würde es keine triumphale Rückkehr geben.

Medea hatte sich von Jason abgewandt und schaute nun Akastos an. »Was für ein Mann ist dein Vater?«, fragte sie ihn mit ruhiger, freundlicher Stimme, doch er wand sich ein wenig unter ihrem bronzefarbenen brennenden Blick. »Ist er jemand, der sein Wort hält?«

Ehe Akastos antworten konnte, hörten wir, wie die Riegel lautstark zurückgeschoben wurden. Das Tor schwang auf, und ich wappnete mich innerlich für das, was uns dahinter erwarten mochte.

Pelias, mit Krone und Mantel, von Wachen flankiert. Sein Lächeln war schmal und verschlossen. Sein Blick fiel sofort auf das Vlies in Jasons Händen.

Aus dem Augenwinkel beobachtete ich die Bogenschützen auf der Mauer. Neben mir hatte Meleagros die Hand auf sein Schwert gelegt. Es war noch nicht lange her, da hätte ich eine solche Situation genossen. Selbst nach meiner Verletzung hatte ich mich noch darüber beklagt, dass wir auf unserer Fahrt nicht mehr gekämpft hatten. Doch die Aussicht auf einen Krieg, der dazu diente, Jason auf den Thron zu bringen, weckte keine Begeisterung in mir.

Am Tor kam es jedoch nicht zu offener Feindseligkeit. Pelias hieß uns willkommen und lud uns in seinen Palast ein. Ich war mir allerdings sicher, dass er uns lieber an Ort und Stelle niedergemetzelt hätte. Auf sein Fingerschnipsen hin zeigten uns Sklaven die Gemächer, die man für uns vorbereitet hatte, verlockende Bäder waren für uns eingelassen worden, und später würde es ein Festmahl und Wein geben. Kein Wort darüber, dass Pelias seinem Neffen die Krone überlassen würde.

Ich sah mich nach dem Wald hinter der Stadtmauer um, dem ruhigen Grün und den Bergen, die vor dem Himmel aufragten. Der Drang fortzulaufen war beinahe übermächtig. Im Westen lag in einiger Entfernung Arkadien. Im Osten führte das Meer zu fernen Gestaden und unzähligen Inseln, genährt von kalten, tiefen Flüssen, die bis tief ins Innere der Erde führten.

»Atalanta, komm«, sagte Meleagros, und da merkte ich, dass die anderen bereits durch das Tor schritten. Ich gab mir einen Ruck und folgte ihnen.

Im Palasthof war Stroh ausgestreut, und ein leichter Geruch von Dung hing in der Luft. Hunde jaulten und bellten, Frauen mit schweren Töpfen und Stapeln gefalteter Tücher in den Händen eilten an uns vorbei. Wir wurden in den Palast geführt, und nachdem ich mich vergewissert hatte, dass Medea nicht mehr in Sicht war, zog ich Meleagros aus dem breiten Gang in einen kleinen angrenzenden Raum. »Wirst du hierbleiben?«, flüsterte ich eindringlich.

»Wie meinst du das?« Meleagros sah sich um. Wir befanden uns in einer Art Lagerraum, an dessen Wänden bauchige Tongefäße standen, die uns bis zur Taille reichten.

»Wir haben das Vlies errungen«, sagte ich. »Das war die

Aufgabe, die Artemis mir gestellt hat. Ist es jetzt nicht vorbei?«

»Pelias wird sich nicht kampflos ergeben.«

»Ich werde nicht noch einmal für Jason kämpfen.«

»Und wo willst du hingehen?«

»Nach Hause, wohin sonst.« Die Frage überraschte mich. »Ich werde Artemis die Nachricht überbringen. Und dann ...« Ich führte den Satz nicht zu Ende. Was dann? Die nagende Unsicherheit, die ich schon an Bord der *Argo* verspürt hatte, wurde von Stunde zu Stunde schlimmer. Würde Artemis mich wieder in meinem alten Leben willkommen heißen? Würde sie mir eine weitere Aufgabe geben? Oder wusste sie, was ich alles getan hatte, und würde mich für unwürdig befinden, noch einmal ihre Heldin zu sein? Ich wusste es nicht.

»Ist das wirklich Atalanta, die einzige Frau auf der *Argo*, die bei der Aussicht auf einen Kampf zurückschreckt?« Er sagte es in neckendem, zärtlichem Tonfall, doch in seinen Augen lag eine Spur von Traurigkeit.

»Willst du etwa Teil hiervon sein?«, fragte ich. »Die Fahrt ist zu Ende.«

»Lass uns einfach noch eine Nacht abwarten«, erwiderte er. »Und schauen, wie Jasons Plan aussieht.«

Ich schnaubte. »Es ist egal, was er vorhat. Was zählt, ist Medeas Plan.«

»Versprich mir einfach nur, dass du nicht im Schutz der Dunkelheit davonschleichst«, sagte Meleagros. »Vielleicht kann man Pelias noch mit Worten umstimmen. Er hat Jason vor dem versammelten Hof ein Versprechen gegeben. Wenn er sein Wort hält, dann solltest du bei den Feierlichkeiten heute Abend dabei sein. Du hast dir deinen Platz verdient.«

Das stimmte. »Aber nur diese eine Nacht«, sagte ich. »Danach gehe ich.«

Später stahlen wir uns beide vom Festmahl fort, hinaus aus dem überfüllten Saal, wo die Luft stickig war vom Rauch der Wachskerzen an den Wänden und erfüllt von unangenehm lautem Gesang und Gelächter. Und mittendrin hielt Pelias Hof, erzählte seinen drei Töchtern, die sich um ihn scharten, ausschweifend etwas von Familienbanden, Lügen, die ihm glatt über die Lippen kamen, während sein Blick zwischen uns und dem Vlies hin und her huschte. Die Wachen standen stumm und angespannt an den Wänden, die Speere griffbereit. Jason saß nachdenklich und unsicher da, schien darauf zu warten, dass Pelias ihm den Thron offen verweigerte. Medeas Gesicht hingegen war eine heiter lächelnde Maske, doch ihre Augen leuchteten vor stiller Entschlossenheit hinter dieser Fassade.

Mir war das egal. In der kleinen Kammer mit den unbemalten Wänden, die mir vorher gezeigt worden war, waren nur wir beide. Der Raum war dunkel, die Luft stickig und warm, und das einzige Licht kam vom blassen Schein der Sterne, die durch das schmale schlitzförmige Fenster zu sehen waren. Nur wir beide und ein neues Drängen, eine verzweifelte Sehnsucht, ein Bedürfnis, mir das alles ins Gedächtnis einzuprägen, solange es noch möglich war.

Später schlief er neben mir, und sein Herz schlug gleichmäßig unter meiner Hand. Ich sah hinauf zu dem Streifen Himmel und spürte die sanfte Brise, die durch das Fenster hereinwehte und an den Atem des Waldes erinnerte, frisch und grün und nach Frühling duftend, so wie ich es aus der Zeit in meiner Höhle kannte. Es schien jetzt so nah, ein Ruf, den ich nicht ignorieren konnte. Ich betrachtete Meleagros' Gesicht und hob seine Hand an, deren Schwielen vom vielen Rudern zu meinen passten. Ich fragte mich, wie sich Persephone wohl fühlen mochte, wenn sie sich von einer ihrer Welten in die andere begab. Ob sie, wenn sie in die eine zurückkehrte, Heimweh nach dem Ort verspürte, den sie gerade hinter sich gelassen hatte.

Der Palast wurde von Schreien geweckt. Ein Chor aus Wehklagen, der immer mehr anschwoll. Meleagros und ich sprangen auf, verständigten uns mit einem kurzen Blick und griffen nach unseren Waffen. Pelias musste beschlossen haben, das heilige Gesetz der Gastfreundschaft zu missachten; er musste seinen Soldaten befohlen haben, die schlafenden Argonauten anzugreifen. Ich hatte nicht für Jason kämpfen wollen, doch wenn wir attackiert wurden, blieb uns keine andere Wahl.

Ich hatte mich geirrt. Es waren keine Schlachtrufe, sondern Wehgeschrei. Während wir durch die Flure liefen und nach dem Kampfgetümmel suchten, verstand ich schließlich, was die Stimmen riefen. »Der König ist tot!« Ich verlangsamte meine Schritte. Eine schreckliche, Übelkeit erregende Gewissheit überkam mich.

Im Thronsaal fanden wir die drei Töchter von Pelias weinend vor. Der Saal war voller Männer, Edelmänner und königlicher Berater, die händeringend auf und ab gingen. Und in ihrer Mitte stand Akastos und wirkte so ernst, wie ich ihn selbst an den düstersten Tagen unserer Reise nicht erlebt hatte.

Er erblickte uns und bedeutete uns mit ausgebreiteten Armen, zu ihm zu kommen.

»Was ist passiert?«, fragte ich.

»Es war Medea.«

Das also hatte ich am Vorabend in ihrem Blick gesehen. »Wo ist sie jetzt?«, wollte ich wissen.

»Sie ist fort. Sie und Jason sind beide fort mitsamt dem Vlies.«

Nun meldete sich Meleagros zu Wort. »Sie sind nicht geblieben, um den Thron für sich zu beanspruchen? Wieso sind sie dann …?«

Das Klagen der Töchter wurde immer lauter, hallte von den Wänden wider und schmerzte in meinen Ohren.

»Meine Wachen wollten sie ergreifen, als uns klar wurde –«, begann Akastos, doch im allgemeinen Durcheinander war er schwer zu verstehen. In dem Moment kamen weitere Argonauten herbeigeeilt, die aus dem Bett hochgeschreckt waren, noch nach dem Wein vom Vorabend stinkend.

Es dauerte den ganzen Vormittag, um eine gewisse Ruhe wiederherzustellen und herauszufinden, was sich eigentlich zugetragen hatte.

»Ich war enttäuscht, dass mein Vater sein Versprechen gegenüber Jason nicht gehalten hatte«, erklärte uns Akastos. »Ich hatte gehofft, ihn dazu bewegen zu können. Doch bevor ich Gelegenheit hatte, hat Medea meine Schwestern aufgesucht. Sie hatten von den Hexenkünsten gehört, die sie in Kolchis erlernt hatte, und wie sie Jason damit geholfen hatte. Medea sagte ihnen, sie erhoffe sich, die Dankbarkeit meines Vaters zu gewinnen, damit er Jason die Herrschaft über Iolkos friedlich übergeben würde. Sie zeigte ihnen einen Zauber, führte sie spät in der Nacht hinaus zu den Ställen, während das Festmahl noch im Gange war. Dort tötete sie einen alten Schafbock und erweckte ihn wieder zum Leben – und danach war er verjüngt. Sie versprach den Töchtern, sie könne dasselbe für Pelias tun, damit sie ihr Zugang zu seinem Gemach verschafften, wenn er schlief.«

Wir waren sprachlos. Was als Nächstes passiert sein musste, war nicht schwer zu erraten.

»Als man ihn heute früh mit aufgeschlitzter Kehle fand, wussten meine Schwestern, dass man sie getäuscht hatte.« Akastos seufzte schwer. »Pelias hat sein Versprechen gegenüber Jason gebrochen. Nicht im Traum hätte er gedacht, dass Jason mit dem Vlies zurückkehren würde. Er hat einen Fehler begangen, das lässt sich nicht bestreiten, doch ich bin sein

Sohn. Er wurde heimtückisch umgebracht. Ich kann nicht zulassen, dass seine Mörder hierbleiben und die Herrschaft über das Königreich an sich reißen. Deshalb habe ich Jason und Medea in Begleitung von Palastwachen zur Rede gestellt. Ich habe ihnen ein Schiff angeboten und sie aufgefordert, unverzüglich fortzusegeln, im Gegenzug würde ich mich nicht für den Tod meines Vaters rächen.«

Das alles hat sich für dich ja als günstige Fügung erwiesen, dachte ich im Stillen. Akastos, der im Auftrag seines Vaters mit uns gefahren war, an unserer Seite gekämpft hatte, übernimmt nun das königliche Zepter. Ich warf einen Blick auf die glatte Narbe an meiner Schulter, wo Medea ihre Heilsalbe aufgetragen hatte, der ich mein Leben verdankte. Wohin mochten sie und Jason wohl geflohen sein, und würde Medea das Leben bekommen, nach dem sie sich so verzweifelt sehnte? Würden sie einen Ort finden, an dem sie leben konnten? Ich stellte fest, dass ich es ihnen wünschte.

Akastos bat uns, noch zu bleiben, bis die Bestattungsriten vollzogen wären. Man führte Ochsen zur Opferstelle, ihre Hörner mit Bändern geschmückt, an den Schenkeln hatte man sie zu Ehren der Götter mit Brandzeichen versehen. Der Rest des Fleisches würde für die trauernden Bewohner der Stadt über dem Feuer gebraten werden. An jenem Abend nahmen Meleagros und ich einen Becher Wein aus dem Palast mit und tranken daraus in tiefen Schlucken, während wir durch die Stadt schlenderten. Ich achtete fast gar nicht mehr darauf, dass wir uns vor den anderen Argonauten, denen, die noch da waren, versteckten. Mir war noch in Erinnerung, wie Meleagros mich durch dieselben Straßen nach Pagasä geführt hatte, damit ich mich den Argonauten anschließen konnte. Damals war der Wald voller spätsommerlicher bunter Blüten gewesen, wir hatten uns an der Schwelle zum Herbst befunden. Nun waren wir zurückgekehrt, und die Erde erwachte mit Anbruch des Frühlings zu neuem Leben. Es schien, als wäre gar nicht genug Zeit vergangen, dass sich alles derart hatte verändern können. Ich dachte daran zurück, wie es vor meiner Reise gewesen war. Bevor ich die Geschichten von Herakles gehört hatte, von den Untaten, die er begangen hatte, und den Arbeiten, die er zur Strafe vollbringen musste. Bevor ich gewusst hatte, was für ein Mann Jason war, ein Held, dessen Heldentaten seine Frau vollbracht hatte, der sich zuerst der einen Frau versprochen hatte und dann einer anderen, sorglos wie ein Kind, das einem Spielzeug den Rücken kehrt, um sich dem nächsten zuzuwenden. Bevor ich Meleagros kennengelernt hatte, der seine Frau vergaß, um mit mir das Lager zu teilen. Und was war mit mir? Ich hatte mich kopfüber in dieses Abenteuer gestürzt, und nun war es fast vorbei.

»Heute ist ein Bote aus Kalydon gekommen«, sagte Meleagros und trank den letzten Rest Wein aus seinem Becher. »Mitten in dem ganzen Durcheinander hat er Neuigkeiten von meinem Vater gebracht.«

»Hat dein Vater schon gehört, dass wir wieder da sind? Will er, dass du sofort nach Hause zurückkehrst?« Ich spürte einen traurigen Stich im Herzen, aber was hatte ich anderes erwartet?

»Er sagt, ein wilder Eber wüte in der Stadt. Er sei größer als jeder Keiler, den er bisher gesehen habe. Es heißt, Artemis habe ihn zur Strafe gesandt.«

Ich erschrak. »Als Strafe wofür?«

»Mein Vater hat es versäumt, ihr bei seinen Herbstopfern seine Verehrung zu bezeigen. Er hat nach Jägern rufen lassen, aber zum Glück fällt es mit unserer Heimkehr zusammen. Wer das Tier zu erlegen vermag, darf seine Hauer und sein Fell behalten.«

»Und, wirst du heimkehren, um es zu erlegen?«

»Atalanta.«

Ich sah hinauf zu den Sternen, und mir war angenehm schwindelig vom Wein. »Du glaubst doch nicht, dass ich mitgehen würde.«

»Mein Vater, der König, sucht die besten Jäger des Landes. Du bist die beste Jägerin. Welchen Grund hättest du, nicht mitzukommen?«

Ich betrachtete eingehend die verschiedenen Sternbilder, ließ sie vor meinen Augen verschwimmen, schimmernd ineinander übergehen, bis ich das Schweigen nicht länger ertrug. »Wie könnte ich mit dir nach Kalydon gehen?« Er sah mich lange an. Ich hatte stets jede Gefühlsregung in seinem Gesicht lesen können, nie sagte er das eine und meinte das andere. »Das ist deine Heimat. Dort ist deine Frau.« Die Scham stieg in mir hoch, als ich das sagte. Ich dachte sonst nie an sie. So machte man das. Wir waren weit weg von zu Hause, weit weg von den Versprechen, die wir anderen gegeben hatten. Und wir hatten einander nie irgendetwas versprochen.

Er ergriff meine Hand. »Was, wenn es nicht so wäre?«

»Wie meinst du das?«

»Was, wenn ich keine Frau hätte?«

Verwirrt schüttelte ich den Kopf. »Aber du hast doch eine.«

»Ich könnte fortgehen. Mit dir, wir beide zusammen. Nach der Jagd auf den Eber.«

Ich entwand meine Hand seinem Griff. »Was redest du da?«

»Ich liebe dich.«

Die Worte, die er so lange nicht ausgesprochen hatte und von denen ich gehofft hatte, er würde sie niemals sagen, hingen schwer in der Luft. »Ich habe geschworen, nie zu heiraten.«

»Wir würden beide einen Eid brechen.«

Ich holte tief Luft. »Ich kann nicht.« Ich blickte zu Boden, weil ich den Schmerz in seinem Gesicht nicht sehen wollte.

»Kannst du dir wirklich vorstellen, wieder in den Wald zurückzugehen?«, wollte er wissen.

Ich antwortete nicht.

»Ich würde mein Königreich aufgeben«, sagte er. »Ich würde meine Familie zurücklassen. Wir könnten weit fortgehen, irgendwohin, wo wir zusammen sein könnten.«

Der Wind frischte auf, eine kühle Brise von den bewaldeten Bergen hinter der Stadt brachte den erdigen Geruch von Eichen und Zypressen mit. »Nein.«

Die folgende Stille war quälend. Mir fiel Meleagros' Geschichte vom Traum seiner Mutter ein, von dem Holzscheit, das sie aus dem Feuer genommen hatte, um ihm Unverwundbarkeit zu schenken. Vielleicht mochten Schwerter, Speere und Pfeile von seiner Haut abprallen, doch nun quälte ihn vor meinen Augen ein ganz anderer, unerwarteter Schmerz.

»Ich komme für die Jagd auf den Eber mit nach Kalydon.« Das war alles, was ich ihm anbieten konnte. »Aber danach werde ich gehen.«

Er schluckte. »Und wenn ich nicht verheiratet wäre?«

Im Geiste beschwor ich ein Bild von Hypsipyle und Medea herauf, das mir als Schutz vor Meleagros' Schmerz dienen sollte. Ich erinnerte mich daran, wie sehr ich Hypsipyles Stärke und ihren Mut im Kampf um die Stadt bewundert hatte, doch dann hatte sie ihre Stadt Jason angeboten. Medea besaß die Macht, Ungeheuer zu bezaubern und tödliche Verletzungen zu heilen, eine Magie, die ihr die Welt zu Füßen legen konnte, und doch versuchte sie, sich für ein Leben an Jasons Seite kleinzumachen. Das würde ich nie tun. »Dann würde ich genauso entscheiden.«

Das Schweigen, das darauf folgte, war schlimmer als alles, was mir während unserer Fahrt widerfahren war. Gegen all diese Gefahren hatte ich kämpfen können, und wir hatten uns ihnen gemeinsam gestellt. Nun war ich diejenige, die ihm einen Schlag versetzte, und nur ich konnte den Schmerz lindern – doch stattdessen hatte ich mich von ihm abgewandt.

»Dann wird mein Vater dir dafür dankbar sein, dass du uns deine Unterstützung im Kampf gegen das Untier gibst«, sagte Meleagros schließlich. »Und mit ihm ganz Kalydon.«

Ich nickte, obwohl meine Augen brannten.

»Ein paar andere Argonauten wollen auch mitkommen. Wir werden morgen aufbrechen. Es wird eine lange Reise. Heute Nacht sollten wir uns Schlaf gönnen.« Sein steifer Ton war kaum zu ertragen, doch ich wusste, ich allein war schuld daran. »Ich werde die Männer zusammentrommeln und sie davon abhalten, zu viel zu trinken«, fuhr er fort.

»Das klingt vernünftig. Aber unwahrscheinlich, dass es dir gelingt.«

Er lächelte schwach, welch schmerzlicher Augenblick, der in völligem Gegensatz zu unseren sonst so ungezwungenen Gesprächen stand.

»Dann bis morgen, bei Sonnenaufgang«, sagte er. »Am Stadttor.« Und mit diesen Worten wandte er sich um und verschwand mit wehendem Umhang im Gewühl der Straßen.

Ich ging allein zurück zum Palast. Doch obwohl mein verräterischer Körper sich danach sehnte, Meleagros wieder in mein Gemach einzuladen, fühlte ich mich befreit.

Geschützt hinter einer verriegelten Tür, würde ich mir endlich erlauben, um uns beide zu trauern, nur heute Abend. Und morgen würde etwas Neues beginnen.

21

Am Morgen waren die Wagen beladen, die Pferde wieherten und scharrten mit den Hufen, und mehrere Argonauten hatten sich am Stadttor versammelt. Kastor und Polydeukes, außerdem Idas, Telamon, Eurytion, Echion und Ankaios. Orpheus war nicht zu sehen, wie mir mit einem Anflug von Bedauern auffiel, dafür war Peleus gekommen und sah finster drein. Ich erschrak, als ich sah, dass er dabei sein würde, doch Meleagros wirkte unbekümmert und gab vorn an der Spitze Anweisungen.

Ich beschloss, mich von Peleus' Anwesenheit nicht beirren zu lassen. In der Luft lag eine erquickende Spannung, eine helle Klarheit, und der Tag schien voller kraftspendender Entschlossenheit zu sein. Die Reise nach Kalydon würde mehrere Tage dauern, erklärte Meleagros, doch die Gegend sei ihm vertraut. Dort gab es keine Riesen, Zauberer oder Stürme, die uns von unserem Weg abbringen könnten.

Ich fragte mich, ob es besser wäre, wenn es sie gäbe, denn ich befürchtete, die Reise könnte ohne die unbeschwerte Gesellschaft von Meleagros, an die ich mich inzwischen gewöhnt hatte, langweilig werden. Zunächst hatte es auch ganz den Anschein. Ich ging am Ende der Gruppe hinter den Wagen, blickte zu der vor uns liegenden mächtigen Bergkette hinauf und erinnerte mich daran, wie ich auf dem Weg nach Pagasä durch die dichten Hangwälder gewandert war. Ich sog die Düfte, Geräusche und Eindrücke in mich auf; das Gefühl, mich wieder in der Nähe meines Zuhauses zu befinden, war überwältigender, als ich erwartet hatte.

Es dauerte nicht lange, bis Meleagros wie gewohnt neben mir ging. Eine Weile sagten wir kein Wort, doch als ich ihn von der Seite her ansah, wirkte er nicht, als würde er mir gegenüber einen Groll hegen. Meine Anspannung löste sich; ich war froh, an der frischen Luft zu sein, mich zu bewegen, dem Gesang der Vögel zu lauschen und die milde Sonnenwärme im Rücken zu spüren. Schließlich brach ich das Schweigen. »Erzähl mir, was mich in Kalydon erwartet.«

»Es ist wunderschön dort«, sagte er. »Die Ebenen sind immer fruchtbar, es gedeihen Feldfrüchte, so weit das Auge reicht. Unsere Weinberge sind mit reichem Ertrag gesegnet, unsere Tiere grasen zufrieden, es gibt üppige Wälder, und in den Flüssen wimmelt es von Fischen.« Ich merkte, dass er seine Worte sorgsam wählte; es hatte etwas Formelles, das mir neu war und auf mich irritierend wirkte. Doch während er redete, begann er sich zu entspannen, und ich spürte, wie etwas von der früheren Leichtigkeit zurückkehrte. »Laut den Berichten, die mein Vater geschickt hat, hat der Eber vieles davon verwüstet. Er hat alles niedergetrampelt, was ihm im Weg stand, das Vieh mit den Hauern aufgespießt und überall Zerstörung hinterlassen.«

»Ich kann es kaum erwarten, dort anzukommen«, sagte ich. Meleagros lachte. »Alle werden sehr froh darüber sein.«

Auf unserer Reise kamen wir in kleinen Dörfern unter. Mir fehlte es nicht, die Seile einholen zu müssen, um die *Argo* jede Nacht zu vertäuen, und mir fehlten auch nicht die schmerzenden Schultern vom Rudern oder dass meine Wangen vom

Seewind und der salzigen Gischt rau waren und brannten. Wo immer wir Rast machten, wurden wir freundlich begrüßt, und unsere Gastgeber waren bereit, das wenige, was sie hatten, gegen unsere Geschichten einzutauschen.

Meleagros bat mich kein zweites Mal, mit ihm zusammen fortzugehen. Ich begann mich zu fragen, ob er zum selben Schluss gekommen war wie ich; dass wir das, was wir geteilt hatten, mit den Wellen hinter uns gelassen hatten; es fühlte sich bereits an, als wäre es ein Traum gewesen. Dann fing ich seinen Blick auf, und eine plötzlich aufblitzende Erinnerung wühlte mich auf wie ein Stein, den man in einen stillen Teich wirft.

Nach mehreren Tagen verkündete uns Meleagros, dass es nun nicht mehr weit bis Kalydon sei. Wir würden noch vor Einbruch der Nacht dort eintreffen. Erst da verspürte ich allmählich eine gewisse Nervosität. Ich hatte keine Angst vor dem Eber, sondern davor, Meleagros' Familie kennenzulernen; wie würde es sein, nach all der Zeit seiner Frau gegenüberzustehen?

Es war ein sonniger Tag, als wir uns der Stadt näherten. Die Bäume, an denen wir vorbeikamen, waren voller Scharten, großer Furchen, die in uralte Rinde gerissen worden waren. Manche Bäume waren umgestürzt, vom Eber zu Fall gebracht, der gewaltiger sein musste als alle, die ich bislang zu Gesicht bekommen hatte.

Je weiter wir vorankamen, desto deutlicher wurde das Ausmaß der Verwüstung. Die Felder, von denen Meleagros mir erzählt hatte und auf denen eigentlich hüfthoch Getreide hätte stehen sollen, waren niedergetrampelt, halb reifes Korn war aus dem Boden gerissen worden und lag auf der von den Hufen des Untiers aufgewühlten matschigen Erde. Die Reben in den Weingärten waren heruntergerissen, die Trauben zerdrückt. Vieh lag tot oder verendend auf der Erde, das aus den klaffenden Wunden der Tiere rinnende Blut trocknete in der Sonne, während sich die summenden Fliegen in dichten Wolken über die Kadaver hermachten und nur kurz hochstoben, als wir vorbeigingen, bevor sie sich wieder auf ihrem Festschmaus niederließen.

Der König eilte uns mit wehendem Mantel und Krone entgegen und rang aufgeregt die Hände. Nichts an diesem ängstlichen, sichtlich von Sorgen geplagten Mann erinnerte mich an seinen Stiefsohn. Meleagros umarmte den König und begrüßte ihn herzlich. Währenddessen nahm ich seine Begleiter in Augenschein. An seiner Seite war eine Frau, deren majestätische Schönheit mich einen Moment lang erstarren ließ. Sie hob die Hände und drückte Meleagros an sich, und als er zurücktrat, sah ich ihn vor Freude strahlen.

»Mein Vater, König Oineus«, sagte er, »und meine Mutter, Königin Altheia.«

»Wir sind so froh, dass du zurückgekehrt bist«, begann der König. »Und dass du deine Gefährten mitgebracht hast, um uns von dieser Geißel unseres Königreiches zu befreien.« Er musterte uns, zweifellos um unsere Anzahl und Stärke abzuschätzen. Als sein Blick mich traf, stutzte er kurz, sagte jedoch nichts. »Andere Helden sind meinem Aufruf ebenfalls gefolgt«, fuhr er fort. »Es sind noch weitere hervorragende Männer hier, geschickte, kräftige Jäger, auch wenn der Keiler bislang zu listig und stark für sie war.«

»Mit Meleagros als Anführer werden sie es schaffen«, sagte die Königin. Trotz ihres selbstsicheren Tonfalls schenkte sie mir einen durchdringenden Blick, in dem Zweifel und, so mein Gefühl, auch etwas Verachtung lag. Dann neigte sie den Kopf und lächelte Meleagros an. »Deine Onkel, Plexippos und Toxeus, haben sich bereit erklärt, dir zu helfen.«

Zwei stämmige Männer traten vor und legten Meleagros die Hände auf die Schultern.

»Danke, liebe Onkel«, sagte er und erwiderte ihr Grinsen.

Nun näherten sich uns die Männer, von denen der König gesprochen hatte, einige von ihnen bis an die Zähne bewaffnet. Ihre Klingen und Speere glänzten im Licht der Nachmittagssonne, und um ihre Beine strich eine Meute Jagdhunde.

»Meleagros«, sagte der erste von ihnen, als sie uns erreicht hatten. »Wir sind auf Geheiß deines Vaters gekommen. Wir haben den Eber aufgespürt und seinen Kessel gefunden, doch jedes Mal, wenn wir versucht haben, ihn aufzuscheuchen, ist er uns entwischt. Mit mehr Männern« – er erblickte mich und zögerte – »können wir ihn in die Falle locken.«

Meleagros nickte. »Danke.« Dann deutete er nacheinander auf jeden von uns und stellte uns vor. Ich beobachtete die Reaktion der anderen, als die Reihe an mich kam. Die meisten Männer wirkten überrascht und schienen einen Moment lang verwirrt, als sie begriffen, dass ich nicht nur eine Begleiterin war, sondern zu den Jägern zählte. Manche von ihnen lächelten abfällig und ließen den Blick über meine kurze Tunika wandern und auf meinen nackten Waden verharren.

»Mein Name ist Kaineus«, sagte der Mann, der zuerst gesprochen hatte. »Dies hier sind Leukippos, Hippothous, Fryas, Phyleus, Nestor, Lelex, Panopeus, Hippomenes, Peirithoos und Theseus.« Letzterer sah mich mit der mir bekannten Mischung aus Verachtung und Begierde an, aber nicht sein Name, sondern jener von Hippomenes hatte meine Aufmerksamkeit geweckt.

Er stand im hinteren Teil der Gruppe, halb verdeckt, doch als die Männer sich zu zerstreuen begannen, konnte ich ihn besser sehen. Es war nur eine flüchtige Begegnung gewesen, und sie lag sehr lange zurück, aber da war sie, die Erinnerung an einen jungen Mann mit ascheverschmierter Haut, an die brennenden Bäume um uns herum, Flammen, die zum dunklen Himmel emporstiegen. Ein Funke des Wiedererkennens in seinem Gesicht bestätigte es mir. Er erinnerte sich. Er wusste, wer ich war.

»Uns bleiben noch genug Stunden mit Tageslicht, um das Tier aus seinem Lager zu treiben«, sagte Kaineus mit Blick zum klaren Himmel.

»Dann ziehen wir jetzt los«, beschloss Meleagros.

»Bist du dir sicher?«, fragte sein Vater. »Würdet ihr nicht lieber mit uns speisen, euch heute Nacht ausruhen und morgen erholt und tatendurstig aufwachen?«

Meleagros lachte. »Wir sind schon jetzt bereit«, erwiderte er, und wir alle nickten. Wir waren nicht im Geringsten erschöpft von der Reise, sondern gespannt und begierig, das zu tun, weswegen wir gekommen waren.

»Wir werden euch zum Kessel des Tieres führen«, sagte Kaineus.

Wir nahmen uns Waffen von unseren Wagen, sodass jeder von uns mit Schwert und Speer ausgerüstet war. Meleagros zog Netze von den Karren, die wir zuvor locker zu Bündeln gewickelt hatten. Die Hunde waren eifrig bei der Sache, beobachteten alles aufmerksam mit gespitzten Ohren, reckten die Schnauzen in die Luft und warteten auf unsere Kommandos.

»Dort entlang.«

Wir machten uns in die Richtung auf, in die Kaineus gezeigt hatte. Meleagros ging an meiner Seite, doch ich war mir bewusst, dass sich Hippomenes hinter uns befand. Gern hätte ich mit ihm gesprochen, ihn gefragt, wie es kam, dass er hier gelandet war, doch es war nicht der richtige Zeitpunkt dafür. Wir waren voll und ganz auf die bevorstehende Aufgabe konzentriert, und während wir uns dem Wald näherten, vergaß ich alles andere. Es gab nur noch die Jagd.

Im Wald war es kühl und schattig, schwaches grünliches Licht fiel durch das Blätterdach. Wir achteten darauf, uns leise zu bewegen, und bahnten uns vorsichtig den Weg durch das Unterholz. Dann sah ich sie: tief in das weiche Erdreich eingedrückte Spuren. Wir hatten die Fährte des Tiers gefunden.

In stummem Einverständnis bildeten wir eine lange Kette, breiteten unsere Jagdnetze aus und hielten die Waffen gezückt. Diejenigen, die die Hunde führten, ließen sie von der Leine, und die Tiere preschten los, ihr Gebell hallte im stillen Wald wider. Die Vögel stoben von den Baumwipfeln auf, und dann vernahm ich von der anderen Seite des Baches das wütende Brüllen des Ungetüms. Es galoppierte mit unglaublichem Tempo direkt auf uns zu, schlug seine Hauer in schlanke Weiden, die gleich darauf umstürzten, rannte mitten durch die Hundemeute und schleuderte die großen, starken Tiere in die Luft. Jaulend fielen sie zu Boden. Über meinem Kopf hinweg sausten die Speere in Richtung des Ebers, doch der drohte uns dennoch im nächsten Moment zu erreichen. Er war gewaltiger als ein großer Stier, seine ausdruckslosen Augen waren gerötet, und Schaum troff ihm aus dem Maul. Da er Haken schlug, landeten die meisten Speere in den Baumstämmen hinter ihm, und die wenigen Wurfspieße, die ihr Ziel trafen, prallten am dichten, borstigen Fell des Tiers ab. Voller Wut machte es einen Satz auf Hippasos zu, der vor meinen Augen zusammensackte, und seine Schreie vermischten sich mit dem Gebrüll des Ebers und dem Heulen der Hunde. Am Boden liegend, krümmte er sich vor Schmerz und hielt sich den Oberschenkel; Blut lief ihm über die Hände. Es war ein wildes Durcheinander, ein ohrenbetäubender Lärm, und Panik drohte uns den Verstand zu vernebeln.

Der Keiler ging zum nächsten Angriff über, und die Männer wichen ihm aus, als er zwischen ihnen hindurchjagte. Sogleich schwang sich das riesige Tier herum, warf vier von uns zu Boden und drehte sich abermals um, um sie niederzutrampeln, doch da sprang Hippomenes vor und schleuderte seinen

Speer. Auch wenn der Wurfspieß von der Flanke der Bestie abprallte, war sie dadurch so lange abgelenkt, dass Hippomenes den keuchenden, atemlosen Männern wieder auf die Füße helfen konnte.

Ich ging hinter einem umgestürzten Baum in Deckung, tastete nach dem polierten, glatten Holz meines Bogens und zwang mich, langsam zu atmen, damit mein rasender Puls sich beruhigte. Der Bogen in meinen Händen gab mir Sicherheit, und ich kletterte auf den Baum, wobei ich die Beute fest im Blick behielt. Der Lärm verebbte, es gab nichts mehr außer mir und dem Pfeil, den ich in den Bogen einnockte, die Sehne, die ich zurückzog, und der Kehle des Ebers.

Das Geschoss pfiff durch die Luft und traf das Tier direkt unterhalb des Ohrs, und mit Erleichterung und voller Triumphgefühl sah ich Blut aus der Wunde strömen. Das Untier schüttelte seinen riesigen Kopf, einen Moment lang war es benommen und stolperte ungelenk umher. Ankaios nutzte die Verwirrung des Keilers, hob die Axt und stürzte sich mit einem Kampfschrei auf ihn. Das Tier setzte erneut zum Angriff an, rammte die scharfe Spitze eines seiner gelben Hauer tief in Ankaios' Bauch. Das Gesicht des Mannes verzerrte sich, bevor er mit weit aufgerissenen Augen nach hinten kippte.

Peirithoos preschte vor, doch Theseus rief ihn zurück, damit er seinen Speer aus sicherem Abstand warf. Plexippos warf seinen; er prallte jedoch an der Flanke des Keilers ab und fiel wirkungslos zu Boden, ebenso wie kurz darauf der von Toxeus. Dann schleuderte ich meinen Speer, doch der Eber wich seitwärts aus, und der Wurfspieß traf stattdessen den hinter ihm stehenden Baum. Noch bevor ich mich bewegen konnte, sprang vor mir Meleagros dem Tier in den Weg und kam ihm dabei näher, als jeder andere es bisher gewagt hatte. Er schleuderte den Speer so kraftvoll, dass er im Rücken des Ebers stecken blieb und dafür sorgte, dass dieser zum Stehen kam. Behände näherte Meleagros sich ihm und rammte ihm seinen zweiten Speer mit Wucht ins Genick.

Aus dem Maul des Ebers spritzte ein Schwall mit Schaum vermischtes Blut, und er schwankte und kippte dann schwer auf die Seite. Zu erstaunt, um jubeln zu können, betrachtete ich das verletzte Tier und war mir einen Moment lang unsicher, ob es sich nicht doch wieder aufrappeln würde, doch sein Brustkorb hörte auf, sich zu heben und zu senken, und Stille legte sich über das Wäldchen.

Während ich noch zu begreifen versuchte, was geschehen war, näherten sich die Jäger, anfangs noch vorsichtig, nach und nach der Beute. Jeder rammte seinen Speer in den Kadaver und hielt die blutige Spitze in die Höhe. Ich zog meinen Speer aus dem Baumstamm, ging zu dem toten Tier und tat dasselbe. Dabei griff Meleagros nach meinem Arm und hob meine Hand gen Himmel, stellte einen Fuß auf den Kopf des Ebers und rief zu den anderen: »Atalanta hat ihm das erste Blut entlockt. Das Fell und die Hauer dieser Bestie gehören ihr!«

»Bist du verrückt geworden?« Die Brüder der Königin bauten sich mit zornroten Gesichtern vor uns auf.

»Jeder von uns hat das Tier geschwächt, bevor du es zur Strecke gebracht hast! Diese Frau hat nichts Besonderes geleistet!« Plexippos wischte sich die Spucke vom Bart, und seine breiten Schultern bebten vor Zorn.

Toxeus spuckte auf den Boden. »Es geht nicht darum, was sie bei der Jagd getan hat, sondern darum, was er sich später von ihr zum Dank erhofft; deshalb will er ihr die Belohnung zusprechen. Neffe, du bist ein Tor, du bist es immer gewesen, aber wir werden nicht zulassen, dass du uns und dich selbst demütigst, indem du ihr die Trophäe zusprichst.«

Vor einem Augenblick noch war alles in mir darauf ausgerichtet gewesen, den Eber zu töten. Nun war mein Blutdurst neu angefacht, und ich hätte Plexippos gern die Faust ins Gesicht gerammt. »Mein Pfeil hat seine Haut durchdrungen«, sagte ich. »Eure Speere sind daran abgeprallt, das Tier hat sie kaum wahrgenommen.«

»Halt den Mund«, zischte Plexippos, und Toxeus knurrte: »Wie kannst du es wagen, deine Stimme zu erheben, Frau?«

Ich versuchte, meinen Arm Meleagros' Griff zu entwinden, um mich auf sie zu stürzen, doch er hielt mich am Handgelenk fest. Ungläubig sah er seine beiden Onkel an.

Manche der anderen murmelten zustimmende Worte, nickten selbstgefällig und verhöhnten Meleagros. Ich suchte mit dem Blick vergeblich nach Unterstützern unter den Argonauten.

»Toxeus hat recht, was die beiden angeht«, sagte Peleus höhnisch. »Ich habe sie auf der *Argo* erlebt; ich weiß, wieso er sie jetzt bevorzugt.«

»Atalanta hat die Haut des Tiers zuerst durchstoßen, sie ist eine geschickte Jägerin«, wandte Kastor ein, doch manche der anderen, die mit Kaineus gekommen waren, übertönten ihn mit ihrem Spott, und Theseus und Peirithoos waren die lautesten von ihnen.

Die Sonne näherte sich rasch dem Horizont, die Schatten griffen mit langen dunklen Fingern nach der Lichtung. Ich hörte immer noch Hippasos' leises Stöhnen; Hippomenes kniete an seiner Seite und tupfte dem Sterbenden mit seiner Tunika den Schweiß von der Stirn, wobei sein Blick verzweifelt zwischen seinem blutenden Freund und dem außer Kontrolle geratenden Streit hin und her sprang.

»Atalanta hat ihm die erste blutende Wunde beigebracht«, stellte Meleagros beharrlich fest. »Ihr Pfeil hat die erste Verletzung verursacht. Ich habe den Eber getötet; ich entscheide, wer die Belohnung erhält.«

Das war zu viel für Plexippos; brüllend warf er sich auf

mich. Ich hatte es nicht kommen sehen, und Meleagros hielt mich noch am Handgelenk fest, daher geriet ich aus dem Gleichgewicht und fiel zu Boden. Sogleich saß Plexippos auf mir, packte mit seinen fleischigen Händen meinen Hals und würgte mich, drückte mir die Luft aus der Kehle. Doch bevor ich ihm das Knie in den Bauch rammen und mich befreien konnte, sah er mich erstaunt an. Seine wilden, blutunterlaufenen Augen wurden glasig, der Griff seiner Hände um meinen Hals löste sich, und sein Kopf sackte nach vorn.

Angewidert stieß ich ihn von mir und begriff im selben Moment, was passiert war.

Meleagros beugte sich über seinen Onkel, in dessen Rücken sein Schwert steckte.

Toxeus stürzte sich auf ihn. Die Vorstellung, dass Meleagros Oineus' Sohn war, erschien grotesk – dieser große, kräftige Mann mit seinen entschlossenen, geschmeidigen Bewegungen, der den Kopf zurückwarf und das Gesicht gen Himmel richtete. Plötzlich schien er die Wildheit und Stärke seines Vaters Ares zu verkörpern, als er das Schwert aus dem Rücken seines Onkels zog und es, noch rot von Plexippos' Blut, mit einer fließenden Bewegung Toxeus ins Herz rammte.

Nichts war zu hören bis auf das letzte Gurgeln aus Hippasos' Kehle, bevor seine Lider sich flatternd schlossen.

Vier unserer Männer waren tot und dazu ein halbes Dutzend Hunde. In unserer Mitte lag der gewaltige Keiler, ein grotesker Anblick. Die letzten Strahlen der Sonne erhellten Meleagros' Gesicht.

Vorsichtig ging ich einen Schritt auf ihn zu, und unsere Blicke trafen sich. Ich spürte einen Stich im Herzen, empfand ein tiefes Mitgefühl angesichts der schieren Verzweiflung in seinem Gesicht.

»Kommt«, sagte Kastor. »Wir müssen zurück in die Stadt und die Nachricht überbringen.« Seine Stimme klang düster und niedergeschlagen. »Der Eber ist tot, sein Wüten hat ein Ende.« Er schluckte hörbar. »Es war falsch von diesen Männern, Atalantas Sieg infrage zu stellen.«

»Das stimmt«, pflichtete Polydeukes ihm bei. »Und sie haben den Preis dafür bezahlt.«

Theseus drehte sich entschlossen um und verschwand zwischen den Bäumen. Sein Freund Peirithoos folgte ihm und ein paar der anderen ebenfalls. Peleus warf mir einen letzten feindseligen Blick zu und schloss sich den Männern an, den Leichnam von Ankaios ließ er an Ort und Stelle liegen. Mein Gesicht brannte, mein Zorn war ungebrochen, doch ich verspürte den verzweifelten Drang, das Geschehene ungeschehen zu machen, den Wunsch, dass ich schneller reagiert, Plexippos' Angriff abgewehrt und damit das alles verhindert hätte.

Dann sprach Hippomenes. »Sie sind neidisch – verbittert, weil eine Frau die Erste war. Sie wussten nicht, wozu sie imstande ist.« Er stand auf. »Wir alle können es bezeugen.«

Langsam begann ich zu begreifen, welche Konsequenzen das alles für Meleagros haben konnte. Er hatte seine eigenen Verwandten umgebracht.

Der Eber war zu groß, als dass wir ihn hätten von der Stelle bewegen können. Andere würden den Kadaver holen müssen. Mein Körper rebellierte bei dem Gedanken, die Hauer und das Fell anzunehmen, wie es versprochen worden war. Ich wollte keinen Teil dieses Tiers mehr sehen.

Die anderen kümmerten sich um die Toten und hoben sie vorsichtig auf, um sie in die Stadt zurückzutragen. Ich ging hinter ihnen, Meleagros an meiner Seite. Er sprach kein Wort, bis wir schon fast am Waldrand angelangt waren.

»Ich würde es wieder tun«, sagte er und blieb mit mir zwischen den letzten Bäumen stehen. Es war schwer, seinen Gesichtsausdruck in der Dunkelheit zu erkennen. Mit heiserer Stimme sagte er: »Sie hatten den Tod verdient.«

293

Ich konnte seinen Schmerz nicht mehr ertragen. Ich hätte Meleagros gerne umarmt, um ihn vor dem Leid abzuschirmen und ihn zu trösten. Doch ich wollte ihm nicht noch mehr Kummer bereiten, wollte ihm keine Liebe schenken, nur um sie ihm später wieder zu entziehen. Mehr als alles andere wünschte ich, er hätte mir die Belohnung nicht zugesprochen. So leidenschaftlich ich sie mir gewünscht hatte, so sicher ich mir gewesen war, dass sie mir zustand, hätte ich nun alles dafür gegeben, dass er zurückkehren könnte, ohne dass ein Schatten auf seinen Sieg fiel. So hätte ich ihn, wenn ich ging, mit einer Erinnerung an einen Triumph zurückgelassen und nicht mit einer an dieses schreckliche Ereignis, den besudelten Ruhm. »Du hast gehört, was Hippomenes gesagt hat.« Meine Worte schienen mir unzulänglich, wie ein kleines Stück Treibholz inmitten eines tosenden Sturms. »Er und die anderen werden berichten, was passiert ist und dass dir keine Wahl blieb.«

»Ich weiß, dass es so war«, sagte er. »Doch mein Vater –«

»Du bist der Retter Kalydons«, erwiderte ich beharrlich. »Du hast den Eber getötet, niemand sonst in diesem Wald hat das vermocht.«

»Ich habe sie von dem Eber erlöst und dabei die Brüder der Königin umgebracht«, sagte er. »Meine Verwandten.«

»Jeder, der auf diese Jagd ging, wusste, dass es ihn das Leben kosten konnte.«

»Durch den Eber, ja, auch durch einen unglücklich geschleuderten Speer. Aber nicht auf diese Weise.«

»Deine Mutter liebt dich«, wandte ich ein. »Sie wird das Leben ihres Sohnes höher schätzen als das ihrer Brüder. Sie wird verstehen, dass du so handeln musstest.« Aber ich selbst bezweifelte meine Worte, noch während ich sie aussprach. »Komm.« Ich nahm Meleagros beim Arm. »Komm mit in die Stadt, wirf dich zu Füßen deines Vaters nieder und erkläre ihm, was geschehen ist. Er wird dir vergeben.«

294

Und ich führte ihn aus dem Wald, über die verwüsteten Felder, zu den brennenden Fackeln der Stadt.

Vor dem Palast herrschte Chaos. Die Leichname von Plexippos und Toxeus waren, in Mäntel gewickelt, vor dem Säuleneingang aufgebahrt worden. Eine Menschenmenge hatte sich dort versammelt, in ihrer Mitte Meleagros' Vater, den Kopf in den Händen vergraben, und seine Mutter kniete schluchzend neben ihren toten Brüdern.

Mit jedem weiteren Schritt verstärkte sich mein Drang, die Flucht zu ergreifen. Meleagros hielt den Kopf hoch erhoben, auch wenn sein Gesicht eine ausdruckslose Maske war, die ihn wie einen Fremden wirken ließ.

Als die Menge uns erblickte, verstummte sie, und eine unheimliche Stille breitete sich aus, unterbrochen einzig vom Weinen der Königin.

»Meleagros.« Das Gesicht des Königs war eingefallen.

Die Königin riss den Kopf hoch. Als sie uns vor der Jagd begrüßt hatte, hatten ihre Würde und ihre Schönheit sie Achtung gebietend wirken lassen, ihren höheren Rang hervorgehoben. Nun wich ich bei ihrem Anblick erschrocken einen Schritt zurück: Ihre Wangen, über deren zarte Haut sie mit den Fingernägeln gefahren war, waren zerkratzt und blutig. Ihr Blick funkelte so wild, dass sie mich an ein in die Enge getriebenes Tier erinnerte. »Ist es wahr?«, fauchte sie. »Hast du sie getötet?«

Meleagros sah seine Mutter schweigend an. Ich war es gewohnt, ihn mit einem breiten Lächeln zu sehen, jung und gut aussehend und freundlich – und nun war er ernst und bleich vor Trauer, Angst und Entsetzen. Mein Herz zog sich schmerzhaft zusammen. Ich hätte ihn gerne vor seinen Eltern verteidigt, doch ich war mir sicher, wenn ich das Wort ergriff, würde alles nur noch schlimmer. »Sie haben versucht, Atalanta um die Belohnung zu bringen«, begann er, und ich zuckte zusammen, als ich das Zittern in seiner Stimme wahrnahm.

»Du hast es also für sie getan«, sagte die Königin und spuckte die Worte aus, als wäre sie sonst daran erstickt.

»Ich –«, begann Meleagros, doch seine Mutter erhob sich. Ein glühender Wahnsinn schien in ihr zu wüten, etwas Urtümliches und Rohes, das mich erstarren ließ und Meleagros anscheinend ebenfalls, denn er sagte nichts mehr.

»Du hast meine Brüder ermordet. Meinem Vater die Söhne genommen und ihm in seinem hohen Alter unsäglichen Kummer bereitet. Du hast Kalydon seiner besten Männer beraubt. Du bist nicht mein Sohn, du kannst es nicht sein.« Einen Moment lang zeigte sich hinter ihrem königlichen Antlitz eine furchtbare Verletzlichkeit und Erschütterung, doch sogleich verhärtete sich ihr Gesicht wieder, glich wieder Eis und Stein. »Ich hätte das Feuer jenes Holzscheits zu Asche verbrennen lassen sollen, als du ein Säugling warst. Ich hätte nie versuchen sollen, die Schicksalsgöttinnen zu betrügen. Hätte ich dich nur sterben lassen.«

Mit wehendem Gewand wirbelte sie herum und floh zwischen den Säulen hindurch ins Innere des Palasts. Ich wagte kaum, Meleagros anzusehen.

Der König neigte das Haupt. »Du kannst nicht hierher zurückkehren.«

In der Menge um ihn herum keuchte jemand auf und bahnte sich einen Weg nach vorn. Eine Frau, hübsch und offensichtlich wohlhabend, ihr feines Gewand war von Goldfäden durchwirkt und umschmeichelte ihre Knöchel, an ihrem Hals glänzte eine Kette. Sie hatte Tränenspuren auf den Wangen, ihr Blick war verzweifelt. »Nein«, flehte sie. »Bitte habt Mitleid mit uns, um Eures Sohnes willen, um meinetwillen.« Ihr Blick huschte zwischen dem König und Meleagros hin und her.

Mein Magen hob sich, da mir klar wurde, wer sie sein musste. Bei unserer Ankunft in Kalydon hatte ich mich gewappnet, ihr zu begegnen, doch sie war nicht gekommen, uns willkommen zu heißen. Anscheinend hatte sie gewartet, bis ihr Mann siegreich von der Jagd auf den Eber zurückgekehrt war, und hätte sich nie träumen lassen, dass diese Unternehmung so enden würde.

Sie rannte zu Meleagros und warf sich ihm weinend an die Brust. Er legte die Arme um sie und blickte über ihren Kopf hinweg seinen Vater an. »Ich habe den Eber getötet«, sagte er. »Lass mich erklären, was danach geschehen ist; lass mich meiner Mutter erzählen, dass ihre Brüder die Ersten waren, die sich auf uns stürzten – wenn ich es ihr begreiflich machen kann, wenn ich von den Göttern Vergebung erhalte –«

Nun rannen Tränen über Oineus' Wangen. »Wenn die Götter dir vergeben –«, hob er an, und einen Moment lang verspürte ich Hoffnung.

Doch unversehens taumelte Meleagros rückwärts, das Gesicht schmerzverzerrt. Er krümmte sich und sank auf die Knie. Seine Frau schrie auf, da sie begriff, was vor sich ging, und während er sich am Boden wand, warf sie sich auf ihn und versuchte ihn festzuhalten, doch er zuckte am ganzen Leib, ein Schwall von Worten quoll ihm über die Lippen. »Ich brenne«, hörte ich ihn schreien. »Ich brenne!« Und ich sah, wie er verzweifelt den unsichtbaren Flammen zu entkommen versuchte, wie er von innen her verbrannte und sich auf der Erde wälzte, das Feuer zu ersticken versuchte, bis er schließlich schlaff, stumm und reglos dalag und man nur noch das Weiße seiner verdrehten Augen sah.

Seine Frau packte ihn bei den Schultern und flehte ihn an, er möge aufwachen, doch es war vergebens.

Die Königin hatte Rache genommen.

Meleagros war tot.

22

Ich rannte. Im Wald wurde das silberne Licht von den Schatten geschluckt, die mich verfolgten, während ich über das Wurzelgewirr hastete und mir die Zweige ins Gesicht peitschten. Ich keuchte, bekam nicht genug Luft, und ebenso wenig gelang es mir, die Stadt weit genug hinter mir zu lassen, um die Bilder aus meinem Kopf zu vertreiben.

Sie blitzten immer wieder von Neuem auf. Meleagros' Frau, die sich über ihn beugte. Wie sie auf sie zugegangen waren, um sie behutsam von ihm wegzuziehen, und sie sich dagegen gewehrt hatte. Sein Vater, der zusammengebrochen war, da er keinen weiteren Schicksalsschlag mehr verkraften konnte, und die Höflinge, die zu ihm eilten, um ihn aufzufangen. Die anderen Argonauten, die mit bleichen Gesichtern zugesehen hatten.

Und Meleagros, der in den letzten Momenten seines Lebens unter Todesqualen um sich geschlagen hatte. Meleagros, aschgrau und reglos. Meleagros, dessen Körper nur noch eine leere Hülle war.

Meleagros im Siegesrausch, den Fuß auf dem Kopf des Ebers. Singend an Bord der *Argo*. In einer anderen dunklen Nacht, weit entfernt von hier, als er ein Feuer entzündete und mich unter dem Sternenzelt an sich zog. Das Gewicht seines Körpers, sein weiches Haar unter meinen Fingern, sein breites, fröhliches Lächeln. Ich konnte mich der Bilder nicht erwehren, ein Tränenschleier nahm mir die Sicht. Ich dachte, wenn ich nur schnell genug rannte, könnte ich alldem entkommen.

Doch selbst ich konnte nicht ewig laufen. Irgendwann ließ sich der Schmerz in meinen Beinen und das Brennen in meiner Brust nicht länger ignorieren; ich musste langsamer werden, ein gleichmäßigeres Tempo finden und mich endlich umsehen, um herauszufinden, wo ich mich befand.

Ich wusste es nicht. Leichtfertig war ich losgestürzt, aufs Geratewohl, einzig mit dem Gedanken beschäftigt, dass ich den furchtbaren Geschehnissen entfliehen wollte. Nun wusste ich nicht, wo ich war, und es gab keinen Steuermann, keinen Tiphys, der den Himmel beobachtete und den Kurs für mich einschlug. Ich blieb stehen und sah mich um, blickte durch das Geäst hinauf zu den Sternen.

Wohin sollte ich gehen? Das Vlies war gewonnen, ob ich es nun einen Sieg nennen wollte oder nicht. Der fürchterliche Eber wütete nicht länger in Kalydon, die Jagd hatte Meleagros das Leben gekostet und mir nichts eingebracht. Der Ruhm, dem ich in der Gesellschaft mutiger Männer hinterhergerannt war, hatte sich als schimmerndes Trugbild erwiesen, etwas, was in sich zusammenfiel, sobald ich mich ihm näherte.

Ich war allein im Wald, wie ich es immer gewesen war.

Tief durchatmend, schloss ich die Augen. Das Bild des blutüberströmten Keilers tauchte vor mir auf, Meleagros' Schreie gellten durch meinen Kopf, doch ich schob das alles beiseite. Stattdessen ließ ich die leisen Geräusche des Waldes auf mich wirken: das Rascheln der Blätter und den sanften Lufthauch, als eine Eule sich von einem hohen Ast herabgleiten ließ; das Plätschern eines Bachs in der Ferne; ein katzenhafter Schrei, als ein Tier sich auf seine Beute stürzte und sein Opfer ihm entkam. Ich öffnete wieder die Augen und schaute, wohin das Mondlicht fiel, welche Spuren ich finden konnte, in welcher Richtung ich vielleicht Wasser fände oder Schutz und das, was ich für mein Überleben, für das ich immer selbst gesorgt hatte, benötigen würde. Schließlich verdrängten meine Instinkte die schrecklichen Bilder und mein Entsetzen, und ich ging weiter.

In den darauffolgenden Tagen hatte ich kein bestimmtes Ziel. Ich wanderte weiter, fand Wasser und Nahrung. Mein einziger Gedanke war, einen Fuß vor den anderen zu setzen, immer vorwärts. Ich sah die Spuren anderer Jäger und folgte ihnen bis zu einem Dorf. Ich klopfte beim erstbesten Haus an, und nach den Sitten der Gastfreundschaft musste man mir Essen und ein Lager anbieten, bevor man mir Fragen stellen durfte und die Menschen der Neugier, die ich weckte, nachgaben. Weshalb ich überhaupt die Gesellschaft anderer Menschen suchte, wurde mir erst klar, als ich sie, ohne nachzudenken, fragte, in welcher Richtung der Wald von Arkadien lag.

Eine Mattigkeit, wie ich sie noch nie erlebt hatte, saß mir in den Knochen. Die schier unerschöpfliche Kraft, die mich immer weitergetrieben hatte, hatte mich verlassen, und an ihrer Stelle war eine bleierne Müdigkeit zurückgeblieben. Ich war nicht in der Lage, mir ein Abenteuer zu suchen, allein loszuziehen oder nach einer anderen Gruppe Reisender Ausschau zu halten. Eine bisher unbekannte Traurigkeit, eine Welle von Trauer ließ mir die Tränen über die Wangen laufen, während ich weiterging, Tag für Tag.

Dabei hatte ich nicht das Gefühl, dass es bloß die Trauer um Meleagros war. So schmerzhaft die Erinnerung an seinen schrecklichen Tod auch sein mochte, ich hatte mich zuvor bereits von ihm verabschiedet; ich hatte ihn zurück zu seiner

Frau geschickt, und es hatte mir nicht das Herz gebrochen. Ich wünschte, er wäre noch am Leben, wünschte, ich wäre nie nach Kalydon gegangen. Doch ich wünschte mir nie, dass er bei mir wäre.

Ich wusste nicht, wie ich irgendetwas von alldem lindern sollte: die Traurigkeit, die Erschöpfung, den Nebel in meinem Kopf. Also folgte ich den Wegbeschreibungen meiner Gastgeber und dem Impuls, der mich vorantrieb, auch wenn ich keine Vorstellung davon hatte, was ich tun würde, wenn ich zu Hause angelangt wäre.

Während ich einsam weiterwanderte, traf ich mit mir selbst eine Abmachung. Vielleicht wäre Artemis gnädig, sagte ich mir; vielleicht würde sie über meinen Eidbruch hinwegsehen, weil ich ihr Ruhm eingebracht hatte. Wenn ihr Stolz auf meine Heldentaten ihren Zorn über meinen Ungehorsam überwog, könnte ich zurückkehren. Dann würde ich diesen Trübsinn gewiss abschütteln können und von Neuem beginnen, mir ein weiteres Abenteuer suchen: diesmal eines, das meiner würdig war.

Selbst als dieser Plan in meinem Kopf Gestalt annahm, verlieh er mir nicht die erhoffte neue Kraft. Mich plagten Schmerzen, mein Körper kam mir merkwürdig fremd vor. Wenn ich erwachte, fiel es mir schwer, die Augen zu öffnen, den bleischweren, traumlosen Schlaf abzuschütteln, der mich jede Nacht überkam, aus dem ich nie erholt erwachte. Ich zwang mich zum Essen, doch alles, was ich zu mir nahm, ließ meinen Magen rebellieren.

Die Zeit verstrich. Die grünen Triebe in der Erde waren schon lange in verschwenderischer Farbenpracht erblüht, die Tage wurden länger, und die Sonne schien gleißend auf mich herab, als ich auf dem hohen Bergkamm stand und auf das Blätterdach hinabsah, das noch überwiegend grün war, hier und da jedoch schon goldene, rote und orangefarbene Flecken zeigte. Ich sah lange hinunter. Tief im Herzen des Waldes wartete meine Höhle auf mich. Ich roch förmlich das samtige Moos an ihren Steinwänden, hörte das Quaken der Frösche im ruhigen Wasser. Das alles hatte ich lebhaft vor Augen.

Ich legte mir eine Hand auf den Bauch. Noch weiter in der Ferne, nur den Entschlossensten nicht verborgen, befand sich Artemis' heiliger Hain. Dort lagen ihre Hunde, hechelnd und von der Jagd erschöpft, im Schatten der mächtigen Bäume. Die Nymphen saßen auf den Felsen und lachten und sangen, während Artemis ihre Tunika abstreifte und ins klare Wasser glitt. Ihr muskulöser Körper: ihre langen Schenkel, ihr flacher Bauch, ihre kleinen Brüste. Mein eigener Körper war sein Ebenbild gewesen, aber das war vorbei.

Während meiner Wanderung hierher hatten die Erschöpfung und die andauernde Übelkeit mit der Zeit nachgelassen, nur um von etwas weit Schlimmerem abgelöst zu werden. Als ein Teil meiner Kräfte zurückkehrte und meine Brüste nicht mehr schmerzhaft empfindlich waren, erhärtete sich lediglich mein Verdacht, dass noch immer irgendetwas überhaupt nicht stimmte.

Während ich dastand, dachte ich an Meleagros' Mutter Altheia, die nach dem verkohlten Stück Holz griff, das sie all die Jahre behütet hatte, es in die Flammen schleuderte und zusah, wie es Feuer fing und zu Asche verbrannte. Ich dachte an Artemis, die mir erlaubt hatte, in ihrem Wald aufzuwachsen, und in deren Gesicht Zufriedenheit gestanden hatte, als sie mir von Arethusas Verwandlung in die Quelle erzählt hatte, als sie Kallisto verwandelt hatte, als sie mir mein Versprechen abgenommen und mich fortgeschickt hatte. Ich dachte an die Bärin, die mich von dem Berg gerettet hatte; daran, wie sie sich ihrer Jungen entledigen wollte, wie sie sich gegen sie gewandt und sie davongejagt hatte, damit sie selbst frei sein konnte. Ich dachte an die Königin, die mich geboren, aber nicht darum gekämpft hatte, mich behalten zu dürfen. Das waren die Mütter, die ich kannte.

Ich spürte die Bewegung unter meiner Hand, die Welle von innen, die auf meine Berührung antwortete.

Ich war die Schnellste, die Stärkste, die Beste von allen gewesen. Deshalb hatte Artemis mich auserwählt. Ich war durch die Welt gesegelt, hatte gegen Ungeheuer gekämpft und dem Tod ins Auge geblickt. Ich tat alles, wozu die Männer um mich herum in der Lage waren, und noch mehr.

Doch dies, die leichte Wölbung unter meiner Hand, würde mein Verhängnis sein.

Sie kam aus dem Wald, so flink und überraschend wie immer. Es schien mir unbegreiflich, dass ich einmal geglaubt hatte, sie würde sich wie eine Sterbliche bewegen. Nun hatte ich Zeit unter den Sterblichen verbracht, in Gesellschaft der vortrefflichsten Helden der Welt, und keiner von ihnen kam ihr gleich mit ihrer Leichtfüßigkeit und ihrer mühelosen Kraft. Alles an ihr glänzte silbern und überirdisch.

Sie musterte mich, wie kaltes Feuer glitt ihr prüfender Blick über mich und verharrte bei der ungewohnten Wölbung in meiner Körpermitte, doch ihre Augen verrieten nichts. Falls sie es schon gewusst hatte, falls sie mich hatte kommen sehen, würde ich es nie erfahren, wenn sie es mir nicht selbst sagte.

Ich würde mich nicht kleinmachen. Ich reckte das Kinn, sah ihr direkt in die Augen. »Wir haben das Vlies erbeutet«, sagte ich mit fester Stimme.

»Und Heras Liebling ist mit seiner Zauberin nach Korinth geflohen, befleckt vom Blut ihrer Verwandten«, entgegnete sie. Wie hatte ich nur vergessen können, wie wohltönend ihre Stimme klang? Das Flüstern raschelnder Blätter, das liebliche Plätschern von Wasser über Steine, jedes wilde Geräusch des Waldes war darin zu hören. »Zeus' stolzer Held hat sich aus der Gruppe der Abenteurer verabschiedet und steht wieder im Dienste eines niederen Königs.« Sie begegnete meinem Blick. Es war, als spürte ich einen kalten Wind, der vor dem Sturm auffrischte. »Der Sohn des Ares hat durch die Hand seiner eigenen Mutter den Tod gefunden.«

»Und ich bin zu dir zurückgekehrt.«

»Und dein Versprechen?«

»Ich habe nicht geheiratet.«

Für den Bruchteil einer Sekunde sah ich in ihren Augen Überraschung über meine Kühnheit. Hatte sie erwartet, ich würde mich ihr weinend zu Füßen werfen? Dachte sie, ich würde sie um Vergebung anflehen? Kannte sie mich tatsächlich so wenig?

»Hast du meine Warnungen vergessen?«, fragte sie. In ihren Worten schien ein fernes Donnergrollen mitzuschwingen. »Dass ich dir erzählte, wie Frauen leiden, dass ich dir befahl, dich von Männern fernzuhalten?«

»Du hast mich zu fünfzig Männern auf ein Schiff geschickt«, erwiderte ich und spürte, wie Hitze in mir aufstieg. »Ich habe viele Monate mit ihnen verbracht, mit ihnen gegessen und getrunken, an ihrer Seite Stürmen getrotzt und mit ihnen zusammen gekämpft. Ich habe für dein Vlies gekämpft, und wir haben es hergebracht. Ich hätte mein Leben für deinen Ruhm gegeben.«

In ihren Augen blitzte Verachtung auf. »Als ich hörte, dass die Helden der *Argo* siegreich heimgekehrt sind, hatte ich erwartet, du würdest umgehend zurück zu mir kommen«, sagte sie. »Dass du dich über meinen Willen hinweggesetzt hast, um den Eber zu jagen, den ich nach Kalydon gesandt hatte, war das erste Anzeichen für deinen Ungehorsam. Ich habe die Jagd beobachtet und gesehen, was passiert ist.«

Ich spürte schmerzhaft ihre Enttäuschung, zum ersten Mal fürchtete ich zusammenzubrechen. »Warum hast du dich dann nicht gezeigt?«, flüsterte ich. Vor meinem inneren Auge sah ich, wie sie mit kaltem Blick meine Flucht aus Kalydon beobachtete. Und wie gebrochen und allein ich gewesen war. Sie war die ganze Zeit über da gewesen.

»Ich habe dich selbst den Weg zurückfinden lassen«, entgegnete sie. Sie kannte keine Gnade, das wusste ich seit Langem. »Um abzuwarten, ob du zu mir zurückkehren würdest. Vielleicht hätte ich mich dir auf deiner Reise gezeigt – nur habe ich noch vor dir die untrüglichen Zeichen dessen bemerkt, was du außerdem getan hast.« Sie senkte den Blick zu meinem gewölbten Bauch, um deutlich zu machen, was sie meinte. Ich wappnete mich für das, was immer kommen würde.

»Die Nymphen dürfen nie erfahren, was du getan hast«, sagte sie, doch ich schloss weder die Augen, noch bat ich um Vergebung oder zitterte. Die Berge hinter ihr waren still, die Nacht dunkel und gleichgültig. Um uns herum gab es keinen Kreis ängstlicher Frauen, die mit ansehen würden, wie sie mich bestrafte.

Ich atmete den vertrauten frischen Duft der Luft, die ich so liebte. Ich war dankbar dafür, dass Artemis mich nicht auf meiner Wanderung überrascht hatte, dass ich es zumindest wieder hierher zurückgeschafft hatte.

»Halte dich verborgen, Atalanta«, sagte sie.

Ich sah sie verständnislos an.

»Lass die anderen in dem Glauben, du wärst nach der Jagd auf den Eber umgekommen«, sagte sie entschieden. »Du kannst keinen Säugling in den Hain bringen, das kann ich nicht dulden. Meine Nymphen müssen ihren Schwur halten. Sie dürfen nicht erfahren, dass du mit deinem Eidbruch ungestraft davonkommst.« Sie wandte das Gesicht ab, als würde sie auf etwas im Wald lauschen, und mein Herz machte einen Satz wegen der Gnade, die ich nie erwartet hatte. »Denn du hast das Vlies errungen, deine Aufgabe erfüllt, deshalb werde ich dich ungestraft gehen lassen.«

Die Erde schien unter meinen Füßen zu wanken, als die Göttin mich noch einmal ansah.

»Du kannst leben, wie du bist, Atalanta. Doch deinen Platz unter meinen Nymphen hast du verwirkt.« Sie schwieg einen Moment. In ihrer Miene war keine Spur von Mitleid zu finden, als sie ihre letzten Worte an mich richtete. »Du kannst nie wieder nach Hause zurückkehren.«

Nachdem sie verschwunden war, blieb ich, wo ich war, bis die Abenddämmerung sich herabsenkte, und sah zu, wie die Schatten an den Berghängen länger wurden, die Farben zu einem konturlosen Grau verblassten. So sehnsüchtig mein Blick den dunklen Wald zu meinen Füßen abgesucht hatte, sosehr ich mir gewünscht hatte, wieder inmitten dieser Bäume zu laufen und so schnell und frei und mächtig zu sein, wie ich es hier zuletzt gewesen war, nun musste ich feststellen, dass ich zurückgekommen war, um all das nur aus der Ferne zu betrachten.

Wäre der unleugbare Beweis für mein gebrochenes Versprechen nicht gewesen, hätte ich mir einreden können, dass Artemis mich willkommen geheißen hätte, dass ich genug erreicht hätte, dass sie mir wegen Meleagros vergeben hätte, oder vielleicht sogar, dass sie nie von uns erfahren hätte. Doch in meinem Zustand konnte ich meinen Platz in ihrem Gefolge nicht mehr einnehmen; ich konnte nicht mit den anderen in den Flüssen baden und meine Geschichten erzählen. Ich hatte gefürchtet, die Reise hätte mich zu sehr verändert, als dass ich zurückkehren könnte, hatte Sorge gehabt, ich könnte dem Zuhause, das ich immer so geliebt hatte, entwachsen sein, würde mich nach so viel mehr sehnen. Und vielleicht, wäre dies nicht gewesen, hätte es so kommen können. Doch der Grund, weshalb ich mich nach der vertrauten Umgebung sehnte, der stillen Sicherheit und Einfachheit von damals, war zugleich das, was mir die Rückkehr dorthin unmöglich machte.

Es gab dort keinen Platz mehr für mich.

Teil 4

23

Artemis hatte mich verbannt, und ich konnte mich ihr nicht widersetzen. Doch es war mir nicht möglich, erneut eine lange Wanderung auf mich zu nehmen, selbst wenn mir eine Zuflucht eingefallen wäre. Ich war mir nicht sicher, wie viel Zeit mir bis zur Niederkunft blieb; ich war mir meiner neuen Verletzlichkeit nur zu schmerzlich bewusst. Ich konnte nicht mehr laufen und kämpfen wie bisher. Ohne es zu ahnen, hatte ich mit meiner Rückkehr auch eine Wahl getroffen. Hier, am Rand des arkadischen Waldes, würde ich mir einen Unterschlupf suchen müssen, nicht weit von meinem Zuhause entfernt, auch wenn mir die Rückkehr dorthin für immer verwehrt war.

Am Rand des Waldes konnte ich immer noch jagen, ungelenker, langsamer, wenn ich mich weit genug von den Nymphen fernhielt. Ich hatte die Kraft, Feuerholz zu sammeln und zu hacken, Wasser zu holen und alle anderen notwendigen Dinge zu bewältigen. Ich konnte mir einen Ort suchen, an dem ich bleiben würde, bis das Kind geboren war, beschloss ich, und dann ... schwer zu sagen, was danach kam.

Ich fragte mich, wo genau der Berg lag, auf dessen nacktem Fels meine Eltern mich damals ausgesetzt hatten. Ich versuchte, das Geschehen vor mir zu sehen, nicht durch die Augen eines schreienden Säuglings, sondern durch die des Menschen, der ihn dort abgelegt hatte und fortgegangen war. Ich fragte mich, wie lange es gedauert hatte, bis er das Geschrei nicht mehr hören konnte.

Ich stellte mir vor, was die anderen Argonauten wohl gerade tun mochten. Sie kehrten in ihre Königreiche zurück oder suchten sich neue Abenteuer. Ich sah Herakles vor mir, der die Goldenen Äpfel, die er den Hesperiden gestohlen hatte, in einem Sack über der Schulter trug. Das waren die Dinge, die große Helden errangen: glänzende Trophäen, die sie der Welt als Beweis für ihren Mut und ihre Tapferkeit präsentieren konnten. Ich hatte an der Seite solcher Helden gekämpft, ich übertraf sie an Können. Ich hatte alle Zweifel und alle Bedenken beiseitegefegt, die mir entgegengeschlagen waren, doch was hatte ich gewonnen? Keine goldenen Früchte, die von Unsterblichen gehütet worden waren, keine große Belohnung, sondern eine Last, die von meinem eigenen Körper genährt wurde, dem Körper, der mich nie zuvor im Stich gelassen hatte. Das machte mich unsagbar wütend, und ich schwor mir, mich davon nicht brechen zu lassen. Ich war sogar auf Meleagros wütend, weil er gestorben war und mich mit dieser Bürde allein gelassen hatte. Wer konnte die Kinder zählen, die meine Reisegefährten mit anderen Frauen gezeugt und ihnen hinterlassen hatten? Und nicht einer von ihnen verschwendete einen weiteren Gedanken daran. Wieso also sollte ich es tun?

Die Wut trieb mich weiter auf meinem Weg voran. Ich stieß auf ein Dorf und fand dort ein armseliges Häuschen, in dem ein alter Jäger mit seiner Frau wohnte. Den beiden schlug ich einen Handel vor. Ich zeigte ihnen, was ich an Fähigkeiten mitbrachte, bot ihnen an, die anstrengenderen Tätigkeiten im Haushalt zu verrichten, für die sie allmählich zu alt und schwach waren, und im Gegenzug sollten sie mir ein Bett in ihrer Hütte geben und ihre Mahlzeiten mit mir teilen. Sie waren dankbar, da sie keine Kinder hatten, die sich um sie kümmern konnten; derart dankbar, dass es ein Leichtes war, sie davon abzubringen, mir wegen meines gerundeten Bauches weitere Fragen zu stellen.

Um des Kindes willen und tatsächlich auch wegen Meleagros hatte ich nach einem Zuhause gesucht. Ich würde unser Kind nicht in den Bergen aussetzen.

Zunächst fand ich es seltsam, jede Nacht unter einem schützenden Dach zu schlafen, und sei es ein altes, schadhaftes wie dieses. Mir fehlte der freie Himmel über mir. Manchmal, wenn ich wach lag, sehnte ich mich so sehr nach Freiheit, nach dem dunklen Umriss der *Argo*, nach den Verheißungen eines Aufbruchs und eines neuen Landes bei jedem Sonnenaufgang, dass mir vor Wut die Galle hochstieg.

An dem Tag, als mein Sohn geboren wurde, verspürte ich eine mir unbekannte Panik, eine tief sitzende urwüchsige Angst, als ich aus dem Fenster zu den Bäumen hinter unserer Hütte blickte. Artemis half Frauen im Kindbett; ich hatte das bange Gefühl, sie könnte auftauchen, anmutig aus dem Schutz des Waldes treten, um einer verzweifelten Mutter beizustehen, nur um festzustellen, dass ich es war. Doch die Bäume blieben still und schwiegen, lediglich der sanfte Atem des Windes fuhr durch das Blattwerk. Während der in Wellen auftretenden Schmerzen biss ich die Zähne zusammen, kniete auf dem rauen Boden, den Blick tief in den Wald, die ineinander verschlungenen Äste gerichtet, und wünschte mir, ich würde die kühle feuchte Luft im Gesicht spüren, die nach grünem Moos duftende Frische.

Sie kam nicht. Ich sagte mir, dass es auch nicht nötig sei, dass ich keine Schwierigkeiten bei der Geburt habe. Dass ich es ohne ihren Beistand und ihre Hilfe schaffen würde, selbst wenn sie es mir angeboten hätte. Schließlich nahm die Frau des Jägers meinen Sohn freudestrahlend auf den Arm und drückte seine warme rundliche Wange an ihr raues, faltiges Gesicht. Er hatte die Augen von Meleagros. Zu erschöpft, um weinen zu können, wandte ich den beiden den Rücken zu und schlief ein.

Ich nannte ihn nach dem Berg, auf dem ich ihn nicht ausgesetzt hatte, Parthenopaios, und überließ es der alten Frau, sich um ihn zu kümmern. Er schlief in einer Hütte, nicht auf dem nackten Fels. Seine Eltern waren Menschen, nicht die Tiere des Waldes. Ich betrachtete ihn in seinem Bettchen, wie er die pummeligen Fäustchen ballte, und fragte mich, ob eines Tages der schwarzäugige Kriegsgott seinen Enkel in den Kampf führen würde, ob mein Sohn das gewaltige Schicksal erfüllen würde, das ihm bevorstand: In seinen Adern mischte sich mein Kämpferinnenblut mit dem von Meleagros.

Weit hinter dem Dorf lagen die Hügel, wo Artemis lebte, doch ich befolgte ihre Anweisung und hielt mich von ihrem Hain fern. Als Parthenopaios heranwuchs und kräftiger wurde und länger ohne meine Milch auskam, erkundete ich meine Umgebung. Im Lauf der nächsten Monate fand ich eine sprudelnd frische Quelle mit eiskaltem, kristallklarem Wasser. Ich ging zusammen mit der Hündin des Jägers auf die Pirsch. Sie war gerne mit mir unterwegs, und unsere Streifzüge führten uns weiter von der Hütte weg, als der Jäger sie je mitgenommen hatte, über die letzten Hänge, die wir sehen konnten, doch immer am Rand des Waldes, nie bis in sein wildes Herz. Je größer die Entfernung zwischen mir und dem düsteren Inneren der Hütte wurde, die von Parthenopaios' schrillem Geschrei erfüllt war, desto mehr war ich wieder die Alte. Wenn ich mit Aura durch die Gegend streifte und das rhythmische Trommeln ihrer Pfoten hinter mir hörte, wenn ich sah, wie sich ihr zotteliges Nackenfell im Wind sträubte, wenn sie den

Kopf stürmisch in meine Handfläche drückte, sobald wir anhielten, um zu Atem zu kommen, erinnerte es mich so sehr an die Zeit vor der *Argo*, dass ich manchmal für einen Augenblick in Verwirrung geriet. In solchen Momenten drehte ich mich um und suchte nach dem Weg zurück zu meiner Höhle, horchte, ob ich das leise Gelächter einer Nymphe vernahm, und musste mir innerlich einen Ruck geben, um wieder in die Gegenwart zurückzufinden.

Wenn sich der Himmel verdunkelte, kehrten Aura und ich ins Dorf zurück und brachten mit, was immer wir hatten beschaffen können – ein blutiges Stück Wild, ein randvoll mit Wasser gefülltes Fass, einen Beutel mit reifen Früchten. Ich sah Parthenopaios dabei zu, wie er sich ein paar Beeren in den Mund stopfte, das Gesicht vom süßen roten Saft verschmiert, während er zufrieden auf dem Schoß der alten Frau saß und den Kopf in den Nacken legte, um sie anzusehen, und eine ihrer grauen Locken in die klebrigen Fingerchen nahm. Ich stellte mir vor, Meleagros könnte seinen Sohn sehen und dass er sehr stolz auf den kleinen Jungen wäre, den wir gemeinsam hervorgebracht hatten, und ich war froh darüber, dass es ihm hier so gut ging. Noch dankbarer war ich jedoch für jede Morgendämmerung, die verhieß, dass ich wieder eine Zeit lang von ihm befreit war.

Meine Stärke und meine Kraft kehrten zurück, und ich spürte eine leise Hoffnung in mir aufkeimen. Artemis war nicht gekommen, um mir weitere Strafen aufzuerlegen. Vielleicht war auch ihr anhaltendes Schweigen bereits eine Strafe. So grausam es sich auch anfühlen mochte, ich hatte immer noch meine Menschengestalt, ich war immer noch am Leben. Das war immerhin etwas.

Ich entdeckte die Spuren des anderen Jägers sofort. Aura und ich waren hier in den Bergen normalerweise allein. Ich hatte mir die unwirtlichsten Hänge ausgesucht, die gefährlichsten, die mit dem dichtesten und dornigsten Gestrüpp, wo man am wenigsten Schatten fand. Wo niemand uns stören würde.

Wer auch immer dieser andere war, er hatte nicht viele Spuren hinterlassen, doch ich bemerkte sie sofort. Ich verlangsamte meine Schritte, blieb stehen und hielt in alle Richtungen nach ihm Ausschau. Aura saß auf den Hinterläufen und hatte die Schnauze in die Luft gereckt. Sie winselte leise, vielleicht weil sie Witterung aufgenommen hatte. Ich streckte die Hand aus, um ihr wortlos zu bedeuten, dass sie still sein solle. Dann nickte ich, und wir pirschten so leise wie möglich weiter.

Ich wollte wissen, wer außer mir sich noch so weit hoch wagte, obwohl es in den tiefer gelegenen Bereichen des Waldes, wo es reichlich Früchte und kühles Wasser gab, von Tieren nur so wimmelte. Auf dieser Höhe war es wahrscheinlicher, einem umherstreifenden Berglöwen zu begegnen als einem Hirsch. Ich hatte keine Angst – mir war egal, wer der Jäger sein mochte. Doch ich spürte, dass etwas in der Luft lag; als würde etwas in der Schwebe hängen, ein letzter Atemzug, ehe alles anders wurde. Ich hatte das schon einmal erlebt, bevor ich zu den Argonauten gestoßen war. Es weckte ungute Vorahnungen. Ich hatte nicht mehr dasselbe Vertrauen in die Zukunft wie damals.

Ich holte tief Luft und wappnete mich innerlich, während ich einen Felsvorsprung direkt unter dem höchsten Gipfel erreichte. Hierher kam man nicht zufällig. Wer auch immer es war, musste mich kennen, war mir vielleicht sogar gefolgt, und mir fiel kein lebender Sterblicher ein, der so etwas vermocht hätte.

Ich atmete aus, straffte die Schultern und ging um den Felsvorsprung herum.

Ich machte große Augen.

»Du bist es«, sagte ich.

24

Er zögerte, seine Körperhaltung verriet Vorsicht, als sei ich unberechenbar. Wortlos musterte ich ihn, wie er dort mit seinem dunklen Haarschopf vor mir stand und mich mit tiefbraunen Augen ansah. Erinnerungen an unsere letzte Begegnung jagten mir durch den Kopf: der metallische Geruch vom Blut des Ebers, der schwer über der Lichtung hing, das Hochgefühl, das sich rasch in Entsetzen verkehrte. Meleagros, der sich auf dem Boden krümmte und von innen heraus verbrannte, während wir ohnmächtig zusahen.

»Atalanta, ich wusste nicht, ob du dich an mich erinnern –«

»Hippomenes«, unterbrach ich ihn. Seine Schultern waren nun breiter, muskulöser, und auf seinem Kinn wuchs ein dunkler Bart. »Bist du mir gefolgt?«

Er senkte den Blick. »Nach der Jagd auf den Eber bin ich hierher zurückgekehrt. Hier in der Nähe leben Freunde von mir. Ich habe Gerüchte gehört, Geschichten über eine Frau im Wald, die so schnell sei, dass man höchstens einen kurzen Blick auf sie erhaschen könne. Ich wusste, das musstest du sein.«

»Bist du lange geblieben?«, brachte ich mühsam heraus. »In Kalydon, meine ich. Nachdem ...«

Er schüttelte den Kopf. »Es gab Gerüchte, dass Meleagros eine neue Gruppe Kämpfer um sich scharen wolle, um ein weiteres Abenteuer zu suchen, welches das der Argonauten noch übertreffen sollte. Das war der Hauptgrund, weshalb ich überhaupt dorthin gegangen war. Nach Meleagros' Tod hatte die Königin ihrem Leben ein Ende gesetzt. Die Stadt war in Trauer; die Männer, die an der Jagd teilgenommen hatten, zerstreuten sich. Niemand wollte bleiben.«

Ich schluckte. Es fiel mir schwer, mir wieder in Erinnerung zu rufen, wie hoffnungsvoll Meleagros im Vorfeld der Jagd gewesen war, bis alles so rasch ein schlimmes Ende genommen hatte. »Wieso bist du hierhergekommen?«, fragte ich ihn. »Wieso hast du nach mir gesucht?« Ich war beeindruckt, dass es ihm gelungen war, mich aufzuspüren.

»Die Helden der *Argo* sind getrennte Wege gegangen und haben sich auf die Heimreise begeben«, erklärte er. »Sie haben in ihren feinen Häusern Festgelage veranstaltet, bei denen die Dichter davon sangen, wie sie das Vlies gewonnen haben. Die Geschichten haben sich schneller als jede Seuche, als jedes Lauffeuer verbreitet, man hört sie überall.«

»Und?«

»Ich bin es müde geworden, immer und immer wieder dieselben Erzählungen zu hören. Ich will nicht in einem Saal hocken und trunkenen Erinnerungen lauschen, wie mutig alle doch gewesen seien. Ich weiß noch, wie es bei der Jagd auf den Eber war, wie sie alle weggelaufen sind, während du gekämpft hast. Deshalb bin ich hergekommen, um nach dir zu suchen.«

Es war, als würde er mit seinen Worten Salz in eine Wunde streuen. Instinktiv wollte ich vor ihm zurückweichen, vor dem Schmerz, den seine Anwesenheit bei mir auslöste, und vor den Gefühlen, die er in mir weckte.

»Wieso hast du geglaubt, ich würde dich sehen wollen?«

Es funktionierte. Mein harscher Ton wirkte dämpfend auf seine Begeisterung – nur ein wenig, doch genug, dass es mir eine gewisse Befriedigung verschaffte.

»Als ich hörte, du seist hier, zurück in Arkadien, dachte ich, du würdest dich womöglich auf etwas Neues vorbereiten, dass Artemis dich vielleicht wieder irgendwohin schicken würde. Und falls es dir an Gefährten fehlte ...«

Es machte mich wütend, dass er etwas beschrieb, wovon ich all die Nächte in der stickigen Hütte geträumt hatte, während neben mir ein Säugling schrie, etwas Persönliches und Geheimes, das ich niemals jemand anders anvertrauen würde. Ich schüttelte den Kopf. »Da gibt es nichts. Kein neues Abenteuer, nichts, wonach wir suchen müssten. Ich bin eine Jägerin, genau wie vorher, und ich brauche niemanden, der mir dabei hilft. Und ganz sicher nicht dich.«

Er schwieg. Ich wartete, bis er meine Worte begriff, dann wandte ich mich an Aura, die geduldig an meiner Seite saß. »Komm«, rief ich ihr zu.

»Sie erwähnen dich mit keinem Wort.« Ich hatte ihm schon fast den Rücken gekehrt, hielt jedoch in der Bewegung inne. Ich wäre so gerne fortgegangen, aber gegen meinen Willen war meine Neugier geweckt.

»In ihren Liedern. Sie erwähnen meist mit keinem Wort, dass eine Frau in ihrer Runde gewesen ist. Sie nennen deinen Namen nicht, wenn sie ihre Helden aufzählen – und das schon jetzt, wo die Fahrt der *Argo* den Leuten noch frisch im Gedächtnis ist. Was werden sie in Zukunft sagen? Wird sich überhaupt noch jemand an dich erinnern?«

Ich war empört. »Wie können sie es wagen, mich totzuschweigen?«

»Niemand von ihnen will sich erinnern. Niemand von ihnen will, dass Atalanta in seinen Hallen in Liedern verewigt wird, dass sie eine der ihren war. Dass eine Frau ebenso gut, wenn nicht gar besser war als sie. Sie sagen, du hättest darum gebeten, mitkommen zu dürfen, doch sie hätten es abgelehnt, Jason hätte es nicht erlaubt. Daher hättest du ihm einen Mantel mitgegeben, den er statt deiner mit sich nehmen solle, du seist also nur symbolisch auf der Fahrt dabei gewesen.«

Ich versuchte, meinen Zorn zu verbergen, bevor ich mich wieder zu ihm umdrehte, und achtete darauf, so kühl und gefasst wie möglich zu klingen. »Du weißt, dass sie lügen. Und andere wissen es ebenfalls.«

»Die Menschen erinnern sich nur an das, woran sie sich erinnern wollen. Sie werden die Geschichten der *Argo* in sich aufsaugen und alle nur zu gern vergessen, dass du je mit dabei warst. Wenn du hier im Verborgenen lebst und in diesem Wald jagst, werden lediglich Gerüchte bleiben. Niemand wird wissen, wer du warst oder was du vollbracht hast.«

Unwillkürlich ballte ich die Hände zu Fäusten, und ich verspürte den schier überwältigenden Drang, ihn zum Schweigen zu bringen, indem ich ihn zu Boden warf und auf ihn einprügelte. »Verlass diesen Berg«, sagte ich. »Versuch nicht noch einmal, mich zu finden.«

Er setzte an, um etwas zu erwidern, doch ein Blick von mir ließ ihn verstummen.

»Komm nicht wieder«, warnte ich ihn und rannte davon.

Selbst Aura hatte Schwierigkeiten mitzuhalten, als ich über die holprigen Berghänge floh. Der Gedanke, dass meine früheren Kameraden sich in ihren prachtvollen Sälen herumfläzten und im Ruhm badeten – Ruhm für meine Taten, die sie sich selbst zuschrieben –, ließ die Wut in mir hochkochen, bis ich dachte, meine Brust würde zerspringen. Sie waren dankbar für mein Können, als ich meine Pfeile auf unsere Feinde schoss, doch nun taten sie so, als wäre ich nie dabei gewesen, als hätten sie nur dank ihrer eigenen Fähigkeiten überlebt, so sie denn welche besaßen. Ohne mich hätten sie Lemnos vielleicht niemals verlassen, hätten niemals Kolchis erreicht und niemals das Vlies erlangt. Ich biss die Zähne zusammen. Dieses hässliche Wirrwarr der Gefühle war etwas, was Hippomenes nicht sehen, was niemand mitbekommen sollte. Denn die Helden der *Argo* konnten sagen, was sie wollten, ich konnte nichts dagegen tun. Artemis hatte mich fallen lassen, genau wie mein Vater, als er befahl, mich nach der Geburt im Gebirge auszusetzen. Es würde keine weiteren Missionen geben, nicht von ihrer Seite.

Heftig atmend blieb ich stehen. Die Wut pulsierte immer noch durch meine Adern, doch im Geiste hörte ich wieder Hippomenes' Worte, und nun, wo sich der Sturm meiner Entrüstung etwas gelegt hatte, klangen sie in meinem Kopf anders.

Anstatt meine triumphierende Rückkehr zu verkünden, anstatt mich vor eine neue Herausforderung zu stellen, hatte mich Artemis schmählich alleingelassen, hatte zugelassen, dass ich der Vergessenheit anheimfiel. Ich gehörte nicht mehr zu ihren Anhängerinnen; sie hatte nicht zu bestimmen, was ich als Nächstes zu tun hatte.

Ich war durch kein Versprechen mehr an sie oder an irgendjemand anders gebunden. Das Wiedersehen mit Hippomenes hatte mir in Erinnerung gerufen, was ich verloren hatte, es hatte mich aber zum Nachdenken gebracht, was ich im Gegenzug gewonnen hatte. Ich hatte für mich und meinen Sohn ein Leben aufgebaut, und von jetzt an war es an mir, mein Schicksal in die eigene Hand zu nehmen.

Ich hatte Hippomenes gesagt, er solle nicht zurückkommen, doch in den darauffolgenden Tagen suchte ich nach ihm. Ich wanderte weitere Strecken, blieb länger von der Hütte fern, manchmal übernachtete ich in Höhlen oder im Schutz der

Bäume. Manchmal erwachte ich in der Dunkelheit, dachte, ich wäre wieder an einem fernen Strand, und glaubte Meleagros neben mir atmen zu hören. Ich fragte mich, wie man sich die Geschichten von den Argonauten wohl erzählte, welche Teile ausgeschmückt wurden und welche ich als wahr wiedererkennen würde. Seit der schrecklichen Jagd auf den Kalydonischen Eber hatte ich so viele Erinnerungen verdrängt, hatte mich ihnen nicht hingeben wollen. Es war mir unerträglich, nicht an unsere Abenteuer zurückdenken zu können, ohne Meleagros im Geiste vor mir zu sehen, lebendig und kraftvoll, und wie das Bild jedes Mal dem seines grauenvollen Endes wich. Selbst die glücklichen Erinnerungen an die Reise waren lange von meinen Schuldgefühlen überschattet gewesen, weil alles so furchtbar geendet hatte. Das Leid, das ich ihm vor der Jagd beschert hatte. Dass meine Anwesenheit dort den Zorn seiner Onkel geweckt und das Blutvergießen ausgelöst hatte. Meine Wut darüber, dass er so töricht gewesen war, mich vor ihnen allen zur Siegerin zu erklären.

Doch nun, als ich in der Morgendämmerung nach einem Regen ins Freie hinaustrat und die Welt sauber und wie erneuert war, versuchte ich mich ohne Kummer zu erinnern, und ich sah mich so, wie Hippomenes mich beschrieben hatte. Er hatte mich gesucht, eine Heldin der *Argo*, jemanden, der Grund hatte, Stolz zu empfinden, keine Scham. Statt in das unwirtliche Gebirge führte ich Aura durch Wälder und über Wiesen. An einem Wegstück mit vielen Blumen blieb ich stehen und nahm den Bogen vom Rücken. Aura lief im Kreis um mich herum und ließ sich dann ins Gras fallen, legte den Kopf auf die Pfoten und beobachtete mich mit ihren tiefdunklen Augen, während ich meinen ersten Pfeil zur Hand nahm. Ich kniff die Augen leicht zusammen, zielte auf einen Baum in der Ferne und ließ die Sehne los. Gleich darauf steckte das Geschoss, noch zitternd, genau in der Mitte des Baumstamms, und tief in meinem Bauch regte sich leise ein Hochgefühl. Es war schon eine Weile her, seit ich nur zum Spaß Zielübungen gemacht hatte.

Ich verlor mich im Rhythmus der vertrauten Bewegungen. Hinter mir gähnte Aura und bleckte die Zähne, sodass man ihr rosafarbenes Zahnfleisch sah. Ihre Augenlider wurden schwer, und das sanfte Sonnenlicht und das zufriedene Brummen der Insekten zwischen den Blüten lullte sie in den Schlaf.

Ich ging zu dem Baum hinüber, um die Pfeile einzusammeln. Mein instinktives Bedürfnis, keine Spur zu hinterlassen, hatte sich tief in mich eingeprägt, niemand sollte wissen, dass ich hier gewesen war. Einer der Pfeile steckte tief im Holz, und als ich fest daran zog, zerbrach sein dünner Schaft mir zwischen den Fingern, und Splitter blieben in meiner Handfläche stecken. Blut floss aus meiner aufgerissenen Haut, und ich fluchte leise wegen meines Ungeschicks.

Irgendwo zwischen den Bäumen hörte ich leise Wasser plätschern. Da ich die Wunde rasch säubern wollte, folgte ich dem Geräusch.

Er saß am Rand des Bachs, die Beine angezogen und die Ellbogen locker daraufgelegt, anscheinend völlig in Gedanken verloren, und sah dem feinen Spiel des Windes auf der Wasseroberfläche zu.

Beinahe verlegen räusperte ich mich, und er sah überrascht hoch. »Keine Sorge. Ich bin nicht hier, um dich zu verjagen«, sagte ich.

Er hob eine Augenbraue. »Ich bin dir nicht gefolgt. Ich hatte keine Ahnung, dass du hier bist.«

»Ich weiß.« Ich kniete mich hin und tauchte meine Hand ins Wasser. Die Kälte brannte in der offenen Wunde, bis der Schmerz zu einem dumpfen Pochen wurde. Hellrote Blutfäden verloren sich in den Wellen.

»Was ist passiert?«, fragte er.

»Ich habe mir Splitter eingefangen – ein gebrochener Pfeil. Was machst du hier? Wohnst du in der Nähe?«

»Nicht weit von hier«, antwortete er. »Aber ich bin nun schon eine Weile unterwegs und dachte, ich bleibe noch etwas, bevor ich weiterziehe.«

Ich fragte mich, wieso er nicht nach Hause zurückwollte. »Vermisst du den Ort, wo du herkommst?«

»Manchmal ein wenig. Nicht genug, um zurückzukehren. Brauchst du etwas, um deine Hand zu verbinden?«

Ich hob sie an, schüttelte das Wasser ab und sah, wie sich wieder kleine Blutstropfen bildeten. »Ja, danke. Wieso willst du nicht zurück?«

Er reichte mir ein Stück Stoff, das er sich in den Gürtel gestopft hatte. Ich griff danach und bemerkte, wie glatt es war, wie schwer, wie es sich zwischen meinen Fingern anfühlte. Es war feineres Gewebe, als ich es gewohnt war. Ich band es mir um die Hand, und auf dem Stoff bildeten sich dunkelrote Flecken von dem durchsickernden Blut.

»Wieso nicht? Ich will mich nicht zu Hause niederlassen«, antwortete er. »Ehe ich michs versähe, wären zwanzig Jahre vergangen, und ich hätte kaum etwas von der Welt außerhalb der Stadtmauern gesehen.«

»Dann suchst du also immer noch nach einem Abenteuer? Nach einer Mission?«

»Hast du es dir denn anders überlegt?«

»Nein.«

»Du bist heimgekehrt, um zu bleiben?«

»Hier ist nicht mein Zuhause.« Vor meinem inneren Auge sah ich meine Höhle. Ich hockte am Rand des Wassers und wollte eigentlich aufstehen, aber irgendetwas hielt mich zurück. Zu meiner Überraschung merkte ich, dass ich mich weiter mit ihm unterhalten wollte.

»Willst du dich denn nicht wieder irgendwohin auf den

Weg machen?«, fragte er. »Die Segel setzen und etwas Neues erleben?« Die Worte kamen ihm rasch über die Lippen, und ich hatte den Eindruck, als würde er sie sogleich bereuen. Vielleicht dachte er, ich würde davonstürmen wie beim letzten Mal.

»Nicht wie die Argonauten«, sagte ich. »So etwas will ich nicht noch einmal mitmachen.«

Sein Interesse schien geweckt. »Wirklich?«

Ich rümpfte die Nase. »Das war keineswegs so heldenhaft, wie du vielleicht denkst. Medea hat das Vlies dank ihrer Zauberkraft errungen. Wir waren dabei bloß Zuschauer. Es war eine List, was auch immer man jetzt in Liedern darüber erzählt.«

Die Enttäuschung stand ihm deutlich ins Gesicht geschrieben. »Aber sicher war es doch bereits eine Heldentat, überhaupt bis nach Kolchis zu gelangen?«

»Wahrscheinlich. Das stimmt.« Ich nickte und spielte mit dem Schilfgras, das neben mir wuchs, zog einen Halm aus der Erde. »Ich hatte gedacht, es wäre der Beginn von etwas Neuem, dass es nach meiner Rückkehr ein weiteres Abenteuer geben würde, ein besseres. Doch dann kam die Jagd auf den Eber, und dann … bin ich hierher zurückgekehrt.« Ich versuchte, mir meine Gefühle nicht anmerken zu lassen, nicht zu verraten, was danach geschehen war. »Vielleicht solltest du nicht so erpicht darauf sein, loszuziehen. Du könntest feststellen, dass es anders ist, als du erwartest.«

»Wenn du nicht gewesen wärst, hätten mich die Zentauren getötet«, sagte er mit überraschender Heftigkeit. »Deshalb habe ich keine der Geschichten über die *Argo* geglaubt, in der du nicht erwähnt wurdest. Ich wurde vor allen anderen von Atalanta gerettet.«

Ich lachte. »Wenn ich mich zurückerinnere, dann hast du zuerst versucht, mich zu retten.«

Ihm stieg eine leichte Röte in die Wangen. »Wie sich gezeigt hat, war es unnötig.«

»Zentauren sind stark, und diese beiden waren rasend vor Trunkenheit. Es war verrückt von dir, es zu versuchen. Mutig, aber verrückt.«

»Nun ja, ich wollte mich nicht noch einmal in solch einer Situation wiederfinden. Nach dem Vorfall habe ich besser kämpfen gelernt und bin stärker geworden.«

»Und jetzt suchst du eine Gelegenheit, um dich zu beweisen?«

»Wollten die Argonauten denn etwas anderes?«

»Nein, vermutlich nicht. Aber genau das meine ich: Ich dachte, ich würde auf dieser Fahrt meine Stärke beweisen, und es hat mit List und mit Schande geendet. Jason wurde verbannt. Meleagros ist tot. Und ich komme nicht einmal in den Liedern vor. Da stelle ich mir schon die Frage, was eigentlich der Sinn von alldem war.« Ich schwieg einen Moment. »Ich würde mich nie wieder dem Abenteuer eines anderen anschließen.«

Bevor er etwas erwidern konnte, kam Aura auf die Lichtung gelaufen. Sie blickte von mir zu Hippomenes und wieder zurück und zog die Lefzen nach hinten, starrte ihn zähnefletschend an. »Keine Sorge, Aura«, sagte ich und tätschelte ihr den Kopf, ehe ich mich wieder an Hippomenes wandte. »Es wird bald dunkel.«

Er blickte skeptisch zum blauen Himmel auf. Doch ich musste noch Wasser holen und Feuerholz sammeln, um beides zur Hütte des Jägers zu bringen.

»Wenn du länger bleibst, sehen wir uns wieder. Ich bin jeden Tag hier draußen, zumindest hier in der Nähe.«

»Gern.« Er klang erfreut. Ich hoffte, er würde nicht aufs Neue versuchen, mich zu überreden, mich auf irgendein Hirngespinst von Abenteuer einzulassen. Doch ich hatte nichts dagegen, jemanden zu haben, mit dem ich mich unterhalten konnte.

Ich ließ ihn dort zurück und nahm den langen Umweg zum Dorf, um das zu holen, was ich brauchte. Als ich die baufällige Hütte erreichte, erwartete mich die Frau des Jägers schon mit dem quengeligen Parthenopaios auf dem Arm. Seine Wangen waren leuchtend rot, die kleinen Augenbrauen zusammengezogen. »Er zahnt«, erklärte sie. Sie sah erschöpft aus, aus ihrem Dutt hatten sich Haarsträhnen gelöst.

Ich legte das Holz ab, das ich unter dem einen Arm getragen hatte, und hielt ihr das Fässchen hin, das ich mir unter den anderen geklemmt hatte. »Soll ich ihn einen Augenblick halten?«

Sie nickte dankbar, nahm mir das Wasser ab, und ich ließ mir dafür meinen schweren Sohn reichen. Er war so viel schwerer als beim letzten Mal, als ich ihn auf den Arm genommen hatte, was ich selten tat, seit er allein stehen und herumtapsen konnte. Parthenopaios sah mich mit großen Augen misstrauisch an, blickte sich nach der Frau des Jägers um, nicht völlig widerstrebend, doch man merkte, dass er sich in meinen Armen nicht wohlfühlte.

Da ich Sorge hatte, er würde gleich losbrüllen, ging ich mit ihm den Pfad entlang, den ich eben gekommen war, und plapperte dabei irgendwelchen Unsinn, um ihn abzulenken. Die Sonne ging glutrot hinter den Bergen unter, ich zeigte sie ihm, und als er sich danach umdrehte, erhellte der feurige Glanz sein ernstes Gesicht.

Und dann hörte ich es: Schritte, die aus dem Wald kamen, eine Gestalt, die sich aus dem Zwielicht löste, und eine Stimme, die überrascht meinen Namen rief. »Atalanta?«

Ich schloss für einen Moment die Augen und wünschte inständig, er wäre nicht dort. Dann drehte ich mich um, sodass das Kind in meinen Armen jetzt klar und deutlich erkennbar war, und sah das Erschrecken in seinem Blick, seinen offenen Mund. Doch es kam kein Laut heraus, als er Parthenopaios wortlos anstarrte.

25

Die Frau des Jägers unterbrach schließlich unser Schweigen. Ihre herzliche, gastfreundliche Art bewahrte mich fürs Erste vor Fragen oder Erklärungen. Sie sah Hippomenes an, lud ihn sogleich ans Feuer ein und ließ ihn mitessen. Gastgeberin und Gast verhielten sich vorbildhaft, ihre höfliche Unterhaltung erfüllte die kleine Hütte. Ich war bei dem Ganzen eine Zuschauerin, eine Randfigur bei ihrem angeregten Gespräch, doch ich merkte, wie Hippomenes immer wieder zu Parthenopaios schielte und sein Blick auf den dunklen Augen und der ernsten Miene meines Sohnes verharrte, mit der er seinem stets unbeschwert lächelnden Vater so gar nicht ähnelte. Hippomenes suchte nicht die Aufmerksamkeit meines Sohnes, und ich saß schweigend daneben, bis ich sah, wie der Junge ihn anlächelte. Plötzlich drohte mich der Rauch vom Feuer zu ersticken, der Raum erschien mir zu eng, und ich sprang auf und trat eilig nach draußen in die willkommene Abendkühle.

Hippomenes folgte mir auf dem Fuße. Ich drehte mich jäh zu ihm um. »Bist du mir nachgeschlichen, nachdem wir im Wald auseinandergegangen sind?«

Er hob die Hände. »Nein.« Er wirkte überrascht von meinem scharfen Ton, schien jedoch das Bedürfnis zu haben, sich zu rechtfertigen. Ich war mir sicher, dass er hinter mir hergelaufen war, und ich war wütend, weil er genau das entdeckt hatte, was ich verbergen wollte. Ich hatte mich zuvor gern mit ihm unterhalten; es hatte mich an die sorglosen ersten Reisetage mit den Argonauten erinnert, vielleicht sogar an eine Zeit davor, als ich nichts Dringenderes zu tun gehabt hatte, als mit Kallisto oder einer der anderen Nymphen oder gar mit Artemis selbst in einem Hain herumzusitzen. Eine Zeit ohne Probleme, ohne Verantwortung. Nun war er in mein neues Lebens gelangt, er hatte eine Grenze übertreten, und es ließ sich nicht rückgängig machen.

»Du bist also versehentlich auf mich gestoßen?«, schnaubte ich.

»Nein, nicht versehentlich. Ich habe nach dir gesucht.« Er strich sich frustriert das Haar aus der Stirn. »Ich wusste von alldem hier nichts; ich hatte nur gehört, dass du in einem der Dörfer hier unten lebst, und musste dich wiederfinden.«

»Das ist dir ja gelungen.« Als ich draußen in der Wildnis gelebt hatte, war ich für die Jäger nicht mehr als eine Legende gewesen, von der sie sich erzählten. Aber wie schnell ich hier auch durch den Wald streifen mochte, ich kehrte doch stets wieder zum selben Ort zurück. Seit ich meinen Sohn in die Obhut der Dorfbewohner gegeben hatte und seit ich versuchte, meine Schuld gegenüber dem Jäger und seiner Frau zu begleichen, war ich an diesen Ort gefesselt, verankert in der Welt der Sterblichen.

»Ich wollte mich nicht in dein Leben einmischen«, sagte er. »Aber ich habe Neuigkeiten, und ich dachte, du würdest sie hören wollen.«

»Wenn es Neuigkeiten über irgendein Abenteuer oder eine Versammlung von Helden oder dergleichen sind, dann weißt du jetzt wohl, wieso ich nicht mitgehen kann.«

Er nickte langsam, auch wenn er immer noch verwirrt zu sein schien. »Wieso hast du nichts von Parthenopaios erzählt?«

Ich seufzte. Der Duft des Jasmins, den die alte Frau so sorgsam pflegte, wurde vom Wind herübergetragen; die zarten sternförmigen Blüten öffneten sich in der Dunkelheit. Die friedliche Stille der Nacht, die uralte Wildnis, als deren Teil ich mich einst betrachtet hatte, stand in völligem Gegensatz zu der Zerrissenheit, die ich gerade empfand. »Komm, wir laufen ein Stück«, sagte ich, denn ich wollte weg von der Hütte, weg vom rauchenden Schornstein und von den Gartenblumen, hinaus aus dem Dorf.

Er ging neben mir her und ließ mir Zeit. Es war leichter, mit ihm zu reden, wenn ich ihn nicht direkt ansah.

»Er ist Meleagros' Sohn«, sagte ich. »Nachdem ich Kalydon verlassen hatte, bin ich hierhergekommen. Ich dachte, ich könnte vielleicht zu Artemis zurückkehren, doch als mir klar wurde, dass ich schwanger war, wusste ich, dass es nicht ging. Ich habe ihren Schutz und ihre Gunst verwirkt.« Ich atmete tief durch. »Mein Vater hat mich nach meiner Geburt nicht weit von hier ausgesetzt und mich meinem Schicksal überlassen.«

»Ich weiß«, sagte er.

Überrascht sah ich ihn an. »Ich wollte es anders machen als mein Vater. Ich habe für Parthenopaios ein Zuhause und Eltern gesucht, die bereit sind, sich um ihn zu kümmern. Im Gegenzug dafür helfe ich den beiden, bis er älter ist und ich wieder fortgehen kann. Das ist auch der Grund, weshalb ich nicht auf eine neue Reise mitkommen kann – Artemis hat keine weiteren Pläne für mich. Ich bin nicht mehr ihr Schützling.«

»Was, wenn du in deinem eigenen Namen handelst statt in ihrem?«

Die Wut stieg aufs Neue in mir auf. »Du hast die Kate gesehen, in der mein Sohn aufwächst. Du kennst die Paläste und die reichen Häuser, denen die anderen Argonauten entstammen. Schiffe sind teuer. Auf eigene Faust, ohne Artemis' Einfluss und Voraussehung kann ich nicht aufbrechen, und ich werde mich nicht noch einmal einer Schar von Männern anschließen.«

»Du hättest ihn nach Kalydon bringen können«, sagte Hippomenes. »Dem König seinen Enkel überlassen, damit sie ihn dort großziehen. Oineus besitzt Gold und andere Reichtümer.«

»Die Königin von Kalydon hat ihren eigenen Sohn umgebracht«, erwiderte ich und schüttelte den Kopf. »Ich könnte Parthenopaios genauso wenig dort lassen, wie ich ihn auf einem Berg aussetzen könnte. Außerdem hast du selbst gesagt, dass in der Stadt chaotische Zustände herrschten, als du dort weggegangen bist.« Ich dachte auch an Meleagros' Frau und daran, welche Rachepläne sie vielleicht aushecken würde, wenn sie Bescheid wüsste. »Hier ist es sicherer für ihn.«

Hippomenes nickte bedächtig. »Der Grund, weshalb ich gekommen bin ... Ich habe Neuigkeiten gehört. Ich bin nicht der Einzige, der dich sucht.«

Ich erstarrte. »Wer sucht mich sonst noch?«

»Nachdem ich dich heute gesehen habe, bin ich zu meinen Freunden zurückgekehrt. Sie haben mir erzählt, es gebe Neuigkeiten über eine Bekanntmachung von König Iasos. Deinem Vater. Er hat verlauten lassen, dass er nach dir sucht.«

»Mein Vater?«, platzte es aus mir heraus. »Hält er mich nicht für tot?«

»Ihm muss etwas anderes zu Ohren gekommen sein. Selbst wenn die Argonauten alle ihre eigene Version von der Fahrt erzählen, gibt es doch Menschen, die dich von Pagasä aus haben lossegeln sehen und die sich sicher sind, eine Frau mit geflochtenem Haar und kurzer Tunika an Bord des Schiffes gesehen zu haben. Zusammen mit den Gerüchten über eine Jägerin in den hiesigen Wäldern, die in der Gegend hier schon immer kursierten, sind diese Geschichten bis zu ihm gedrungen. Er hat gehört, dass seine Tochter überlebt und Jason begleitet hat. Ob er es wirklich glaubt, weiß ich nicht, doch er hat Boten ausgesandt, die die Kunde verbreiten sollen, dass er deine Heimkehr wünscht.«

»Meine Heimkehr? Er hat mich ausgesetzt und meinen Tod billigend in Kauf genommen. Bei ihm bin ich nicht zu Hause; mein einziges Zuhause war jenes, das Artemis mir gegeben hat. Wieso denkt er, ich würde zurückkehren?« Ich wich Hippomenes' mitfühlendem Blick aus und schaute in Richtung der dunklen Bäume.

»Ich wusste nicht, ob du es hören willst, ich dachte einfach nur, du solltest es wissen. Aber jetzt, wo ich dich hier mit dem Kind gesehen habe, stellt es da nicht eine weitere Möglichkeit für dich dar?«

»Zu dem Mann zu gehen, der versucht hat, mich umzubringen? Wozu?«

»Du sagtest, du würdest dich nie wieder der Mission von jemand anders anschließen. Dass Artemis dir nicht helfen würde und dass du mit leeren Händen dastündest. Doch du hast etwas in der Hand, du bist die Tochter eines Königs, und nun will er dich anerkennen.«

Ich lachte und war überrascht, wie verbittert es klang. Ich hatte nicht geglaubt, dass mein Vater mir wichtig genug wäre, um ihn zu verachten; ich hatte kaum einen Gedanken an ihn verschwendet. »Dann glaubt er wohl, dass ich als Ersatz für einen Sohn schon taugen würde, wenn die Gerüchte sich als wahr erweisen sollten. Weil er gehört hat, dass er eine Kämpferin zur Tochter hat.«

»Er will wissen, ob das stimmt. Er möchte, dass du zu ihm

in den Palast kommst; er hat zugesichert, dich anzuerkennen. Wenn du gehst, wird er sehen, dass du die Atalanta bist, von der manche Menschen erzählen – die Frau, die sich mit den Helden der *Argo* messen kann. Wenn du nicht gehst, schenkt er vielleicht den anderen Versionen der Geschichte Glauben.«

»Wieso sollte mir das wichtig sein? Es ist mir gleich, was er von mir denkt.«

»Wenn du zurückkehrst, wird jeder wissen, wer du bist. Und du hättest die Unterstützung eines Königs, was auch immer du als Nächstes vorhast.«

»Ich will nichts von dem, was er mir bieten kann.« Allein der Gedanke stieß mich ab. »Danke, dass du es mir gesagt hast, dass ich es von dir erfahren habe. Ich werde darauf achten, nicht entdeckt zu werden.«

Ich spürte, wie frustriert er war, wie er versuchte, weitere Argumente zu finden, sich aber auf die Zunge biss. »Ich werde niemandem verraten, dass du hier bist.«

»Und –« Ich zögerte.

»Selbstverständlich werde ich Parthenopaios ebenso wenig erwähnen.«

»Danke.«

Nach einem kurzen Schweigen fragte er: »Kann ich hierher zurückkommen, darf ich dich wiedersehen?«

»Wenn du dafür sorgst, dass dir niemand folgt, ja.«

»Natürlich.«

Eigenartigerweise war ich erleichtert, dass er wiederkommen wollte. Eine Verbindung zu meinem früheren Leben zu haben, und sei sie auch noch so klein, war tröstlicher, als ich gedacht hatte. Jemanden, dem ich in einem meiner anderen Leben kurz begegnet war. Ich fühlte mich einsam, weil ich wusste, dass die Nymphen mich ablehnen würden und dass ich, sollte ich zu ihnen zurückkehren, den Zorn der Göttin auf mich ziehen würde, die einmal so stolz auf mich gewesen war. Doch Hippomenes verurteilte mich nicht. Die Aussicht, ihn wiederzusehen, und die Tatsache, dass ich meine Verpflichtungen gegenüber meinem Sohn vor ihm nicht verbergen musste, hatten etwas Wohltuendes.

In dieser Nacht fand ich jedoch keinen Schlaf. Immer wieder kamen mir Hippomenes' Worte in den Sinn. Natürlich verachtete ich meinen Vater. Allein die Vorstellung, zu ihm zu gehen. Und dass er glaubte, meine Taten würden auf ihn abstrahlen, war mir zuwider. Dass er dachte, ich könne für ihn als Ersatz für den Sohn herhalten, den er nicht hatte, dass er glaubte, ich würde zu ihm zurückkehren und diese Rolle einnehmen. Ich schlug die dünne Wolldecke zur Seite und überlegte, nach draußen in die Dunkelheit zu gehen, um meinem Ärger davonzulaufen, bis ich völlig außer Atem war. Aber meine Füße führten mich zu Parthenopaios. Ich blickte auf ihn hinunter, sah, wie er Arme und Beine von sich streckte, sah, wie seine Brust sich sanft hob und senkte, seine runden Wangen.

Ich war besser als mein Vater, hundertmal besser. Ich hatte meinem Sohn gegenüber meine Pflicht erfüllt, wie sehr meine Instinkte auch dagegen aufbegehrt hatten. Doch wenn ich versuchte, den Hass auf den Vater, den ich nie gekannt hatte, beiseitezuschieben, fragte ich mich, ob Hippomenes vielleicht recht damit gehabt hatte, dass dieser Mann mir womöglich doch etwas bieten konnte.

Ich hatte kein Interesse daran, den Thron zu erben. Aber das bedeutete nicht, dass Iasos mir nicht vielleicht doch etwas geben konnte, was ich brauchte. Der Jäger und seine Frau waren in fortgeschrittenem Alter. Ihre Armut zeigte sich an der derben, zerschlissenen Bettdecke, die ich beiseitegeschoben hatte, an ihrer armseligen kleinen Behausung, an ihren eingefallenen Wangen und der Müdigkeit in ihrem Blick. Iasos' Reichtum würde ihnen das Leben erleichtern, ihr Wohlergehen gewährleisten, bis Parthenopaios alt genug wäre. Dann könnte ich fortgehen, ohne Schuldgefühle oder Sorgen um das, was ich zurücklassen würde.

Ich wusste nicht genau, welche Pläne Iasos mit mir hatte. Doch während ich meinen Sohn beim Schlafen beobachtete, kam mir allmählich der Gedanke, dass es lohnenswert sein könnte, es herauszufinden.

»Woher der Sinneswandel?« Mit kraftvollen Schritten ging Hippomenes voran, und wann immer ich zu ihm hinübersah, schien er sich zu freuen.

»Ich will wissen, was der König mir anzubieten hat«, erwiderte ich. Ich schaute mich wiederholt um in der Erwartung, Aura hinter mir zu entdecken, doch ich hatte sie bei der Hütte zurückgelassen. Es hatte mich geschmerzt, sie beim Abschied so gehorsam dort sitzen zu sehen. Ich wusste nicht, wie lange ich fortbleiben würde, und wollte, dass sie während meiner Abwesenheit auf das alte Ehepaar und Parthenopaios aufpasste. Jedes Mal, wenn ich mich umdrehte und mir bewusst wurde, dass sie nicht da war, versetzte es mir einen Stich.

Mich wunderte, dass es mir schwerer fiel, meine Hündin zurückzulassen als meinen Sohn, doch ich hielt mir vor Augen, dass ich diese Reise zu seinem Wohl unternahm.

»Wie du gesagt hast, er ist ein reicher Mann«, fuhr ich fort. »Das war mir vorher nie wichtig. Ich hatte im Wald alles, was ich brauchte. Aber Parthenopaios kann nicht so leben wie ich. Mein Sohn hat das Blut des Ares in seinen Adern. Wenn er auch noch den Reichtum eines Königs genießt, dann kann er tun, was immer er will.« Und wenn die Rückkehr zu Iasos bedeutete, dass die Kunde von mir sich im ganzen Land verbreitete und den Geschichten der Dichter über die *Argo* etwas entgegengesetzt würde, dann hörte womöglich auch Artemis

davon. Vielleicht würde es ausreichen, um ihre Gunst wieder-
zuerlangen.

Wir gingen eine Weile schweigend nebeneinander her.

»Wie weit ist es noch?«, fragte ich schließlich.

»Nicht mehr weit, doch die Gegend ist ziemlich gebirgig,
das wird uns aufhalten.« Er sah mich an. »Oder zumindest
mich.«

»Dann hat man mich nicht besonders weit weggebracht,
als man mich aussetzte.«

»Die Stadt deines Vaters liegt an den Hängen des Berges
Parthenion«, sagte Hippomenes.

Ich war so weit über das Meer gefahren, doch das Land, in
dem ich aufgewachsen war, kannte ich kaum. »Woher weißt
du das?«, fragte ich.

»Ich bin in dieser Gegend viel umhergewandert«, erklärte
er. »Ich habe das Haus meines Vaters verlassen und bin los-
gezogen, habe den Wald erkundet, so gut ich konnte, habe
gelernt, alles zu jagen, was es hier gibt, und alles zu überleben,
dem man hier begegnet – ausgenommen vielleicht Zentauren.« Er lächelte bedauernd. »Ich wollte alle Fähigkeiten er-
lernen, die ich brauchte.«

»Und wieso musstest du dafür das Haus deines Vaters verlassen?«

Ein Schatten huschte über sein Gesicht. »Mein Bruder ist
gestorben. Das war für alle schmerzvoll, und ich wollte nicht
bleiben.«

»Das tut mir leid.« Ich erinnerte mich an die Rastlosigkeit,
die ich verspürt hatte, nachdem ich Kallisto verloren hatte.
Ich konnte nachvollziehen, dass der Tod seines Bruders ihn
angetrieben hatte, einen Ort zu finden, wo ihn nichts an seine
Trauer erinnerte.

Das schwindelerregend steile Gelände wurde allmählich
flacher, und unser Abstieg wurde einfacher. Wir erreichten

Trampelpfade und Weiden, auf denen wollige Schafe grasten, und in der Ferne erblickten wir Häuser.

»Die Stadt liegt direkt vor uns«, sagte Hippomenes. »Wir werden den Palast deines Vaters gegen Abend erreichen.«

Ich hatte ein flaues Gefühl im Magen. Was würde dort auf mich zukommen? Es war wie damals auf der Fahrt, wenn wir unbekannte Gestade erreicht hatten, wenn wir die Taue zum Festmachen des Schiffs ausgeworfen hatten und über Bord gesprungen waren, ohne zu wissen, was uns erwartete. Ich hatte keine Vorstellung, wie es sein würde, dem Mann ins Gesicht zu blicken, der in mir lediglich eine Enttäuschung gesehen hatte; dem Mann, der mich den Naturgewalten über-antwortet und mir, ohne es zu ahnen, ein Leben geschenkt hatte, das mit keinem anderen vergleichbar war.

Als wir die Stadt erreichten, war es dunkel, rings um den Palast leuchteten jedoch Signalfeuer. Schatten tanzten über die glatten Steinmauern und das Tor, vor dem zwei Wachen stan-den, lange Speere mit gefährlich aufblitzenden Spitzen in der Hand. »Wer seid Ihr?«, fragte einer von ihnen leise und miss-trauisch.

Ich spürte Hippomenes' Anspannung und trat ins Licht, damit sie mich gut sehen konnten, groß wie ein Mann, doch mit um den Kopf gewundenen Zöpfen. Ihre Augen weiteten sich, und dann erhob ich meine Stimme, deutlich und durch-dringend. »Sagt dem König, dass seine Tochter zurückgekehrt ist.«

Vor Überraschung schoss ihnen das Blut in die Wangen. Ich lächelte sie an.

»Er hat die Nachricht verbreiten lassen, ich solle zurück-kehren, also richtet ihm aus, ich sei hier. Sagt ihm, ich bin Atalanta, die Jägerin Arkadiens und die Heldin der *Argo*.«

26

Der Thronsaal von König Iasos war eine prächtige Halle.
Feuer loderten in flachen Schalen, und der Duft von parfü-
mierten Ölen hing schwer und süßlich in der Luft, die Wände
erstrahlten in leuchtenden Farben – bunte Friese mit Darstel-
lungen von Göttern, wilden Tieren, Schwerter schwingen-
den Helden und zahlreichen Kampfszenen. Die Bodenfliesen
glänzten, die langen Tische bogen sich unter der Last goldener
Platten und Kelche, und mein Vater saß auf seinem Thron,
einen purpurfarbenen Mantel um die Schultern gelegt, an den
Fingern edelsteinbesetzte Ringe. Das Kinn auf die Hand gestützt, blickte er mir prüfend ins Gesicht. Ich hatte keine Ahnung, was er gerade dachte.

Ich stand vor ihm, mit Hippomenes an meiner Seite, und
die Worte, die ich gerade ausgesprochen hatte, schienen immer noch zwischen uns in der Luft zu hängen. Ich hatte sie
ohne jede Bitterkeit geäußert: Ruhig hatte ich von meinem
Leben und meinen Heldentaten erzählt. Ich hielt meinen Tonfall frei von jedem Vorwurf, ließ lediglich Stolz durchschei-
nen, während ich alles erhobenen Hauptes berichtete. Der
Saal war voll – edel gekleidete Adlige saßen an den Tischen
und wurden von Sklaven bedient, es gab einen Lautenspieler,

dessen Musik sich verglichen mit Orpheus' wunderbaren Klängen dünn und zittrig anhörte. Während meiner Erklärung waren sie alle verstummt, und nun ruhten ihre Blicke auf mir.

Schließlich ergriff Iasos das Wort. »Und dein Begleiter?« Hippomenes warf mir einen flüchtigen Blick zu, bevor er antwortete. »Ich bin Hippomenes, der Sohn von König Megareus aus Onchestos. Ich habe Atalanta Eure Botschaft überbracht und sie hierhergeführt.«

Ich konnte meine Überraschung nicht verbergen. Der Sohn eines Königs? Er zuckte nur leicht mit den Schultern, als sei es gar nicht von Bedeutung.

Iasos winkte einen der Sklaven in seiner Nähe herbei. »Bereitet Schlafgemächer für unsere Gäste vor«, sagte er. »Sie haben eine weite Reise hinter sich. Und holt Wasser, damit sie ein Bad nehmen können. Doch zunächst, Hippomenes und Atalanta, sollt ihr euch setzen und mit uns speisen.«

Der König erklärte nicht, dass er mir glaube; er hielt keine Rede, in der er mich als seine Tochter anerkannte. Seine nichtssagende Höflichkeit ärgerte mich, es war die Art von Gastfreundschaft, die er jedem beliebigen Reisenden anbieten würde. Vielleicht hätte es mich nicht überraschen sollen, dass er so wenig von sich preisgab. Ein Mann, der so kaltherzig über das Schicksal seines neugeborenen Kindes entscheiden konnte, war sicherlich berechnend und vermochte jede Regung hinter einer undurchdringlichen Maske zu verbergen. Ich nahm neben Hippomenes Platz. Nachdem wir den ganzen Tag unterwegs gewesen waren, dufteten die Platten mit gebratenem Fleisch köstlich, und der bröselige Käse und der dunkelrote Wein waren zu verlockend, um zu widerstehen.

Mein Vater hatte einen Grund, weshalb er meine Rückkehr wünschte. Ich war hier, um herauszufinden, welchen Vorteil ich davon hatte und ob meine Abstammung mir letztlich doch noch zugutekommen würde. Doch natürlich verfolgte er seine eigenen Ziele, und wie es schien, würde er sie nicht enthüllen, bis er sich davon überzeugt hatte, dass ich wirklich seine Tochter war und mich für ihn als nützlich erweisen würde.

Die Kälte kroch mir in die Glieder. Noch nie hatte ich einen meiner Verwandten getroffen, und ich hatte mich zuvor gefragt, ob ich vielleicht eine Art Verbindung spüren würde, doch ich empfand nichts.

»Wo ist meine Mutter?«, fragte ich, und meine Zunge stolperte über das Wort.

Iasos sah mich kühl von der anderen Tischseite her an. »Die Königin ist vor einigen Jahren gestorben.«

Ich spürte, wie Hippomenes das Gesicht verzog, doch wieso sollte ich um eine Frau trauern, die ich nie gekannt hatte?

Iasos nahm einen großen Schluck Wein und stellte den Kelch langsam und bedächtig wieder ab. »Also, Atalanta«, sagte er. »Erzähl mir von deiner Fahrt mit der *Argo*.«

Es war bereits spät in der Nacht, als ich endlich das Schlafgemach betrat, das man für mich vorbereitet hatte. Wie angekündigt, war dort ein Bad mit warmem Wasser und duftenden Ölen eingelassen worden, und ich zog meine Tunika aus und ließ mich dankbar hineinsinken. Iasos hatte sich meine Geschichten angehört, und die Männer an unserem Tisch hatten die Hälse gereckt, um zu lauschen. Ich war zuversichtlich, alle überzeugt zu haben.

Das Wasser entspannte meine müden Muskeln, während der Dampf um mich herum in duftenden Schwaden aufstieg. Doch auch wenn mein Körper angenehm müde war, rasten meine Gedanken noch immer. Als das Badewasser sich langsam abkühlte, stieg ich aus dem Zuber, wickelte ein weiches Tuch um mich, löste meine festen Zöpfe und ließ mein Haar offen über den Rücken fallen. Man hatte mir ein Gewand bereitgelegt, das über einer Stuhllehne hing. Im Schein einer kleinen, schwach leuchtenden Lampe, deren Licht sich in einer glatten Kristallvase spiegelte, entfaltete ich das Kleidungsstück. Etwas Vergleichbares hatte ich noch nie in den Händen gehalten. Mit seinem dunklen Blauton erinnerte es mich an das Gewand, das Hypsipyle getragen hatte. Es wurde mit einer silbernen Fibel gehalten und fiel in dichten Falten bis auf den Boden.

Ich legte es wieder über die Stuhllehne und zog mir meine Tunika an.

Dann machte ich mich auf die Suche nach Hippomenes.

Er erschrak, als er mich vor seiner Tür stehen sah. »Was machst du hier?«, fragte er und schaute nach links und rechts, als sei er in Sorge, jemand könnte uns sehen.

»Ich will mit dir reden. Komm, wir gehen spazieren.«

»Jetzt?«

»Ja, jetzt.«

Es machte einen Moment lang den Eindruck, als wolle er Einwände erheben, doch er schien es sich anders zu überlegen, warf sich einen Mantel um und folgte mir.

Wir schlichen aus dem stillen Palast hinaus in den Garten. Ich wusste, weshalb Hippomenes vorsichtig war. Das war seine Welt, nicht meine. Im Wald konnte ich gehen, wohin ich wollte. Bei den Argonauten war es ebenso gewesen. Wenn Iasos jedoch zu Ohren käme, dass die Frau, die behauptete, seine Tochter zu sein, spät in der Nacht mit einem Mann Spaziergänge unternahm, wäre das Grund genug, um sie wieder hinauszuwerfen, wenn nicht gar Schlimmeres. *Soll er es doch versuchen*, dachte ich, *ich bin schon einmal hinausgeworfen worden.* Doch natürlich wollte ich erreichen, weswegen ich gekommen war, daher hielten wir uns in den Schatten und mieden das Licht der Fackeln. Ich atmete die frische

Nachtluft ein und war froh, nicht innerhalb dieser Mauern aufgewachsen zu sein.

»Und, was hältst du von Iasos?«, fragte mich Hippomenes.

Irgendwo im Garten plätscherte ein Springbrunnen. Wir blieben an dem Ort stehen, wo es am dunkelsten war. Ich konnte seinen Gesichtsausdruck nicht erkennen.

»Nicht viel«, antwortete ich.

»Als du von den Argonauten erzählt hast, schien er dir zu glauben.«

Ich nickte. »Wahrscheinlich ist es hilfreich, dass ich einen Prinzen mitgebracht habe, der für mich bürgt. Wieso hast du mir nicht gesagt, dass dein Vater ein König ist?«

Er seufzte. »Ich habe dir erzählt, dass mein Bruder gestorben ist. Ein Löwe, der unsere Stadt immer wieder heimgesucht hat wie der Eber in Kalydon, hat ihn getötet. Mein Bruder ist ausgezogen, um ihn zu erlegen, doch stattdessen hat das Tier ihn zerfleischt. Mein Vater war am Boden zerstört. Er hat meine Schwester und den Thron demjenigen als Belohnung geboten, der den Löwen erlegen und seinen Sohn rächen würde.«

»Den Thron, den du erben solltest?«

Hippomenes schwieg lange. »Ich hatte eine andere Mutter als mein Bruder und meine Schwester. Mein Vater hat mich in seinem Palast aufgezogen, doch ich war ihnen nie gleichgestellt. An dem Tag, an dem mein Bruder starb, war ich mit ihm unterwegs gewesen. Ich habe ihn nicht retten können. Als ich zurückkam, um die Nachricht von seinem Tod zu überbringen und zu gestehen, dass der Löwe noch immer lebte, war mir klar, welch ein Versager ich in den Augen meines Vaters sein musste. Ich wollte stärker werden, und das wäre mir nie gelungen, wenn ich dortgeblieben wäre, wo jeder dachte, anstelle meines Bruders wäre besser ich gestorben.«

Ich erinnerte mich an Medea, die mir in der Höhle, wo ihr

Brautlager war, gesagt hatte, ich sei wie sie, wir beide seien Kinder von Vätern, die uns nicht gewollt hätten. Ich war vor ihr zurückgewichen, da ich keine Ähnlichkeit zwischen uns beiden erkennen wollte. Für Hippomenes fand ich in meinem Herzen mehr Mitgefühl. Vielleicht lag es an seiner offenen, ehrlichen Art, oder vielleicht war ich seit der Begegnung mit Medea nachsichtiger geworden. »Er hätte dankbar sein sollen, dass du überlebt hast«, erwiderte ich.

Er lachte leise, ohne jede Bitterkeit. »Es ist jetzt nicht mehr von Belang«, sagte er und wechselte rasch das Thema. »Ich denke, Iasos wird dich morgen als seine Tochter anerkennen.«

»Vielleicht.« Ich schnaubte. »Ich dagegen werde in ihm nie den Vater sehen.«

»Aber er wird dir von Nutzen sein. Und dein Sohn wird ein besseres Leben haben.« Er wollte noch etwas sagen, zögerte jedoch. »Darf ich dir eine Frage zu Parthenopaios stellen?«

Der Wind fuhr mir durch das Haar und über den Nacken. »Ich habe mich nach deiner Vergangenheit erkundigt, du darfst mir Fragen zu meiner stellen.«

»Es geht eigentlich weniger um Parthenopaios«, sagte er. »Mich beschäftigt da etwas … Wenn Meleagros nicht gestorben wäre, was wäre dann geschehen?«

Ich schlang die Arme um mich und war froh, dass die Dunkelheit mich vor seinem Blick schützte. »Ich habe Kalydon unabhängig vom Ausgang der Jagd auf den Eber verlassen.«

»Hast du ihn geliebt?«

Ich überlegte, ob er den Mut gehabt hätte, mir diese Frage zu stellen, wenn wir uns noch im Palast befunden hätten. »Ich habe ihn nie geliebt. Die gesamte Zeit auf der *Argo* über war ich froh, dass er verheiratet war. Froh, dass er nach der Reise zu seiner Frau zurückkehren würde, dass ich wusste, es würde ein Ende haben.« Ich überlegte, ob ich kaltherzig klang. »Ich hatte geglaubt, ihm würde es genauso gehen, doch er hat mir angeboten, für mich seine Frau zu verlassen. Ich habe ihm gesagt, er solle es nicht tun.«

»Wieso?«

»Bevor ich den Wald verlassen habe, hat Artemis mich davor gewarnt, dass es eine Prophezeiung gibt: Würde ich jemals heiraten, würde ich mich selbst verlieren. Ich habe versprochen, es nicht zu tun. Ich hatte es ohnehin nie vor, es schien mir kein Verlust zu sein.«

»Aber Meleagros –«

»Ich hätte ihn nie geheiratet, die Prophezeiung spielte dabei keine Rolle.« Es war eine unbekümmerte, freudvolle Zeit gewesen, und ich hatte darauf gesetzt, ohne Konsequenzen davonzukommen. »So viele der Argonauten waren verheiratet, so viele von ihnen müssen auf der Reise Kinder gezeugt haben. Ich habe mich nicht schlechter verhalten als jeder beliebige von ihnen. Besser sogar, denn ich habe Parthenopaios nicht im Stich gelassen.«

»Du bist auch besser als dein Vater«, sagte er sanft.

»Und du bist besser als deiner. Es gibt nur wenige Männer, die ganz allein einen Löwen töten können. Du musst sehr jung gewesen sein und unerfahren. Es war nicht deine Schuld.«

»Danke«, erwiderte er und schwieg einen Moment, ehe er fortfuhr: »Du hättest mit dem Löwen natürlich keine Schwierigkeiten gehabt.« Es war eine Bemerkung, wie sie auch von Meleagros hätte kommen können, mit dem Unterschied, dass dieser dabei gelacht hätte. Hippomenes hatte etwas Liebenswürdigeres an sich, eine Ehrlichkeit, die ebenso sanft wie entwaffnend war.

»Natürlich.« Die restliche Anspannung zwischen uns war nun verflogen. Ich war unendlich froh, dass er mit mir an diesen seltsamen Ort gekommen war, der mein Zuhause hätte sein können. »Ich glaube, nun kann ich schlafen. Komm, wir gehen wieder hinein.«

Wir waren bei unserer Rückkehr so geräuschlos wie zuvor, als wir uns fortgestohlen hatten. Ich wünschte ihm eine gute Nacht und schlich mich zurück in mein Gemach. Das Bett war zu weich, die Decken zu bequem. Nichts fühlte sich richtig an. Ich sank in einen unruhigen Schlaf, bis das Licht der Morgendämmerung in mein Zimmer fiel.

Ich spähte in die Ferne, wo die bemalten Holzzielscheiben hingen, und blickte mich zu König Iasos um. Er wurde von einer Schar Edelmänner flankiert, die sich versammelt hatten, um zuzusehen. Er hob die Hand, um Schweigen zu gebieten, dann schallte seine Stimme über den Innenhof.

»Vor einiger Zeit haben Gerüchte über Atalanta meinen Palast erreicht. Manche beharrten darauf, dass eine Frau mit den mutigen Argonauten mitgefahren sei und dass niemand ihr an Geschick mit dem Bogen gleichkäme, selbst unter den Männern nicht. Nie zuvor habe man jemanden wie sie gesehen. Die Erklärung für ihre Stärke und ihr Geschick lautete, sie sei fernab von den Menschen aufgewachsen, im Schutz des Waldes, und die Göttin Artemis sei ihre Lehrmeisterin gewesen. Als meine Frau ein Mädchen gebar, haben wir es auf einem Berg ausgesetzt, der sich über diesem Wald erhebt. Wir brauchten einen Sohn als Thronerben, deshalb haben wir die Tochter ihrem Schicksal überlassen. Nun steht eine Frau vor uns und behauptet, sie sei Atalanta, sei auf der *Argo* mitgesegelt und habe Jason auf der Suche nach dem Goldenen Vlies begleitet – und dass sie meine Tochter sei. Mir wurde nie ein Sohn geboren, doch wie es scheint, haben die Schicksalsgöttinnen mir eine Tochter gesandt, die es mit jedem Sohn hätte aufnehmen können, mit dem ich hätte gesegnet sein können.« Er schwieg kurz, um die Spannung zu steigern. »Hier ist deine Gelegenheit zu beweisen, dass du wirklich Atalanta und meine Tochter bist, jene Frau, die besser schießen kann als jede andere Sterbliche und darin einzig von Artemis übertroffen wird.«

In der Menge erhob sich erwartungsvolles Raunen.

Seine Rede ärgerte mich. Wie unbekümmert er davon gesprochen hatte, dass er mich zum Sterben hatte aussetzen lassen. Mein Leben war ihm bis jetzt nichts wert gewesen, und nun sollte ich meinen Wert beweisen, indem ich als Spektakel für seine Zuschauer diente. Ich ließ den aufsteigenden Zorn in mir abkühlen und meine Entschlossenheit festigen. Sie waren nicht vorbereitet auf das, was ich zu tun vermochte. Sie hatten keine Vorstellung davon, wer ich wirklich war.

»Diesen Bogen habe ich nach Artemis' Anweisung hergestellt«, erklärte ich, ließ ihn von meinen Schultern gleiten und hielt ihn für alle sichtbar in die Höhe. »Sie hat mir auch beigebracht, wie man ihn benutzt.«

Ich blickte zu Hippomenes, der mir zulächelte. Ich spürte, dass er an mich glaubte, felsenfest und aus vollem Herzen. Dann wandte ich mich um, nockte den Pfeil in die Sehne ein und spannte den Bogen. Einen Moment lang verharrte ich reglos, Iasos' Beispiel folgend, und sorgte für eindrucksvolle Stille. Ich spürte, wie alle den Atem anhielten.

Ich ließ die Sehne los, und der Pfeil flog in anmutiger Linie dahin und traf mitten ins Schwarze der ersten Zielscheibe. Geschmeidig zog ich den nächsten Pfeil aus dem Köcher, zielte und schoss. Wieder und wieder, mit derart geübten Bewegungen, dass ich es selbst kaum wahrnahm. Mein Körper bewegte sich fließend, kontrolliert, gemäß den Instinkten, die ich von Kindesbeinen an geschärft und verfeinert hatte.

Es war im Handumdrehen vorbei. Jeder meiner Pfeile steckte in der Mitte einer Zielscheibe. Als ich mich wieder umwandte, sah ich das Triumphgefühl in Iasos' Miene und die Überraschung und das Staunen in den Gesichtern der versammelten Menge.

Ich verspürte eine prickelnde Euphorie; nach so langer Zeit der einsamen Streifzüge mit Aura hatte ich das Gefühl gehabt, die Tage meiner öffentlichen Siege seien vorbei. Daher zuckte ich nicht zurück, als Iasos meine Hand ergriff und sie in die Luft hob; eine Zeit lang standen wir so vor den Zuschauern.

»Keine andere Frau auf der Welt könnte solch ein Heldenstück vollbringen«, erklärte er, und ich hätte ihm gern gesagt, dass mir auch kein Mann an Geschick gleichkam, doch ich biss mir auf die Zunge. »Sie ist zweifellos die Atalanta der Argonauten, die Heldin der Artemis, und daher glaube ich ihr, wenn sie behauptet, meine Tochter zu sein. Ich erkenne sie an – als mein einziges Kind, von meinem Blute.«

Es folgte donnernder Applaus. Ich fing Hippomenes' Blick auf. Er wirkte etwas besorgt angesichts von Iasos' Worten, vielleicht sah er meinen Zorn voraus. Doch deswegen waren wir hergekommen. Durch meinen Vater hatte ich nun einen Rang, Zugang zu seinen Privilegien und seiner Macht, genau wie ich es gewollt hatte.

Er war jedoch noch nicht fertig.

»Wer meine Tochter heiratet, wird mein Königreich erben.« Bei diesen Worten wurde mir bewusst, wie falsch ich die Situation eingeschätzt hatte. »Sendet Boten mit der Nachricht aus, dass ich einen Ehemann für die mutige und schöne Atalanta suche.«

Ich entwand mein Handgelenk seinem Griff, heftiger, als ich es beabsichtigt hatte, und er geriet leicht ins Wanken. Ich war noch immer außer Atem von dem Hochgefühl, das ich vor nur wenigen Augenblicken verspürt hatte, wie berauscht von meiner eigenen Stärke, meiner eigenen Furchtlosigkeit. »Ich habe geschworen, niemals zu heiraten«, sagte ich laut und deutlich zu den Versammelten. »Es gibt keinen Mann, der mir das Wasser reichen kann.«

Ich sah, wie Iasos um Fassung rang. »Im Wald vielleicht,

dort könntest du so leben. Doch du bist zurückgekommen und willst dein Geburtsrecht für dich beanspruchen. Als Tochter eines Königs ist dieses Geburtsrecht die Ehe. Wir werden ganz Griechenland durchkämmen müssen, um einen Freier zu finden, der deiner würdig ist, doch«, fuhr er höhnisch fort, »es sei dir versichert, wir werden einen finden.«

Es war, als hielten alle Umstehenden den Atem an. Totenstille machte sich breit.

Ich gewann meine Fassung zurück, und meine Stimme klang, ebenso wie die von Iasos, leicht höhnisch, als ich erwiderte: »Findet einen Mann, der schneller laufen kann als ich. Nur ihn werde ich heiraten.«

Iasos lächelte, wandte sich zur Menge und breitete weit die Arme aus. »Dies soll die Botschaft sein, die ihr verbreitet«, befahl er. »Wir werden einen Wettlauf veranstalten. Der Mann, der schneller als Atalanta zu laufen vermag, gewinnt sie zur Frau.« Bei seinen nächsten Worten ließ er sich Zeit und sprach sie in beinahe liebevollem Ton. »Jeder, der bei diesem Rennen verliert, wird auch sein Leben verlieren. Dies sollen die Regeln sein. Auf diesem Wege werden wir einen Mann finden, der meine Tochter verdient.«

In der Menge erhob sich ein aufgeregtes Gemurmel. Iasos ging davon, doch ich blieb wie angewurzelt stehen, schaute Hippomenes an und fragte mich, was ich nun tun sollte.

27

»Es ist unerträglich«, sagte ich leise zu ihm. Wir gingen durch die Obstgärten des Palastes, wo die Bäume unter der Last reifer Birnen und leuchtend roter Granatäpfel ächzten. Bei jedem meiner entschlossenen Schritte wirbelte Staub unter den Sohlen meiner abgetragenen Sandalen auf. Ich wäre gern schneller gelaufen, unter Bäumen, die in Freiheit wuchsen, anstatt inmitten dieses sorgsam gestutzten Luxusgartens gefangen zu sein. »Es war dumm, überhaupt hierherzukommen.«

»Wir können davonschleichen, bevor die ersten hoffnungsvollen Freier eintreffen«, sagte Hippomenes. »Lass uns einfach verschwinden.«

Vor meinem inneren Auge sah ich Iasos' selbstgefälliges Grinsen. Ich biss die Zähne zusammen. »Soll er mich so leicht übertölpeln?«

Hippomenes sah mich überrascht an. »Wenn du gehst, bekommt er nicht, was er will.«

»Vielleicht. Vielleicht ist es für ihn aber auch nur ein Spiel. Er denkt, entweder kann er mich als Preis in seinem Wettbewerb ausloben, oder er bringt mich dazu, fortzulaufen, weil ich zu große Angst habe, mich auf den Wettlauf einzulassen.«

»Wenn er denkt, du hättest Angst davor, dann kennt er dich schlecht.«

»Kein Mann vermag gegen mich zu gewinnen«, erwiderte ich. »Vielleicht findet er niemanden, der es riskieren will.«

»Sie werden kommen«, sagte Hippomenes. »Jeder wird die Frau sehen wollen, die von sich behauptet, eine Argonautin zu sein.«

Und jeder Mann wird mich besiegen wollen, dachte ich. Es war eine verlockende Gelegenheit, die sie sich nicht entgehen lassen würden. Eine Möglichkeit, mich auf den rechten Platz zu verweisen; einer Frau, die sich für ebenso gut wie die Helden wähnte, zu zeigen, dass sie nicht mithalten konnte. »Ich werde antreten.«

»Wirklich?«

»Was habe ich schon zu verlieren? Ich werde gegen jeden gewinnen, der dumm genug ist, es zu versuchen.«

»Iasos wird sie alle töten.«

»Es ist ihre Entscheidung, mitzulaufen. Ich werde Iasos beweisen, dass mich niemand schlagen kann. Um ihm zu zeigen, dass ich keine Tochter bin, die sich von ihm beherrschen lässt.«

Hippomenes wirkte besorgt. »Ich traue dem König nicht. Was ist, wenn er einen Weg findet, dein Vorhaben zu vereiteln?«

Ich schüttelte den Kopf. »Er hat mich unterschätzt. Er denkt, ich wäre nicht schnell genug. Ihm ist nicht klar, wozu ich imstande bin, selbst nachdem ich es ihm demonstriert habe.«

»Und wenn er keine Freier mehr findet, die ihr Leben aufs Spiel setzen wollen?«

»Dann werde ich meine Bedingungen stellen.« Eine wohlige Erregung durchfuhr mich. »Das ist besser, als ich es mir hätte wünschen können. Dieser Wettlauf wird zweifelsfrei beweisen, dass ich recht habe. Ich werde in Griechenland zur Legende werden. Wenn Iasos unbedingt einen Erben haben will, nun, ich habe bereits einen Sohn.«

»Aber wird er Parthenopaios anerkennen?«, fragte Hippomenes zögernd.

»Das wird er, sobald ich gegen jeden Freier, den er findet, gewonnen habe und er begreift, mit wem er es zu tun hat.«

»Dann wirst du also nicht fortgehen? Du bleibst und trittst an?«

Ich blieb stehen. In der Ferne sah ich Männer, die in den Weingärten arbeiteten und unter der sengenden Sonne schwere Körbe mit Trauben schleppten. Hinter ihnen lagen die Berge, und in der Ferne befand sich, wie ich wusste, das weite, im goldenen Licht der Sonne glitzernde Meer, die Wellen mit ihren weißen Schaumkronen. Dort erstreckte sich eine ganze Welt, die darauf wartete, erobert zu werden.

»Ich werde den Wettkampf bestreiten.«

»Dann werde ich dir kein Glück wünschen und auch nicht den Segen der Götter«, sagte Hippomenes. »Denn beides brauchst du nicht. Du wirst sie alle besiegen.«

Ich wusste, dass er tatsächlich davon überzeugt war, und daher wunderte ich mich, wieso er besorgt wirkte, als er es sagte.

In den folgenden Tagen stahl ich mich vor Morgengrauen vom Palastgelände und lief in lockerem Schritt, bis ich weit genug fort war, um von niemandem gesehen zu werden. Dann hielt ich mich nicht länger zurück, sondern trieb mich dazu an, immer weiter und schneller zu laufen, bis meine Füße nur so über die Erde flogen und ich das Gefühl hatte, über die zerklüfteten Berge, ja sogar über das Meer selbst springen zu können.

Nur Hippomenes wusste, wohin ich ging. Er wartete stets

an meinem Ausgangspunkt mitsamt einem Gefäß mit frischem, kaltem Wasser, von dem ich dankbar und gierig trank; den Rest schüttete ich mir lachend und beschwingt über die schweißnasse Stirn. Mir war klar, dass er irgendeine List von Iasos befürchtete, doch ich wusste, dass wir uns um nichts Sorgen machen mussten.

Ich war mir sicher, dass es eine große Zahl von Bewerbern geben würde, denn es war eine Herausforderung, die direkt auf ihren Stolz abzielte. Als sie nach und nach eintrafen, stellte sich heraus, dass es genau die Art von Männern war, die ich erwartet hatte, kräftig, gesund, vor Lebenskraft strotzend; Männer, die von Lehrern im Schwertkampf unterrichtet worden waren, die in Jagdgesellschaften in meinen Wald gekommen waren, in ihre Hörner geblasen hatten und ihre Hunde frei hatten herumlaufen lassen. Männer, die glaubten, die Welt gehöre ihnen, für die ich nur eine weitere Trophäe war, die sie erringen konnten.

Als zwei Dutzend Bewerber zusammengekommen waren, ließ Iasos verkünden, dass am Morgen des nächsten Tages der Wettlauf stattfinden werde. Die Kandidaten sollten sich in zwei Gruppen aufteilen. Die ungeduldigsten würden am ersten Tag laufen. Jeder, der nicht mit mir mithalten konnte, würde im Ziel enthauptet werden. Gäbe es keinen Gewinner unter den ersten zwölf, würde die zweite Gruppe am darauffolgenden Tag ihre Gelegenheit erhalten.

Ich beobachtete, wer sich in den Vordergrund drängte und sich bemühte, in die erste Kohorte zu kommen. Die lautesten, die dreistesten, deren Stimmen jeden Abend durch den großen Saal schallten, während sie miteinander wetteiferten, wer die spektakulärsten Geschichten zu erzählen hatte.

»Es ist beschlossen«, war Iasos' dröhnende Stimme zu vernehmen. »Ihr werdet bei Sonnenaufgang antreten.«

In jener Nacht schlief ich tief und fest. Als ich am nächsten

Morgen unter dem blassrosa gefärbten Himmel nach draußen trat, schien es, als hätten die Freier ebenfalls gut geschlafen. Keiner von ihnen wirkte nervös; keiner hatte dunkle Ringe unter den Augen, die darauf hingedeutet hätten, dass sie sich in der Nacht schlaflos im Bett herumgewälzt hätten.

Es war eine Rennstrecke festgelegt worden, deren Verlauf durch hohe, in den Boden gerammte Pfosten markiert war. Sie führte durch ein lang gezogenes grünes Tal, vorbei an schroffen, hoch aufragenden Bergen. Es würde keine Fluchtmöglichkeit geben, wenn die Freier die Sinnlosigkeit ihrer Bemühungen erkannten. Die Zuschauer nahmen ihre Plätze ein, und ein erwartungsvolles Raunen erhob sich. In bester Stimmung wurde darüber spekuliert, welcher der Männer den Sieg davontragen würde.

Die Bewerber nahmen ihre Plätze ein. Ich hatte sie vorher nur als johlende Gruppe, als austauschbare arrogante Männer gesehen, doch nun fielen mir Unterschiede zwischen ihnen auf: einer, mit einer eindeutig schon einmal gebrochenen Nase, hatte ein lockeres Lächeln auf den Lippen; ein anderer blickte überheblich drein und erinnerte mit seinem wie gemeißelten Kinn an eine Marmorstatue; dann war da ein weiterer mit freundlichem, hoffnungsvollem Blick und ein anderer mit einer gezackten weißen Narbe am Arm. Diese Männer waren jung und angesichts ihrer früheren Heldentaten zweifelsohne überzeugt, dass sie erfolgreich sein würden. Unerwartet verspürte ich Mitgefühl mit ihnen.

Bevor Iasos das Wort ergreifen konnte, hob ich den Arm, um mir ihre Aufmerksamkeit zu verschaffen.

»Dies ist eure letzte Gelegenheit«, sagte ich. »Ich gehörte zu den Argonauten, reiste an der Seite der größten Helden unseres Landes, von Männern, die die Söhne von Göttern sind. Kein einziger von ihnen konnte mit mir mithalten, ich lief schneller als jeder von ihnen. Bitte nehmt meine Warnung ernst; niemand von euch muss bei diesem Wettrennen mitlaufen. Geht nach Hause, bevor es zu spät ist.«

Wegen der kurzen Stille, die folgte, nahm ich an, dass meine Worte sie überzeugt hatten. Doch nur wenige Augenblicke später brachen die Männer in schallendes Gelächter aus, das gleich darauf auch auf die Zuschauer überschwappte. Nur Hippomenes blieb ernst.

Ich dachte an Artemis, die gerechte Rächerin, an die Hunde, die Aktäon in Stücke gerissen hatten, und glaubte Blut zu schmecken. »Ich werde erst loslaufen, wenn der Letzte von euch die Markierung auf halber Strecke erreicht hat«, sagte ich verächtlich.

Sie lachten nur noch lauter.

Iasos hob eine Augenbraue. »Atalanta hat euch einen großzügigen Vorteil gewährt. Der Erste von euch, der vor ihr das Ziel erreicht, wird mein Schwiegersohn sein. Wenn sie zuerst ins Ziel kommt, werdet ihr sterben.«

Alle machten sich startbereit. Das Signal ertönte. Mit donnernden, weit ausholenden Schritten begannen sie ihren Lauf durch das Tal.

Während ich ihnen nachsah, spürte ich Iasos' neugierigen Blick. Lächelnd ließ ich die Wut durch meine Adern pulsieren. Die Läufer waren weitgehend gleich stark und bildeten einen Pulk. Als sie die halbe Strecke hinter sich gelassen hatten und sich kurz vor der Kehre befanden, ging ich in die Hocke. Die Erde unter meinen Zehen war weich, der Wind war im frühen Morgenlicht warm. Als der letzte Mann die Kehre genommen hatte, rannte ich los.

Die Landschaft raste verschwommen an mir vorbei. Ich erhaschte einen flüchtigen Blick auf ihre Gesichter, als sie durch das Tal zurück Richtung Ziel liefen, sah für einen Moment ihre offenen Münder und aufgerissenen Augen. Mühelos zog ich mein Tempo an. Ich flog förmlich um die Markierung, dann näherte ich mich der von ihren Füßen aufgewirbelten Staubwolke, und gleich darauf befand ich mich mitten in ihrem Pulk, glitt an ihren Ellbogen und ihren sich hektisch bewegenden Beinen vorbei, atmete für einen Augenblick die Hitze und den Schweißgeruch ein, bevor ich wieder von frischer Luft umgeben war und die donnernden Schritte hinter mir immer leiser wurden. Vor mir in der Menge sah Iasos ungläubig zu, wie ich in Führung ging und die verzweifelten Männer abhängte.

Am Zielpfosten wirbelte ich herum, die Wangen gerötet, voller Freude über meinen Sieg. Da begriffen die Läufer ihre schreckliche Lage und stoben auseinander, Männer, die noch Augenblicke zuvor über die Möglichkeit gespottet hatten, sie könnten Angst haben.

Iasos' Soldaten kannten keine Gnade. Ich schaute hinüber zum König, der mit regloser Miene zusah, wie die erschöpften Freier verzweifelt zu fliehen versuchten, nur um einer nach dem anderen von den Wachen ergriffen zu werden.

Der Mann mit der gebrochenen Nase entwand sich dem Griff der Wachen und stürzte keuchend davon. Eine andere Wache hob den Speer und durchbohrte dem Flüchtenden die Schulter. Als er zu Boden ging, brachen die Zuschauer in Jubelschreie aus.

Ich sah, wie Hippomenes sich abwandte, doch ich selbst konnte den Blick nicht von dem Felsblock lösen, zu dem die anderen Männer einer nach dem anderen geschleift wurden; man zwang sie, niederzuknien und ihr Genick zu entblößen. Die Axt des Scharfrichters glänzte im Sonnenlicht, als er sie anhob. Das Geräusch, mit dem sie Fleisch und Knochen durchtrennte, war schrecklich.

Ich hatte Männer sterben sehen, hatte den tödlichen Pfeil selbst öfter abgeschossen, als ich zählen konnte. In der Hitze des Gefechts zauderte ich nicht. Doch nie zuvor hatte ich ein solch kaltblütiges Todesspektakel mit angesehen. Und dennoch hatte ich gewollt, dass die Männer gedemütigt wurden; hatte mir gewünscht, dass sie bestraft wurden.

Iasos wirkte ungerührt. Falls er wütend war, weil ich recht gehabt hatte, zeigte er es nicht. Als der letzte Freier hingerichtet worden war, wandte er sich an die Menge. Die fröhliche Atmosphäre war etwas Düsterem, Wildem gewichen.

»Wir werden ihre Köpfe als Warnung für künftige Herausforderer aufspießen«, verkündete er. »Diese Männer haben die vor ihnen liegende Aufgabe unterschätzt. Ihr Tod wird den nächsten Kandidaten eine Lehre sein. Derjenige, der gegen Atalanta gewinnt, muss weit besser sein als sie; ein Mann von außergewöhnlicher Schnelligkeit und großem Geschick. Sendet erneut die Botschaft aus! Verbreitet die Kunde von dem, was hier heute geschehen ist. Kein gewöhnlicher Mann vermag meine Tochter zu schlagen. Wer mein Schwiegersohn werden will, muss einer der kampfstärksten Helden von ganz Griechenland sein.«

Falls ich gehofft hatte, dass dies ausreichen würde, dass diese zwölf toten Männer Iasos zeigen würden, wie sinnlos sein Vorhaben war, dann hatte ich mich getäuscht. Es spornte ihn nur weiter an und machte den Wettstreit noch verlockender.

Ich überlegte, wie es wäre, das wieder und immer wieder zu tun. Wie viele Tote ich sehen müsste, bevor er aufgeben würde.

Iasos entfernte sich mit wehendem purpurrotem Umhang. Die Menge begann sich zu zerstreuen, und die Wachen sammelten die Leichen der Freier ein.

Ich ging die Rennstrecke entlang. Ich hatte kein bestimmtes Ziel, konnte es nur einfach nicht ertragen, zum Palast zurückzukehren.

Hippomenes legte mir sanft eine Hand auf die Schulter. »Du hast sie gewarnt, sie sollten nicht gegen dich antreten«, sagte er. »Und ihnen war bekannt, welche Strafe sie erwarten würde.«

»Ich weiß.«

Ich lehnte mich an einen Felsen und hielt mein Gesicht in die Sonne. »Vielleicht überschätzt Iasos die Zahl derer, die es noch versuchen werden.«

»Es gibt immer Männer, die sich einen Namen machen wollen. Vielleicht nicht mehr so viele wie diese, jung und arrogant und verblendet. Es werden die Rücksichtslosen sein, die sich durch nichts aufhalten lassen, weil sie durch Legenden Unsterblichkeit erlangen wollen – brutale Männer, die Ruhm suchen, Männer, die um jeden Preis so berühmt sein wollen wie Herakles.«

In Herakles' Fall hatte es seine Frau und Tochter das Leben gekostet. Unschuldige Leben, Frauen, an deren Namen man sich, anders als an seinen, nicht erinnern würde; Frauen, die den Flammen geopfert worden waren, in denen das Schicksal eines Helden geschmiedet wurde.

»Also Männer, die wissen, was auf dem Spiel steht«, entgegnete ich.

»Heißt das, du willst weiter antreten? Ist es das wert?« Ich hörte Traurigkeit in seinen Worten.

»Um mir die Freiheit und für meinen Sohn die Sicherheit zu erkämpfen? Ich denke, ja.« Ich schwieg einen Moment und versuchte, die bohrende Frage wegzuschieben, ob dies die Welt war, in der Parthenopaios aufwachsen sollte.

Mein Kopf schmerzte. Ich wünschte mir zwar, dass ich nie hergekommen wäre, doch nun war ich hier, und es war zu spät, um einfach zu gehen. Ich wusste, wer auch immer käme, würde im Wettlauf gegen mich nicht gewinnen. Wenn jeder Held in ganz Griechenland hier den Tod finden musste, dann sollte es so sein. Ich würde mich nicht geschlagen geben. Ich würde gewinnen.

Entschlossenen Schrittes ging ich bei meiner Rückkehr zum Palast an dem grausigen Anblick vorbei, den man auf Iasos' Geheiß geschaffen hatte. Meine Entschlossenheit geriet ein wenig ins Wanken, als ich im großen Saal die Gesichter der zweiten Gruppe von Freiern sah. Sie saßen um einen langen Holztisch herum und hatten die vor ihnen stehenden Speisen nicht angerührt, nichts war mehr von der Kameradschaft und dem Gelächter des Vorabends zu spüren. Ich blieb in der Tür stehen und wandte mich direkt wieder zum Gehen. Hier mochte ich nichts essen.

Draußen im Hof standen Statuen junger Männer in den Ecken, von denen jede eine brennende Fackel hielt. Die Säulen waren mit Blumengirlanden geschmückt, und über mir am Himmel funkelten die Sterne. Es wirkte friedlich.

Als ich leise Schritte hinter mir hörte, drehte ich mich um in der Erwartung, es wäre Hippomenes. Stattdessen war es einer der Freier, und er sah zutiefst unglücklich aus.

»Was machst du hier?«, fragte ich.

»Ich konnte nicht dort drinnen bleiben.« Im Feuerschein wirkte sein Gesicht schrecklich jung.

»Wieso bist du überhaupt hergekommen?«

Er zuckte mit den Schultern. Sein Versuch, eine mutige Fassade zur Schau zu tragen, konnte mich nicht darüber hinwegtäuschen, dass er zitterte. »Mein Vater hat mich hergeschickt«, antwortete er. »Ich bin sein jüngster Sohn, er hat keine Verwendung für mich. ›Geh und mach eine gute Partie‹, hat er zu mir gesagt. ›Andernfalls lass dich hier nicht mehr blicken.‹« Er verzog den Mund. Ich hatte das Gefühl, er würde gleich in Tränen ausbrechen.

»Dann flieh doch einfach«, drängte ich ihn leise. Ich vergewisserte mich, dass uns niemand gesehen hatte. »Lauf davon, solange die anderen noch essen.«

»Nach allem, was heute passiert ist, hat der König auf jeder Straße, die aus dieser Stadt führt, Wachen postiert, sonst wären längst keine Freier mehr hier. Außerdem, wo soll ich schon hingehen? Mein Vater wird mich nicht wieder aufnehmen, wenn ich versage. Und – und genau so wird es kommen.«

»Atalanta?« Hippomenes kam vom Garten in den Hof.

»Du gehst besser wieder hinein«, sagte ich dem jungen Mann. »Bevor dein Fehlen jemandem auffällt.«

Er schluckte hörbar, straffte die Schultern, nickte mir zu und ging.

»Was wollte er?«, fragte Hippomenes.

»Er ist nicht freiwillig hier.« Ich trommelte mit den Fingern auf den Rand des niedrigen Steinbeckens neben mir. »Sein Vater hat ihn dazu gezwungen.«

»Das könnte bei ein paar anderen dort drinnen auch der Fall sein«, entgegnete Hippomenes. »Keiner von ihnen hat sich für die erste Gruppe gemeldet. Hätte einer aus der ersten Gruppe gewonnen, dann hätten diese Männer hier heimgehen können.«

»Sofern man ihnen die Rückkehr erlaubt hätte, nachdem sie keinen Erfolg hatten.«

Hippomenes lächelte halbherzig. »Es muss Verlierer geben. Es ist ein Wettbewerb.«

»Und ich werde nicht verlieren.« Ich hob die Hände. »Was soll ich sonst tun?«

Er rieb sich den Nacken, und mir fiel auf, wie sich die Muskeln seiner Oberarme unter der Haut abzeichneten. Seine Stärke war leise und unauffällig, anders als bei den Freiern, die heute früh vor dem Rennen die Glieder gestreckt und gereckt hatten und vor der versammelten Menge umherstolziert waren wie Heras geliebte Pfauen. Er wirkte müde, erschöpfter von den Ereignissen des Tages, als ich bislang bemerkt hatte, doch er suchte noch immer nach freundlichen Worten. »Du verfolgst ein Ziel. Daran hat sich doch nichts geändert?«

Ich schwieg und überlegte. Über uns flatterte eine Fledermaus, die Grillen zirpten im hohen Gras. Ich wünschte, ich hätte dort draußen sein können, weit weg von dem hellen Fackelschein und den hübsch geschmückten Säulen. Dort draußen, wo die Dunkelheit ein vertrauter Freund war. Nicht hier, wo sich im hellen Tageslicht Gräuel ereigneten und sich hinter menschlichen Gesichtern lächelnde Ungeheuer verbargen. »Ich denke, für Parthenopaios wäre es besser, mittellos aufzuwachsen, als ein Mann wie mein Vater zu werden. Doch ...« Ich wandte den Blick ab. »Ich kann nicht zulassen, dass man sich erzählt, Atalanta sei vor dem Wettbewerb geflohen. Mein Name ist in der Welt bekannt, genau wie ich es wollte. Ich muss antreten. Sonst werden sie sagen, ich wäre ein Feigling, dass ich mit meinem weiblichen Gemüt der Herausforderung nicht gewachsen wäre. Das wäre schlimmer, als vergessen zu werden. Ich wäre entehrt.« Ich seufzte tief. »Ich wünschte, sie müssten nicht alle sterben.«

Er legte mir die Hand auf die Schulter. »Es ist nicht deine Schuld.«

Seine Berührung war voller Wärme.

»Es gibt einen Tempel der Artemis neben dem Pfad, der durch die Obstgärten führt«, sagte ich. »Ich habe ihn neulich entdeckt und werde jetzt dorthin gehen.«

»Eine gute Idee.«

»Wir sehen uns bei Sonnenaufgang«, sagte ich zum Abschied und eilte in die Dunkelheit. Je weiter ich mich vom Palast entfernte, desto besser fühlte ich mich. Ich ging auf dem staubigen Pfad an den Obstbäumen vorbei, bis ich vor mir ein Licht entdeckte. Die Flamme, die vor ihrem Tempel brannte.

Es war ein schlichtes Gebäude, einfach und bescheiden. Der

Tempel war leer, eine einzige Flamme tanzte in der flachen Schale, und Motten flatterten im warmen Lichtschein.

Ich huschte zwischen den beiden steinernen Säulen am Eingang hindurch ins Innere. Hier drinnen roch es angenehm nach Zedernholz. In der Mitte stand eine Statue von Artemis. Obwohl sie ein wenig grob gefertigt war, bewegte mich der Anblick. Es schien ein ganzes Menschenleben her zu sein, dass ich sie zuletzt gesehen hatte. Ich wusste nicht, ob ich sie je wieder zu Gesicht bekommen würde.

Doch ich wusste, was sie tun würde, wenn jemand dumm genug war, sie herauszufordern. Sie würde keine Gnade kennen.

Ich wartete lange dort im Dunkeln und fasste neuen Mut. Ich war zu viel unter Menschen gewesen und hatte zu lange nach ihren Regeln gelebt. Das trübte meinen Blick, nagte an meinem Selbstvertrauen und meiner Selbstsicherheit, sodass ich an den Instinkten zweifelte, die mich über all die Jahre hinweg am Leben gehalten hatten. Ich musste mich darauf zurückbesinnen, wer ich war, wer ich immer gewesen war. Eine furchtlose Frau.

Als ich erwachte, war ich weder aufgeregt noch erwartungsvoll, war mir nur des Unvermeidlichen bewusst. Ich würde tun, was ich tun musste, doch es bereitete mir kein Vergnügen, zwölf weitere Männer in den Tod zu schicken.

Unten an der Strecke war wieder dieselbe Menge versammelt, dieselben Wachen standen in einer Reihe da, dieselbe Axt lag auf dem flachen Felsblock, an dem noch die dunklen Flecken vom Vortag zu sehen waren.

Auch die zwölf Freier waren da, eine stille, in sich gekehrte Gruppe, jeder ganz auf sich konzentriert. Manche von ihnen blickten zum Himmel auf, vielleicht um die Götter anzurufen, andere schauten zu Boden.

Ich lief locker auf der Stelle, denn ich war zu nervös, um ruhig zu warten. Ich wollte es endlich hinter mich bringen.

Als Iasos vortrat, verspürte ich Erleichterung. Er machte seine Ankündigungen, erinnerte an die Geschehnisse des vergangenen Tages und daran, was für eine gewaltige Aufgabe vor den Freiern lag.

Doch heute früh, als die Läufer neben mir in Position gingen und die Herolde die Salpingen an die Lippen hoben, um das Startsignal zu geben, war plötzlich ein Ruf zu vernehmen.

»Ich fordere Atalanta ebenfalls heraus. Lasst mich mitlaufen.«

Die Stimme kannte ich, doch es konnte unmöglich wahr sein. Der Schrecken hielt mich davon ab, mich umzuwenden, um die Vermutung zu bestätigen.

»Hippomenes? Du willst dich unter die Freier einreihen?«, fragte Iasos mit spöttischem Unterton.

»Ja.«

Ich schloss die Augen und wünschte mir mit jeder Faser meines Körpers, ich könnte ihn davon abbringen.

»Ich bin ein würdiger Freier Eurer Tochter«, fuhr Hippomenes fort. »Ich bin der Sohn eines Königs. Ich habe an der ruhmreichen Jagd auf den Kalydonischen Eber teilgenommen.«

»Und du kannst laufen?«

In der Zuschauermenge war Gekicher zu hören.

»Ja.«

Doch ich wusste ebenso wie Hippomenes, dass ich um ein Vielfaches schneller laufen konnte als er.

»Und wenn ich gewinne«, fuhr er fort, »verlange ich, dass Ihr die anderen Freier verschont und gehen lasst.«

»Ich nehme deine Herausforderung an, Hippomenes. Vielleicht lächeln die Götter heute auf dich herab«, sagte Iasos mit honigsüßer Stimme.

Zu meinem ungläubigen Entsetzen kam Hippomenes herüber und ging neben mir in die Hocke.

Der Ruf erklang, bevor ich irgendetwas tun konnte.

»Läufer, macht euch bereit!«

28

»Was machst du da?«, zischte ich.

»Auf diese Weise muss niemand sterben«, sagte er und begegnete einen quälenden Moment lang meinem Blick, ein kurzes Aufblitzen der Zuneigung zwischen uns, bevor die Salpingen ertönten und die Läufer pfeilschnell davonrannten. Ich sah, wie der Staub unter ihren Fußsohlen aufstob. Mir war, als hätte es mir alle Luft aus der Brust gepresst. Was hatte Hippomenes sich nur dabei gedacht? Seine Worte hallten in meinem Kopf wider: *Niemand muss sterben.* Bedeutete das, dass er annahm, ich würde ihn gewinnen lassen? War er sich unserer Freundschaft so sicher, dass er sein Leben aufs Spiel setzte?

Hippomenes lief schneller als alle anderen und ging ohne Anstrengung in Führung. Der Pulk fiel zurück, und ich behielt die Männer im Blick und wartete auf den Moment, in dem sie auf halber Strecke um die Kehre bogen. Mein Körper fieberte dem Start entgegen, und ich hatte nur einen Gedanken: zu laufen.

Dann preschte ich los, mit langen, leichten Schritten, und die Bäume und Berge flogen schneller an mir vorbei als je zuvor. Der Wind pfiff mir in den Ohren, es gab nichts mehr auf der Welt außer mir. Ich nahm kaum wahr, als ich zu den Läufern aufschloss, an ihnen vorbei zu Hippomenes an der Spitze lief und den Abstand zwischen uns mühelos verringerte.

Als ich kurz davor war, ihn zu überholen, bemerkte ich aus dem Augenwinkel, wie er nach etwas tastete, und verlangsamte mein Tempo ein wenig, um zu sehen, was er tat. Er hatte sich einen Stoffbeutel um die Hüften gebunden, und in seiner Hand schimmerte etwas Goldenes, das er mir direkt vor die Füße auf die Strecke warf. Ich spürte den Lufthauch, als es an mir vorbeiflog, und konnte nicht anders. Ich drehte mich danach um.

Der Gegenstand war an den Rand der Strecke gerollt und hob sich deutlich vom staubigen Boden ab. Er glänzte so strahlend, dass man den Eindruck hatte, er habe in der Welt der Menschen nichts verloren.

Einem plötzlichen Drang folgend, hastete ich zurück, hob ihn vom Boden auf und rannte weiter, wobei ich Hippomenes spielend einholte. Währenddessen betrachtete ich das goldene runde Ding in meiner Hand, glatt und merkwürdig schwer. Es war keine Kugel, wie ich zunächst gedacht hatte; oben wies es eine Vertiefung auf, aus der ein goldener Stielansatz und ein Blatt mit unglaublich fein gravierten Aderungen herausschauten.

Ein Apfel, aus Gold gefertigt und verblüffend schön. Ich wusste, dass er etwas bedeutete, dass ich einmal eine Geschichte dazu gehört hatte, und als ich mich erinnerte, griff Hippomenes an meiner Seite schon wieder in den Beutel und warf einen zweiten Apfel. Diesmal mit mehr Kraft, er flog weiter als der erste.

Die Ziellinie war bereits in Sicht, die Gesichter der Menge, die völlig außer sich war, waren bloß ein verschwommenes Durcheinander aus aufgerissenen Mündern. Ich biss die

Zähne zusammen, rannte wieder los und ließ Hippomenes hinter mir, genauso wie den Apfel.

Aber ich kann immer noch leicht gewinnen, sagte ich mir. Es war keine bewusste Entscheidung, meine Füße trugen mich wie von selbst zurück zum zweiten Apfel. Nun wusste ich, worum es sich handelte. Die Goldenen Äpfel der Hesperiden. Wir hatten die Verwüstung gesehen, die Herakles hinterlassen hatte, als er den heiligen Garten geplündert hatte, um sie an sich zu nehmen. Ich erinnerte mich an die weinende Dryade.

Behände begab ich mich wieder auf die Strecke. Hippomenes lief wie ein Wahnsinniger. Ich sprintete los, um den Abstand zwischen uns zu verringern, schon hätte ich seinen Rücken berühren können, dann hätte ich ihn wieder überholt.

Ich sah mich um, nur für einen kurzen Augenblick. Der Schweißfilm auf seiner Stirn, das entschlossen vorgereckte Kinn, sein entschiedener Blick – irgendetwas wollte er mir mitteilen, wollte mir mit den Äpfeln eine Botschaft übermitteln, die ich nicht begriff.

Der dritte Apfel rollte vor meinen Füßen von der Strecke.

Meine Gedanken rasten. Die Goldenen Äpfel waren eine Trophäe, die Hera, die Königin der Olympier, zur Hochzeit mit Zeus als Geschenk erhalten hatte. Herakles begehrte sie ebenso wie Jason das Vlies; als Symbol für seinen Heldenstatus, als Beweis für die Welt, dass er der größte aller Helden war, dass er sich nehmen konnte, was kein Sterblicher je hoffen konnte zu besitzen.

Und nun würden sie mir gehören.

Der Tumult unter den Zuschauern war unglaublich, als ich seitwärts ausscherte und dem letzten Apfel hinterherjagte, der weitab von der Strecke liegen blieb. Ich griff danach und hielt alle drei etwas ungeschickt an meine Brust gedrückt, während ich zu Hippomenes zurücklief, der nun knapp vor dem Ziel war. Die Zeit schien sich zu verlangsamen, er war nur wenige

Handlängen vor mir, sein Ellbogen direkt vor meinem Arm; dann war ich neben ihm; wir beide waren kurz vor dem Ziel, ich befand mich ein Stück vor ihm, das laute Geschrei hallte von den Felswänden wider, bis hoch hinauf zu den Gipfeln.

Und kurz bevor ich es geschafft hatte, hielt ich mich mit unglaublicher Kraftanstrengung zurück. Hippomenes rannte an mir vorbei und erreichte den Zielpfosten. Er warf sich auf die Erde, drehte sich auf den Rücken, blickte atemlos keuchend zum Himmel auf. Iasos reckte vor Freude die geballten Fäuste in die Höhe.

Die anderen Läufer kämpften sich ins Ziel, doch man sah ihnen an, dass ihnen dämmerte, welch glückliches Ende das Ganze für sie genommen hatte. Die Menge rief Hippomenes' Namen, man zog ihn auf die Füße und krönte ihn mit einem Blätterkranz. Er war der Gewinner, nicht ich, und die anderen Läufer mussten nicht sterben.

Er löste sich aus der Traube der Menschen, die ihn beglückwünschten, und kam zu mir; ich stand noch immer da, die Hand auf den Zielpfosten gelegt.

»Ich wollte es dir erklären«, sagte er so leise, dass niemand uns hören konnte, doch er keuchte noch immer von der Anstrengung. »Ich durfte dir von den Äpfeln nicht erzählen, ich hatte versprochen –«

Ich schüttelte den Kopf. »Anfangs habe ich es nicht begriffen.«

»Du hättest mich trotz der Äpfel leicht schlagen können«, entgegnete er.

»Und dich sterben lassen?«

»Wenn du es gewollt hättest. Ich wollte dir bloß eine Wahl geben.« Sein Blick war ernst, er sah mir in die Augen und sprach nun schneller. »Du hättest jederzeit gewinnen und die Äpfel behalten können. Sie zu erringen und im Wettlauf den Sieg davonzutragen hätte dich Herakles gleichgestellt, dir allen Ruhm garantiert, den du dir nur wünschen kannst. Du hättest hier ohne Schmach fortgehen können; du hättest gegen mich siegen und die Äpfel nehmen können, und niemand hätte es noch gewagt, gegen dich anzutreten. Iasos hätte nicht mehr über dich oder Parthenopaios bestimmen können. Dein Ruf wäre makellos geblieben.«

Ich lächelte. »Was wäre mein Ruf wert gewesen, wenn ich meinen Freund hätte sterben lassen? Was für eine Heldin wäre ich dann?«

Er zuckte mit den Schultern. »Eine ganz gewöhnliche. Ich bin froh, dass du anders bist. Ich hatte es gehofft. Denn du weißt, dass wir Iasos' Befehl nicht folgen und heiraten müssen. Wir können von hier fortgehen. Du musst die Abmachung nicht einhalten; du kannst machen, was immer du willst.«

»Du hast das nicht getan, um mein Ehemann zu werden?«

Seine ohnehin vom Wettlauf geröteten Wangen färbten sich dunkelrot. »Natürlich nicht. Du hast mir vom Orakelspruch erzählt. Du hast mir gesagt, du würdest niemals heiraten. Ich wollte einen Weg finden, wie du, ohne sinnloses Blutvergießen und ohne deinen Ruf als ruhmreiche Heldin zu riskieren, aus dem Handel herauskommst.«

»Aber wie bist du an die Äpfel gekommen?«

Iasos kam mit ausgebreiteten Armen auf uns zu. Hippomenes redete hastig weiter. »Als du zum Tempel der Artemis gegangen bist, habe ich Aphrodite um Hilfe angefleht. Sie hat mich erhört. Die Göttin hat mir die Goldenen Äpfel überlassen. Wieso, weiß ich selbst nicht.«

Ich stutzte verwirrt. Iasos war nun bei uns angelangt und klopfte Hippomenes freudestrahlend auf die Schulter. Ich war zu sehr mit meinen eigenen Gedanken beschäftigt, um darüber irritiert zu sein, geschweige denn, um mich gedemütigt zu fühlen, wie Iasos es zweifellos beabsichtigte.

Wieso Aphrodite? Ich wusste von ihrer Rivalität mit Artemis, von dem Hass, den sie auf jene Göttin hegte, die von
ihren Anhängerinnen verlangte, dass sie der Leidenschaft und
dem Begehren abschworen, welche Aphrodite wiederum so
hochhielt. Ich fragte mich, wieso Hippomenes sich an sie gewandt und wieso sie sich dazu herabgelassen hatte, ihm zu
helfen.

Dann fielen mir wieder die Geschichten ein, die mir die
Nymphen erzählt hatten. Aphrodite und Artemis hatten sich
früher schon um Sterbliche gestritten, eine grollte der anderen
und missgönnte ihr ihre Favoriten, da jede mehr Anhänger
hinter sich versammeln wollte als die andere. Ich erinnerte
mich an Persephone und wie Artemis sich mittels Adonis an
Aphrodite gerächt hatte. Was für ein Sieg für Aphrodite, wenn
sie Artemis' Heldin schlug.

Aphrodite erhörte Gebete, die von Liebe inspiriert waren.
Da sie Hippomenes' Hilfeersuchen nachgekommen war,
musste sie in sein Herz geblickt und seine Gefühle gesehen
haben, ganz gleich, was er über unsere Freundschaft gesagt
hatte. Er hatte sein Leben für meinen Stolz aufs Spiel gesetzt.
Er war bereit gewesen zu sterben, damit ich Erfolg haben
konnte.

Und nun riskierte er schon wieder alles. Eine Göttin, deren
Absichten man vereitelt hatte, würde keine Gnade walten lassen, wenn sie nicht bekam, was sie gefordert hatte. Und mir
fiel nur eine mögliche Bedingung ein, die sie Hippomenes im
Austausch für die Äpfel gestellt haben konnte.

Ich war mir jetzt vollkommen sicher. Aphrodite musste ihm
diese Trophäen als Gegenleistung für das Versprechen gegeben haben, dass wir heiraten würden, um sicherzustellen, dass
Artemis mich nie wieder für sich beanspruchen konnte. Wenn
ich stattdessen mit den Äpfeln und ohne Mann hier weggehen
würde, könnte ich die Gunst meiner Gönnerin wiedererlan-

gen, wieder mit ihr und in ihrem Reich leben. Doch ich zweifelte nicht daran, dass Hippomenes einen furchtbaren Preis dafür zu zahlen hätte – und er musste sich dessen ebenfalls bewusst sein, selbst als er mich drängte zu gehen.

Iasos sah mich erwartungsvoll an. Was auch immer er gerade gesagt hatte, ich hatte es nicht gehört, da ich so in Gedanken verloren gewesen war. »Verzeihung?«, fragte ich.

Ich spürte Hände an meinen Schultern, und etwas Kühles berührte mein Schlüsselbein. Ich schaute an mir herab und sah, wie mir jemand eine Kette mit glänzenden Steinen um den Hals legte.

»Die Hochzeit wird sofort stattfinden«, sagte Iasos.

Hippomenes schüttelte den Kopf. »Aber die Rituale – sie wurden nicht vollzogen, es gab keinerlei Vorbereitungen, keine Opfer. Wie kann unter diesen Bedingungen eine Hochzeit abgehalten werden, besonders in der königlichen Familie? Wir sollten abwarten und zuerst alles in die Wege leiten«, sagte er in dem verzweifelten Versuch, mich abermals zu retten.

Ich legte ihm die Hand auf den Arm. »Aber welche Vorbereitungen wären denn nötig?«, fragte ich, und ihm blieb vor Überraschung der Mund offen stehen, was ein fast komischer Anblick war. Ein Lachen entrang sich meiner Brust, ein plötzlicher Anfall von Heiterkeit.

Ich wandte mich an den König. »Nichts an dieser Situation ist gewöhnlich. Ich habe einen Handel mit Euch abgeschlossen, und ich werde ihn respektieren. Wir werden hier heiraten.«

Ich atmete tief durch. In der Luft lag Ruhe und Stille. Keine göttliche Strafe, keine Anzeichen, dass ich mit meiner Äußerung Artemis' Zorn auf mich gezogen hätte.

Ich räusperte mich. »Hier und jetzt.«

29

Es war eine hektische Zeremonie, so überstürzt, dass ihr fast etwas Panisches innewohnte. Wahrscheinlich fürchtete Iasos, ich könnte flüchten. Schließlich hatte ich deutlich bewiesen, dass niemand mich würde einholen können.

In der Luft hing ein feiner Nieselregen, und die Berggipfel waren in wabernde Wolken gehüllt. Meine Haare waren feucht, lose Strähnen klebten mir im Nacken, kalte Tröpfchen rannen mir den Rücken hinunter. Nach dem Wettlauf waren wir immer noch barfuß, unsere Beine schmutzig vom Staub, der sich auch auf den Saum unserer Tuniken gelegt hatte. Ich spürte, wie Hippomenes meine Handgelenke umfasste, hörte das Blöken der Schafe, die von den nahe gelegenen Wiesen geholt wurden, um geopfert zu werden in der Hoffnung, dass die Götter die Verbindung wohlwollend betrachten würden. Nachdem die Trankopfer vergossen worden waren, sah man Iasos' freudiges Lächeln, die entrückte Erleichterung auf den Gesichtern der jungen Männer, die am Leben bleiben durften. Die glänzenden Äpfel, die auf dem flachen Stein lagen, wo heute niemand den Tod hatte finden müssen.

Ich dachte an den Mann, der den weinenden Säugling im Gebirge hatte aussetzen lassen. An die Bärin, die ihre Jungen vertrieben hatte, als sie ihrer überdrüssig war. Die Stille im Wald, als ich von meinen Abenteuern zurückkehrte, müde, mit schmerzenden Gliedern und hoffnungslos, voller Sehnsucht nach Artemis' Mitgefühl, auf das ich vergeblich wartete. Ihr kaltes, ausdrucksloses Gesicht, als sie mir sagte, ich dürfe nie zurückkehren. Die Einsamkeit nach meiner Niederkunft.

Und nun Hippomenes mit seiner sanften, aufopfernden Liebe. Ein Mann, der jede Strafe, ob von Iasos oder Aphrodite, auf sich genommen hätte, damit ich frei sein konnte.

Auf der Laufstrecke, wo wir verheiratet wurden, verabschiedete ich mich von den Regeln, die Artemis mir auferlegt, und auch von den Forderungen, die mein Vater an mich gestellt hatte. Zum ersten Mal hatte ich die freie Wahl. Sollte Iasos ruhig glauben, er hätte sie für mich getroffen; es war nicht von Belang.

Ich musste keine gehorsame Anhängerin von Artemis sein, bei jedem ihrer Befehle aufspringen und ihn erfüllen; ich musste keine Heldin nach dem Vorbild Jasons oder Herakles' werden oder so wie die zornigen Jäger in Kalydon. Ich würde mich nicht verbiegen, um wie einer von ihnen zu sein, ein rücksichtsloser, selbstsüchtiger Mann auf der Jagd nach Ruhm. Ich war anders als sie alle.

Der Nieselregen verwandelte sich in einen Wolkenbruch, eine Sturzflut, sodass die Menge auseinanderstob, wobei sich Iasos schützend den Mantel über den Kopf hielt. Der Anblick brachte mich zum Lachen. Hippomenes und ich blieben allein zurück, und im prasselnden Regen verwandelte sich die Erde der Laufstrecke in schlammigen Morast.

»Willst du nicht auch gehen?«, fragte mich Hippomenes. »Zurück in den Palast?«

Ich schüttelte den Kopf.

Ein Lächeln bildete sich auf seinen Lippen, wie ein langsamer Sonnenaufgang, der die letzten Schatten vertrieb. »Und was ist mit Iasos? Willst du denn nicht fordern, was dir zusteht?«

»Ich brauche nichts von Iasos«, sagte ich. »Ich habe genug von seiner Welt gesehen, um zu wissen, dass ich nie hätte herkommen sollen.«

»Und Parthenopaios?«

»Dort, wo er ist, ist er besser aufgehoben.«

»Dann war es das also? Du gehst mit leeren Händen?«

»Nicht ganz.«

Ich nahm sein Gesicht in meine Hände und küsste ihn. Seine Lippen waren weich und warm; er roch nach Regen und Erde, nach harzigen Pinien, einem kristallklaren Bach, frisch, kalt und belebend.

Er zog sich ein Stück zurück, und seine Stirn berührte meine. Ein kurzes Lachen entfuhr ihm. »Seit ich dein Gesicht erblickt habe, nachdem mich die Zentauren bewusstlos geschlagen hatten, habe ich nur an dich gedacht.«

Ich wusste, dass er die Wahrheit sagte. Ich hatte mir selbst bis jetzt nicht eingestanden, dass auch ich ihn liebte. Ich hatte ihn vorbehaltlos geküsst, ich hatte keine Angst vor der Zärtlichkeit und den Gefühlen zwischen uns. Mit Hippomenes konnte ich zulassen, all das zu fühlen – die Leidenschaft und die Liebe, beides. Ich nahm seine Hand und verflocht meine Finger mit seinen. »Komm, wir gehen.«

Als ich ihn aus dem Tal führte, drehte er sich um. »Was ist mit den Äpfeln?«

Ich blieb stehen und blickte noch einmal zurück, sah, wie sie im feuchten Nebel golden glänzten und mit einer seltsamen Energie zu pulsieren schienen. Ein Preis, welcher der Welt den Wert einer Heldin beweisen könnte.

Es zog mich zu ihnen hin, als würde ein Faden wieder auf eine Spule gewickelt. Ich trat heran und streckte die Hand

nach dem vordersten aus, der sich glatt, hart und fest anfühlte.

Ich gab ihm einen kleinen Stoß, sodass er an den Rand des
Steins rollte, wo er einen Moment lang verharrte, bevor er ins
Gras fiel.

»Die lassen wir ebenfalls hier«, antwortete ich.

Wir eilten die Straße entlang, die uns in die Stadt geführt
hatte, vorbei am Palast, aus dem man rhythmisches Trommeln und Lyraklänge hörte, Gelächter, lauten Gesang, erho-
bene Stimmen und in dem eine Hochzeit ohne Braut und
Bräutigam gefeiert wurde. Über unseren Köpfen türmten sich
noch mehr Wolken auf. Ich fragte mich, wie lange es wohl
dauern würde, bis Iasos begriff, dass ihm seine Trophäe entwischt war, dass er keine Tochter mehr hatte, mit der er sich
brüsten konnte. Was auch immer er uns gegeben hätte – ob
Schätze, Schiffe oder Aufträge –, alles, was ich mit seinen
Mitteln getan hätte, wäre in seinem Namen geschehen, und
das wollte ich nicht. Es bedeutete mir nichts mehr, wenn mein
Name in Hallen wie den seinen vergessen sein würde, wenn
Männer wie er ihn nicht erwähnten, wenn er aus den Liedern
und der Erinnerung von Männern verschwand, deren Meinung für mich nicht von Bedeutung war. Ich hatte die Goldenen Äpfel sehen müssen, um das zu begreifen, doch nun
wusste ich es.

Wir rannten durch den Regen, hinaus aus der Stadt, gemeinsam in die Wildnis.

Der Tempel war von Pflanzen überwuchert, Efeu rankte sich
über die verfallenen Mauern, Moos bedeckte die Steine, und
vor dem Eingang wuchs Dornengestrüpp. Wir waren in den
Wald gestolpert, und da stand er, tief zwischen den Bäumen
verborgen, erhellt von einem blassen Strahl Mondlicht. Der
dunkle Himmel hatte aufgeklart, und es war vollkommen

still, die Luft schwer, stickig von einer merkwürdigen Hitze und erfüllt von dem klebrigen Geruch des Geißblatts, das überall im Hain wucherte.

Unser Lachen erstarb; wir hatten eine Spur aus niedergetrampelten Farnen hinterlassen und waren, noch immer berauscht vom Hochgefühl, davor stehen geblieben, als wären wir übereingekommen, dass dies unser Ziel war. Mir war schwindelig vom schweren Duft der Blüten, die warme Luft vernebelte mir die Sinne und den Verstand.

»Komm.« Ich nahm Hippomenes' Hand und führte ihn zur offenen Tür, ohne mich darum zu kümmern, dass mir die Dornen die Waden zerkratzten. Es war wie in einem Traum, ein Strom von Euphorie in meinen Adern, anders als die Freude beim Laufen oder die Aufregung bei unserer Flucht. Es war noch etwas in diesem Wald zugegen, etwas mir gänzlich Unbekanntes. Etwas, was mich in dieses verfallene Heiligtum lockte, wo ich mich am kalten Stein abstützte, weil ich etwas brauchte, was mir Halt gab, bis ich wieder ich selbst war. Es war so anders als der Windhauch, den die flinkfüßige Artemis mit wehender Tunika in ihren heiligen Hain trug, sodass der Wald durch ihre Gegenwart zum Leben erwachte. Was auch immer sich hier in diesem Wald befand, es war etwas Unstetes, sanft, süß und gefährlich, etwas Uraltes, Verführerisches, das uns in seinem Bann hatte. Der Duft von Rosen, schwer und süß wie die, die vor so vielen Jahren auf Artemis' Wiese gestanden hatten. *Wieso ist Aphrodite hier?*, fragte ich mich. Und dann fiel es mir ein.

Die Äpfel, dachte ich, *das Geschenk von Aphrodite, das wir zurückgelassen und in den Schlamm geworfen haben.*

Doch ich konnte keine klaren Gedanken fassen, sie entglitten mir wie die Fische, die ich vor so langer Zeit am Fluss zu fangen versucht hatte, so wie es die Bären taten.

Ich schüttelte den Kopf, um wieder zu Verstand zu kommen. Hippomenes blickte verträumt und seltsam leer ins Nichts, er war derselben Trance verfallen wie ich. Aphrodites Zauber, mit dem sie uns nun zur Strafe für die verschmähten Äpfel belegt hatte. Irgendwo in meinem Inneren rief mir der klarsichtige Teil meiner selbst eine Warnung zu, doch ich konnte mich nicht dagegen wehren, ebenso wenig wie Hippomenes.

»Kybele«, sagte er und deutete auf eine Schnitzerei an der Wand, fuhr mit dem Daumen über die erhabenen Figuren im Relief. Ich versuchte, sie im spärlichen Licht zu erkennen. Kybele, die Göttin, von der Artemis mir einmal erzählt hatte. Kybele, die einst vor allen anderen über diesen Wald geherrscht hatte. Kybele, die Mutter der Götter, die Mutter der Berge, die Mutter der Welt. Sie war mit Gold abgesetzt, das im spärlichen Licht glänzte, trug eine hohe Krone und ein fließendes Gewand, und zu ihren Füßen kauerten steinerne Löwen. Dies war also ihr Tempel gewesen, der heilige Ort ihrer Verehrung. Es schien mir passend, dass er fast ganz von der Natur verschlungen worden war, dass die Ranken und Pflanzen ihn zurückerobert hatten, sich zwischen den Steinen hindurcharbeiteten und ihn für die Erde zurückforderten, ihn wieder in einen Teil der Wildnis verwandelten.

»Wir müssen loskommen«, murmelte ich. »Uns hier verstecken.«

Hippomenes nickte abwesend.

Der schwere Rosenduft wurde schwächer, sobald wir weiter in den Tempel hineingingen. Nun atmete ich wieder Hippomenes' Geruch, den frischen Duft der Berge, das erdige Aroma im Tempel, das Moos und den Stein. Ich dachte kaum daran, wo wir uns befanden, an die Holzschnitzereien, die uralte Götter zeigten, die die verfallenden Mauern bewachten, Kybele, die sie alle überragte und deren gemalte Augen uns ansahen.

Ich küsste ihn direkt vor ihr, sah vor meinem inneren Auge Blitze zucken, deren Helligkeit jeden anderen Gedanken aus meinem Kopf vertrieb. Der Gedanke, den ich festzuhalten versucht hatte, die Sorge, dass Aphrodite Rache nehmen wollte und uns in eine Falle gelockt haben könnte, war nun nicht mehr wichtig. Die Angst löste sich auf wie eine Wolke, als ich ihn an mich zog, seine Hände meinen Rücken liebkosten, sein Haar durch meine Finger glitt, und es auf der Welt nichts mehr gab außer uns beiden.

Ein Feuer wütete in mir, ein Flammenmeer, das jeden bewussten Entschluss auslöschte, alles, was mich hätte zurückhalten können. Wenn wir wirklich unter Aphrodites Bann standen, unser Verstand von ihrem Zauber vernebelt war, dann waren wir beide darin gefangen. Die Nacht hinter den Tempelmauern war immer noch wachsam und schien zu allem bereit, doch in dem dunklen Heiligtum waren nur wir beide von Bedeutung.

Danach lagen wir atemlos auf dem nackten Boden, und endlich drang ein kühler Hauch durch die offene Tür. Die unheilschwangere Hitze, die so schwer in der Luft gehangen hatte, war im sanften Wind verflogen, der mit den zusammengerollten Blättern auf der Erde spielte, sie leicht anhob, bis sie wieder zu Boden fielen.

Ich stützte mich auf einen Ellbogen, das Haar fiel mir offen über die Schultern, und mit der anderen Hand fuhr ich über die glatte weiße Narbe, wo der Speer des Zentauren Hippomenes' Schulter durchbohrt hatte, in jener Nacht, in der wir uns zum ersten Mal begegnet waren. Ich wollte gerade etwas sagen, als der Wind durch die Tür hereinblies, diesmal heftiger, und die Blätter hochwirbelte. Ich spürte ein Kribbeln an meinem Rücken und war plötzlich hellwach.

Abermals fuhr ein Luftzug durch den Tempel, und ich

setzte mich auf. Mein Haar wurde zurückgeweht, als ein weiterer Windstoß kam und ich ihre Stimme vernahm.

Leise und urtümlich, eine Stimme so alt wie das Universum. Kybele. »Tiere«, sagte sie heiser, und die folgenden Worte überlagerten sich wie Wellen, die brachen und wieder zurückfielen. »Wie Tiere … mein Tempel … in meinem Heiligtum … schamlos.«

Hippomenes umklammerte meinen Arm. Der Bann war gebrochen; ich begriff nun und er auch. Aphrodite hatte uns in Kybeles Tempel geführt und dafür gesorgt, dass die Leidenschaft uns übermannte. Artemis hatte mir erzählt, dass Kybele diesen Wald verlassen habe, doch sie war hier und war Zeugin dessen geworden, was wir getan hatten. Wir starrten einander schweigend an, als sich der Wind erneut erhob, ein misstönendes Pfeifen, das lauter und lauter wurde, bis wir uns die Ohren zuhielten und ich die Augen zukniff in der Hoffnung, es aus meinem Kopf zu vertreiben. Die Blätter wirbelten um uns herum, während sie wütete, dann fielen sie plötzlich zu Boden. Nichts rührte sich mehr, als hielte die Göttin selbst einen Augenblick lang den Atem an.

Ich spürte es zuerst im Nacken: ein Kratzen, etwas Winziges, das sich durch meine Haut bohrte, wie Tausende kleine Nadelstiche. Dann Wellen, die durch meinen Körper liefen, mich schüttelten wie ein Krampf. Anfangs dachte ich, die Göttin hielte mich in ihrem Griff, würfe mich hin und her, doch die Bewegungen kamen aus mir selbst – einem Körper, der nicht mehr mein eigener zu sein schien, meine Glieder fühlten sich fremd an, und ein unerträglicher Druck baute sich in mir auf, das plötzliche scheußliche Gefühl, aus meiner eigenen Haut fahren zu müssen, weil ich nicht mehr in sie hineinpasste. Ich hätte am liebsten aufgeheult vor Schmerz, doch aus meiner Kehle kam nur ein grollendes Knurren, meine Stimme war nicht wiederzuerkennen.

Ich war nicht länger, was ich gewesen war. Ich hob den Kopf – der sich nun merkwürdig schwer anfühlte und wie mein Hals eine andere Form zu haben schien – und sah mich im Zwielicht nach Hippomenes um. Das Augenpaar, das mir entgegenblickte, war grüngolden und schwarz umrandet, und in ihm lag dieselbe Panik, die ich selbst empfand.

Doch der Schrecken des ersten Moments verflog. Eine Flut von neuen Eindrücken überwältigte mich. Meine Beine, die schon immer stark und muskulös gewesen waren, spannten sich an, bereit, mit neuer Stärke zu springen. *Kraft*, die meinen ganzen Körper zu durchströmen schien, gewaltiger als alles, was ich je zuvor empfunden hatte.

Ich spürte, wie mir die Göttin über den Kopf strich und ihre Handfläche über das goldene Fell fuhr, in das ich jetzt gehüllt war. Ich sah, wie ihre Finger die rotbraune Löwenmähne an meiner Seite, die Mähne meines Geliebten zwirbelte, doch nichts als Freude pulsierte in mir, als sie uns befahl zu laufen, eine reine animalische Freude, die alles in den Schatten stellte, was ich je empfunden hatte.

Und so flohen wir gemeinsam in die Nacht.

Epilog

Ich schmiege die Schnauze an seine dicke zottige Mähne. Er wirft den Kopf zurück, die Kehle dem Himmel zugewandt, das Maul weit geöffnet, seine Zähne glänzen im Licht der tief stehenden Sonne. Er legt sich nieder, seine gefleckte Schnauze ruht auf mächtigen Pranken, so weich bis auf die im Fell verborgenen dunklen Krallen.

Ich setze mich auf die Hinterbeine und fühle die angenehme Dehnung in meinen Vorderläufen, genieße sie einen langen Augenblick, bevor ich die aufgestaute Kraft nutze und einen Satz nach vorn mache. Mein Körper hängt dicht über dem Boden, meine Pfoten trommeln über die Erde, die langen Gräser um mich herum wogen, als ich zwischen ihnen hindurchjage. Mit vollendeter Anmut laufe ich schneller als je zuvor in meinem Leben. Mein Körper ist schlank, sehnig und in vollendeter Harmonie mit meiner Umgebung. Meine Muskeln bewegen sich geschmeidig unter dem seidigen Fell, leicht und mühelos, während ich an den Bäumen am Waldrand vorbeijage, vorbei an dem Dorf, in dem Parthenopaios lebt. Er wächst zu einem starken und gesunden Jungen heran, ist beim Kampf und bei der Jagd ungewöhnlich geschickt und sehnt sich keinen Augenblick nach einem Leben, wie ich es ihm einmal ermöglichen wollte. Eines Tages erwartet ihn sein Schicksal; vorerst spielt er mit den anderen Jungen Schwertkampf und benutzt dafür Äste; geduldig schnitzt er sich einen Bogen, dreht und wendet ihn, nimmt ein imaginäres Ziel in den Blick; schleppt Säcke mit Gerste und Wasserfässer, gewinnt an Kraft, stählt seine Willensstärke. Wenn er die Löwen vorbeirennen sieht, läuft er, anders als die übrigen Dorfbewohner, nicht erschrocken davon. Furchtlos hebt er den Kopf, um uns hinterherzusehen.

Ich laufe weiter durch die duftende Abendluft, über die steilen Hänge der Berge. Vor mir sehe ich Artemis, die ihren Wagen lenkt, die Hirschkühe mit dem schimmernden Fell vorn im Gespann, ihren Bogen, der das strahlende Licht der Sonne einfängt, die gerade in einem triumphierenden orangefarbenen Feuer am Horizont untergeht. Sie streckt die Hand aus, als ich näher komme; ihr Zorn auf die Frau, die ich einmal war, ist verflogen, nun, da ich etwas anderes bin, und sie streichelt mir über den Kopf, krault mich an den Ohren, und bei ihrer Berührung läuft mir ein Schauder über das Rückgrat bis zu meinem hin- und herschwingenden Schwanz, sodass ein leises behagliches Grollen aus meiner Kehle dringt; dann laufe ich weiter, noch schneller, zum höchsten Gipfel, von wo aus ich die Welt vor mir ausgebreitet sehe, weit und grenzenlos.

Das Orakel hatte mich gewarnt, ich würde mich verlieren, doch das Gegenteil ist der Fall. Ich bin mehr denn je ich selbst. Ich bin wild, ich bin frei.

Ich bin Atalanta.

Danksagung

Diesen Roman zu schreiben hat mir so viel Freude bereitet, und wie immer hätte ich es allein nicht geschafft. Zuallererst gilt mein Dank Juliet Mushens, meiner Agentin/guten Fee/ guten Hexe, die mit ihrer Verwandlungsmagie weiterhin mein Leben beeinflusst. Ich bin ebenso allen bei Mushens Entertainment für ihre großartige Unterstützung und ihre Freundlichkeit auf ewig dankbar.

Meine Lektorinnen, Caroline Bleeke und Flora Rees, haben mich angespornt und inspiriert, aus *Atalanta* das bestmögliche Buch zu machen. Mit ihrem Zuspruch haben sie meine Begeisterung und meine Freude am Schreiben immer wieder neu angefacht, mir Mut gemacht und mein Selbstvertrauen gestärkt, sodass ich mich noch mehr ins Zeug gelegt habe, und haben mir gleichzeitig mit ihrer Kompetenz und Erfahrung den Weg nach vorn gewiesen.

Ich schätze mich sehr glücklich, mit den Menschen bei Wildfire und Flatiron zusammenarbeiten zu können und mich von hervorragenden Teams unterstützt zu wissen, die sich in Großbritannien und den USA für meine Bücher engagieren. Besonderer Dank an Alex Clarke, Elisa Jackson, Caitlin Raynor und Amelia Possanza, aber auch an alle anderen Beteiligten in jeder Phase der Reise, vom ersten Entwurf über das Korrektorat bis zur Veröffentlichung und darüber hinaus! Und ich werde Tara O'Sullivan für ihr akribisches Korrektorat bis in alle Ewigkeit dankbar sein.

Die größte Belohnung ist es immer, wenn ich das Buch endlich in den Händen halte, und dieser Moment wird nur umso einzigartiger, weil ich die besten und talentiertesten Coverdesignerinnen habe – Micaela Alcaino für die UK-Cover und Joanne O'Neill für die US-Cover. Ihre Arbeit ist jedes Mal spektakulär und atemberaubend, es ist immer unsagbar aufregend, ihre Entwürfe zu sehen – und ich finde, bei *Atalanta* haben sie sich beide wieder selbst übertroffen. (Und besonderen Dank an Micaelas Windhund Jojo dafür, dass er die schönste Cover-Muse ist.)

Atalanta ist eine ganz besondere Heldin der griechischen Mythologie – eine furchtlose, talentierte und ehrgeizige Frau, mit der man rechnen muss, und zugleich voller Herz und Mitgefühl. Ihre Geschichte nahm mich das erste Mal gefangen, als ich auf das Bild des Säuglings stieß, der bei seinen Bärenjungen-Geschwistern liegt, und als ich dann mehr über sie erfuhr, hat sie einen Zauber wilder Magie um mich gewirkt. Es hat mir große Freude bereitet, ihr ihren Platz in der Argonautensage wiederzugeben, und ich hoffe, dieser Roman ermöglicht es auch anderen, sich genauso in sie zu verlieben wie ich. Danke an alle Buchhändler:innen, Buchblogger:innen und Leser:innen, die mich kontaktiert haben, meine Bücher anderen Leuten in die Hand gedrückt, schöne Fotos gemacht und auf so vielfältige, liebenswürdige Weise auf meine Romane reagiert haben – ich weiß es wirklich jeden Tag zu schätzen.